黑暗地母的礼物

下

残雪 著

湖南文艺出版社

目录

第一章　煤永老师的烦恼 …………………………… 001

第二章　鸦的智慧 …………………………………… 032

第三章　小煤老师面临新课题 ……………………… 058

第四章　晚仪的写作与生活 ………………………… 083

第五章　洪鸣老师与读书会 ………………………… 110

第六章　城市之星 …………………………………… 137

第七章　师生之情 …………………………………… 163

第八章　张丹织老师和黄梅同学 …………………… 177

第九章　最后的冲刺 ………………………………… 189

第十章　在密林中 …………………………………… 203

第十一章　美丽的晚霞 ……………………………… 225

第十二章　文学女王的崛起 ………………………… 245

第十三章　连小火的茶园 …………………………… 258

第十四章　漫长的历程 ……………………………… 272

第十五章　谷欢的文学之路 ………………………… 286

第十六章　朱闪的姨妈 ……………………………… 297

第十七章　变故 ……………………………………… 308

第十八章　小勤姑娘的初恋 ………………………… 320

第十九章　幸福 ……………………………………… 334

第二十章　创造中的玄机 …………………………… 346

第二十一章　我们的飞县 …………………………… 357

第二十二章　心想事成 ……………………………… 369

第一章　煤永老师的烦恼

最近一段时间，农身上的活力完全喷发出来了，煤永老师当然看出来了。他为她高兴，但与此同时又有点惶惑。他预感到他的生活中也许要发生变故了。这是多么不可思议的事！农是不善于掩饰的人，她的性格中的两面性也不明显，所以她往往将读书会里发生的事原原本本地告诉煤永老师——关于洪鸣老师，关于沙门，关于云伯，关于文老师等等。农的叙述是很生动的，煤永老师沉浸在她的声音里就如同身临其境一般。末了他总是说："我本来就主张你一个人去读书会嘛，你瞧，你一个人去就等于我们俩都去了一样！"农听了他这句话往往扑哧一笑，满脸容光焕发。

一个人的时候，煤永老师就会回味农的那些话，并不知不觉地设想那些场景。他对于洪鸣老师微微有些醋意，他认为他比自己年轻，才能也在自己之上，必定会吸引着农这样的女性——尽管他是有爱人的。他的小爱人是多么漂亮！洪鸣老师同农之间的书友关系会不会发展成情人关系呢？煤永老师每当想到这里，就开始责备自己，就不再往深处想了。农如今变得如此舒畅开朗，这不正是他所期盼的吗？她对她的学生着了迷，自从学校搬到城里之后，她常带着学生去远郊游览。她最近又搞出了一个全盘创新的园林设计，连煤永老师看了都忍不住赞叹不已。他感到妻子像一座喷发的火山。那个设计很快就被一家大公司买走了。农现在常常提起一个海湾，煤永老师知道那是虚构的，也知道她的思路，因为他自己从前也读过很多小说诗歌。他引诱农说下去，农就变得激情高涨了。"这种海湾会不会在现实中出现？"她天真地问。煤永老师就回答说，这要看当事人，也就是想象者的意愿有多强烈。煤永老师这样一说农就冷静下来了，她说她可不是一个空想者，她是实干家。

小蔓很少回来。问她什么时候结婚，她回答说还早得很。煤永老师担心她这次又会一场空，甚至某个夜里因为担心导致了失眠。

除了这些家里的烦恼之外，煤永老师最近还遭遇了一个大烦恼。

这件事发生在很久以前，那时小蔓还是个婴儿。那是暗无天日的生活。煤永老师回忆起苦难开头的那些日子时，脑子里面就只有一些影影绰绰的片断和涌动的浓烟，那里头响起刺耳的婴儿的哭声。然而却来了名叫茴依的女子，是同事介绍来帮他的。她刚生了孩子，奶水多得孩子吃不完，她的双颊像苹果一样红。煤永老师的辛劳立刻减少了一大半。这是第四个月了，从这时起，婴儿才得到了她所需要的营养。她用小手牢牢地紧捉住女人的乳房，像在哭泣一般地吸吮着。有时候，茴依为了让这可怜的女婴吃饱，故意让自己的儿子少吃一些。

"我真爱这个孩子，她就像我自己生的一样。"茴依噙着泪对煤永老师说。

煤永老师真想大哭一场。当然他没哭，他的脸变得像雕像一样没有表情。

不知从哪一天起，煤永老师的心绪变化了。他开始从麻木中苏醒过来，感觉到周围的事物。每天上午和下午，他都盼望着茴依的轻巧的脚步声在走廊里响起。奇怪的是婴儿也同他一样敏感，也能分辨女人的脚步声。

茴依告诉煤永老师，她家里生活富裕，她并不是为了赚钱才出来做奶妈的，她喜欢孩子，自己已经有了三个，还嫌不够。煤永老师怀着深深的感激之情望着女人，他一改平时沉默的性格，开始向她唠叨一些家务上的事。

"奶糕总是过期的，要在商店当着营业员的面撕开包装检查。"他说。

"对了，这种事我也听朋友说过，的确要检查。"她认真地点头，两眼亮晶晶的。

"茴依，同你们女人比起来，我是不是像个废物啊？"

"怎么会呢，我觉得你非常能干。你是老师，却能把小孩照顾得这么好，干干净净的。我真佩服你。"

每次女人离开后，房里就充满了她的气息。煤永老师感到自己也变成了婴儿似的，他小声念叨着："茴依。"婴儿严肃地看着父亲，突然笑了。

随着小蔓一天天变得健壮，煤永老师的创伤也渐渐在痊愈。这种痊愈是违背他的意志的，因为他还常沉浸在伤痛之中，不愿遗忘。但他感到了这个痊愈的力量，这是另一种意志，甚至比他所意识到的意志更强大。而在这个有点陌生的意志的中心，出现了这位生命力充盈的奶妈。渐渐地，他完全摆脱了麻木，既心疼又欣喜地注视着女儿一天天长大。

终于有一天，煤永老师在忙碌过后的空闲时闭上眼对自己说："这个茴依是多么美啊！"他的声音很小，却吓了自己一大跳。

茴依住在城边的小街上，她丈夫家里是做皮货生意的，很有钱的商人家庭。这位丈夫在商行里做会计，是位老实巴交的男人，他来过煤永老师家，煤永老师看得出他很爱自己的妻子。

茴依的奶妈的工作一共持续了十个月。事情发生在第九个月的末尾，煤永老师清楚地记得那天下午屋外的地上落满了黄叶。她本来要去开门离开了，可是她忽然放下手袋，回过身来抱住了煤永老师。煤永老师似乎想推开她，可是自己却把她抱得更紧了。他明白了，他爱这个女人。

"我真舍不得小蔓啊！"女人临走时哭诉道，"她是我的心肝宝贝。我自己有孩子，可我对她的爱超过了他们，这是怎么回事？啊？"

小蔓正在酣睡，煤永老师脸色苍白地坐在她的小床边。茴依眼泪巴巴地问煤永老师今后她还能不能再来看小蔓，煤永老师说不出话来，只是缓缓地摇了摇头。女人绝望了。

她遵守诺言，没有再来过他家里。但煤永老师知道，至少有两次，在小蔓六岁和七岁的时候,她在大街上拦住和同学一块回家的小蔓,要拥抱她,却被小蔓挣脱了。小蔓在家里问爹爹:"她是谁?""不知道。阿姨可能是喜欢小蔓吧。"

煤永老师没同茴依藕断丝连,他不是那种人。但是后来,他很长时间都没有再婚。也许并不完全是为了把全部的爱给予小蔓,而是没有碰见像茴依那么打动他的女子。他把全部的精力都投入到教学工作和照顾小蔓这两件事上,人们说他"像疯子一样工作"。

在漫长难熬的单身年代里,也曾有过女人进入煤永老师的生活,但持续的时间都很短。甚至小蔓都没来得及同她们熟悉,她们就离开了。小蔓虽然多思,却并不狭隘,她对爹爹的私事有点冷眼旁观,大概早熟的女孩都这样吧。

有一天,从大学里回到家中的小蔓对煤永老师说:

"爹爹,今天有个人无意中提起说她认识我小时候请的那位奶妈。"

"是吗?"

"真奇怪,她怎么从来不到我们家里来?她应该是我的半个妈妈。爹爹,你觉得我长得像她吗?"她调皮地朝煤永老师眨眼。

"胡说,怎么可能呢?"他紧皱眉头。

"怎么不可能?我吃了她的奶,完全可能长得像她嘛。"

那时煤永老师已在同农恋爱,小蔓的话令他紧张。幸亏小蔓说过了就忘记了,以后再也没提这事。

煤永老师同农几乎是一拍即合,农的热情令他难以招架,他立刻投降了。这投降投得畅快,他几乎是顺着自己的感觉在走。在很长的时间里,他认为是农帮他恢复了爱的能力。这位才华很高的女子充满了魅力,而且这么爱他这个平平凡凡的小老头,他还能希求什么呢?而且小蔓也爱农。他俩之间的关系虽有过曲折,后来还是顺利地结合了。茴依的又一次出现发生在农参加读书会大半年之际。

那个下午煤永老师独自在家备课，有人轻轻地敲门。不知为什么，煤永老师觉得有可能是张丹织女士，于是心跳加速了。他打开门后大吃了一惊。随后他马上镇定下来，请茴依到沙发上坐。他觉得茴依的变化不大，稍微老了一点。

"我知道你结婚了。我是小蔓的奶妈，过来看看没问题吧？"她低下头说。

"当然没问题。欢迎你来。小蔓问起过你，因为她听别人说了。"

"真的吗？"她的眼睛忽然亮了一下，但马上又暗淡了。

煤永老师问起她的家人，她回答说老伴去年已因病去世了，三个孩子各有各的事业，不太回家。她在家没事时就打理她的小花园。

"没想到一晃三十年了。我们怎么从来没在街上相遇？"煤永老师脱口而出。

"可能是因为我很少出门吧。我老害怕。"

"害怕？怕什么？"煤永老师看着她的眼睛说。

"不知道。我上你家来没问题吧？你夫人快回来了吗？"

"她今天去读书会了。茴依，你不要紧张，你告诉我，出了什么事吗？"

茴依摇了摇头说什么事也没出，她就是想来看看。

煤永老师已经完全镇定下来。他为她倒了一杯茶，拿出点心摆在她面前。当他做这一切的时候，他发现了自己的情感的真相：他不再爱这个女人了。她虽已过了五十岁，但风韵犹存，仍然十分迷人。但他们之间隔着三十年的时间，这是可怕的。现在他对她满怀着一种姊妹的情感。

煤永老师同茴依谈起小蔓，推心置腹地谈，比起他和农谈这类事时更为推心置腹。就好像他们从未分手，一直同小蔓生活在一起一样。女人脸上泛起红光，她不时地插嘴，使得谈话继续下去。在她心底，她愿意一直坐在他旁边，直到地老天荒。

煤永老师留茴依吃晚饭，她大大方方地答应了，并卷起袖子到厨房里去帮忙。

当两人坐在桌旁吃饭时，煤永老师心里隐隐地升起忧虑。

"你不要担心，"她说，似乎看透了他的想法，"我不会常来。我打算去收养一个五岁的小女孩，她长得有点像小蔓。"

茴依的这句话令煤永老师差点掉下了眼泪。为了掩饰自己，他赶紧去厨房。

他拿了汤匙出来，女人正笑盈盈地望着他。

"我今生知足了，煤永老师。"她轻轻地说。

"为什么不常来？常来吧，你是小蔓的半个母亲啊。"

"好，那我就每周来一次，你可别紧张！"她开玩笑地说。

茴依离开了好久，煤永老师还坐在沙发上发呆。满屋子都是她身上的好闻的气息，他的脑袋变得晕晕乎乎的。从前的那一幕又出现了，还有撕心裂肺的别离……尽管如此，煤永老师发现从前的爱还是没有回来。他爱她，就像是爱一个失而复得的妹妹。人心是一个多么奇怪的东西啊！为了她，他曾经拒绝了好几个女人。煤永老师不能理解自己的变化。那么，要是没有农，他会不会恢复对茴依的爱？煤永老师不知道。此刻，他感到自己的心里特别空，他觉得自己在精神上像个残疾人一样。他是多么盼望小蔓回到家里啊！可是小蔓已经有爱人了，不管她的私生活的前景如何，她也不再是从前的小女孩了，所以她回家也改变不了他的心境。

在他的抽屉里头，有一张茴依和小蔓的黑白照片，那时的照相机质量很差，他的照相技术也不行，但茴依和小蔓两人都很美，笑得也很甜。这张老照片他给农看过，不知道她是如何想的，他记得她当时的表情有点冷淡。唉，人心叵测啊，尤其是女人的心。但他自己不也是吗？煤永老师叹着气收好照片。

农今天夜里不会回来，她说读书会将讨论到很晚，她要在沙门女士那里休息。煤永老师心神不定地收拾好房间，洗了个澡，打算一直工作到深夜。他刚刚在书桌旁边坐好，就听到客厅那头的窗玻璃发出一声响，好像是有人扔了一块小石头。他奔过去朝外看，黑黑的什么都看不见。他想，糟了，又没心思工作了。他干脆下楼去散散步。

他刚下到一楼就看见了张丹织。张丹织穿着宽松运动服站在那棵樟树下，她显得很瘦，脸尖尖的，像个无助的小女孩。她是在等他吗？

"丹织！"他兴奋地唤她，"你这个小鬼，怎么不上楼来？"

"可是——可是我想，我们还是一块去操场走一走吧。"她悄声说道。

为了避闲话，他俩一前一后往操场走去。

操场上已经黑下来了，可是他俩都穿着浅色衣服，所以很显眼。

"我今天晚上决定给自己放假。农去了读书会，小蔓也不在家。"

煤永老师说这话时，感到自己的情绪已经多云转晴了。他突然觉察到，张丹织是知道农今天要去读书会的，所以她才选了这个时刻来等他吗？煤永老师感到了危机，他想停下来，邀她去家里喝杯茶，然后大大方方地送她回去。他同她在这黑地里散步算怎么回事呢？可是张丹织开口了。

"煤老师，我问您，如果农老师另有所爱，您能爱我吗？"

"啊，你这小鬼！你的问题有意思，我还从来没考虑过呢。"

"丹织，你是不是上我家去坐一坐？在这黑地里走多难为情。"他又说。

"不，今天不去了。你考虑我的问题吧，再见。"

她走了，煤永老师想，自己怎么突然就改口称她为"丹织"了呢？

煤永老师有点慌乱，他在操场边的木椅上坐了下来。他今天经历了多少大事啊！他万万没有料到他的个人生活变成了这个样子。"就像一切都错乱了一样。"他在心里说道。他大概是不会再爱茵依了。那么农呢？他还爱她，可她同小鬼丹织是怎样一种关系？丹织为什么要爱他？反过来说，丹织又为什么不能爱他？他有妻子，可是丹织说了那个"如果"。如果事情真像丹织说的那样呢？如果"如果"变成了现实呢？他会放弃农来爱丹织吗？他很少想起这位年轻的姑娘，但显然，他并没有忘记他们两人之间发生的那些微妙的事。为什么他没有忘记呢？冥冥之中有什么东西在将他往这位姑娘的身边推。想起她，便会想起地中海的那些植物。这种事虽然太奇特，煤永老师还是愿意沉浸于其中。她是一位多么热烈而爽快的女子啊！茵依比她含蓄多了。她要求他考虑她的问题，他该如何考虑？他，一个小老头，活了大半辈子了，却像从来没活得透彻过一样。他有妻子,这位妻子却似乎有打算离开他的迹象,而问题肯定在他这方面;他有过爱得死去活来的情人,当情人终于有机会回到他身边时,他对她的爱却又消失了;而这里,又来了一位年龄可以做他女儿的爱慕者。煤永老师忽然醒悟了:他之所以为丹织打动,正是因为她的爽快,她的行动和气魄啊!她身上有种女性中少有的、英勇的气魄,她完全没有他这一代人常有的那种被动,正是这一点深深地吸引着他。此外,这位女孩对事业的热爱也令他肃然起敬。

有个人"砰"的一声在煤永老师的身旁坐下了,是校长。校长正是他此刻最想见的人,他心里腾起了一股热浪。

"你真有雅兴啊。"校长说,"能谈谈吗?"

"不能。"煤永老师干脆地说。

"太复杂了吧?"

"嗯。"

"那就谈我的事吧。我又回了一次老家,问题还是没解决。我感到我的机会越来越小了。我不像你那么受到妇女们的欢迎。"

煤永老师冷笑了一声,在心里想,他都快被妻子抛弃了,校长却说他受欢迎。其实就是茜依和丹织,到头来也会抛弃他的。他心里太乱,此刻他对自己完全失去信心了。他打算下次再碰见丹织的话,就要将事情的原委问出来,不再像今天这样打哑谜。丹织小小年纪,在这种事上反而比他老练。

校长忽然站起来走掉了。他居然没有向他提忠告就走了,这是很反常的。也许校长已经看出来,无论什么忠告对于煤永老师来说都不起作用了?煤永老师自问:"我会陷入深渊吗?"一股冷风吹来,他坐不住了,连忙回家。

他一进屋就走向那扇窗。前方一片漆黑,比他的内心还要黑。他终于猜到了:以前树上的灯笼是丹织挂的。她才三十岁,居然有这么执着的感情,和他煤永完全不相同。可她心里到底是怎么判断自己的呢?为什么她会认为一个小老头是她最合适的伴侣?煤永老师从连小火那件事判断出,丹织是要找一个能同她一直过下去的伴侣,而不是情人。这个判断给他心里带来一片冰凉。"丹织啊丹织，你找错人了。"他差点将这句话说出声来了。尽管对自己差不多丧失了信心，煤永老师还是忍不住回忆起他同丹织相处过的那些片断。当他回忆之际，他抚摸着女孩的肩头，就仿佛在抚摸一株年轻美丽的树。

直到农打来电话，他才回到现实。

"我爱你。"农在那头真诚地说，"我留宿在外不回家，不知道自己在干什么。"

"我也爱你。"他说，"小蔓的奶妈来过了，我们很久没见面了。"

"有三十年没见面了吧？"

"奇怪，你一下子就猜出来了。我没有同你谈起过她，因为我觉得没必要。可你一下就猜出来她三十年没来过了。你大概……"

"煤永，我是真心爱你，可我又看不清你。我要睡了，晚安。"

放下电话后，煤永老师懊丧极了。他用拳头用力捶了自己的脑袋两下。现在他是没法入睡了，他也没法工作。农的电话里的话到底是什么意思？他觉得自己永远没法猜透，他以前没能，现在也还是没能理解她。他在黑地里坐着不动，脑袋像一台老式电扇一样嗡嗡地响。终于，他又一次下楼了。

夜已深，外面一个人都没有，只有一些夜鸟在发出响声。

围着校园绕了两个圈后，他发现自己到了以前丹织挂灯笼的树林边。他到处看了一看，却没有发现有灯笼。他站在那里犹豫着，他现在不能像从前那样随便去古平老师家了，因为他有了妻子；他也不愿去找校长，因为校长刚才已经同他分手了，这个时候再去找他会影响他明天的工作。冷风吹在他脸上，他感到无比的孤独。

"煤老师，您考虑过我的问题了吗？"

居然又是丹织！煤永老师的血涌到了头上。

"我现在还不能，那是，那是对你不负责任……你同我所认识的任何女子（他本想说"姑娘"）都不同，你太特别了。再说还有农，还有，还有你想不到的事……"

他语无伦次，但他心里被激流冲击着。

"啊！"张丹织的声音传了过来，她站在路的那一边。

"为什么我要你来负责任呢？"她又说。

"我不知道，我只是说出我一时的想法。我不是个好人。"

"我也不是。难道只有好人才能找爱人？"她声音里面有了嘲弄。

"我又说了蠢话。我刚才说了还有农，还有你想不到的事。"

"我明白了。"她说，"我要等你，我不怕等的时间漫长。你记住这个。"

她的身影一闪就消失在树林里。煤永老师想，刚才真的是丹织吗？他心里又涌出一股热流，他已经不像刚才那样感到孤独了。但这只是一瞬间，随之而来的是乱纷纷的思绪，像一团乱麻。他反复念叨："煤永，煤永，你活该！"

有人从树林那头走过来了，煤永老师赶紧斜插到另一条路上。他听到一个男孩的声音，男孩在同张丹织谈论球队的事。

他又回家了。他不愿意开灯，要是开了灯，屋里的空荡会给他巨大的压迫。

已经是下半夜，他脱衣上床，盖好被子，心里想，丹织也应该回家了吧？那男孩是多么崇拜他的老师啊，居然在这样的深夜同她在外面讨论问题，他们之间的关系大概类似于他同谢密密的关系吧。光是这件小事就可以看出丹织非同一般。还有她同连小火的关系……这位姑娘是一团火，将烧掉他心中长年沉积的阴湿之气。可是他这样想就好像这姑娘会属于他一样，这是不可能的事。他不应该这样想。待农回来后，他要好好地、开诚布公地同她谈一谈茵依的事。可是如果她不愿意听呢？这种陈年旧事已经算不了大事了，说不定她那边也发生了新的故事呢。农是出类拔萃的女子，很多男人都会看到这一点，尤其是洪鸣老师那种优秀男人。他隐隐地听到鸡叫，大约是古平老师家的鸡，莫非要天亮了？

他在黎明前昏睡了一会儿，他实在太累了。

"爹爹，农姨掉进读书会的爱河里了吗？"小蔓说。

"别瞎说，管好你自己的事。"煤永老师沉着脸听外面的声音。

"我喜欢农姨，她有见识。我可不想你们分手，你们都这大年纪了，尤其是您。爹爹,我是来告诉您的,我同茴姨见面了。我很少看见过像她那么热情的女人,可能我实际上是像她的个性?爹爹,您不高兴吗?"

"我很高兴,小蔓。"煤永老师的眉头舒展开来了,"你和她多见面吧,她差不多等于你的妈妈一样。"

"可为什么她过了快三十年才来?啊,爹爹,我不追问了。现在她来了,我太高兴了,我爱她,真的,非常爱。我就是像她。"她噙着泪说。

"我的女儿同我真贴心啊!"煤永老师叹道。

煤永老师暗想,就在昨天,他还认为小蔓不会理解自己呢,他真是小看了自己的女儿啊。她是一颗珍珠,无论到哪里都闪闪发光,光是有这一件事,他这一辈子也应该知足了。也许他对茴依的爱已传到小蔓身上去了,在这世上,爱就是这样传来传去的。生活毕竟是美好的。

小蔓离开一会儿,走廊里就响起了农的脚步声。

"煤永,对不起。"她说。

"为了什么呢?"煤永老师困惑地问她。

"我自己也不太清楚。我太任性了。"

"啊,农,你不要责备自己。如果说有什么对不起的话,应该是我对不起你。"

煤永老师把话说出来之后,就感到自己心里舒畅多了。他的确从心里觉得自己对不起农,可是他还是不知道要如何改善同她的关系。他看得出来,农也有些困惑,他拿不准她在新的诱惑产生后将他摆在什么位置。但他心底已确定了一件事:他只能等待,让农来作决定,这样才不至于伤害她。说到他自己,煤永认为自己无论怎样也是过得下去的。他有心爱的工作,有贴心的女儿,从前那么长的时间里,他不是一直是单身吗?这样一想,煤永老师的情绪就变得很温和了。

过了一天,农就对煤永老师谈起她读的新书《阿崎的海湾》第二卷。她说第二卷里面的风景特别惨烈,但这种惨烈并不恐吓读者,反而吸引着读者跃跃欲试。她问煤永老师,像她这样一个刚入文学之门不久的读者,就对一本小说如此着迷，会不会走火入魔呢？煤永老师说，根据他自己的经验，文学是不会伤害人的。如果她感到走火入魔，就让自己走火入魔好了。也许她性格的某些方面受到了压抑，文学应该可以帮助她释放。

"山里的守林人不知还在不在？"他提醒农说。

"那人铭刻在我心底。有时候，他会出现在我阅读的这本新书里面。洪鸣老师说他也见过守林人，他这样一说我就越发觉得这本新书是他写的。"

农若有所思地点头，仿佛在自己同自己辩论。

"洪鸣老师天赋极高，很可能那书就是他写的。"煤永老师说。

"永，我以前一直不知道世上还有沙门和云伯这样的人。读书会里的氛围——我真是说不上来，我只能感到那是激情。我还想说说这本奇书，那个海湾，那是什么样的海湾？海水撕扯你，但并没淹死人。"

"那种着了魔的海湾，应该是位于读者的心底。"煤永老师说。

他也看过那本书。因为见农每天翻阅，他就也挤时间看了一遍。他觉得那本书果然不同凡响。农以前很少读文学书，这一次能如此快地上路，还得归功于沙门和云伯的读书会，那两个人太有魅力了，特别善于营造灵魂的氛围。煤永老师从心里对农的进步感到欣慰。即使这进步会导致她离自己越来越远，他也不后悔当初支持她去读书会，农不应该因为同自己结合而压抑她的个性。

"你这样一说我就理解得更透彻了。"

农看着煤永老师，但又没有看着他，她的眼里尽是遐想连着遐想。当她睡在沙门女士楼上的客房里时，有各式各样的男子来敲她的门。她穿着睡衣打开门，男子站在走廊上的黑暗里，并不进来。五六分钟之后他们就离开了，每个人都如此。那到底是不是欲望呢？农自己一点把握都没有，她想，也许要沙门女士才看得清吧？但她没有对沙门提过这些怪事，她感到难为情。那种情况有点像赤身裸体，可是她一点也不想赤身裸体啊。敲门是试探她吗？还是阿崎的海湾派来的使者？她已经有了煤永老师，当初她经历了那么大的痛苦才同他结为伴侣，为什么她还会希望有另外的刺激？

煤永老师实际上看见了农眼睛里的疑问——他并不像自己认为的那样迟钝。

"你的快乐就会是我的快乐。"他轻轻地对她说。

"你真好,其实我一直就知道这一点,煤永。小蔓最近还好吧?"

"好。她同她奶妈茴依联系上了,两个人如胶似漆了。"

"她早该来联系小蔓了。茴依真伟大。"

"事情并不像你想的那样……"

煤永老师想要解释,但被农打断了。农说,既然她自己一点都不见怪,为什么要解释?这种解释多么庸俗!于是煤永老师什么都不说了。他暗想,也许她现在真的是不见怪了。煤永老师心里有点刺痛,不过并不严重,他抱着一种任其自然的态度渐渐地恢复了平静。后来,他还同农一块读了一段海湾的故事。

读完了故事,他们准备上床了。农突然说:

"我们该不该生一个孩子?"

"这该由你来决定,农。可是我们是不是失去机会了呢?我太老了。"

农翻着眼想了一想,果断地说:

"不,不生。"

煤永老师不知为什么觉得有点羞愧,大概因为自己从未想过孩子的事。

农睡得很平静,煤永老师却未曾合眼。他一动也不敢动,怕吵着了农。因为一个姿势保持得太久,他的全身都感到酸痛。后来农终于翻身了,他自己也连忙翻身。

"我走了很远,那铃铛还是响个不停。"农抱怨说。

煤永老师没有回应她。他想,妻子是如此敏感,他们的关系会向什么方向发展?

农又睡着了。煤永老师知道妻子单纯直爽,完全不像自己诡计多端。比如在这样的夜里,他的思路居然在三个女人之间穿梭,有时校长还插进来凑热闹呢。穿梭归穿梭,他又觉得自己有点冷血,是不是因为某些事终究无法实施？他仍然认定自己是个不合格的丈夫，刚才农就已经证实了这一点。撇开年龄不谈，农怎么能同他这样的人生孩子？煤永老师想叹气，又怕农听见，就闷闷地忍住了。被他辜负的三个女人都是卓越的女人。无疑，她们都看错了人。也许农要开始觉醒了吧。煤永老师想，如果农离开了自己，他就再也不结婚了，也不找情人。他将这类事思来想去，后来终于坠入了昏暗之中。

煤永老师醒来时都快中午了，农早就上班去了。

有人敲门，居然是久违了的古平老师。

"你来得正好！"煤永老师高兴地说。

"有问题了吗？"古平老师做了个鬼脸。

"你怎么知道？"

"我瞎猜的。不过我猜谜十有九中。"

"的确，我和农之间有问题了，我觉得她再也不会相信我了。我真蠢，我们从一开始就有问题，问题在我身上。"

"你这样责备自己，是不是受虐狂啊？"

古平老师在沙发前走来走去的，走了好几个来回。两人都不说话。后来是古平老师忍不住了，他希望在好朋友的生活中看见一点亮点。

"怎么会弄成这种局面的，老朋友？她们都很爱你，是不是？"他严肃地说。

"她们？你指的谁？你知道些什么？"煤永老师吃惊了。

"你就别装了吧。我当然是指张丹织！煤永啊煤永，你这种老派能不能改一改呢？要是当初……"

"不，你错了！"煤永老师果断地打断他，"我并没有脚踏两只船，我爱的一直就是农。你刚才说起丹织，可是丹织就像我的女儿一样，我的确是这样想的。"

"像女儿一样！像女儿一样就不能爱？你能肯定？？啊？？"

煤永老师感到古平老师看他的目光如同两把剑，他低下了头。

"也许我不知道……不过我一直就是这样区别的。你为什么要把丹织扯进来呢？我们是在谈我和农之间的问题……"

煤永老师周身燥热，他的思绪被古平老师搅得更加像一团乱麻了。可刚才他还以为他是救星呢。

"现在，你只好等待农觉醒过来，将你抛弃了。我看这未必是坏事。"

古平老师安慰似的拍了拍煤永老师的肩头，说他要去上课了，就离开了他家。

煤永老师心中对老朋友充满了感激，自己的心态也随之平静下来了。他很佩服这位朋友敏锐的目光。似乎是，从一开始古平老师就不太赞成他同农的恋爱，可见古平老师的直觉是很惊人的。不过他也不赞成古平老师对他和张丹织的关系言过其实。也许是当局者迷吧，煤永老师觉得对这种关系他并没有像他的朋友看得那么深入。他怎么会因为和妻子的关系遇到了困难，立刻就转向一位年轻的女孩子？这太不符合他的性情和做人的原则了。丹织的确对他有很大的吸引力，可那不是他能够尝试的事。现在他可说是对自己完全丧失信心了，怎么还能将女孩子拖进泥坑？农说她看不清他，这是因为他太迟钝，好像永远追不上她的思路。像他这种人……又回到这上头来了，像他这种又老派又迟钝的人最好永远打单身。

煤永老师感觉到，读书会那边的吸引力对于农来说加大了力度。农看上去比以前稍微消瘦了一点，她的精神特别亢奋。这些日子以来，他对整个事已经想通了，所以他的痛苦正在减轻。

"我看好沙门女士和云伯的关系，我认为那种关系里面什么都不缺少了。"

农的这句话在煤永老师听来就像是某种辩解一样。他暗想，农就像被追击的兔子，人为什么要活得这么辛苦？可是她要是不这么辛苦的话，又把洪鸣老师的小爱人鸦放在什么位置上呢？农直到如今才是真正成熟了，这不是他煤永的功劳，却是读书会的功劳。读书会果真神奇！洪鸣老师夹在两个女人中间应该比他还要痛苦吧。鸦的清丽脱俗的容貌给他的印象尤其深刻。

"你认为他们自己也是这样想的吗？"他谨慎地问。

"应该差不多吧。这种精神恋爱特别有力量，而且稳定。"

农的眼神变得朦胧，她在捕捉一条游移不定的思路。

煤永老师盼望洪鸣老师找到出路，因为只有这样，一切关系才会明确起来。他不希望农和洪鸣老师的关系变成云伯和沙门女士的关系，他认为农同沙门和云伯完全不同，那种关系并不适合于她。现在农同那边的不明确的关系虽然有魅力，但农过于心神不定，有时会陷于低潮。如果农同一个人搞精神恋爱的话，她是不可能稳定的，她太执着，事业和情绪也结合得太紧密。煤永老师超然地想着这些问题，但他又并不能完全超然，毕竟眼前的女人同他每天都有亲密的接触。想着想着，他的思路又转到学生身上去了。他决心将自己生活中的这些体验写成教案，传达给学生们，让他们从小就学会熟悉周围事物，在事物中去确定自己的位置。如果在他自己年轻的岁月里就有人教给他这方面的知识的话，他一定成了一个比现在更好、对这世界更有益的人。

"永，我怎么老觉得你看得透我的心思？"

"不，你错了，我看不透。"他这样回答似乎是为了让她放松，但他知道不是。

"有时我居然想要你来帮我在一些微妙的事情上出主意。哈，还是免了吧。我俩各有自己的问题，都需要自己去独立解决。你瞧，读文学书使我变聪明了一点。"

"你本来就很聪明，只是有些方面没有得到开发罢了。"

煤永老师想起他下午经过操场时看见丹织在和那男孩练球，她那训练有素的体态非常优美，他又一次差点看呆了。现在他坐在家里回忆起这事，觉得自己太不可思议了。农的体态是成熟女人的优美，可是张丹织给煤永老师带来的震动更大，那是他不太熟悉的、谜一般的震动。就是在那一瞬间，他觉察到了自己在古平老师面前的虚伪。他，虚伪？他为什么会虚伪？这种自我意识使得他本来已经平静下来的情绪又开始骚乱了。农离开家后，他整个下午都有点忐忑不安，走廊里一出现响动他就差点跳了起来，不知是害怕呢还是渴望。后来他沉浸于教案工作中去了。但工作一完毕，他马上又变得神经质起来。

他晚饭也不在家里吃，下楼出去散步。

谢密密家里亮着灯，只有那父亲和女儿在屋前的坪里忙碌着。煤永老师止住了脚步又往回走。后来他进了小饭馆。

"要不要来点酒？"老板问道。

"不。"他坚决地说。

他惬意地吃着家常的笋子炒腊肉，但仍然有点心神恍惚。

"今年的笋子很好，雨水适宜。"老板对他说。

"啊！"

老板的话让煤永老师吃了一惊，他想象着那些竹笋从落叶下面钻出来的景象。他不知为什么有点肉麻，他想，自己也许是变态了。

"古平老师找到您了吗？"老板的声音从厨房里传来。

"古平老师找我吗？"煤永老师反问道。

"是啊。他到处找您呢。"

煤永老师吃完就去古平老师家。

古平老师的妻子蓉探望女儿去了。他坐在房里没有开灯。

"注意别撞到茶几上了，绕到我这边来。"

煤永老师同他并排坐在沙发上。煤永老师问他坐在这黑地里想什么。

"思考教学上的事啊。坐在黑地里思路特别清晰。我现在定下的所有的计划都连接着未来，这就更需要我发挥想象力了。蓉在这方面比我强，我比较适合干实事，要是没有蓉，我们的学校还能办到今天吗？她教会了我如何去想象，那完全不是空想，就像，就像从前的农民种水稻，每一蔸秧插下去都牵动着自己的神经。不光动脑也动手。这种活动对于我来说比较陌生，它属于蓉的天赋。"

"我真羡慕你们啊，古平。为什么我的生活会一团糟？"

古平老师爽朗地笑了起来，然后说：

"并不是那么一团糟嘛。只是因为你比我复杂，所以你的个人生活中面临的问题就肯定比我多。我和蓉常常议论你，我们说，谁会不爱煤永老师？煤永老师被女人抢着爱是理所当然的。你请喝茶吧，这是刚买的龙井茶。"

"谢谢。可是啊，你别取笑我了，我真的很惶惑，差点要影响工作了。"

门外的竹林里有什么东西弄出很大的响声，煤永老师很紧张地倾听着，但他发觉古平老师岿然不动。

"外面好像是一个人？"煤永老师问。

"没有人。是风。煤永，我发觉你已经不适合一个人独居了。瞧你多么紧张！"

"你这样想？可我觉得自己还可以应付独居的生活。"

"那是因为你没有尝试。我们毕竟正在往老年走。"

"晚饭前你找我有什么事？"煤永老师想起这个问题。

"没事。只不过感到你会想同我聊一聊。"

"我在你这里坐了一会儿，感觉好多了。近来你太忙，我的事也多，各忙各的。想想年轻时的那会儿，我们几天就聚一次。好人有好报，你的问题解决得真好。"

"你也会解决的，只要多一点耐心。你和农都是最好的人。不过嘛，好人未必就适合做永久伴侣。"

"你真冷静，古平。我觉得你就像我的老师，好多事情你都是比我先看出来。我呢，一直蒙在鼓里。"煤永老师由衷地说。

他不放心，站起来走到门外，观察那黑黝黝的竹林。他仿佛看见一只巨熊朝他扑来，他后退了好几步，坐到地上去了。

"怎么了，煤永？"古平问。

"你这里有野物。"他喘着气说。

"不可能吧。我觉得是你自己在同你自己打架。说实话，农长得真美。"

"我觉得她应该有更好的选择。"

"你也一样。你就要走了吗？多么美的夜晚！只有在我这里，你才会遇见黑熊，因为你敞开了心扉！"

煤永老师走出了好远还在不住地回头，因为他担心还有野物追上来。但是却没有了。他遇见了十四岁的小姑娘黄梅，黄梅问他：

"我可以爱古平老师吗？我是说爱，不是纠缠。"

月光下，他看见她眼里有黑色的火焰。他想了想，说：

"当然可以，你是一位迷人的小姑娘。你知道自己迷人吗？"

"谢谢煤老师！煤老师真伟大！"

她像山羊一样跳着跑掉了。

一阵风刮来，有灰尘眯了他的眼，他的眼里流出了眼泪。是感激的眼泪，此刻他感到生活待他不薄。农在城里的校部休息，此刻她在干什么？他加快了脚步，他要回家给她打电话。

"我在教学生煮一种草药，很香的。"她满怀喜悦地说。

"啊，你也爱上了草药！是包治百病的那种吗？"

"是啊。你来看看吗？"

"过几天我再过去吧。"他说完后觉得自己比任何时候都牵挂她。

校长尽管很忙，还是关注着煤永老师。他在那条小路上将煤永老师叫住了，他邀他一道去坟山走一走，他心里认为坟山的氛围对煤永老师会有好处。

"茵依还是我让韦老师介绍给你的呢，你不知道吧？"

煤永老师"啊"了一声，并没脸红。因为在校长面前用不着脸红。

"她是我侄女。"校长又补充说。

"我的周围总有人在保护我，这都是由于您的人格魅力。"

校长显出吃惊的样子，似乎要反驳煤永老师，但终于什么也没说。

他们在石凳上坐了下来，看着那些沉默不语的坟，各想各的心事，都很惬意。自从乐明死后，煤永老师对于坟墓就有了一种亲切感。平时爬山见到那些野坟，他也会坐下来待一会，就好像在同墓主聊天一样。现在被这些墓包围着，煤永老师觉得特别有种宁静感——他认为死人都是安静的。

他们就这样默默地坐了一段时间，校长觉得应该说点什么。

"你的事真有那么复杂吗？也许只不过是黎明前的黑暗呢？"

"啊，谢谢您！并不复杂，但我没法说明。我的生活并不黑暗，最近我常常觉得自己是幸运儿，可见只是看法问题。校长，您有这种感觉吗？"

"当然有！好极了，煤永！我们回去吧，你看那只鹰，它也要飞回去了。当你回到家里时，也许有一件好事在等着你呢。"

他回到家里时，果然有一件好事在等着他：云医到他家里来了。

小蔓和云医在厨房里忙碌着，煤永老师发现他俩配合得非常好，就好像他们一直是老搭档似的。煤永老师既诧异又感动，他马上退出来坐到客厅里去了。

云医话不多，问一句答一句。但他的食欲非常好，脸膛红红的，与先前比起来像是两个人了一样。煤永老师暗暗为小蔓感到欣喜。现在他想通了，他不再希望小蔓急着结婚，他只希望女儿快乐，希望她事业上不断展开。他有一种预感，这就是这个男孩会是小蔓的福星——她终于等来了这一天。

他俩走了以后，煤永老师收拾完屋子就坐下来备课。他很快就顺利地将工作做完了。最近他总是这样，他为自己的创造力感到自豪。虽然同农的关系前景暗淡，煤永老师却认为这种关系进入了一个新阶段，这就是从妻子的角度去设想她的前途，暗暗地为她考虑种种问题，机警地帮她出主意。为什么不呢？她是他的亲人，他应该这样做。又因为他从前做得太不够了，他现在要加紧学习。这是他补偿妻子的唯一的机会了。想到这里，他又坚定了要将自己的这些体验写进教案的决心。学生们将来踏入社会后应该比他做得好，他这个老师才没有白当。

他走到窗口，看见外面黑黑的。丹织不再摆弄她的提灯了，她真的在沉默中等待吗？她怎么会这么固执的？能够欣赏到连小火的美的女孩子，该是什么样的非同凡响的女孩子啊！煤永老师离开窗户，阻止自己继续往下想。他对自己说，通往丹织的那条路是一条死路。虽然他同她在一块时有过昙花一现的瞬间，但那种幻想不应该继续下去。那么茵依呢？想起茵依，煤永老师就对小蔓充满了感激。他甚至觉得自己不配有这么了不起的女儿。他不再爱茴依，大概是因为他已不是从前的那个他了，到底哪些地方改变了，他也说不上来。幸亏小蔓填补了茴依心中的空白，这阴错阳差的生活才展现出它美好的一面来。当年是美丽的茴依救了他和小蔓，现在是小蔓回报茴依的时候了。煤永老师设想着茴依的晚景，心中感到深深的慰藉。校长说得不对，这不是黎明前的黑暗，这就是生活之光。茴依的爱，小蔓的爱，农的爱，丹织的爱，哪一种又不是动人心弦的爱？他，一个普通人，今生经历了这么多，难道还不知足吗？

"爹爹，您没事吧？"小蔓来电话了。

"我好得很嘛，怎么会有事？"

"我担心您看到我太幸福了，会伤感起来……"

"我家小蔓真懂事！你放心，爹爹的情绪很好。我正在想，我这个粗人，怎么会生下一个这么懂事的女儿。我真有福气。"

"爹爹别夸我了，我会要升上半天云里了。"

在这个静静的夜晚，煤永老师很快进入了惬意的睡乡。

时间又过了两个月，煤永老师觉察到农的情绪在这段时间里并不稳定。虽然整体上来说她还是比较乐观的，但她的确是有心事。然而她的教学工作和设计工作都很顺利，她在事业上迎来了自己少有的满意时期。煤永老师想，这就是读书会的神奇的力量啊。读书会给予每个人以精神上的支撑。

有一天，农对他说：

"我看见洪鸣老师的爱人了，她真是少有的美女！我觉得她又朴素，又实际，还很能干，对书籍也有莫大的兴趣。可是这样一位女郎，为什么不愿搬回洪鸣老师家来住？她现在病已经完全好了，看上去非常健康啊。从态度上看，她好像感到自己很对不起洪鸣老师……难道洪鸣老师有令她不能容忍的地方？"

"不可能。洪鸣老师是我见过的最有教养的谦谦君子。"煤永老师马上说。

"那她为什么要分开？洪鸣老师多可怜。"

"这种事应该是很复杂的。我最近学聪明了,凡事不急于判断。"

"这样一位女郎,不要说洪鸣老师,连我都会爱上她。可是这两个人弄得双方都痛苦寂寞。唉。"农陷入沉思。

煤永老师想,当初他和农不也是双方都痛苦寂寞吗?后来他们之间的隔阂也并没有打消,只不过是农让了步。看来洪鸣老师和鸦之间存在着不可解决的矛盾。不过他们双方也许正在寻找解决的办法?这种事只能等待。但愿不要像他和茴依之间一样,等上三十年,将爱完全消磨光了。

"你为什么苦笑?"农又问他。

"我想起了鸦的样子。这么绝顶聪明的女郎不会让问题解决不了的。"

"我也同你一样的想法。"农的脸上焕发出光彩,"我真想成为鸦的好朋友啊,但也许不可能?"

"说不定哪一天就可能了。"

"嗯,你说得对。顺其自然是最好的。"

农对煤永老师说的是心里话又不完全是心里话。她的心底有一个阴暗朦胧的角落,出于本能她很少去触动那个角落。她并不是害怕,只是不愿将幻想看得太重要而去过一种不安定的生活罢了。她认为自己还是很重现实的。那么现实是什么呢?现实就是她仍然爱煤永老师(尽管对他极为不满),但是她也有一点点爱上了洪鸣老师。不过这两种爱是有区别的,对洪鸣老师的爱属于读书会成员之间的爱,用不着同实际生活联系,有点天马行空的意味。但这种虚幻美妙的感情给人以生活的动力。并且,最重要的是,她对洪鸣老师的那份情意也不能像一般友谊一样完全公开。如能完全公开的话,就少了很多兴奋了。煤永老师应该是可以猜到她的心思的,不过她并不忌讳在他面前谈起洪鸣老师,因为并没有什么秘密嘛。入睡前她问过自己:我有秘密吗?没有。当然没有,因为洪鸣老师还有鸦呢,那么迷人的鸦!洪鸣老师多么爱她!这从他的眼神中就能看出。那么他对她又是什么眼神?那里头不是也有爱吗?天平不会突然倾斜吗?农不愿深入地思考这种问题。从前她认为没人爱自己,现在有两人爱自己,这还不够?不过她还是对煤永老师不满,因为他没有全心全意地爱她,他一直有保留,这一点她是不会弄错的。当然洪鸣老师更不会对她全心全意——他身边有鸦!世上有没有全心全意的爱?爱到地老天荒的那种?但地老天荒就真的那么好吗?

煤永老师知道农并没有睡着,他想,这就叫同床异梦啊。农比他容易入睡,一般在农还没有睡着时,他也就睡不着。但他也不愿在黑地里同她说话,他认为农有权利享受她自己的秘密的快乐。他在黑暗中看见了两人的道路在前方分岔的景象。回忆自己同她八年多的共同生活,煤永老师感到这场爱情的马拉松对他来说的确有点吃力了。是因为他正在渐渐老去,还是因为他的爱的能力不够?煤永老师认为后者的可能性更大。比如他就从来不能像洪鸣老师那样激情奔放,他甚至也不能像校长那样敢于冲动。当然,他也做不到像古平老师那样从一而终——这从他对茴依的爱就可以得出结论。他是一个心神不定的又有点窝囊的半老男人。想到这里他又在黑暗中苦笑了一下,甚至做了一个鬼脸。

"你在笑我吗?"农在黑暗中发问。

"多么奇怪,难道你生了一双猫眼?我在笑我自己呢。"

"啊,我想到这样一个问题:可不可以将园林建在海湾边上,让海水同我的园林贯通?我的园林所向往的不就是这个吗?"

"这真是个天才的创意!农,我真佩服你!"煤永老师激动地说。

农略略地笑了两声,翻了个身,又睡去了。煤永老师不再分析自己的个性了,他为农的这种振奋感到高兴。他想,至少她目前是充满了活力的。他就在这种欣慰感中入梦了。梦里有一架秋千,煤永老师像小时候一样用力荡,但无论他怎么努力,也达不到理想中的高度。不过有个声音在旁边安慰他说:"这样也不错,这不是很好的吗?对了,很好啊……"

第二天早上煤永老师一睁开眼脑子里就出现这个念头,这就是他和农都在等待鸦采取行动。也许会有行动,也许什么行动都没有。那他们这种等待有没有意义?不知道。能够知道的就是他俩并没有陷入颓废。农并不是容易颓废的人,这正是煤永老师最喜欢她的地方。她对自己的生活要求很高,但她也一直竭尽全力地生活。

消息是星期天来的。农去了读书会,但她比往常早回来了。她对煤永老师说鸦另有所爱,洪鸣老师痛不欲生,说自己"总算被她杀死了",好像是鸦自己打电话告诉洪鸣老师的。洪鸣老师两眼发直,农觉得自己在这种情况下必须马上离开他。幸亏有沙门女士在,沙门女士就邀洪鸣老师去外面散步,他俩一同离开了。

煤永老师观察到农虽然有点泄气的样子,但还是很亢奋。那么,农到底是将要同洪鸣老师分手了呢,还是迎来了接受他的机会?他觉得后者的可能性更大。洪鸣老师将从创伤中恢复,这是毫无疑问的。因为现在他身边有农这样了不起的女子,他怎么会看不见?他会消沉一个时期,但终究,生命的曲线会再次上升。煤永老师作为过来人预见到了这一点。他有点悲伤,毕竟同农在一块这么多年了。但同时,他估计自己已经能够承受这种打击了。

洪鸣老师那边风云莫测。因为农过了没有多久就接到了沙门女士的电话,她在电话里责备农为什么没有去读书会,还说洪鸣老师找过她。"也许他和鸦是和好了。"农高兴地对煤永老师说。读书会现在发展了,人数增加了两倍,这是因为沙门和云伯改变了经营方式。他们让书友按兴趣组成几个小组,每星期都有聚会。如果书友愿意的话,他或她每星期的周末都可以去沙门的书店。所以农在接到沙门的电话后的第二天就去了书店,因为洪鸣老师在那里。

煤永老师想,洪鸣老师的爱情真神秘!到了夜里,煤永老师就接到了农的电话,她说读书会已经散了,她正打算在沙门女士家睡觉了。

"他俩真的和好了,洪鸣老师兴高采烈!"

"是吗?这可是一件好事。"

"洪鸣老师去了一趟乡下,也许鸦那边是有点问题,不过远没到要分手的地步!他们甚至达成了约定:鸦每个月回洪鸣老师这里住一天,洪鸣老师每个月回乡下两次。这对可怜的人。你怎么看,永?"

"我不作判断。"

煤永老师觉得，农之所以在电话里听起来很亢奋，应该是她和洪鸣老师之间有某种激情在高涨，当然，这激情又同鸦连在一起。世上人和人之间的关系多么奇妙啊！如果洪鸣老师总不同鸦分开，农与他之间就总有这种激情吗？如果按农阅读的这本关于海湾的小说来看，他们之间的关系就应该是这样的。那么，关于海湾的这本小说究竟是不是洪鸣老师写的呢？他正想到这里，就有人敲门了。居然是丹织！

"我想，我还不如大大方方地来拜访您。"

她说了这句话就轻轻地坐在沙发上了。煤永老师再次为她的轻盈和训练有素的动作所倾倒。他揉了一下眼，似乎有些不相信这真的是她。

"我们早就该大大方方地来往了。"他诚恳地看着她。

"好。我只是想问问您，您刚才在干什么？备课吗？"

"是啊，备课。备完课就接到了农老师的电话。"

张丹织扑哧一笑，示意煤永老师别倒茶了。因为时间不早，她要走了。

她关上了门。煤永老师抑制着自己，想将这个插曲忘记。但是丹织的身影一遍又一遍地在他脑子里回放。她刚才真的是坐在这里，空气里头还有她身上散发出来的清新的香味，那是年轻的女孩子所特有的。当时他自己甚至在微微地颤抖，这是怎么回事？他不是已经下了决心不让这事发展了吗？

煤永老师的思路像野马一样奔腾起来。他在房里踱步，在心里反复对自己说，到此为止，到此为止……一些同丹织有关的片断像走马灯一样在他脑海里转。那是半夜在连小火家，黑暗中听到年轻女子的嗓音……后来，那本地中海的植物书……雨天里共撑一把伞……在黑咕隆咚的操场上，她让他感到的逼迫感……树林边的提灯释放的信号……就在刚才，她的贸然到来……

煤永老师在这股情感激流中甚至立刻就想到了古平老师对这件事的判断。他凭什么做出这样的判断？丹织究竟是什么类型的女子？从前他认为自己对乐明，对农都缺乏理解，所以留下了极大的遗憾。可是现在，面对这位年轻女子，煤永老师感到她完全是个谜，他对她连起码的了解都谈不上。不过是不是越是这样的关系，反而越对人有吸引力？是不是他对茵依太了解了，即使三十年不见，但只要一见面，马上就像从未分开过一样，就为这个他不再爱她了？他是多么冷酷啊！像他这样的人，绝对不应同丹织这样的女孩交往，那会毁了一位教育界的天才型教师。

在昏头昏脑中挣扎了两个小时后，煤永老师洗了个冷水澡，这才渐渐平静了一些。应该说，丹织是完全不了解他，所以才对他抱有幻想。他做出了这个结论后就上床，熄灯。可是过了几分钟，他马上又推翻了自己的结论。因为他觉得自己的结论是小看了丹织，丹织可不是一般的女孩，她不是拯救过连小火吗？她好像随意就能搭救别人，多么了不起啊！她完全不是那种生活在幻想中的年轻女子，而是脚踏实地的成熟女人了。那么因为这，他就可以同她交往了吗？不，不行。古平这次一定是犯错误了，他对他煤永的劣根性体会得太少太少。男性朋友之间总是这样。像他这样的人，最应该打单身，农现在不是渐渐觉悟到这一点了吗？

黑暗中电话铃又响了，他以为是农，不由得紧张起来。还好，不是农，是小蔓。

"有什么事吗？"他的声音居然又颤抖了。

"没有事，爹爹。就是想念爹爹了。"

"专为这个打电话？这可是稀奇事！"

"自从结识了茵姨，我就同她一样老惦记爹爹了。您一定要让自己过得开心！"

"我真的过得很好。你要是认为爹爹过得不好，那是因为你不了解爹爹。"

"晚安，爹爹，睡个好觉！"

煤永老师想，他对小蔓的爱终于结果了。多么好的女儿！她将使他以后的单身生活变得多么丰富！他的计划是，万一农同他的婚姻结束了，他就将全部精力放到教学上面去，把浪费的那些时间都夺回来！女儿的电话改变了他的情绪，就像吃了定心丸一样。有个女儿真好！她穿针引线，正在给他阴沉的生活带来亮点。煤永老师在床上伸直了腿，一阵欣慰之情掠过他的身体，他打了个哈欠，忽然变得睡意沉沉。他听到有人站在门口对他说："这屋里啊，有好些人走来走去。"说话的人是老从，煤永老师在黑暗中笑了笑，后来就什么都不知道了。

在课堂上，有个学生向煤永老师提了个问题。

"如果我早上要迟到了，但是皮鞋还没擦，妈妈又催我快走，还骂我太懒，我该怎么办？不擦皮鞋，穿了它们去上学再说吗？"

他的提问引起了哄堂大笑。煤永老师严肃地对他说：

"当然是擦好皮鞋穿上，再去上学。到教室后向老师说明情况，保证今后不再迟到。你其实是这样做过了，对吗？"

学生点了点头，惊奇地反问他：

"您是怎么知道我是这样做的？"

"我从你的样子看出来的。你妈妈还没发现你的进步。"

"煤老师万岁！"

煤永老师回想起这事，心里便很畅快。他的学生多么灵透！就连他自己，也得好好向他们学。从今天起他不准自己再慌里慌张了。他不是快六十岁的人了吗？简直莫名其妙！说起来，他连人家年轻女子都不如，人家上他家来时那么镇定，来之前就想好了要如何结束这次会见，他自己却像个木偶——怎么搞的，又想起丹织这档事了，打住。

"永，我终于弄清楚了，洪鸣老师不是书的作者。可是他的阅读那么深入，让人觉得他比作者还更像作者。他说有人比他的阅读还要深入，你猜是谁？"

"当然是鸦。"煤永老师说。

"你是怎么看出来的？"

"从鸦的脸上看出来的嘛。她的文学天赋应该很高。"

"永，你太了不起了！我怎么就学不会欣赏你？"

"因为我反应迟钝。还因为我具有的才能你都具有了。"

煤永老师口里开着玩笑，其实他在等待，看看农会不会将心里想说的说出来。但农显得犹豫不决，最后什么也没说。

"刚才你没有回来时,有人在对面的树林里向我们这边打信号。当时天刚黑不久。也许那是给我的信号?为什么?"农说出来的是这样一句话。

他俩在厨房里吃了简单的晚餐。农一边吃饭一边告诉他说,她现在给学生们讲地中海地区的植物了,她在一家旧书店买到了这本书,不,一共是五本同样的,她把另外四本发给学生们了。这本书的彩印真美。

煤永老师听了就痴想起来。难道书还可以繁殖?一家旧书店,一下子就生出了五本?丹织会做何感想?

"你干吗拍自己的脑袋?"农问道。

"好像不太清醒的样子。"

"你太累了,今天早点睡吧。"

"我打算工作到下半夜呢。"

最近他的工作进展得比什么时候都好。虽然关于丹织的念头不时地给他带来烦恼,但他的工作和他的创造性却因此而受益了——灵感就像插上了翅膀一样。为此煤永老师又在心里对张丹织充满了感激。会不会是青年女子的灵感通过她对他的渴望传到了他身上?这真是不可思议啊。不过还是别自作多情了,丹织对他会有什么渴望?她完全是一种误判,要么就是听信了古平老师,其实古平对他也是误判。

就这样,他脑子里一边闪现着连小火家的镜头一边工作,思路变得无比流畅了。现在就好像他个人的隐秘情绪全都找到了出口,正源源不断地流进他的工作中去一样。在这个意义上,丹织是不是提高了他的境界?

当他做完了预定的工作时,看见农还在那边书桌上冥思遐想呢!他心里一阵兴奋,但马上又清醒过来,开始责备自己。现在的尴尬局面难道不是他自己造成的吗?如果他一开始就更多地为农着想,农怎么会一直对他不满?

"你的精力真好。"农将目光转向他,佩服地说,"我觉得,像你这样的人永远也不会垮掉。"

"那么你自己呢?"

"我,我对自己远不如你对自己那么有把握。"

她自嘲地笑了，情绪很好的样子。

"张丹织老师为什么不去读书会了呢？"煤永老师冲口而出。

"我不知道。刚开始的时候，我还误认为丹织同洪鸣老师是一对情侣呢。后来洪鸣老师才告诉我他有爱人。不过从表面看去，他俩真般配，对吗？"

"你说得有道理。你现在读的这本小说是关于哪方面的主题？"

"主题？我从来没想过这种问题。我一共读了四本小说，好像都是同一个主题。我还以为世界上的小说全是关于同一个主题的呢！"

"你进步真快，了不起，了不起！我无话可说了。可见读书会确实是使人突飞猛进的地方。沙门，云伯，洪鸣老师，文老师……他们都是一流天才。我完全感觉得到他们的影响。"

熄灯后，在黑暗中，农终于向煤永老师谈起了洪鸣老师。她说近些日子里，洪鸣老师和鸦的关系正经历着大起大落。不，并没有明显的第三者插足，但决定权似乎在鸦手中。洪鸣老师失魂落魄，每天等待死刑的审判。洪鸣老师并不完全是被动的，他也在努力思考，他说如果这么多年里头他并没有给鸦带来幸福，而他又不撒手，那他不就等于是在伤害鸦吗？可是真要分手的话，那感觉就和割掉自己的胳膊差不多。鸦可不是一位能让人轻易忘记的女子,他俩的关系曾经经历了多么可怕的困难,但仍然携手挺了过来。到了今天，他已经差不多无法忍受他的生活中没有鸦了。可是难道因为他自己无法忍受，他就要继续伤害鸦吗？也许他应该彻底撒手，让鸦重新选择？事实已经证明，尽管他努力过，却并没有给鸦带来幸福，这也是他的最大心病。他是男人，应独自忍受切割之痛。可是鸦的心里到底是怎么想的？农就这样将自己设想为洪鸣老师，不断地为他考虑着他同鸦之间的棘手的关系，翻过来覆过去地将他面临的可怕选择说了又说。煤永老师呢，也在一旁替他们思考。虽然他说他不表态，但他也感到了洪鸣老师如履薄冰的处境，从心里很同情他。从很久以前他听说了洪鸣老师和鸦的爱情故事后，就一直认为洪鸣老师很了不起，比他自己好多了，难怪农会为他所吸引！他暗想，目前的这种形势大概要根据鸦的情况来定。如果鸦的病彻底好了，如果她已坚强到可以忍受分手的打击，让她再做一次选择当然是最好的出路。鸦是那么美丽的女子，不会没有人追求。可是如果她老拿不定主意的话，事情就麻烦了。毕竟她同洪鸣老师之间的感情非常深，这是可以看得出来的。煤永老师一边听着农的那些分析，一边还暗地里思考着自己同农的关系。现在他心里只有感恩了。他的命运中有这么一位好妻子，他要感谢上苍。并非所有的爱都要白头到老，他拥有过了，就该知足了。他拥有过的不都是最好的吗？他在心里祝愿洪鸣老师和鸦找到迷宫的出口，他想，农大概也在心里祝愿同样的事吧。鸦就是美，美应该受到保护，大家都是这样想的。就好像他同农已达成了默契似的，两人都不说话了，过了几分钟，他俩就同时进入了梦乡。

第二天早上农一醒来就问煤永老师：

"一种无限期的等待会不会磨损掉爱人之间的激情？"

煤永老师想了想，回答说：

"那要根据园林的分界线是否清晰来判断。有的人越等越有激情；还有的人，等待会导致他身上的激情转向。"

农去城里上课时，煤永老师从窗口望下去，看见她的背影有点落寞的味道。想起她昨夜说的那些话，煤永老师想，现在洪鸣老师已经对她无话不说了。他没法不为农感到忧虑，可他也知道自己的忧虑对她没有帮助。

他目送着妻子走远了。有个熟悉的声音在他的窗下说话。

"我保证每个月给你们这一片送二十斤茉莉花茶来。"

煤永老师叫出了声，原来是连小火！

过了一会儿连小火就进屋了。煤永老师发现他瘦了一些，穿着合体的休闲服，显得十分年轻、健康。

"我要结婚了。她是我的雇员，一位美丽的村姑。"

"啊，小火，我一定要去参加你的婚礼！你是我终身的好朋友嘛。"

煤永老师说这话时看着连小火的眼睛。

"当然，当然！您和丹织一块来吧。"他想了想又说，"还有农老师，她也一块来吧。您告诉我，丹织是怎么回事？"

连小火最后这句话是凑近煤永老师放低了声音说的。煤永老师红了脸。

"我不知道。你指的什么?"

"有些事我想不清,但我觉得,她不应该打单身,也许她是昏了头。唉。"

煤永老师愣了一下,挤出一句话:

"可是她的工作干得非常出色。"

"啊,那是肯定的,她这样的……"

连小火满脸阴云,将一大包茶叶送给煤永老师,就匆匆地告辞了。

第二章　鸦的智慧

　　在乡下，当鸦的书店走上了正轨，有了营业额时，鸦的心智一下子就变得成熟了。有时闲下来，她坐在花园里回忆，连她自己都感到吃惊：从前的那些事真是她做的吗？那时她到底是怎么回事？她现在有了几个新朋友：英俊的猎人（现在又成了教师）阿迅，阿迅的父亲（睿智博学的老人），资深读者、女作家晚仪，还有小朋友小勤。啊，这一年多里头她在乡下过得真快乐！阿迅每个星期都来书店，鸦同他已成了无话不谈的密友。阿迅的爹爹则一个月来一次，参加鸦组织的读书会。现在鸦的读书会的固定成员已经有二十三位了，还有一些不太固定的。他们大都住得比较远，年纪比较轻。他们在乡村小路上骑着摩托车，直奔鸦的书店。这些男男女女，有的是单骑，有的是与情侣或同伴共骑一辆车。他们当中有几位年纪大些的，就会在鸦给他们准备的客房里留宿，因为讨论会常常要从下午持续到深夜。鸦和母亲又腾出了一间大瓦房来做读书会的会议室，布置得十分舒适又雅致。他们用一把大茶炊煮茶，喝的都是采集的香草和花儿煮的茶。年轻人半夜回家时，总是在小路上慢慢悠悠地骑，大声地辩论，他们的出现使得这比较寂寞的地方成了世外桃源。谁也说不清这些顾客和书友是怎么找到鸦这里来的。鸦听到有些人说是她的魅力将他们吸引过来的,她的美貌在这方圆几百里都很有名。但鸦自己并不认为是这个原因,她始终记得阿迅在她创业初期时所说的那句话:有关心灵的事同人口密度没关系。这句话如今不是应验了吗?阿迅该是多么聪明的男子啊!鸦以前一直住在城里,从未结识过像阿迅这种类型的人。但从一开始,她就觉得他像自己家里的人,一位任何时候都可以依赖的哥哥。她已经去过阿迅建在半山上的石屋,去过好几次了。有天下午坐在他客厅里的沙发上,鸦忽然觉得自己爱上阿迅了。不过那只是一瞬间的幻觉。鸦对自己说,她最爱的,还是洪鸣老师。但她又真切地感到,如果自己早一些认识这位美妙的猎人,她就不会犯那么大的错误了。她仍然不敢仔细地回忆她所犯的到底是什么性质的错误。这对她来说还比较困难。她开玩笑地对阿迅说:"如果我没有洪鸣老师,我就嫁给阿迅。"当时阿迅正在找书,听了她这句话那只手就颤抖起来,但很快又恢复了常态。他做出没听见她的话的样子。

洪鸣老师同阿迅也成了很好的朋友。阿迅起先在洪鸣老师面前有点紧张,总是找出借口不待很长时间,而且还时不时地脸红。但洪鸣老师是那么热情又真诚的人,阿迅很快就打消了顾虑,将他看作自己的知心朋友和老师了。在教学方面,阿迅觉得自己有很多事要向洪鸣老师学习,因为他是这方面的专家。而洪鸣老师呢,也对狩猎这门职业很好奇。他甚至跟他进山,看他打了两只野鸡,当时在场的还有阿迅的两个学生。进山狩猎之后,阿迅在心里暗暗发誓:永远做鸦和洪鸣老师的密友,决不打破友谊的界限。但阿迅拿不准鸦对她和自己的关系到底是怎么想的。他觉得鸦的态度有些——怎么说呢,有些朦胧。她有爱人,这位爱人是一个了不起的人,既潇洒,又才华横溢,而且那么爱鸦,可鸦就是不能回到城里他身边去,好像是一回去就要发病。这是多么不合情理的事啊,而且发生在他阿迅最亲密的朋友身上!当然,他没有资格去询问鸦,他可不愿侵犯鸦的隐私。他只能做一件事,那就是保持同他们夫妇的友谊,在不伤害友谊的前提之下暗暗地帮助鸦。他凭直觉感到鸦最需要的就是他的帮助。比如在读书会里,有不少书友就是他去做工作吸引过来的,因为他博览群书,那些年轻人都很相信他的推荐。鸦并不知道他做的这些事，这给他带来隐秘的欢乐！他也感到，洪鸣老师并不是完全没有觉察到他对鸦的倾慕，因为他毫无疑问很敏感，可他心地无比善良，所以绝不忍心怪罪阿迅。这就是阿迅的判断。比如说，对于阿迅每个星期往鸦的书店跑这件事，洪鸣老师从未显露出丝毫不悦，反而将阿迅当自己家里的兄弟一样看待。阿迅认为，一切都很正常，一切他都有一定的把握，只除了鸦。鸦对于他和她的关系到底是如何看的？一想到这个黑暗的问题，阿迅就会有忧郁涌上心头。他在最近做出了一个新的决定，那就是要减少来鸦这里的次数，将每星期来改成一个月来一次，像他父亲一样。

"阿迅，我今天去读书会了。鸦这姑娘啊，很像我年轻时的梦中情人。"

"您年轻时的梦中情人难道不是妈妈吗？"阿迅笑着问爹爹。

"不止一个呢。不过说真的，她魅力非凡。对我来说，主要不是因为她的外貌。"

"是因为什么呢？"阿迅故意问。

"你当然知道的，儿子。"

爹爹朝阿迅眨了眨眼，神秘地一笑。

爹爹离开了好久，阿迅还在想他应不应该疏远鸦这件事。难道爹爹是特地来提醒他，说他在做傻事？鸦应该如何生活，完全只能由她自己来决定。她是成年人，又绝顶聪明，根本犯不着他阿迅来替她担忧。这样一想，阿迅就觉察到了自己的做法有多么幼稚。完全是自寻烦恼！

至于鸦本人，不管阿迅疏远她也好，不疏远她也好，她在他面前总是高高兴兴、情意绵绵的，就好像她完全理解阿迅的顾虑一样。

阿迅得到了爹爹的提醒之后，又同鸦恢复了从前的亲密。就是在这期间，鸦曾向洪鸣老师暗示自己有了新的追求者，但她还没打定主意。洪鸣老师的反应是"痛不欲生"，后来他俩又和好了。鸦和洪鸣老师之间的这段插曲阿迅并不知道，他只知道这一对爱人在一起的时间多了一些。但毕竟还是分居两地啊，他俩该多么寂寞！尤其是鸦。因为鸦是女人，并且是特殊的女人。白天里，阿迅只要一闲下来，脑子里就回响着这个名字：鸦，鸦……怎么能不爱鸦？即使是没有出路的爱，他阿迅也得爱下去。世上的爱并不都是有出路的。阿迅明白了爹爹心里的想法，爹爹是老猎人，猎人的心是相通的。于是阿迅改变了念头，他决心将自己这无望的爱进行下去，但他并不想对鸦有任何要求。人生苦短，如果他连爱都不敢去爱，他还是一名猎人吗？

"阿迅，你在想什么呢？"爹爹在电话里问他。

"我正在想鸦。"他勇敢地回答。

"好孩子，你做得对。给她她需要的那些。"

"谢谢爹爹。我爱爹爹。"

鸦早已感到某件事正在暗中聚焦，她耐心地等待着。现在，阅读了这么多文学书籍之后，她的确不再是从前那个鸦了。她有力量，所以没必要焦虑。

除了两位年纪大一点的妇女，读书会的书友们都回去了。鸦站在院子里，看着夜空中美丽的云彩，一点都不感到累。有人在暗处说话，吓了她一跳。

"鸦，你今晚同晚仪的讨论真精彩。我留下来想问你几句话。"

"那么你，阿迅，你有没有读过《还乡记》这本书？"鸦问他。

月光下，他俩手挽着手往外面的小路上走去。

"还没有。我刚刚买到这本书。不过听了你俩的讨论，我心里大致有了个结构。我想，这本书里描写的还乡其实不是还乡，是去一个没有去过的地方，你说呢？"

"当然是。小说总是这样的吧。所以才要写小说吧。我常想，当一名读者是多么幸福啊，可以随时去那些从来没有去过的地方！"

"去那种地方给你什么感觉呢？"阿迅有点焦急地等她回答。

"当然是振奋！你瞧我现在多振奋，因为我也在还乡……"

"啊……啊……"

"怎么啦，阿迅？"

"我太幸福了。我还是回去吧，太晚了。"

他发动摩托车，一会儿就消失在路的尽头。鸦站在桃树下，脸上有笑容。

有人在院门那里站着，是苇嫂。鸦记得苇嫂的丈夫去世一年多了。

"多么英俊的小伙子！"苇嫂赞叹道。

"我可以爱他吗？"鸦开玩笑地说。

"当然可以！连我都想爱他。开会时我就坐在他旁边，我几乎忘记自己已经六十岁了……你可别笑话我。"

"我不会，因为这并不可笑。您真了不起，苇嫂。"

她俩又在院里的木椅上坐了一会儿。其间苇嫂说到生活的美好，说自己还没活够，一定要设法锻炼身体，延长寿命。而鸦听了她的这番表白竟然大动感情，连声音都变得哽咽了。

苇嫂回房去睡觉了。鸦在房里待了一会儿，听见那只黑猫老在外面叫，就又走出去。她在木椅上坐下，黑猫跳到她的膝头上，它立刻安静了。莫非它认为今夜太美了，现在就睡觉可惜了？猫啊猫，你可是什么都知道啊！鸦确实没有睡意，她心潮起伏。很久（三个月？四个月？）以来，她就感到自己对洪鸣老师有"变心"的迹象，但是她对自己的这种倾向还不能十分确定。要知道，从前她是多么崇拜他，对他是怎样的一片深情啊。乡下的一切都是生气勃勃，符合她的性情的，何况这里还有令她心动的新的爱慕者。就像她不再理解自己从前的幼稚一样，现在她也不那么依赖洪鸣老师了。有时，在同人的心灵打交道的工作中，她竟然会忽然发现她的爱情已悄悄地褪色了。她想，如果洪鸣老师离开她，她应该不会再像以前那样"死去活来"了。世事的变化该有多么难以预料，你以为事情会这样，结果却是另一个样子。她酷爱她的工作，而这份工作，当初是阿迅怂恿她做起来的。为什么是阿迅第一个想到这个工作呢？在后来的日子里，鸦渐渐感到了，阿迅是最能帮助她，并使她变得有力量的那个人。而洪鸣老师就不是这样，他爱得太深，却总是怜惜她、迁就她，其结果是她自己越来越软弱，病入膏肓了。这两位同样爱她的男子是多么的不同！鸦慢慢地悟出来自己适合什么样的人了。可是洪鸣老师怎么办？难道她想要他的命？鸦经过深思熟虑之后，决定要采取行动。她凭直觉感到此事宜早不宜迟。洪鸣老师应该可以重新开始，现在他身边不是有了一位美丽的女教师吗?

后来发生的事看似偶然,其实是遵循着鸦的计划在发展。她要慢慢促使他反思他的爱情,慢慢地脱离她……

有一回,鸦的母亲慌慌张张地走来对鸦说:

"洪鸣老师走的时候不太高兴的样子,大概因为你没去送他。鸦,你不爱他了吗?怎么回事?"

"怎么可能呢?说不爱就不爱了?我工作太忙,您也看见了。"

"你说得有道理。但我还是感到有点蹊跷啊。"母亲显得很忧虑。

"妈妈,这一回您就让我处理自己的事吧。您不觉得我在改变吗?"

"我感觉到了。我可能是在瞎操心。"

鸦看着云彩变花样,想起母亲,居然微笑起来。的确,在这样一个崭新的夜晚,她一点都不忧郁。她正在蜕变,变成另外一个人,一个模模糊糊的、丰满的影子。她正走在还乡的路上,难道不是吗?多么神奇的小说!那里!那里长着凤尾草,还有七叶一枝花!她一点都不犹疑,她脚步轻快!有一个声音在前面呼唤:"鸦,鸦……"

她仍然爱洪鸣老师,但她多么希望慢慢离开他!有一种坚强的事物正在从她里面生出来,塑造着她的性格——她原先是没有个性的。她以前常听别人说失恋的人会伤感,可她一点都不伤感。她还觉得自己有足够的耐心和把握。

有什么动物在青蒿地那边弄出响声,黑猫跳下地往那边狂跑,也许是去会它的情人去了。鸦站起来回房间去。

不知为什么,她将卧房里的灯关了又开,开了又关,重复了好多次。她在给远方的洪鸣老师打信号吗?还是给阿迅某种暗示?她不知道,她只知道,她是如此的乐意进入黑乎乎的睡乡。失眠的疾病就像水从沙地上漏掉了一样,再也没有出现过。鸦所在的飞县既像平原又像丘陵。此地人口稀少,而且缺少产业,只是隔得远远的有一座一座的小石头山,据说以前靠开采石头为生的人比较多。站在平地上,人的视线可以看到很远的地方。"大地就像一个摇篮。"鸦说。说完这句她就睁不开眼了。

一大早鸦就被叫醒了。站在门外的是苇嫂、进嫂，还有和鸦年纪相仿的书友晚仪。她们三位都穿着远足的服装。

"我们是来告别的，鸦。"进嫂笑嘻嘻地说，"我们商量好了到人间去猎奇，这一分开就是一个月。一个月之后再见！"

"你们是还乡去吗？"鸦问道。

"是啊，我们找男人去，交朋友去。我们闲不住。读书会里全是年轻人，没有同我们配得上的。再见了，鸦！"晚仪说。

她们三人热烈地交谈着，消失在小路那头。这突如其来的事情给鸦带来巨大的幸福感。她想，飞县这地方真美，书籍真伟大！

晚仪是散文家，写得一手晦涩难懂但含义隽永的散文，销量虽不大，在国内还是有一些粉丝的。她是独身主义者，她认为自己处理不好家庭关系。但她在男性同胞中很受欢迎，他们认为她机智温柔、慷慨大方，而且特别善解人意。鸦一见到她就喜欢上了她。晚仪是听了亲戚的介绍才找到鸦的书店来的，她很快就在鸦的附近租了房子住下了。她说鸦和这个飞县都特别能激发她的灵感。鸦自己也感到，同晚仪的交往令她的文学水平迅猛地提高了。

"她是那种对文学有信念的人。我向她学，也会变得有信念。"她对母亲说。

鸦和晚仪都不是那种喜欢侃侃而谈的人，有时闲下来，两人坐在菜园里的石头上，竟可以默默地坐一个多小时，只为体验这地方的空旷和宁静。

近来鸦向晚仪透露过她对自己过去的爱情的看法，当鸦述说的时候，晚仪认真地倾听着，不时地点头，似乎是在鼓励她，但又什么都没说。鸦大为感动，认为晚仪是一位比她母亲好得多的谈话对象，鸦从来没碰到过像她这种智者型的女性朋友。其实鸦所追求的，就是成为像她这种类型的女性，只是她以前浑浑噩噩的，没有往这方面去想罢了。现在鸦的目标已清楚了，那就是要当一名高级的读者，向周围传播文学的魅力。她想，既然文学已经拯救了自己，那一定还能拯救更多的人。她的这个决心是不会再改变了。同晚仪一块儿散步半年之后，鸦就慢慢地能进入她的散文境界了。那些短小的散文在鸦的眼前打开了一扇新的窗口,让她看到了奇异的风景。

"晚仪,你真伟大!"

"一般般吧。我就是爱写作。"

"你是怎么看到的?为什么只有你一个人看到?"

"现在你不是也看到了吗?有各种各样的看的角度,总有些别人没尝试过的。"

鸦对她佩服得五体投地,心中暗想,再过二十年,她也许能读遍这世上所有那些角度特殊的文学书。那该是多么大的快乐!从前她认为人一生中只有爱情是第一重要的,现在她已改变了看法。促使她改变看法的有两个人,一个是阿迅,还有一个就是晚仪。她明白眼前的这位女友为什么如此沉静了。

鸦还记得在一个夏天的晚上,读书会聚会时,晚仪整个晚上一言不发,不知道她是在倾听呢,还是在思考。

"晚仪,你在走神吗?"鸦开玩笑地问她。

"我在做一个东西。这里的氛围特别适合做东西,我每回都蠢蠢欲动。"

鸦特别爱听晚仪用这种语气说话,这是晚仪给她的信号,表明她的书店工作的成功。

她俩交谈时,那位男朋友就走过来了。鸦知道晚仪已打算同他分手。

即使在盛夏,此地也一点都不炎热。那些蝉唱着渴望爱情的歌。

"为什么分手?他很不错嘛。"鸦说。

"总要分手的。我们道不同。"

"你的头脑真清醒。"

"其实我很少想这事。只是近来盼望分手。那就分手吧。"

"就像你写散文一样?"

"嗯。"

鸦从晚仪的散文里听到了命运的鼓点,每一篇里面都有,急迫而清晰。她在心里说,真美,真是一位率性的诗人。可是诗人就难有完美的爱情吗?鸦不这样想。鸦认为诗人更应该有美好的爱情,甚至应该不断地有。就像那个夏夜的那一位,当然是很不错的男子。鸦感到晚仪之所以同他分手,是为了要去找更好的,因为她是诗人啊。那么就去找吧,鸦默默地祝愿她。晚仪是无价之宝,总有人会发现这一点的。而她,鸦,是多么幸运,她早早地发现了这个事实。那么苇嫂呢?苇嫂六十岁了,脸上有皱纹,但她也是无价之宝,是了不起的女人。可以说,来她书店里的女人全是这一类。鸦想到这里不由得想开怀大笑一通!要是阿迅知道她这些想法,他会有多么幸福啊。因为是他主张办书店的。

"本来也可以不分手,可还是分手吧。"晚仪说。

"对了,还是分手吧。"鸦附和道。

鸦说这话时立刻想起了洪鸣老师。她轻轻地嘀咕道:"爱情大同小异。"

鸦一接到电话就匆匆地去了集市上。她要去迎接晚仪她们归来。

她在集市那里等了一小会儿她们就来了。三个人都又黑又瘦,但她们的眼睛都闪闪发亮。鸦问她们战绩如何,晚仪介绍说,很不错。她们一直待在城里公共图书馆的阅览室,每天早上去,下午回。一开始有点守株待兔的味道,后来就打开了局面,各自都有了收获,于是心满意足地回来了。

"书的森林里有各种各样的野兽。"晚仪这样结束她的汇报。

两位大嫂闭口不谈自己的事,只是微微笑着。

晚仪买了好些食品,还有酒,她邀请大家去她家聚餐。

在餐桌上,因为高兴,四个人都喝得快醉了。后来是苇嫂忍不住了,说起了她的那一位。那是一位民俗专家,和苇嫂同岁。他特别能欣赏苇嫂。她和他同居了半个月,后来他去边境上搞调查去了。

"他还会不会回到城里?"鸦好奇地问。

"不回来了。老榆的计划很大,他说这辈子不知道来不来得及搞完。他是个工作狂,我当然支持他干事业,他不就是因为干事业才那么可爱的吗?瞧,这是他送我的手串!"

鸦将那手串凑到鼻子跟前闻了闻,立刻闻到了清晨树叶的清香。那些小小的椭圆形,也不知是什么果子的核。

"真是一位不俗的男人!"鸦说,"可是苇嫂,你真通达!你就这样放他走了。"

"不是放他走,是我催他走的。"苇嫂纠正说。

"那么你想念他吗?"

"当然想。可是他如果不干事业,很可能会变成一个讨厌的老头。"

"嗯,有道理。苇嫂催走了情人,却保持了美好的爱的回忆。"

苇嫂听了鸦的称赞很激动,忍不住又喝了一杯,喝完就醉了,走过去往沙发上一倒,很快就睡着了。

晚仪帮苇嫂盖上毯子,一边指着她说:"我看苇嫂有点伤感。"

鸦在心里想,伤感也是很美好的吧。

晚仪的故事很长,讲出来却很短——关于爱情,她不愿意多说。她只是简单地告诉鸦说,那人是她的一位读者。

"读者?!多么了不起,是像我这样的读者吗?"鸦问。

"嗯,我想是吧。很好的读者。"

"天哪,你一定幸福死了!他会天天来我们这里吗?"

"不会,大概要两三个月来一次。他搞房屋装修,东跑西跑的那种。他有点老了,家庭负担很重,因为妻子没工作,还有个读初中的女孩。"

鸦在脑子里想象那男人的样子。晚仪笑出了声,说:

"不要去想了,他长得很普通,一点都不时尚的那种老人。"

"这就像小说里的事变成了真的一样。我真想见见他。有一种爱情,年龄的因素很小,外貌也不重要,因为衡量的机制完全不同。"

"你以为是精神恋爱?可并不是。"晚仪神往地微笑着。

"我知道,我知道。"

从晚仪那里回来后,鸦看见阿迅的父亲坐在她的书店里。

"亿叔,您等我等了很久吗?"

"才一会儿。鸦,我跟不上时代了。你这里这些书,写得特别好,可我还没有理出头绪来。这些书之间有种特别的联系，你说是吗？"

"当然是！您太谦虚了，您属于高级读者的行列。"

"鸦这样看吗？鸦对我的评价真高！"

"亿叔的层次本来就高，因为您是猎人啊！"

亿叔离开后，一股浓浓的栀子花香味留在屋内。那种香味鸦在阿迅身上也闻到过，很熟悉。这就是猎人世家特有的气味吗？鸦感到，阿迅和洪鸣老师完全不同。她初次见到他时并没有对他一见钟情，可他就像这种香味，总留在她的周围。鸦在内心欢呼：她的生活太令她振奋了！

鸦知道晚仪比她复杂，她评价人，尤其是爱人，有种特殊的标准，那是种对一般人来说难以捉摸的标准。也许就像她那些散文一样难以捉摸。此刻，鸦企图像理解晚仪的散文一样去想象那位陌生男子，不过没有效果，她脑子里只有一个黑影。她在心里说："晚仪啊晚仪，你太高超了。我们都是一些平凡的人，很难完全升到你的境界。可是我们只要努力，总能看到你的文学花园里的部分风景。奇怪的是你却代表了我们的渴望！"鸦这样想过后，更觉得自己很幸运。

晚上洪鸣老师来电话时，鸦兴奋地向他讲述了晚仪情感上的新发展。

"那是一位传奇般的男子。"鸦说。

"你说起她的恋情来就好像在写小说，你近来改变真大。我对你的这种变化感到特别高兴，因为我是你的爱人，也参加了你的写作。"

"我怎么能写作呢，我是一名读者。"

"你忘了我们上次的讨论了。当时我们达成了一致，那就是如今的读者全是写作者。即算他们没有拿起笔，他们也在以读的方式参加了创作。"

"啊，我想起来了，的确如此。我太激动了，她是我最好的朋友啊。"

"鸦，我也在激动，为你激动。不过现在我要认真考虑一下我同你的关系了。"

打完电话鸦又没有睡意了。她披上厚睡衣走到院子里，坐在月光下。

鸦的母亲也出来了。

"洪鸣老师来电话了？"她问。

"是啊。我在回想我同他的关系的前前后后，我现在终于可以想这件事了。"

"很美的爱情，对吗？"

"的确是这样。是很少有的那种深情。他终于可以重新选择了。他帮助我度过了最艰难的日子，我永远忘不了他。而且我，今后也要像他一样帮助别人。"

母亲突然就哭起来了，哭得稀里哗啦的。后来鸦也哭了，母女俩相拥站在院子里，透过泪眼看月亮，心中充满了感恩的深情。

"我爱他，他就像我的儿子。"母亲哽咽着说。

"你怎么哭了啊？"舒伯问。

"鸦要同洪鸣老师分手了，我真舍不得他啊。"

"唉，老太婆啊，你可不要伤感，伤感伤身体呢。往前看吧。"

"那你怎么看这件事呢？"

"好事情啊，这年头，我们转运了。我一点都不为洪鸣老师担心，鸦一松手，别人一把就把他抓走了。我也不为鸦操心，这点你老太婆比我清楚。"

舒伯笑眯眯地铺床睡觉了。

就在舒伯快入梦时，鸦的母亲突然又说：

"这年头？这年头是什么年头？"

"所有的事物全在突飞猛进嘛。"

舒伯说完闭上眼，很快就打鼾了。但是鸦的妈妈还醒着。被她的想象照亮的世界一闪一闪的，各种年龄的鸦在那里头穿梭。女儿一生中的大转折快来了。不过这一次，似乎值得乐观的成分更大。母亲心潮起伏，如同自己在恋爱。她在心里感谢上苍给了她这么好的女儿。从前她让妈妈操碎了心，不都是为了这一天的到来吗？

她不放心，又赤着脚走到窗户那里去看女儿的房间，她看见对面的窗口黑洞洞的,于是微笑起来。她嘀咕着:"飞县真是一块宝地啊。"然后她就在大地的摇篮里入睡了。

对面那一位也在大地的摇篮里入睡了。

然而到了休息日洪鸣老师却到乡下来了。他一来就在书店里帮忙布置铺面。

中午休息时鸦笑着问他怎么考虑的。

"我们有这么深的感情基础,为什么要分手?太残酷了。"

但是鸦看见了他脸上的迷惑表情。

"那么就不分手吧。"鸦说。

"好。是不是我太不愿为你牺牲了呢?"

"正好相反。你已经牺牲得够多了,再要牺牲,我就坚决同你断绝来往。"

"啊——"洪鸣老师惊讶地看着鸦。

那天夜里是洪鸣老师第二次参加鸦的读书会。还不到八点钟就来了一屋子年轻人,闹哄哄的。另外还有五六位年龄大一些的女士靠墙坐在角落里,小声地交谈着。年龄大一些的男士则只有阿迅的父亲和洪鸣老师自己。洪鸣老师感到这里的氛围和沙门女士的读书会大不一样。听见有人在提议熄灯,洪鸣老师就有点紧张,因为鸦到这时还不见踪影呢。屋里的灯果然就熄了,他们点起了几根蜡烛。有一个女孩捧着一本书在烛光里大声朗读,别人都不听她的,似乎都在三三两两各说各的。洪鸣老师皱起眉头,集中注意力听她读。他觉得自己听懂了,但心里一思量,又觉得什么都没听懂。于是他再加一把劲,努力要抓住那些句子的意思。

"何必呢,这种事要水到渠成。不去听才听得懂。"

黑暗中是阿迅的父亲亿叔在说话。

"亿叔,您在和我讲话吗?"洪鸣老师问。

"不,我同自己说话。我喜欢同自己较劲。"亿叔说。

"这真是一本高超的书!"

"其实并不是高超,是要用特殊方法去读。"

"您见到鸦了吗?"

"您把她丢了?哈,我是开个玩笑。她啊,正在院子外面同晚仪讨论书籍。"

"她怎么不进来参加这里的讨论?"

"她们讨论的,就是这个女孩正在读的这本书。这本书是晚仪写的。"

"我的天!这下我可长见识了。您喜欢这本书吗?"

"不喜欢的话我还会坐在这里?洪鸣老师,您看我俩要不要逃走?这些年轻人不太喜欢我俩,认为我们破坏了他们的氛围。"

于是两位男士就溜到了外面的小路上。洪鸣老师四处张望,根本就看不到一个人。

"您不要找了,她不会让您看到的,她和晚仪谈兴正浓呢。"亿叔在笑。

他俩走了好一会儿,还可以听得到读书会里头的喧闹。洪鸣老师想起亿叔刚才说的"特殊方法"。生活不就像晚仪的书一样吗?干吗将它们分得那么开?看来鸦正大踏步地向前走,将他甩下了。他既自豪又有些许失落感。

亿叔指着那些灰色的树林对他说:

"洪鸣老师,您看看那里有没有您要找的那一位?"

"我没看见她啊,那是树林。莫非她们在树林里?"

亿叔没有回答洪鸣老师的反问,却说道:

"找人最麻烦,可以说根本就找不到。别管她们了,我们自己来想点好玩的事情吧。比如回忆一下刚才那女孩读的那一段。"

"好像是关于树叶的颜色的讨论?"洪鸣老师没有把握地说。

忽然有一只不知名的大型动物朝他俩冲过来,两人分别朝不同的方向倒地了,那动物却跑得没影了。

"什么动物?"洪鸣老师惊魂未定地问。

"是晚仪饲养的驴子,它对您的话感到不满。"

"我的话?关于树叶的话?"

"嘘,小声点。"

摔了这一跤之后，洪鸣老师就有点头晕了，但他又不好意思告别。他硬着头皮站在那里。他听见亿叔在说起鸦和晚仪，他的声音像风浪中的小船一样被抛上去又跌落下来。他好像提到了一些往事，但他的语气一点都不伤感，就好像这一年多里头，鸦一直生活在明媚的阳光中一样。洪鸣老师挣扎着聚拢思路，他感到亿叔的描述同他对鸦在这里的生活的印象差距太大了，究竟谁是正确的呢？也许是亿叔。亿叔还在说，洪鸣老师一个字都听不进去了，他头痛欲裂，要发狂了一样。

"我在哪里？"他声音颤抖，并且那声音像另外一个人的。

当亿叔搀住他时，他就将整个身体都靠在亿叔身上去了。老猎人很有力气，他搀着洪鸣老师回到了会场。会场里开着灯，那些年轻人都走了，只有鸦和晚仪坐在那里小声交谈。看见他们，鸦立刻就过来了。洪鸣老师盯着鸦看，因为他觉得鸦此刻显得非常年轻，就像他第一次遇见她时的那个样子。

"多么美的夜晚啊！"鸦说。

鸦的背后响起了晚仪嘲弄的声音。

"洪鸣老师，您对今晚的聚会有何感想？"

"我？我听见他们在讨论您的作品……深奥至极……"

晚仪冷淡地"哦"了一声，走开去了。

"鸣，你得罪晚仪了。"鸦柔声说道，将一只手放在他肩上。

"啊，糟糕，我说了些什么？我今晚出问题了。"

洪鸣老师懊恼不已。不知躲到哪里去了的亿叔突然又出现了。

"洪鸣老师还需要帮助吗？我这把老骨头还有点力气呢！"他嚷嚷道，"帮您是义不容辞的，因为是您介绍阿迅去当教师的，这对我们来说恩重如山。"

鸦咻咻地笑着。洪鸣老师羞红了脸，不断地朝老头摇手。

"不用帮？您不要为晚仪的事有歉意，我知道她不喜欢您用那种方式谈论她的作品，可您是新来的，她慢慢就会习惯您。啊，我忘了，这是你们年轻人的良宵，我怎么还赖在这里？再见再见！"

亿叔一走，鸦就将房里的灯关了，拉着洪鸣老师去家里。

两人都洗了澡，换上舒适的睡衣。洪鸣老师依然有点忧郁。

"我们睡觉去。睡一觉你的头晕就好了。"鸦说。

洪鸣老师在下半夜醒来了，他听到一种嚓嚓嚓的均匀的声音，他想，这也许是飞县的土壤发出的声音吧。鸦有了他所不能理解的新生活，她睡得多么香啊！他脑子里又一次出现那个老问题：他同她究竟是否真正合适？嚓嚓嚓的声音停止了，洪鸣老师看见黑暗的深渊张着大口。这时鸦醒来了，她让洪鸣老师搂住她继续睡，她马上又睡着了。但洪鸣老师再也没有合眼。他想不出自己怎么会落伍的。在他没注意到的情况下，鸦奔到他的前面去了。这个脆弱敏感的小姑娘鸦，一下子就完全成熟了。洪鸣老师觉得自己已经不能胜任做她的丈夫了。

洪鸣老师要回学校了。鸦太忙，不能去送他，鸦的母亲就悄悄地要舒伯去送。在去汽车站的路上，洪鸣老师的头晕还没完全好。他有点萎靡不振。

"打起精神来，漂亮的小伙子！"舒伯笑嘻嘻地说。

"舒伯，您觉得鸦是不是改变很大？"

"是啊，她的改变太大了！"舒伯说，"她就像她母亲，像极了！"

"您认为她哪些方面像妈妈？"

"方方面面都像！就是那种，敢想敢干的那一种！鸦真的很不错，为她高兴吧，洪鸣老师！我们每个人都为她高兴！"舒伯说这话时兴奋得脸都红了。

洪鸣老师的眼睛发亮了。他提高了声音说：

"我现在为她高兴，将来也如此！她是我的爱人啊！"

说完后他的眼角就有一滴泪掉下来了，他连忙转过身不让舒伯看见。

洪鸣老师坐在车上，听见那车轮压在路面上，似乎在说："鸦，鸦，鸦……"

离他的宿舍越近，他就越感到鸦的完美。他有点高兴地想，以后当他再想念鸦时，就只记得这个完美的形象了。他不能再同她一块儿生活，可她是他最爱的，他希望将来也如此。

当天晚上他就给鸦去了电话，他向鸦诉说了白天里对她的思念，可又保证今后不再去找她了，因为这样做对她最好，她可以重新开始自己的生活了。

"鸣，你也一样。"鸦在电话里说，"你要是寂寞了就给我打电话吧，不过我相信你不会寂寞的。你不知道你自己有多帅，因为我以前没对你说过。昨夜真美，你还记得那种情调吗？这是我们这里的读书会的情调，一切全在暗地里发生……"

她还说了些别的，但声音越来越小，后来电话就挂了。

洪鸣老师发现自己的悲伤忽然就消失了，他又有了力量。他将鸦的大幅照片的镜框上的灰抹掉，仔细端详了一会儿，就去洗澡。洗完澡他就在台灯下开始工作，一直工作到夜里两点才睡。这一夜他睡得特别安静，也许他是累坏了。

"你在说谁？"鸦的母亲问舒伯。

"我说洪鸣老师。他真是一位漂亮的绅士，多么有风度！"

"你认为鸦执意要同他分手是个错误吗？"

"正好相反，我支持鸦的所有行动。"

两人都不说话了，默默地剥着芋头。鸦的母亲显得心神不定。

有客人来了，是阿迅。

"请坐请坐，"鸦的母亲招呼着他，"等一下在我们家吃晚饭吧，你瞧，吃芋头炖牛肉！"

"是鸦叫我来吃饭的。伯母有什么要帮忙的吗？"

"没有没有。你来了我们就特别高兴，你在这里和舒伯说说话吧。"

鸦的母亲到厨房忙去了。舒伯请阿迅喝茶。

"阿迅爱我们的鸦，对吧？"舒伯爽快地说。

"我不知道怎么回答你的问题。"阿迅踌躇地说。

"没关系，不用回答。你心里歉疚，因为鸦还没同洪鸣老师分手。其实这都是鸦的问题。漂亮的小伙子啊，你就耐心地等吧。"

舒伯说这话时半闭着眼睛，摇头晃脑。

"洪鸣老师才是真英俊。"阿迅轻声说。

"是啊,你俩谁更美?我还真说不上来。我们丫丫有福气,小伙子争相保护她。我感到,即使你没等到那一天,也没什么遗憾的,因为这事很美,对吧?"

"还真是这样。舒伯看得穿别人的心思。"

阿迅舒舒服服地喝茶,他有一种奇怪的感觉,仿佛很久以来,他就一直是这一家的儿子一样。他想,也许这是因为鸦的气息在房里飘荡吧。

吃饭时鸦回来了,她紧挨阿迅坐下,不断帮他夹菜,一点都不忸忸怩怩,这正是阿迅最喜欢她的地方。

饭桌上大家谈论阿迅的教学工作,也谈论鸦的书店工作,四个人都很兴奋。

鸦说起她进城去购图书的事。那一天,当她到达批发市场时,一位穿黑衣的矮小老头拉着她的手,领她拐进了一条细长的小巷,他说那条巷子里有珍贵的文学书。鸦高兴地跟随他走,可走了老半天也没看到哪里有批发图书的铺面。一直走到巷口,再往前就是河边了,他才指着一个破旧的商铺对鸦说:"就在那里。"可是那铺里堆着一些廉价皮鞋,似乎并不批发图书。小老头凑近那肥胖的女店主说,他给她带客户来了。

"可是我不批发书籍。"女店主干脆地说。

"啊,怎么办呢?人都已经来了。她是从远郊赶过来的啊。"

女人不耐烦地挥着手,像赶蚊子一样赶他俩走。

黑瘦的小老头不屈不挠地抓住店主的一只手臂,将她拖到一旁,在她耳边嘀嘀咕咕地说了老半天。鸦发现女店主用锐利的目光瞥了她一眼。

"培训了吗?"她傲慢地问。

"正在培训,正在培训!"老头点头哈腰地说,"要不要派两名学员来这里培训?"

"星期三下午两点半。"

老头喜不自禁地拉着鸦往外走。他告诉鸦说,这个店里的文学书是从世界各地搜来的精品，真正的一流货色。这位其貌不扬的老板可是个人物，到处都有她的耳目，她是那些伟大作家们的密友。可她并不靠卖书赚钱，她有别的买卖，有时她还为书籍贴钱进去呢。她对她的图书客户有个要求，就是经营此种高档书籍的人都要经过培训。培训可以由客户自行开展，如果是特别有潜力的客户，也可以到她这里来由她指导进行。

"她看上你了！"老头拍着手说，"我今天没白跑。"

后来鸦就派了一名店员和一名书友去那个地方培训，两人培训完就带了一批图书回来了。那些图书至今还放在柜子里，既没有卖也没有借阅。

"我觉得这事要慎重，要待我们的读书会做好了准备再开始阅读。再说晚仪也很赞成我的安排。"

鸦叙说这件事时，阿迅满怀爱意地看着她。

"我早就说了，丫丫转运了！"舒伯说。

"阿迅，我今天请你来，就是想让你帮我鉴定一下这些文学书，看看我们应该先读哪几本，还需要什么样的培训。"

"可是我并不是这方面的专家啊。我只是业余爱好者。"阿迅为难地说。

"你行的，阿迅。我早看出来了，你就是专家。"鸦边说边用目光鼓励他。

"好吧。可我一点把握都没有，你得有思想准备啊。"

"这种事谁会有把握？大概谁也没把握。我和你一块儿去试！"

两个年轻人来到会议室。那里有一个很高的柜子，鸦要搭梯子才能够到那些书。那似乎是一些旧书，但保存得很好，有的封面上还烫了金。阿迅问鸦为什么要把它们放在那么高的处所，鸦回答说是因为猫，那两只猫一见到这些书就兴奋得不行，她担心它们要把书抓烂。

"可见确实是好书，对吗？"她在那上面说。

"是啊，猫可是最有灵性的动物了。"

他俩坐在一块儿翻阅那些书。几乎不约而同，他们都用鼻子去闻书。

过了一会儿，阿迅似乎挑中了一本。他将那本灰蓝色的小书从前面翻几页，然后又从后面看起。鸦在旁边紧张地望着他的动作。

"这本行吗？"她问道。

阿迅点点头。鸦感激地将那本书收好，口里说："猎人的感觉最灵敏。"

他们就用这种办法挑了五本书。虽然都说不出挑选的标准，但两人都心领神会。因为怕猫儿捣乱，鸦立刻将那五本书锁起来了。

"五本书里面有三本是关于恋爱的。"阿迅说。

"哈！现在正好是恋爱的季节嘛。"鸦高兴地说，"我问你一个问题：你平时也是这样挑书的吗？"

"对。"

"谢谢你，阿迅，我就是想证实一下。我同你的习惯很接近嘛。"

阿迅笑而不语地看着鸦。

他俩走出会议室时，天已经黑了，一弯新月挂在空中，空气里有点清冷的味道。那两只猫在路边不停地朝他们叫，鸦说它们是抱怨她不该将那些书收起来了。

阿迅推着摩托车，东一句西一句地说起他带学生的那些事，鸦认真地倾听着。

"你啊，天生是当老师的料。"鸦感叹道，"不过你和洪鸣老师不同，你是另外一种类型的。我把你称作'行动派'，你不生气吧？"

"怎么会？我还真的爱上了这个工作。你知道为什么吗，因为我的学生都是些小英雄！我太喜欢他们了，我决不对他们食言。鸦，一想到有你、洪鸣老师，还有舒伯、你妈支持我，我浑身是劲，脑袋里面通明透亮。最近我生出了一个想法，我想通过我的教学实践，来认真研究一下狩猎这个行业同大自然的关系。"

"我要为你鼓掌，阿迅，这正是你该做的工作。你不做的话，谁来做？"

鸦一直将他送到大路口，看着他消失在黑暗中。

她回想起来，她和阿迅总是谈书籍和谈工作的时候多，这种谈话是那么引人入胜，就好像她鸦从来就是个书籍爱好者，而阿迅也从来就是个猎人加教师一样。就连他俩对前途的展望都有相似之处。从前她与洪鸣老师住在城里时,她从不展望自己的前途,属于过一天算一天地混日子的人。现在她的这些令她幸福的变化,有一半要归功于阿迅。这样一想,鸦的生活计划就越来越清晰了。

鸦转过身面向着城里的方向默默地念了几句,她说的是希望洪鸣老师快快找到新的女友,过上幸福的小日子。

"鸦,你打定主意了吗?"母亲的声音在暗处响起。

"别担心,妈妈。现在鸦比任何时候都更能打定主意。"

"好。我们进去同舒伯喝一杯吧。他都笑得合不拢嘴了。"

喝了米酒,母亲和舒伯睡觉去了。

鸦来到会议室,抽出那些新书中的一本来读。那本书是关于一位山民的爱情的。鸦跟着他的思路走,一会儿就走到迷雾中去了。鸦最喜欢在小说中迷路的感觉,她知道这种迷路其实是胸有成竹,同她以前在城市里迷路是两回事。迷路之后,她常常会突发奇想,钻到一些想不到的处所去。那些平时认为不足为奇的句子都会生出想不到的意思来。在这种时候,她特别感激给她提供文本的作者。今天夜里她就有这种感觉。这本书的作者是一位波兰人,他描写的那位恋爱的山民却是个外国人。这位外国青年到华沙城里来,是为了找他的爱人。他爱人到华沙则是去帮人做女佣。外国青年在华沙两眼一抹黑,因为语言不通什么工作都找不到。而他那位爱人则藏起来了,根本就不同他见面。没过多久,当他在郊区的小火车站过夜时,他就被胁迫加入了黑帮。这本书的开头很阴暗,而且暧昧,看不出作者的立场。然而这正是鸦要寻找的那种挑战。鸦将开头的二十多页看了三遍,正要看第四遍时,小勤钻进屋里来了。小勤一把夺走鸦手里的书,叫叫嚷嚷,说应该让她先睹为快!

"好吧好吧。"鸦屈服了。

"《无尽的爱》。"小勤大声念出书名,"鸦姐,这是你对我的报答,因为我给洪老师讲述了你在乡下的生活,讲了一下午。"

"什么时候?"

"就是昨天。他偷偷来了这里,让我别和任何人说。"

"你讲些什么?"

"当然都是些好听的。你知道我是多么崇拜你。"

鸦脸上的笑容僵住了。

"别紧张别紧张,他走的时候很高兴,真的。洪老师真漂亮,你把他让给我吧。可惜我太小,他看不上我。"

"谢谢小勤。小勤真是什么都懂。"

"如果我是他,也会舍不得鸦姐啊。"

那天夜里,鸦一共醒来了三次,每次都以为自己还在学校的宿舍里。早上起来后她想,既然他走的时候很高兴,那么最大的危机已经过去了。小勤绝对不会对她说假话,而且她极善于观察人。如果她说他高兴,那就是真高兴。大概他对她现在的状况感到放心吧。

晚仪在情网里陷得很深。鸦将她的爱情称为"最绝望的爱"。她没有办法去见她的情人,只能等待他来找她。晚仪对鸦说,正因为自己是作家,所以不能主动去找对方,只能等。鸦深深地理解她的这位朋友。

有一天下午,那老头忽然就来了。当时正好鸦在晚仪家,她看见一个黑瘦的、头发花白的老头,戴着高度近视眼镜,说话的声音嘶哑,还有点吐词不清。

鸦想到情人们的时间是多么宝贵,马上要离开。但老头阻止了她。

"我听晚仪说起你有几百次了。我今天是路过,马上要走。如果你现在走的话,我就同你一块儿走。"

鸦听见他说这几句话时吐词很清楚。于是她只好又尴尬地坐下了。

老头对鸦说,他很想参加鸦的读书会,可实在抽不出时间。他连做梦都梦见自己在读书会发言。他这辈子的最大享受就是读到一本好书,尤其是像晚仪这样的作家的书。在从前,同晚仪这样的女士见面是他想都不敢想的事。

老头(他让鸦称他为"老黄")说话时,晚仪笑眯眯地将手搭在他肩上,点着头,应和他几句。鸦发现晚仪突然也变得口齿不清起来了。

老黄在那里的十几分钟里，晚仪就像一朵盛开的莲花。

后来他就匆匆地告辞了。

想到晚仪的苦恋，鸦很为晚仪感到不平。

"他就只能待十分钟！"鸦说。

"他生活得的确苦，你都想不到有多苦。就为这个我才爱他啊。"

于是鸦沉默了。她轻轻地抱了一下晚仪，说："对不起。我明白了。"

晚仪仍然沉浸在梦幻中。她用口齿不清的声音叙述着她的渴望。她说她唯一的出路就是写作，否则她怎么办？

"这位伟大的读者促成了作品的诞生。"这是她对老黄的评价。

从这一刻起，鸦才体会出了晚仪的爱情的深度。她不由得想，毕竟，她的朋友得到了幸福。这世界上有什么阻挡得了人与人之间的相爱？

鸦在晚仪家受到了很大的震动，这震动立刻影响到了她的阅读。她在回顾中一下子就明白了《无尽的爱》这本小说开头的那些段落。于是她开始在脑海里来设想故事的种种可能性。她看见一位长得像老黄的外国人出现在昏暗的华沙街头，机敏地在人流中穿梭。老黄是如何找到阅读的时间的？成功的阅读是不是同顽强的意念有关？是不是因为老黄的顽强，他才终于同晚仪这样的作家相遇了？将一种意念在几十年漫长枯燥的寻找中保持到今天，该是多么不容易啊。虽然小勤已经把书拿走了，可是鸦越来越喜欢这本波兰人写的书，她觉得那个开头真是写得太好了，翻译也很优秀，她对那种语调着迷。她又记起这本书是阿迅选中的，看来阿迅同她在阅读方面是完全合拍的。下一次，她一定要同他讨论这本书。

鸦在心里想，人的幸福其实是一些图案，有时，这图案在人流中忽然就显现了。比如从前阿迅在城市里忽然发现她，就是某个图案在起作用。而今天，她在晚仪的家中看到了这两个人看见的图案。当然一开始她并没看见，她是在晚仪的启发下看见的。那么，《无尽的爱》这本书，就是有一个图案在开头偶尔露峥嵘。那一定是一本很好的书！

"丫丫在想什么？"母亲问。

"我在想晚仪的爱情。我怎么觉得像我自己在恋爱似的。"

"晚仪是天才,她的爱情肯定动人。"

"妈妈是最能理解别人的。我爱妈妈。您说得对,她的爱非同一般,不是我这样的凡夫俗子马上就理解得了的。"

她走进会议室,将另外四本选中的书都拿出来放到她的店里,打算明天向书友推荐。她做这件事的时候,那两只猫跟着她跑,不停地叫,兴奋地擦她的裤腿。鸦说:"猫咪猫咪,你们也知道爱是神奇的啊。"

"小勤,你的眼睛怎么肿了?"鸦问。

"还不是因为那本书啊。我爱死那本书了。"

"好啊。你可以还给我了吗?"

"不行。我还要反反复复多读几遍!"

她们都要反反复复地读。那是一种什么样的魔力?

鸦开始渴望同阿迅一块儿读这几本书。她立刻想到,她从未产生过与洪鸣老师共读一本书的渴望。她有点愧疚:从前她多么浑浑噩噩!

"你瞧,那本书在你手里跳舞!"小勤吃惊地说。

鸦手里拿的那本书是印度人写的游记。当她定睛看着它时,它又一动都不动了。小勤哧哧地笑。

"鸦姐身上有多大的热力啊!"她叹道。

店里进来了一位男顾客,他的样子有点阴沉,目光悲哀。

"您想要哪一类的书?我们这里只有文学、哲学和历史书。"鸦问他。

"什么书都可以,随便买一本吧。我失去活的动力了,您看适合什么样的书?"

"这是不可能的。您只不过一时想不开罢了,事情是会变化的。"鸦轻声说道。

中年男子看了鸦一眼,说:

"您的话让我心里好受多了。您推荐一本书吧。不过事情的变化同我有什么关系呢?如今我是个局外人了。"

"不，我不推荐书给您。不能这样做。书和读者是一对恋人，需要一见钟情。从前有很长的时间，我根本就不读书，因为没有那种需要。这样吧，我建议您下次再来，也许您会在这里发现一本好书。"

他伸出大手同鸦握手，满脸都是由衷的信赖。

"我感到这里有股磁力。我要回去好好想一想再来。"

鸦欣慰地对着空中点了点头，好像在向一个看不见的人汇报一样。她的书店像心脏一样在这块荒凉的大地的中心搏动着，她聚精会神地数：一、二、三、四、五、六……这样的奇迹，只有阿迅能策划，他是多么深谋远虑啊。

她用鸡毛掸子给书掸灰时，黑猫就绕着她转，苦苦地哀求着。鸦心里想，她可以对它朗读，但不能将那几本珍贵的书交给它。毕竟，在同书的关系上，人和猫还是不同的。猫也有自己的方式。她大声对它说：

"阿黑啊，你不要不耐烦，我会给你读的。"

当她这样说的时候，她心里想的是万物都在恋爱。黑猫听懂了她的话，更加用力地擦她的裤腿。她回忆起河边的那位高深莫测的女店主，心里对她生出一种思念之情来。她竭力去设想她的个人生活，她将女店主想成一只孤独的、英勇的狼，凭着嗅觉和久经考验的判断力在世界各地搜寻最优秀的书籍。鸦还记得，当她的店员和书友从她那里培训回来后，每个人都守口如瓶。也许他们之间立下了什么誓约吧。过了几天，有一位小伙子对鸦说，那位女店主不但搜寻书籍，更主要的是寻找作家。据她说，现在的世界潮流是书和作家合一。她早就不收集那些偶尔写一本好书的作家的书了，她寻找的是有永恒性的作家，这是时代的特征。鸦对于这种看法有强烈的共鸣。鸦还知道，在日常生活中也有具有永恒性的人，比如阿迅和他的父母。

有一位陌生的女顾客买走了两本书。她有点上年纪了，生着美丽严肃的黑眼睛。鸦猜想她也许是附近哪家人的亲戚，来这里度假的。

"鸦姐，这个人刚加入读书会了。"小勤说。

"她从哪里来？"

"不知道。她也像晚仪姐一样在这里租了房子。她姓玫，玫姨。"

鸦听了这话心里一阵激动。她的母亲选中的这块地方到底是什么样的地方？这个谜在她心里藏了有一段时间了。她问过母亲，母亲说不知道，她是瞎闯闯来的，来了就住下了。鸦深深感到，她的生活中还是有不少盲区的。比如阿迅，他就看得出这地方可以开书店，大概因为他有猎人的眼睛吧。虽有盲区，她还是觉得幸福，因为是她鸦生活在此地！

"我希望爱书的人都到这里来租房子。"小勤大声说，"我早就说了我不离开这里。从前是因为阿迅哥，现在是为了我自己。"

鸦笑容满面地望着她，在心里感叹着。她又听到了土地在脚下发出的声音，真是一块神奇的宝地。

第三章　小煤老师面临新课题

　　他俩想方设法要多待在一块。一开始是小蔓往云医老师的公寓里去，后来则是云医到小蔓在学校分的房子里来。因为小蔓这里设备齐全，可以做饭，也比云医那堆满了火山石的房间舒适。他俩总有新计划：教学上的创新，假日里的远足，小蔓奶奶家的聚餐，云雾山的露营……小蔓觉得自己有点"疯"了。她都过了三十岁了，怎么还会这么离不开一个男人？她将她眼下的这种爱称为"异质"的爱。云医太不一般了，但小蔓觉得自己合得上他那高昂的节奏。

　　小蔓只同张丹织谈过她的感受。她讲述的时候，张丹织便同她一道想象爱情的热烈。小蔓觉得她老是看着自己的眼睛，好像要从她的眼睛深处发现什么东西似的。

　　"你认为这能不能持久？"小蔓问。

　　"我想不出。这问题大概没有意义吧。小蔓，我真为你高兴！云医老师可是千里挑一的男子。学生都快为他发狂了。"

　　"我认为那不是个问题，不是关于爱情的问题。但是我的继母向我提出了这一点。当然，她是出于对我的爱。我也想不出答案，但我就是想和他在一起。这就够了，对吗？你也有过这种体验吧？"

"有过。不过和你这种不同。大概我那时太年轻。"

"咦，你现在老了？你再不会那么冲动了吗？"

"啊，不要谈我。还是谈你吧，我感到，你们的恋爱同这个学校关系很大。在这里恋爱，就应该像你们这个样子……"

"你说得太对了！"小蔓忍不住打断她，"要不是我和他先后来到学校工作，要不是教学的工作改变了我，我怎么会遇见他？他怎么会遇见我？我以前是那种有点冷感的女子，很少对男人动心。"

"我一到这个学校，就决定不走了。"张丹织动情地说，"我清楚地记得我来面试那天的情景。"

"那么，你也在这里谈恋爱吧。你谈了吗？"

"我？我还没确定呢。好像没有，又好像谈了。我要等到出现像云医一样好的对象了，才开始谈。云医老师是最好的。"

张丹织走后，小蔓幸福地在房里蹦了几下高。云医老师带着学生到热带雨林去了，虽然天天打电话回来，小蔓的思念之情还是与日俱增。

她来到了茵依家。茵依正在同她收养的小女孩下跳棋，女孩的小名叫小莲，她很依恋茵依，同小蔓也很亲。

"云医还没回来吗？"

"还没有。"

"他真走运，找了我家小蔓。"

"干妈，您将我看得太高了。大家都说我真走运，找了云医老师。"

"那是因为他们不知情。"茵依固执地皱起眉头，"我还没见过比我家小蔓聪明的女孩。"

"还有我，我也是最聪明的！"小莲叫了起来。

"对啊，小莲才是第一聪明，我只能算第三。"小蔓笑着说。

"你爹爹还好吧？"

"还好。每次我回去他都要向我打听您。"

"那当然,我是他的恩人嘛。我也没见过比他更聪明的男人。"

"干妈,你偏心。"

"就算是吧。可你俩为什么不结婚、生孩子?"

"因为我观察出来,他不适合做父亲。"

"啊!不成家,你们的爱怎么能持久?"

"哈,干妈,您同我继母提出了一模一样的问题!"

小蔓从茴依那里回来后,心里想,干妈和农姨都是过来人,她们的话应该是有道理的。不过她们是她们的道理,云医和她有另外的道理。她开始时也偶尔想过孩子的问题,现在她已经打消了这个念头。既然不要孩子,结不结婚就无所谓了。当然,如果没孩子的话,将来分手的可能性就大得多。不过她小蔓并不追求那种白头到老的感情。自从她爱上云医后,她就感到了她不能用一般的标准去衡量他。她自己不也是个有点怪的女人吗?他们追求的,是情感的质,他们两个人都有这方面的渴求。这就是极高的标准了,标准太高就难以持久。不过小蔓毕竟是煤永老师的女儿,不会因为男人离开自己就活不下去的。还有就是,他们两个人都在事业上有野心,实在抽不出精力来养孩子。两人都已经将生命的一大部分交给了学校里的孩子。经过同云医一段时间的磨合之后,小蔓渐渐地对一些事想开了,何况她本来就是比较豁达的女性。她现在要做的,就是加紧工作,加紧恋爱,享受生活。所以有一天她就这样回答干妈的问题:

"可以爱的时候就加紧爱,别的全是次要的。即算有一天我同云医分手了,这世上还有干妈呢,还有爹爹呢,说不定我还有别的机会呢。干妈您看,我这样的人会空虚阴沉吗?您什么时候见过我爹爹空虚阴沉?"

她这一番宣言得到了茴依几下紧紧的拥抱。

"我早说了,我没见过比小蔓聪明的女孩嘛。"

在等待云医回来的那一个月里头,小蔓在课题方面取得了很大的进展,她将这都归于云医给她的好影响。她看到了自己的爆发力。而在从前,她一贯不认为自己是爆发型的人才。她现在感到,她所教的常识课里面充满了无穷无尽的创新的契机。她要趁着自己年轻将所有的实验都尝试一次、两次、三次！在事业上，她决不甘心于落在云医的后面。先前他俩不就是因为事业方面的追求而产生爱情的吗？然而到了最后那几天，她还是忍不住多给云医打了几个电话。她从他的声音里头听出了疲惫，她知道那往往是过分激动之后的现象。那么，什么事情令她的爱人如此激动呢？她多么渴望他啊。

云医终于从南方回来了。他消瘦了一些，也晒黑了一些，他在小蔓的眼中显得更有魅力了。但是小蔓发现他的眼神不似从前那么清澈了，有一丝犹疑在里面飘荡。

"我有事要向你坦白。"他抓住小蔓的双手说。

小蔓感到他全身在发抖。

"没关系，亲爱的，我们吃了饭再说吧。"

"不，我一定要马上讲出来。"

他让她在沙发上坐下，紧紧地搂着她。

"我在山上遇到了蛇。我的意思是说，我以为她是蛇，可是她不是。我弄错了，小蔓，你原谅我吧。我爱的是你，我只爱你一个。"

他哭了，用手捏成拳头捶打自己的脑袋。

小蔓一时说不出话来，她的心在沉下去，沉下去，胸口隐隐作痛。

好久好久，她才勉强说出一句：

"你一点都不爱她了吗？我是说现在。"

"一点都不。我弄错了，在南方我就发现我弄错了。坐在回家的火车上，我最怕的就是你离开我。一想到你有可能离开我，我的眼前就黑了。小蔓，你是我的太阳啊。你不会离开我吧？"

"当然不会。"小蔓一个字一个字地说，可是她脸上的表情非常痛苦。

"那我不是害了你吗？你明明知道我对你不忠，还要忍受这一切？啊，我真该死！我不知道当时我是怎么回事。"

"我不离开你，是因为我爱你啊。难道你不明白？"

"我明白,我明白!可我不愿你痛苦,如果我能代替你受苦就好了!我这样的,算个什么男子汉呢?"

"我们都会有犯错误的时候。只要爱还在,忍受疼痛也值得。我们吃饭吧,云医,不要想那件事了。"

他俩吃得很少。当云医同小蔓对视时,他又忍不住哭了。

"啊,没关系,我并不像你想的那么难受。人在世上,都有弄错事情的可能。不要哭,你哭我心里才难受呢。"小蔓安慰他说。

小蔓想,她自己为什么不哭呢?她大概是像爹爹?她的思绪飘得很远很远,她看见了梳一条独辫子的小姑娘在院子里踢足球,中年男子在对面接她的球。云医的声音仿佛是从天外传来。

"小蔓?"

夜里,他俩紧紧地抱在一起,云医一直在发抖。

第二天上午,云医肿着双眼上课去了。

小蔓没有课,她心神不定地去找张丹织。

丹织在操场上带学生练球。小蔓在休息室等了快一个小时,丹织才下课。

"你来了真好,到我那里去吧。"

坐在丹织的单人沙发上,小蔓终于平静下来了。

"你有心事了,我看得出来。要用乐观的态度对待生活啊。"张丹织开玩笑地说。

"你的那一位今天上课去了吧?他还好吧?"她又说。

"他还好。可他背叛了我一次。"

"一次?那就是说事情已经过去了?"张丹织收起了笑容。

"嗯。谁知道还有多少次?"

"不要这么悲观。比起你们的幸福来,哪一头更重?"

"这实在难以比较,而且也没意义啊。"

"确实对你来说没意义。又不是做生意。他具有一种奇特的性格,所以他的魅力也是奇特的。他是在大自然的怀抱里长大的。"

"谢谢你，丹织。有你这样的朋友是我的运气。"

"我们俩有缘分嘛。尽管你说到了背叛，我还是羡慕你，小蔓。你们的爱很不一般。好多年以后，当我们已经老了时，我还要这样说。"

"你的话让我心里很舒服。看来我今后必须使自己变得心胸开阔才行。爱情逼迫人改变。"

从张丹织家里出来后，小蔓定下心来了。她努力使自己不去想那件给她带来痛楚的事。她觉得自己这样做也是帮助云医，她要减轻他的痛苦。她下定决心将这件事的影响压到最小。她有野心，有事业，这才是最根本的。爱情可遇不可求，她和云医之间有真爱，这多么难得。如果有一天他不爱她了，他们应该自自然然地分手。可是现在他们相爱，他们的关系遇到了困难，他和她应该齐心协力克服这困难。想到这里，小蔓再一次为丹织的智慧所折服，她很想知道丹织的个性是如何训练出来的。虽然她俩年纪差不多，小蔓认为丹织比自己高明多了。

下午云医早早地回来了，小蔓邀他去自己家里，云医欣然同意了。

煤永老师和农都很高兴，因为他俩仍不经常回来。

"云医晒得黑黑的，更英俊了！出差在外会不会被别的姑娘抢了去？"农说。

农的这句话让那两人都红了脸。云医老师的脸涨成了猪肝色。

煤永老师在一旁看在眼里，连忙招呼大家来帮他做饭。

饭桌上，云医老师仍然是那么腼腆，但农的谈兴很浓，从云医口中掏出了不少他的家史。有的事甚至连小蔓都没问过他。

刚吃完饭就有人给云医老师来电话了，是校长，叫云医老师去向他汇报工作。

大家都觉得诧异，因为校长从不过问教师的工作。

云医走后，农也去了一个同事家商量工作。家里剩下了父女俩。

"我的女儿遇到困难了。"煤永老师说这话时眼睛望着别处。

"那不算什么。您的女儿已经成长了。"

"好样的！来一杯怎么样？我有高级红酒。"

煤永老师变戏法一般拿出一个别致的小酒瓶，他说是一位经营茶园的朋友送给他的。于是父女俩相互对视，默默碰杯。

那美酒点燃了小蔓心中的火，她一下子就振奋起来了。

"爹爹，爱情真好啊！"

"我女儿配有最好的爱情，她比爹爹强多了！"

此刻，父女之情是如此的温暖，两人都很兴奋。

"永不言败。"煤永老师说。

"对，永不言败。爹爹自己也是这样吧？"

"爹爹快要心如死灰了。可是爹爹有小蔓，还有心爱的工作。"

"爹爹啊！"

小蔓流泪了，这是自那件事发生后第一次。她不知道是为爹爹流泪还是为自己。可是流泪真好，真畅快！还有这美酒，让人自信心高涨。

"我要发奋工作。"

"小蔓开始发力了，谁也阻挡不了她。"

他俩手牵手来到操场。小蔓感到自己比任何时候都更爱爹爹。操场上黑黑的，不一会儿他们就发现还有两个人。小蔓远远地就觉察出来了，她拉着爹爹就往回走，一会儿父女俩又回到了家里。

"那是云医和校长啊。"小蔓说，"校长为什么要找他谈话？"

"可能是安慰他吧。"

"您能肯定？"

"云医的爹爹生前同校长像兄弟一样。校长是他的保护人。"

"哈，我也想保护他。"

"当然可以。我女儿是一位女侠。"

就在这时，煤永老师听见操场上传来了哨子声。他叫小蔓听，小蔓也听到了。难道是校长在吹？那哨声激昂，坚定。"我的天啊。"小蔓声音颤抖地小声说。她想，危机已经过去了。

父女俩将剩下的小半瓶酒又喝完了。

他俩又恢复了云医去南方之前的激情。

小蔓发觉自己的性格有了一些变化。比如说，近来她的生活更规律，她变得责任心更强了。当她与云医的缠绵超过了一定的时间时，她会突然蹦起来，冲向书桌，全身心地浸没在工作中。而云医，马上也自觉地投入他的工作了。

"小蔓变得更坚毅了。我喜欢这种坚毅。"云医腼腆地说，"因为除工作之外，在别的方面你都是我的主心骨。"

"云医过奖了。其实我是担心自己虚度了年华。"

他们在假日里突发奇想，又去山里寻找过金环蛇，但山里已经没有蛇的踪迹了，大蛇小蛇都没有。云医知道，蛇是他的梦想，现在他的梦想已经实现了，蛇就不会再出现在他眼里了。他感到自己从南方回来之后，对小蔓的爱已远远超过了从前对金环蛇的迷恋。以前他也同一些女孩好过，但像小蔓这样的，绝对没有碰见过。小蔓是他心中的蛇王，蛇王在这里，别的蛇就不出现了。

"那边那座山上有一块岩石，只有当你走到它跟前时，它才会裂开一个口子，让你进去。你进去后，缝又合上了，你只能往前走，四周黑黑的，一伸手就能摸到蕨菜。那是我和爹爹的岩石。"小蔓用飘忽的语气说起往事。

"我爱你爹爹，我特别尊敬他，所以我现在很怕他。"

"傻瓜，爹爹同我一样爱你，因为我的爱就是他的爱。"

他俩约好，下次一块去那岩缝里采蕨菜。云医说，万一那岩缝真合上了，将他们两个人都夹在里头了，他也会感到幸运。会不会有那种事情发生呢？

"校长同你谈些什么呢？"小蔓问。

"他说学校就是我的火山，是我亲爹给我安排的地方。我如果离开学校，就会失掉自己的灵魂。我相信他的话。"

"校长太言过其实了。一个人选定什么事业，是由很多因素决定的。不过孩子们是真心爱你的，你的工作太出色了。"小蔓边说边沉思。

他们说话间，云雾山突然起雾了，几秒钟之内就什么都看不见了。

云医老师赶紧伸手去拉小蔓，但他扑了个空。

"小蔓？！"他惊恐地喊，"你在哪里？"

他感觉到自己已经离开了那条路，他在林子里乱窜。

"小蔓啊！"他又喊道。

"云医，我在你的下面……"

小蔓的声音离得很远，仿佛在另一座山头响起。

后来雾稍微散开了一点，他的前方影影绰绰地横着大树的树枝，树枝上显出金环蛇的轮廓。云医老师大汗淋漓，扶着身旁的一棵树的树干。蛇正向他靠近，但他看不清楚。有一刻，他似乎摸到了她。但那不是蛇，是女人的肌肤。难道是小蔓？她还是从他手中滑掉了，他没法捉住她。因为太累，他坐下去喘气。

当他再喊小蔓时，周围就用一片沉默来回答他了。

他听见那南方女人在旁边对他说话。

"云医老师，我看你往哪里跑！"

"不要……"云医老师虚弱地说，他无法动挪。

雾完全散了。小蔓朝他走来。

"你怎么啦？"她说，"你的脸色很不好，我们回去吧。"

下山时，惊魂未定的云医老师问小蔓：

"你刚才在哪里啊？"

"我一直待在你旁边嘛。我在等雾散掉，因为什么都看不见。中途我们不是还拉了手吗？云医，你碰见什么了？天哪，你在出冷汗！"

"不，这是刚才出的汗。让我搂着你，好，没事了。是这妖雾在恐吓人。"

他们回到小蔓的住处，做了晚饭吃了。云医老师说累，于是上床躺下，立刻就睡着了。小蔓端详着熟睡的爱人，发觉他的表情像婴儿一样。但她收拾好厨房，洗完澡后，却没上床。她来到书桌前开始工作，工作令她内心如此的充实，尤其是在爱人轻轻的鼾声之中工作。

云医和雨田是完全不同的。雨田能够在小蔓的脑海里形成画面。她和雨田分手之后的那段时间里，小蔓还经常看见一幅一幅的水墨画，她和他在画中，白天梦里。她和雨田的感情同绘画有关。但云医却不这样。无论小蔓怎样努力，他的形象在她脑海里也唤不起任何画面。也许他的形象对于画面有种抵制，也许是小蔓的想象力的机制在这方面出了障碍。此刻，当她坐在家里想云医时，就只有一股热烈的情绪和一些嘈杂的声音从她心里涌出来。她觉得自己从来也没有看清过云医，也不可能看清。就因为这，她才去找丹织的。丹织向她说，这就是爱。她相信丹织的话。那么这就意味着，要等到爱情消失的那一天，她才有可能看清他，也看清自己。在她的感情受挫的日子里，她放弃了要看清云医的徒劳努力，但她也无师自通地明白了，有一件事是不能放弃的，这就是她热爱的事业。她将更加勤奋地去工作，去创造，只有这样才会经得起挫折的打击。她知道事业可以使自己变得美丽。比如丹织，比如爹爹，比如古平老师，他们在众人眼里都是很美的。因为什么？因为事业啊。她和云医也是因事业而结识，而相爱……又回到这上面来了。事业不光使人变美，也会使人变得坚韧不拔，爹爹不就是这样的吗？

所以近来小蔓对时间越来越珍惜了，而且她在操持家务方面也越来越能干。她将她和云医的小日子安排得紧凑而又不乏浪漫情调，使得云医对她越来越佩服，常说要"死心塌地地追随小蔓"。

"我已经虚度了那么多宝贵年华，要是不同小蔓在一起，我怎能抢回我浪费掉的时间？"他常将这句话挂在嘴边。

校长来拜访过他们。校长的表情十分严厉，但小蔓看得出他对云医的深情，就像云医是他的儿子一样。

"这几夜你的父亲都在同我对话，他有不放心的事。我责任重大啊。"他说。

校长一离开，云医就心事重重地说：

"我以后再不能让他替我操心了。"

于是小蔓就安慰他，要他不要紧张，一切顺其自然。

"我认为你做得很好。你真不容易。"小蔓看着他的眼睛说。

"我是一个野人。而且我这么大年龄了,无法改变了。小蔓,我真害怕!"

小蔓知道云医说的是真心话,她也知道校长为什么来她这里。校长对于云医的性格一定了解得比她小蔓要深入,他之所以来这里,是为了给小蔓鼓励。小蔓在心里对自己说,一定要坚强地爱到底,决不打退堂鼓。不为别的,就为这些美好的朋友、亲人,还有校长这样的长辈,她也得这样做,决不能让他们失望。当然首先是,她的确爱云医,她也知道这种刻骨的爱在世上是很稀少的。她不是遇上了吗?这不是她的幸运吗?这才是第一要紧的。至于云医的个性,云医过去的生活等等,那些问题慢慢来对付吧。她必须表现得沉稳,稳住爱人的心,她自己才会获得自由。

"你不用害怕,我已经把事情想清楚了。爱情会帮助我们度过所有的难关。"

"你真的这样想?我听了你这句话心里轻松了好多。可我为什么就不能像你这样考虑问题呢?"

"因为我们从小生长的环境不同啊。可我们相爱。云医,我正在带领学生做一个实验,我们弄了一些肥料坑,为的是培育本地花卉。"

"你不怕脏吗?"

"我们还去屠宰场收集动物内脏呢,这是美好的事物。"

"做小蔓的学生该是多么幸福!"

"做云医的学生也一样啊!让我们相互吹捧吧!"

他俩手拉手在房里旋了几个圈,然后不约而同地奔向各自的书桌。

那是多么热烈而又沉静的生活啊。两人达成共识:这就是理想的生活,没有比这更好的了。每当云医表示出一点犹疑,小蔓便会说:"我得加紧生活,这是爹爹教导我的。"于是云医老师便释然了。他不再纠缠过去那件事,至少表面看来是这样。他要全身心地投入目前美妙的生活。

小蔓带领学生培育出了奇异的茶花品种,这件事轰动了整个学校。

在树林边的花圃里,火红的山茶花朝着天空怒放。本地人从未见过这么大、花瓣这么多,而且红得这么惊人的山茶花。当人们围住小蔓询问时,她腼腆地说:"并没有什么诀窍,关键是肥料,要有耐心,要老想着这事……"

她的学生们则围着花儿载歌载舞。

晚上回到家里,云医老师对小煤老师说:

"那些花王就是小煤老师,越看越像。"

"等待花开的这些天,学生们都发狂了。有个别人彻夜守着那些花。我自己也觉得我变成另外一个人了。你没感觉到吗?"小蔓边说边叹息。

"我当然感觉到了啊。花儿们的意志就是小蔓和学生们的意志嘛。你说得太好了,关键是肥料。你是天生的高级别的花农。这种奇妙的事,你是怎么悟出来的?太不可思议了!"

"是向你学的嘛。有很长时间了,我一直向你学习。"

云医老师的心里充满了幸福感。他冲向他的书桌,因为灵感出现了。

小蔓则去了厨房,她要做一桌美味犒劳一下两个人。

她的饭还没做好,校长就来了。

小蔓想,许校长对于云医是多么不放心啊。她看见那两个人掩着房门在里面密谈,心里就想笑。一会儿校长就出来了,对小蔓说:

"我看见你的花儿了,那可是五里渠小学的一件大事。"

"那不过是和学生们一块玩玩罢了。"

"嗯,你这一玩玩,让我这老汉高兴得飘飘然了。"

他们留校长吃饭,但他坚决要走,说是工作压头。

"我和校长刚才在回忆我爹爹。今天是他的忌日。不过我们今天的回忆是一片空白,我和他面面相觑,什么都记不起来了。校长不高兴,就说要走了。啊,我一定要创新,小蔓!我可不甘心落在你后面!"

他俩吃完饭就坐下来工作。因为第二天是休息日,他们就一直工作到深夜。

后来云医想起来要去看那些花,就将小蔓从书桌前拖开了。

他们轻轻地下楼，一路上小声地交谈着。一会儿就来到了花圃。

天上有月光，模模糊糊地可以看见那些花。他们不敢打手电，怕伤着了花儿。小蔓有点近视，所以她的鼻尖凑到离花儿很近很近。云医口中念念有词。

"你说什么？"小蔓问他。

"我念你的名字，我听见它们回答了我。"

"那是因为你是他们的亲戚。当我呼唤它们时，它们从不回答我。你瞧，这一朵是不是特别大？"

"就是它，它回答了我。它是真正的花王，像小蔓一样。"

他俩忽然发现花圃里头还有人。啊，有不少人，都是小煤老师的学生！

"你们守在这里不睡觉，花王不高兴了。"小煤老师宣布说。

"您怎么知道的？"一位男生问。

"不是我，是云医老师知道了。云医老师听得懂花儿的声音。"

学生们小声议论了一会儿，悄悄地从花圃里消失了。

"云医，你高兴吗？他们都崇拜你。"

"我太爱这些学生了。越是这样，我越痛苦。"

"嘘，不要胡思乱想！我们回去吧。"

他俩手牵手往家里走。刚走到树林那里就听到窃笑声，原来又是那些学生。小蔓明白过来了，原来他们是为了让他俩单独待在花圃才躲开的。

他们吹着口哨又去花圃里了。

因为这个转折，云医的情绪好多了。他紧紧地抱着小蔓入睡，生怕她离开。而小蔓，她的梦里晴空万里。

他们一直睡到上午才被学生们吵醒了。小蔓走到窗口去看。

"小煤老师，花儿说话了！"他们在下面齐声说。

小蔓连忙关上窗户。她对云医说：

"他们这样疯下去，会连课都上不成了。"

"那不正好吗？让他们疯，看看是个什么结果。"云医说。

"我害怕。"

"哈哈,昨天我害怕,今天轮到小蔓了。"

云医老师匆匆吃了饭就去上课了。

他刚一走,校长又来了。

"他走了吗?"

"走了。校长找他有事吗?"小蔓问。

"他老爹最近老来拜访我。"

校长一边叹气一边坐下。

"怎么回事?"小蔓又问。

"大概是有过不去的断头桥吧,要不他干吗老来找我?"

"校长您放心,还有我在呢!"小蔓一边递茶给校长一边安慰他。

"小蔓真是好样的。有难处就来找我吧。"

"您只管放心睡觉,我不会去找您的。"

校长一出门,小蔓就对自己说:"我钻进一个圈套了。可爱情有时就是这样。云医是多么可爱啊,校长和我谁更爱他?"

她坐下来工作,她要拼命往前赶,因为感到了生命的短促,正如那花王。

她工作的时候,总听到爹爹在旁边说:"我女儿……我女儿……"

云医的爹爹临死前向校长交代过关于他的儿子的事吗?小蔓将那一幕画在她的教案上了。他不是死在野外,却是死在家中。她画了一个无头的老人,皱巴巴的,被子拉到下巴底下。在床边,坐着另一个无头的人,体形有点像校长。两个无头的人并不交谈,因为没必要,他们彼此太了解了。

一般情况下,云医很少对小蔓说起自己过去的生活,小蔓已经习惯了这一点。她也不愿意向他打听。不过她还是主动地向他讲述过她的寂寞的童年;她和爹爹相依为命的情景;她对生活、对爱情的理解等等。因为她觉得如果自己也不说话,不善言谈的云医就更加难以向她敞开心扉了。

就在小蔓讲述一件童年的逸事之际,云医突然提出来要带小蔓去看他和他爹爹从前的旧居。

"云医老师,你可得说话算数啊!"小蔓提醒他。

"当然。一定!"云医老师涨红了脸,"我不太记得具体地点了,但是我知道如何坐车,我们一定能够找到。"

出发那天云医老师说要带露营的帐篷,小蔓听了吓一跳。

"怎么回事?"她问。

"很可能那房子早不在了,都这么多年了嘛。我们要做好睡在野地里的准备。"

"那地方有什么特征吗?"

"有一座断桥。我家在桥下的坡边。"

"断桥?是校长说的断桥吗?"

"应该是。校长去过我从前的家。"

他俩坐完火车又坐长途汽车。长途汽车上的乘客似乎都是云医老师的老乡,他们用小蔓听不懂的方言交谈。小蔓发现云医并非不善言谈,他可以在车上引起满车人哄堂大笑。小蔓为自己的爱人感到非常自豪。那车走走停停地开了很久,中途不断有人下去。终于,车上只剩下他俩了。云医显得很紧张,反复地检查放在座位旁的帐篷。小蔓看到车外山连着山,那些山都不高。

他们到达时已是傍晚,司机立刻就将车开走了。

那条路的前方就是山。

"有饭店或小吃店吗?"小蔓问。

"没有。我们不是带了干粮吗?"

小蔓将干粮拿出来吃,云医说他还不饿。

他在乱草中熟练地搭了一个帐篷。

"你估计老家的房子已经不在了吗?"小蔓问他。

"嗯。车上的乡亲们告诉我的。他们还劝我不要去了。"

"他们挑起了你的好奇心嘛!"小蔓笑起来。

云医将褥子和毯子铺好,问小蔓要不要休息。小蔓说,太阳刚下山呢。

"太阳刚下山时是休息的好时段。这地方的特点就是这样。"

"你是说夜里会很热闹?"

"是啊。可是我们只能在夜里去找我的老家,白天是找不到的。"

他俩躺下了。起先小蔓还听得见周边树上的鸟儿叫,一会儿她就什么都听不到了。她醒来时,发现云医站在帐篷外面,时间是半夜。小蔓问他怎么不睡觉,他说自己太激动了,再说也对周围环境不放心,因为他这么多年没来过了。小蔓心里很感激他——她自己刚才美美地睡了一觉。

月光下,有一位老头从山里出来了。云医迎上去同他说话。

"那边情况怎么样?"云医用当地语言问他。

"不太好说,好像控制更严格了。"

"我们别去了吧。"小蔓说。

"怎么能这样?"云医责备地说。

"那么我们就去吧。"

他俩将帐篷留在草丛里,开始爬山了。刚爬了几分钟,小蔓就感觉到这座山很熟悉,可她又记不起来在哪里见过。她想,她正朝云医家里走,当然会有熟悉感嘛。云医老师在前方领路,但并没有路,他们在树林中穿行。后来终于走出了树林,来到一个光秃秃的岩石坡上。小蔓问是不是这里,云医说不是。隔了一会儿他又说,就是这里,因为不可能是别处。

"为什么不可能是别处?"小蔓不解地问。

云医指着右边让小蔓看,小蔓看见黑乎乎的一块。

"那就是断桥。"他说。

"我看不到桥,也许要白天来看。"

"白天也看不到。我就没看到过。"

"那你是怎么知道有桥的?"

"是爹爹告诉我的。"

小蔓明白了——云医已进入了熟悉的环境。她想,这座山比她见过的所有的山都要美。虽然是在夜里,虽然什么都看不见,但她还是没来由地一阵激动。云医所熟悉的,就是她所熟悉的,所以他俩才会在今生相遇啊。她用力呼吸,那感觉就像喝了美酒一样。她摇摇晃晃地走在云医后面,听着他的自言自语。她觉得自己看见了云医的整个童年。

"这里有个洞。"他说。

"这是我养的山猫。"

"这是大溶洞,里面有泉水,你听到流水的声音了吗?"

"小蔓,你干吗哭?"

"我是高兴啊。等一下,让我洗洗脸。"小蔓说。

"你真的相信?"

"当然相信,因为云医和我在这里啊!"小蔓提高了嗓门说。

小蔓说她刚才洗了脸,还说以后要常来这里。云医说他拿不准爹爹是否会生他的气。他之所以这么多年不回乡,就是怕爹爹生气。现在是因为有了小蔓,他才有了勇气回来的。他俩一直在这块小小的地方绕圈子,小蔓眼前黑黑的,可她看见了很多东西:有空房间,有油灯,有猎枪,还有线装家谱,虎皮鹦鹉。云医说一样东西,她就看见一样,而且反应越来越快。

后来云医回过身来郑重地告诉她说,如果再发生背叛的事,他就会活不下去了。小蔓连忙用手堵他的嘴。

"注意啊,脚下有桥!"云医大声说。

可是小蔓感觉不到桥,她觉得自己踩在枯叶上面。她问云医有没有危险,云医说,小蔓在这里,怎么会有危险?即使是断桥,也没关系,只管往前走就是。云医刚说完这话天就亮了。小蔓看见了那条路,他俩正走出树林往路上走去。啊,这一夜过得多么快啊!

云医到路边去收帐篷。他看上去精神抖擞。

小蔓脸朝着山站在那里。她听到了好多声音,有动物发出的,也有树和风发出的,还有泉水流动的声音。可是昨天夜里为什么那么寂静?昨天夜里她只听见云医一个人的声音。这座山太美了,山顶好像是紫色的,有点轻雾在飘荡,下面则是密密地长满了各种各样的树,五色斑斓。他们所在的这条路通到山里,但往前看去,又好像是条断头路,根本进不了山。他们昨天是如何进山的？小蔓想到这里就笑起来了。

坐在破旧的长途汽车上，云医问小蔓对他的老家有什么印象。

"美。"小蔓噙着泪说了一个字。

她知道了今后的道路不会平坦。

车子走走停停，云医老师的老乡们又陆续上车了，还是那班人。小蔓听不懂他们的话，但感到他们都在向云医夸奖自己。为什么要夸她？就因为她有胆量同云医回老家？可他俩并没有遇到什么危险啊。也许真正的危险都是看不见的？也许只有云医一个人看得见危险？想到这里，她便害怕了，双膝抖个不停。

"没关系，有我呢。"云医凑在她耳边说。

车里的人都停止了讲话，都显出难为情的样子将目光转向车窗外。

车到站之后，所有的人都坐着不动，示意云医老师先下去。

小蔓和云医下车后，回头一望，大家都在向他俩挥手告别。他们没下车，车子又往原路开走了。

"我的老乡们是专门来送你的。他们都住在那座山里面。"

"可昨天夜里你怎么没去他们家？"

"因为时间太仓促嘛。我在自己的家里走来走去的，激动得不行。"

"啊，云医！"

这一次回云医的老家给小蔓的刺激太大了，一连三天她都处于恍惚状态。

"小蔓就像你爹，爱起来就是真爱。"茴依说。

"可是云医他啊，他不属于我。"

"那他属于谁？"

"属于那些山，或者是荒原。这种事我想不清楚。"

三天之后，她又投入了工作，她不能长时间停下来，只要一停止工作，心里就无缘无故地一阵慌乱。她庆幸自己有喜爱的工作。她想，她正在慢慢养成一种个性，变成像她爹爹那样的人。而从前，她从来没想过要做爹爹那样的人。世事多么难以预料啊！但这样也不坏嘛，古平老师不是说女人都爱爹爹这样的人吗？说明爹爹还是很可爱的嘛。但一想到云医，想到山上的那一夜，小蔓心里不知为什么有种辛酸感。现在她更爱他了，她是多么害怕云医离开她啊。小蔓不去预测今后的事，她知道那没有意义。她要死死抓住每一天，认真过好这些有爱的日子。不是连丹织都说，如今像云医这样的人越来越少了吗？

尽管克制着自己的想象力，小蔓还是感觉得到云医面临的危险。她决心同他齐心协力，共渡难关。她要将自己训练成一个决不大惊小怪的人。

"我女儿找到了爱。"煤永老师欣慰地说。

父女俩默默地为爱情干杯。

煤永老师想，这就像是他自己在恋爱一样，当初他可没预料到自己会有这份激情和牵挂。这是不是说明他还不太老？

"爹爹，我越来越像您了。"小蔓笑着说。

"啊，可不要那样。我希望小蔓成长为同我完全不同的人。"

"怎么可能呢，爹爹？"

有一天，小蔓下了课回宿舍，有人在路边叫她。那人是她的同事，同事的旁边站着一位老头。

"他是云医老师的同乡老尹，他说一定要见见你。"同事说。

小蔓邀他去家里坐，他愉快地答应了。小蔓发觉他并不说云医的家乡话。她努力回忆了一下，记起老尹当时并不在那辆长途汽车上。也就是说，他俩是初次见面。老尹不时地打量小蔓，目光里流露出慈爱。

两人一块上楼时老尹说他来过学校，也到过城里的分校。他还说云医就像他的儿子一样，虽不常见面，但他时刻挂念他。这次听老乡说他找了爱人，还回了家乡，他就下决心要来见见云医的爱人。

小蔓请老尹喝茶，吃点心。她感觉到自己同老汉同样激动。

"住在山里是有危险的，"老尹说，"尤其是从前野兽很多的时候。云医救过我的命，那时他还是个少年呢。他也受了伤，幸亏他爹爹及时赶来了。"

"尹伯伯,谢谢您来看我。"

"我看了你就放心了,你让人放心。这是我给你和云医带来的羊肉。"

他说他得赶班车回去。

小蔓将他送到校园外的班车车站。一路上他都在含糊地说起他从前的那场事故,说起云医的勇敢,他说他很少见到像他那么敢于挺身而出的少年。车子开动时,老尹探出身来向小蔓挥手,他的眼里闪烁着泪光。

尹伯的故事给小蔓的震动很大。她知道云医正是他说的那种人,所以小蔓才会如此热恋着他啊。

晚上云医回来,小蔓告诉他尹伯来过了。

小蔓问他还记不记得那场事故,他点点头。

"我听见那大家伙在咬尹伯的骨头,我觉得它是咬住了我的骨头。"

他没再说下去,小蔓也没问。

夜里,小蔓一直在想象某个野物在咬啮自己。她还想,人类是从什么时候开始失去这种感觉的能力的?她又一次备感幸运,因为她的爱人正好是那种稀有的类型。与此同时,担忧也成倍地增长起来。她试着设想云医体会她的痛苦的情景,但马上又不敢往下想了,巨大的恐惧袭来。

"小蔓,你在想什么?"

云医翻到她这边,搂住她问道。

"我担心你有一天撇下我。"

"那是不可能的。要说撇下,只会是你撇下我吧。"

"你再仔细想想。"

两人沉默了好一会,两人都感到对方在出汗。

"你能发誓永不撇下我吗?"小蔓说。

"我不知道,我看不到远方的事。但我很可能只会爱小蔓一个人。"

"那就不要发誓了。我也爱云医。"

天亮前两人一块睡着了。

小蔓向爹爹谈起云医的特异功能。煤永老师说:

"那就是云医在工作上的创造性的根源。"

他没有继续分析下去,而是又拿出酒杯请小蔓喝酒。他说爱情总是值得庆祝的。小蔓立刻感到了爹爹在想什么。

喝了一杯之后,煤永老师鼓起勇气说:

"如果农姨要同我分开的话,小蔓不会生爹爹的气吧?"

小蔓突然就流泪了。她不好意思地擦干了泪,说:

"爹爹是我的最爱。"

"还有云医呢。"

"我不知道您和农姨的问题在哪里。可是我想,一定还会有人爱爹爹的。"

"可是爹爹已经承受不起爱情了。这对我来说不重要。现在重要的是,我女儿在恋爱,一想到这一点就无比欣慰。你听!"

两人同时听到了操场上的哨子声。清脆、激越,像是有很多人在那边跑步。

在这样的夜里,小蔓有一种感觉,就好像这个学校是远古时代的一个竞技场一样。那是一种特殊的竞技,对手之间充满了揣测、争夺,也充满了迎合、奉献。操场尽头悬着一面钟,每隔半小时就会报时。

"小蔓,加油!"煤永老师轻轻地说。

"我的朋友丹织,是一位天才教师。"小蔓突然想起来说。

"嗯,你说得对。"

"为什么我就做不到像她那样冷静?我多么想学成她那个样。"

"我也这样想。"

"可惜我太不争气了。"

"爹爹认为你做得很好。令人意想不到的好。"

"又吹捧我了。再见,爹爹。"

她在校园里漫步,不想马上回宿舍。

"小煤老师,新一茬茶花又开放了,你不去看看吗?"校长说。

"不,我不忍心去打扰了,夜晚多么静谧。校长,您对我和云医不满吧?"

"我对你们俩非常满意。你们这些青年,是学校事业蒸蒸日上的保证。

你瞧，那不是他吗？他跑得多么卖力！这都是因为你啊。"

校长拐到通往他宿舍的那条路上去了。小蔓想，校长想要看见什么人就可以看见，随时随地。她听见他在同人说话，对方居然是尹伯！尹伯的声音有点不安，难道要出事？

小蔓跑回了宿舍。

云医正在灯光下看书。他刚回来不久。

"刚才我看见尹伯了，他在同校长谈话。"

"他老不放心我，他太善良了。"

"农姨有可能同爹爹分手。"

"如果我是你爹爹，我很可能受不了。"

云医说这话时两眼发直，小蔓注意到他的一只手不安地在桌面上游走。

"我爱他俩。可是好人在一块不一定就会长久。我想我爹爹是那种人，无论什么不好的事在他身上发生了，他都能受得了。他希望我别像他。"

煤永老师的消息对云医打击很大，他没有心思工作了。他同小蔓站在窗前，茫然地面对着眼前的黑暗。他俩同时听到校园里有许多声音在此起彼伏，一波一波地涌向他们的窗口。最鲜明的一个声音是尹伯的，他在高声呼喊："他、他！他……"

"那是尹伯，为什么？"小蔓在云医耳边悄悄地说。

"嘘，听。"

回应尹伯的呼喊的是校长的嗓音，不知为什么嘶哑得厉害。

"我们，我们，啊……"校长说。

小蔓开始微微颤抖，她和云医紧紧相拥。

后来那两个人的声音远去了，只剩下一些乱七八糟的噪音，什么意义都听不出来。云医的双手汗津津的。

"我们多么渺小……"云医嘟哝着。

"不，不对！"小蔓反驳他，"我们能够爱，这有多么了不起！"

"所以我才爱你嘛。就因为你能。"

在小蔓的感染下，云医振作起来了。

"我还觉得爹爹并不像他自己估计的那样。他还有很大的潜力。"小蔓说。

"我也愿意这样想。他是我们的榜样。校长、他，还有古平老师等，他们是伟大的人，是一些先驱。"云医回应道。

"我们多么幸运。"

"小蔓有问题了吗？"张丹织问她。

"不是我的问题，是爹爹，我老担心他。"

"你的爹爹，又坚强又冷静，不会有问题的。你担心他是因为你爱他。爱情这种事，说不清。我没有过你们那种体验。小蔓，你的生活值得我羡慕。"

"你才值得我羡慕呢！连我爹爹都这样说。"

张丹织红着脸沉默了。

这时小蔓却在想，她自己的生活真的值得人羡慕吗？确实，像她和爹爹这种生死相依的关系在常人当中并不很多，可这也主要是因为爹爹的付出，她自己并没有付出什么。是爹爹使她的生活变得令人羡慕。而她自己做得并不好，甚至令她自己羞愧。可丹织为什么红脸？难道她也看出了这一点？

"丹织，你快恋爱吧。像你这样的不恋爱太可惜了。"

"我这样的是什么样的呢？"

"是我见过的里面最好的。"

"你这话给了我一点信心。今后不管遇到什么问题，别忘了找老朋友诉说啊，小蔓！"

"我一定不会忘记的。"

从丹织房里出来，小蔓感到心里暖洋洋的。她一下子有了这么多爱她的人，是因为她的事业吗？是，也不完全是。还有一个原因就是她从前并不完全懂得爱，她在情感方面开窍得很晚。哪怕是目前，她也还在学习的过程中呢。

一个小小的黑影窜出来，差点绊倒了她。

"松明，你到哪里去？"

"小煤老师,我想找那朵白茶花里面的花王,找了一天还没找到。我是清早看见她的,为什么找不到呢?"

"可能她改换了形象吧。你没考虑这一点吗?"

"我的天!您要是早提醒我就好了。我差点发疯。改换形象的事常发生吗?"

"不常发生,但有过的。"

"啊!"松明同学怔住了。

"可以试着去适应。比如说,看看别的花儿……"小蔓说,"你迟早会找到她的。多看看。"

"谢谢小煤老师。"他垂头丧气地说。

他转过身,往自己宿舍的方向走去。小蔓感到了他的悲伤,同时也在心里为他高兴。这是一位未来的种子选手。她想,培育茶花这项活动是她目前最大的成功。这些个日日夜夜,她和她的学生们几乎是同呼吸共命运。还有她的个人生活,也奇妙地同她的事业联系得这么紧。

今夜云医在学校值班,就待在城里了。多少天来,小蔓第一次不急着回去工作。在这个美丽的月夜,发生在松明同学身上的事太令她激动了。她在冥想中同他对话,心潮澎湃。

"白茶花和红茶花谁更美,松明同学比较过吗?"

"没有。"

"为什么不比较一下呢?"

"因为我爱那朵白色花王啊。如果不爱,也许会去比较吧。"

小蔓来到花圃,发现那些茶花早就凋谢了。也许松明同学说的是两个星期以前的事?她坐在茶树旁的木椅上,想着小男生和花儿之间的那种交流,不由得有些惆怅,有些小小的绝望。积肥、沤肥这一类的往事又浮现在脑际,那是多么漫长的憧憬啊。如果不是来这里当教师,她现在说不定还像从前一样无知呢。啊,那不是尹伯过来了吗?她站起来。

"尹伯,您好!"

"我又来了。我这几天总在挂牵云医。"

"谢谢尹伯。云医知道您在挂牵他,他也在挂牵您啊。您过得好吗?"

"还不错。山里的生活是安静的。你告诉他吧,说我回去了,不再来打扰他了。你可以对他说山里的事都处理好了。"

小蔓目送着尹伯远去。在暗蓝的天空下,那小小的身影若隐若现。他是从山里来的,也就是从云医的祖先的居住地来的吧。那种地方,猎人与猎物住在一起相安无事,当然也用不着猎狗。

小蔓走出花圃时,遇见了久违了的古平老师。

"小蔓,你在神游啊。我可是忙得焦头烂额!云医老师太棒了,拉着我们一大群人往前奔!"

"您同他合作得愉快吗?"

"岂止愉快,他是我们的发动机!我常想,这也是小蔓的功劳啊。你很小的时候,我就看出你将来要干大事。嘿嘿,煤永老师的女儿嘛。"

古平老师匆匆地同小蔓分手了,他说还有一大堆工作等着他。

小蔓回忆起一年半之前的那个夜里,她和爹爹一块去古平老师家的情景。她在暗处微笑着,又有点想流泪。这个学校真是太美了,这里面的风景不是那种表层的风景,而是一眼看不透的、动人心弦的景色。就从那个时候起,仿佛有一只无形的手牵引着她进入了此地。也许那之前,她一直就在为进入此地同爹爹汇合做准备?从学生宿舍那边传来女声二重唱,是朱闪和黄梅这一对好友,不知道她俩唱的什么歌词,在这样的夜里,那歌声给小蔓带来一种欲仙欲死的激情。她终于流泪了——仿佛是没来由地。

她一抬头,看见她的那间宿舍的灯亮了。云医提前回来了!

小蔓的内心欢呼起来,一路小跑着回宿舍。

第四章　晚仪的写作与生活

在繁忙的阅读和写作生活中，晚仪不知不觉地就过了四十五岁。在她的心底，她依然认为自己年轻、富有活力。晚仪的写作虽然非同寻常，但也顺利得令人吃惊。她几乎是一开始写作马上就获得了成功。当然她的读者比较少，但是全是老练的读者。他们说，她太独特了，无法不对她加以注意。而且她的散文具有一种罕见的幽默感。男读者们往往说："啊，晚仪！"女读者们则说："她就是我向往的那种作家。"

晚仪独来独往，很少同人深交，原因是没有时间。"我怎么就四十五岁了呢？"她诧异地对自己说，"我还有那么多计划要读的书没来得及读……"除了写作，她可说是一位将自己埋在书里面的书虫。她是个职业作家，但并不能靠她的职业养活自己。所以她除了写那种深奥的散文以外，还给一些报纸写童年回忆之类的专栏。她生活简朴，所以也没遇到经济上的困难。

晚仪是一位非常喜欢实践的女性，她的实践就是恋爱。当然她并非为了写作而恋爱，她还没有老谋深算到这个程度。她认为这种事全凭运气。可以说到目前为止，她的运气还不错。她的开朗也是少有的，比如说，她一点也不惧怕老年将至，而是抱定这样的念头：老年人有老年人的魅力。如果谁想打击她的锐气而在她的年龄上做文章的话,那可是打错了算盘。她坚信自己是非常有魅力的女性,并且从未失去对男人(包括个别女人)的浓厚兴趣。此外,她并不认为恋爱必须有始有终,她自己就经常半途而废,这给她的名声带来了一些负面影响,不过她认为不足挂齿。她的更为持之以恒的爱似乎是给了工作,她认为自己会工作到死的那一天为止。当然她很少将这个想法透露给别人,免得人家妒忌她。"阅读和写作就像恋爱。"这是她的口头禅,她在读书会总是这样告诉她的读者。当然同实际恋爱相比,这是另类的恋爱。晚仪酷爱这两种类型的恋爱,她预感到自己会爱下去,爱到死。私下里,她为自己的运气沾沾自喜,因为据她观察,很少有人在阅读与写作两个方面都同样才华超群,她却正好如此。这种特殊才华给她带来的实惠是目标明确、神清气爽,对于自己要怎样努力心中有数。她从阅读与写作中寻找恒定的刺激源,从不强迫自己干枯燥无味的工作。哪怕是学习外国的语言,也是为了找刺激图享受——便于她进行广泛的阅读。所以她的英语进展得很慢,已经学了二十年,阅读时还要反复查字典。不过慢虽慢,在掌握语感方面她还是有点优势,这是她完全凭兴趣来学习的结果。她的这种性情在生活中就变本加厉了。她喜欢吃好东西,喜欢美美的睡眠,也喜欢住在风景好的地方。因为人活在世界上就要享受嘛。自然而然地,她就喜欢恋爱。晚仪爱过的人虽不是数不清,但也快接近两位数了。她觉得自己才四十五岁,今后还不知会怎么样呢。不过她可不是那种滥交的人,她十分挑剔,也敢于付出,从不斤斤计较,但也不委曲求全。她拿得起放得下。

她是凭着特殊的感觉选择了飞县的这个地方住下来的。

那一天她不太想见她的男朋友,于是一早就坐上长途汽车,一直坐到了飞县。她在县里的小街上吃了点东西,然后信步朝东边的农村走去。飞县农村的荒凉与空阔令她吃惊,除了一块一块的水田之外,大部分地方都是野树乱草,房屋的质量都很好,但稀稀拉拉的,好像没几个人在此地居住。她沿着那条主路走了五六里远,总共只见到两个人。

她终于在一群青砖瓦屋前面停下来,在心里惊呼道:"我怎么就没发现离城市这么近的飞县有这样一个天高地远的处所？！"她刚在心里惊呼了这句话，就有一辆摩托车飞奔而来，停在她面前。原来是她的男友。可见那男友还是很了解她的，要不然怎么找得到她？

当天夜里，他俩就租住了青砖瓦屋当中的两间房，一间书房，一间卧房。男友将摩托车后面那些日常用品搬进屋里时，晚仪又在心里惊呼起来。除了房东同他们寒暄了几句之外，此地没有任何人对他们的到来感到好奇。

他俩睡到半夜时，晚仪醒来了。她推醒男友，要他倾听一种很怪异的响声。"是土地。这里的土地会发声。"男友说，"我在摩托车上就注意到了。"

"看来，我俩应该互换身份。"晚仪喃喃地说。

她心里想的却是，大家都认为他很不错，为什么她就欣赏不了他呢？

晚仪是在银行排队取款时认识男友的，她对他有过一阵狂热，后来她就恢复了平静。再后来，她就不太想维持同他的关系了。她同他倒也没什么大的分歧，不如说是晚仪的注意力转到别处去了——她变化不定。但男友却比较执着，所以总想挽回他们的感情。

在这个美丽的夜晚，当男友熟睡时，晚仪悄悄地下了床，从桌上摸到那瓶酒，溜到院子里，在黑暗中一小口一小口抿着红酒，继续仔细倾听。这是多么令人陶醉的声音啊！在这个空旷的乡村，土地与人是一种什么样的关系？男友是个细心人，虽然他先于她听到了土地的声音，但未必领略得到土地的意志吧。当她倾听之际，她已经打定了主意要在此地长住。这种突然产生的冲动比男女之爱更深一层，是她所不能解释的。

接下去她就参加了鸦的读书会，遇到了一群美妙的读者。当然，鸦是所有读者中她最爱的，共同的兴趣和事业很快使她俩情同手足。多少年里头，她在城市里从未遇见过鸦这种类型的读者，她俩在文学上的交流别具一格。比如说，鸦可以随时随地将她写的那些晦涩的句子同日常生活联系起来，谈论起来就像那是稀松平常的议论一样。这对晚仪来说是最称心的，她在这种时候就会感到自己在同鸦一道创作，心心相印。但她和男友之间却从未有过这类交流。所以晚仪将她同鸦的关系看作情人与密友之间的一种关系，就为这种关系，她也要在飞县长住下去，何况这里还有别处难以找到的读者群和文学氛围，以及古怪而又人情味十足的大地。这里的人和土地都是裸露的，因为裸露而奔放。而在大城市里，一切人和事物都有种遮遮掩掩的意味。现在她才明白大城市并不合她的性情。就比如她的男友吧，他为人忠诚，但不知为什么晚仪觉得自己从未看透过他。她以前认为是她自己苛刻，来了飞县之后才明白了其中的缘由。可以说是飞县促成了她同男友分手的决定。

有一次，鸦很开心地对她说：

"性格相投的人都到飞县来集合了。"

晚仪听了也很开心。她心里想，他们这一群人，属于一种什么样的性格？是不是世界上到处都有这一类人，而她自己以前不够成熟，所以没有发现他们？很可能她是在四十五岁这一年就突然开窍了！

晚仪听鸦说起过批发文学书籍的那位女老板，她心里痒痒的，打算近期去拜访这位女中豪杰。多年里头，晚仪一直在寻找文学的秘密之网，但收获一直很少。她做梦都想不到她会在飞县这个地方获得线索。莫非她的命运要发生重大改变了？果然，后来就发生了她们三位女性去城里猎艳的事，而她一举成功，收获了她一生中最为凄美的爱情，她的爱人就是老黄。

按晚仪的看法，这位老情人身上有"很多内容"。她打算慢慢地融入他的奇妙的世界。他是个普通小百姓，这也是她爱他的一大原因。写书的时候，她所想象的大部分读者就是属于这个群体的，虽然他们是少数派。老黄性格中最令她钦佩之处就是他那种镇定和乐天的生活态度，她完全被他迷住了。

当时她和苇嫂还有进嫂三个人在阅览室读杂志，顺便也观察读者中的男人。穿着工作服的老黄进来了，他身上有点脏，大概刚从房屋装修的场地出来。他虽然高度近视，却一眼就认出了晚仪，他手里拿着晚仪的书走过来了。

"我昨天就注意到您了。您能为我签个名吗？"他说。

晚仪欣然在她写的书上签名。而那两位大嫂立刻躲开了，她们认为晚仪"走桃花运了"。

签完名之后，老黄又拿出一个廉价照相机，请旁边的一位男士帮忙，同晚仪合了一个影。照片上的老黄一脸幸福。

后来两人离开图书馆，一块去了咖啡厅，老黄请晚仪喝咖啡。

言谈间，老黄并不问晚仪关于文学创作方面的事，只是说起他的装修工作。看得出他很喜欢他的工作。讲着那些生活中的事，他会忽然冒出一句晚仪文章中的句子，令晚仪开怀大笑。

"装修是非常辛苦的工作。我起步晚，手也笨，我的收入是装修工里面最低的。不过我喜欢这项工作。你想想看，一个毛坯房，经自己的手变戏法一样将它变为了精装修房，这里面有多少快乐！而且这是合作的工作，我只不过是一名辅助工，但我将我的同事看作我的手、我的眼睛，我老在心里为我的伙伴喝彩。在装修队里，没有人嫌弃我是高度近视眼，也没人嫌我手笨，大家都认为我很可靠。我原先在一家大企业的保管室工作，那个工作接触不到人，太寂寞，我就辞职了。后来我又换了好几个工作，直到进入装修行业，我才认为自己终于找到了合适的工作。"

老黄说话时，晚仪就盯着他看，她觉得这位男子就是自己梦中的情人。

"我光顾吹嘘自己了。您怎么样，晚仪？您在飞县过得习惯吗？那地方一定是给了您灵感吧，我想，就像装修给了我灵感一样。"

"您说得对极了，老黄。我正在想，我们的相遇不是偶然的，对吗？"

"当然不是！我一直在读您的作品，也一直在想，如果哪天有幸见到您，是我这辈子最大的幸福。我昨天就在阅览室发现了您，但我没有上前同您说话，怕您拒绝我。我等到今天，拿了您的书，一下班就往图书馆奔。您瞧，我已经上年纪了，还这么容易冲动。"

"啊，老黄，我最喜欢您这种类型的人。我们如果早些认识就好了，不过现在也不算晚，还来得及，您说呢？"

"当然来得及。没想到我们这么快就成了朋友。"

晚仪在城里的旅馆里待了一星期，这期间老黄同她幽会过两次。

晚仪将这种恋爱称为"灵肉一致"。她同他在一块时总是那么欢乐，而且两个人都喜欢笑，都能发现生活中的愉快。

087

分手时老黄说一定会去飞县看晚仪，因为现在她是他在这个地球上最牵挂的人了。飞县离得不远，他一定抽得出时间常去那边。然而说归说，在后来的日子里，老黄很难抽得出时间去见晚仪。

　　有时候晚仪也问过自己，为什么不住回城里呢？那样的话，她就有多一些机会同老黄在一起了。可是每次同自己讨论的结果都是同样的：不行。于是她只好在痛苦的思念中度日，写下那些很美的句子，阅读那些同样美丽的灵魂。她的事业在这段时间进展得非常顺利，她将这个情况告诉了老黄，老黄感到莫大的安慰。看到老黄高兴，晚仪便觉得十分幸福。她想，中年人的恋爱真好啊！

　　鸦对晚仪这个人了解得越深就越喜欢她的作品。在晚仪近期的作品里常常出现关于作者的问题，鸦感到这个问题很不一般，是阅读中的核心问题。为了追踪这个问题，鸦和晚仪相约去拜访那位从事图书批发的女老板。她俩都认为她那里有问题的答案。

　　"在从前的时代里，读者总是对事不对人。这种读书的方法已经过时了。我们关心的是那些有形的事物，它们的发生绝不是纯偶然的，你说对吗？"鸦说。

　　"对极了！为什么会有写作发生？是因为你整个人都变成了问题，你的每一根汗毛都在寻找答案。在黑地里摸索，你摸到一些凸凹不平的东西，你又摸到另外一些尖的硬的东西，你一凝神，那些硬东西就变软了，从你手掌下溜走了。你站在那里等，预感到还有很多不同的东西在涌出来，一波又一波，每一波都不同，也许是它们在变，也许是你自己的感觉也跟着它们变化。你想一想，鸦，我说的这种情况难道不是将作者作为个人提到了与从前不同的层次？"

　　在夜幕下，两位女子都沉默了。也许这种问题一时很难说清，必须亲自去进行一些调查，所谓"身临其境"。她们俩都是这样想的。对于鸦来说，晚仪的爱情使她明白了很多事，也使她愈加渴望同晚仪一块去弄清她所关心的这个问题。鸦看着眼前的晚仪那毛茸茸的轮廓，心里感慨万分。这是一位亲密的朋友，也是一位真正的作家，是书城里的建筑师，鸦以前从未遇到过这种类型的人。鸦在晚仪的书城里逗留得越久，就越感到自己有定力，并且有跃跃欲试的冲动。

第二天两位女士一早就出发了，当她们到达河边那家铺面时，看见大门上挂着"停止营业"的牌子。

"老狐狸听到了风声。"晚仪说。

"她为什么不愿意我们来呢？"鸦不解地发问。

"因为她要垄断那些资源啊。"

"资源？"

"创造之源。"

她俩绕到房子的后面，看见一位干瘦的老太婆坐在矮凳上编织麻鞋。她的编织动作十分有力和老练。

"请问您，戴姨外出了吗？"鸦小心翼翼地问。

"你是谁？"

老太婆反问时翻着白眼，将一边脸对着光亮。

鸦心里想，也许她是盲人？

"我和我这位朋友，是慕名来买书的。"鸦说。

"她早就不做书生意了，她现在有了新工作。"

"冒昧问一句可以吗？那是什么工作？"

"旅游。正好今晚她要从欧洲回来了，你们可以等她。"

鸦和晚仪相视一笑，同老妪道别，向大街上走去。

鸦已经好久没来城里了，她几乎不认识这个城市了。奇怪的是她内心一点都不伤感，眼前的景物也引不起她的回忆。或许，这是晚仪对于她的良好影响吧。

晚仪在大街上遇见了她的一位同行，那位大胡子男人也是写散文的，不过是那种诗歌型的散文。大家都称他为诗人。同行问晚仪这些日子到哪里去了，晚仪说她在恋爱。同行就叹息道："为什么你不能爱我？"晚仪笑着回答："我本想，可是却没有。而现在已经晚了。"

后来晚仪就问征（同行的名字）是否认识图书批发商戴姨。

"怎么会不认识？她是我的启蒙人。你们要找她吗？"

"听说她去欧洲了，晚上会回来。有这回事吗？"

征哈哈大笑，说她们上当了。

"这样吧，二位先去我家等候，夜里我再带你们去找她。她是个夜猫子。我听说她请来了欧洲最优秀的作家，我估计她和那位作家今夜一定会露面。"

于是三人一块去了征的家里。

征很穷，租住在一处三层木屋的小房间里，那间房原来是储藏室。因为房间小，三个人挨得紧紧地坐在简易塑料椅子上。房里没有窗，电灯又坏了，他们交谈时几乎看不见对方的脸。晚仪很镇静，倒是鸦激动起来了，因为她感到探险已经开始了。

由于房子不隔音，另外的房客弄出的响声听得清清楚楚。

"你们就这样开始了美的追寻之旅？"征的嘲弄的声音响起。

"我们一直在寻找。"晚仪说。

"可是我要让你们看看你们自己的真面貌！！"

随着征的这一声大喊，房里的几盏灯同时亮了。晚仪和鸦同时发现自己面对一面镜子，镜子里的自己脸色十分惨白。鸦的心怦怦地在胸膛里跳。

"征，你别演戏了吧，我和鸦都是江湖老手了。"晚仪笑着说。

"啊，对不起，晚仪，我太轻佻了。你会理解的，因为是老友重逢嘛。"

征的样子显得垂头丧气。

"我当然理解你，征。我们曾生死与共，我怎么会忘记。我的这位朋友同样理解你。她和我出来寻找作者，而你，是她找到的第一位作者。"晚仪说。

听了这话，征的眼睛又亮起来了。

"我能感到灵感在我们周围飘荡。"一直没说话的鸦突然宣布。

"谢谢您，鸦！也谢谢晚仪！二位在我生命的低潮时到来，必定会给我带来好运。我已经看到福星在门外露头了。"

这时鸦提出要请征吃饭,征高兴地答应了。于是三人手拉着手,侧着身子从很陡的木梯下楼。走到二楼时,鸦被房客扔出的饮料罐砸中了肩膀。

他们选定了一家名为"顺风"的餐馆,这家餐饮专门经营川味麻辣菜。老板是晚仪和征的读者,一位留着小胡子的中年男人。

三个人都吃得额头冒汗,畅快淋漓。

"征,我回去后一定要好好地读您的书,这样下次再见面我们就可以谈论那些书了。我已经感到,您就是我要寻找的作者之一。"鸦真诚地说。

"我太高兴了。还有比读者从天而降更值得兴奋的事吗?鸦,您要有耐心,因为我和晚仪不同。一开始,也许您会觉得我阴暗,但我并不是全部阴暗,也许我的阴暗是等待中的氛围,是为某种事物的露面造势。我现在还不很清楚那是什么样的事物……您喜欢这麻辣菜吗?这是我和晚仪的共同嗜好。以前我和她总到这里来庆祝我们事业上的进展。"征说这些话时显得十分开朗。

"我喜欢这些菜,真好吃!啊,一边吃着美味,一边谈论文学,我们的理想正在变为现实!"鸦的两颊红红的。

"二位可要吃饱,要为夜间的活动积蓄能量啊!那老戴可不是盏省油的灯,谁想找她,就得准备耗尽心力。"

说话的是小胡子老板。他一直坐在他们对面倾听,现在走过来了。

"咦?您怎么知道我们要去找戴姨?"鸦吃惊地问。

"我的饭馆离老戴很近。一般来说,作者和读者邀在一起来吃饭,都是为了吃饱后去找她。她是书业的女王。"老板解释说。

听了这话,神经刚刚松弛下来的鸦又紧张起来了。她盯着晚仪看,但从晚仪脸上的表情看不出她是否紧张。

这时老板凑近他们三个人,轻轻地说:

"从我的后门出去,有一条捷径通往女王所在地。"

"齐师傅,您是江湖上的高人!"晚仪叫了起来。

齐老板将他们三人领到后门那里,但门外并不是这家饭馆所在的繁华马路,却是一派荒野的景色,到处都是乱草。

"这里有我说的捷径。"齐老板得意地说。

晚仪和鸦走了几步后回头一看,征和齐老板都不见了。她俩身后的饭馆看上去成了一栋孤零零的独屋,根本不是繁华街上的饭馆。鸦想退回去弄明白这件事,但晚仪拉住了她。

"我们不就是为这种情境而来的吗?让我们走上齐老板指引的捷径吧。"

两人踏着那些乱草奋力向前。烈日当空,茅草的锯齿割破了两人的脚背,脚上渗出了血。鸦听到晚仪一个劲地说:"真痛快,真痛快!"

努力了一阵,终于看到了鹅卵石铺成的小路。要不要走那条路?

两人商讨了一阵,一致认为这条路就是"捷径"。晚仪说她隐约地听到了村里传来的喧闹声。鸦在心里想,晚仪已经把书商戴姨同乡村连在一起了,她该有多么敏锐!虽然她什么都听不见,但她的心在欢跳,因为就要接近某种事物了。

然而这条荒野里的"捷径"就像没有尽头一样。她俩一直走到太阳落下去(太阳怎么落得这么快?),还没看到任何房屋。

"糟糕,我们没带野营的用具!"鸦说。

"没关系,会有月光。"晚仪显得很高兴地说,"我一直想要这样一次旅行。那一回我去飞县时就有点这种意味。不,不完全是……那时我没有目标,有点像是去碰运气。现在我老练多了。我已经听见戴姨的声音了,有一些人围着她。"

天完全黑了,却没有月光,好像要下雨。鸦开始焦虑了。幸亏村里的狗叫声已经听得见了。两位村民出现在村头的路口。

"是来参加图书节的吗?"年长的老人问道。

"是啊,我们可累坏了,差点要倒下了。"鸦说。

"别泄气,你们会见到一位伟大的作者。"年轻人说。

晚仪和鸦跟随他们进了村,七弯八拐地走了好一阵,最后在一栋瓦屋前面停下来。屋里只有一点点微弱的灯光。两位村民让她们站在外面,他们自己先进去通报。年轻人警告她们说,不要离开原地,因为今夜有人要搞破坏。

"涉及作者,总有些个人恩怨。"他忧虑地说。

晚仪在阴影中微笑着,那人所说的"个人恩怨"是她最喜欢的话题。她一贯认为,如果没有个人恩怨,就不会有第一流的作者了。

瓦屋内并非静悄悄,晚仪和鸦两人都感到了有一波又一波的气浪在向外涌。她还听见了压抑着的小声尖叫。有一个麦克风在反复地重复一句话:"谁先过来?谁先过来?谁先……"

门吱呀一响,有一个人出来了,鸦认出来他是上次领她去见戴姨的那老头。

"好样的!"他对鸦说,"我估计你迟早会找到这个地方来的。你的这位朋友是作者吧?我们同样欢迎作者!"

他将她俩领进了屋里。但那是一间空房,房子正中摆着长条桌,像阅览室一样。

她俩都在暗自琢磨:刚才那些声音是从哪里发出的?她们将视线投向那张门。

"你们伏在这桌上休息吧,因为作者和戴姨此刻都很累,我不知道他们什么时候愿意见你们。"老头说。

"他们为什么这么累啊?"鸦好奇地问。

"大概因为那该死的辩论吧。他们每天夜里都同读者辩论,累得快晕过去了。要不是戴姨,那位欧洲来的作者命都没了。"

老头说完就出了门。晚仪对鸦说:"我们赶紧休息吧。"

于是两人伏在长桌上休息。居然一会儿就进入了梦乡——她俩实在太累了。其间鸦醒来了一分钟,她听见晚仪在打鼾,她刚要笑,却又睡着了,好像谁对她进行了催眠一样。

她俩是同时醒来的。因为那张门突然开了,雪亮的灯光正照着她们。

"作者先过来吧。"戴姨懒洋洋地说,朝晚仪点了点头。

肥胖的她坐在一张小方桌上,两腿悬空,显得很滑稽。她旁边就是那位黄头发的作者，倔强地站在那里。

晚仪走了过去，男作者无动于衷，像没看见她一样。

鸦站在离他们几个三四米远的地方，她正紧张地思考着。这位作者，会不会是《无尽的爱》这本书的作者？鸦前两天刚读完这本书，一共读了七遍。那真是一本美极了的小说。可这位作者一点都不美，他的五官好像不对称，呆板的脸上一点表情都没有。他该有多么傲慢！但晚仪的感觉好像不同。她说着英语，将一只手温柔地搭在男作者的肩头。戴姨凑近他俩，紧张地注视着晚仪，她好像有话要说，但最终没说出来。

忽然，男作者活跃起来了。他那对蓝色的大眼睛骨碌碌地转动，他内心焦急。

不一会儿，晚仪就同他用本地话聊天了。鸦吃惊地看着他俩。

"我是在本地长大的。"他说，害羞地望着地下。"我的书传到了这里，多么意外啊。我的书是为您写的，小姐。"

"也是为我写的！"鸦大声说道。

"对，也为您！"他偷偷地溜了鸦一眼，"我太意外了，我还没准备好如何同你们辩论呢。我同读者们辩论了一天，快神志不清了。"

鸦看见戴姨在窃笑。晚仪的脸上充满了感动的表情。

男作者说了这几句本地话之后，又开始说外语了。这一次，他说的不是英语，鸦听不出是哪国语言。他的声音非常迷人，鸦觉得有点像洪鸣老师的声音，但比他的声音更迷人，是那种不是色情胜似色情的声音。现在鸦明白他为什么能写出《无尽的爱》这样的小说了。她看见晚仪在侧耳倾听，像喝醉了酒一样。晚仪后来就闭着眼说："不对，不对……一派胡言。"

男作者似乎更焦虑了，他用手里那本书敲着桌子，提高了嗓门。

鸦注意到即使是生气，他的声音也是如此美妙。而他手中的那本书，果然是翻译过来的《无尽的爱》。

"我读过您的书！"鸦说，"这是一本杰出的小说。"

"嘘！"男作者竖起食指，示意鸦小声说话。

晚仪的声音变成了耳语，鸦必须凑到她跟前才能不时地听清几个字。

但男作者听得见晚仪的耳语，他不住地点头，态度十分优雅。

"读小说就是恋爱嘛……"

鸦忽然听清了晚仪的这句话。不知为什么，鸦觉得是自己在说这句话，她又觉得这位波兰来的作者是同晚仪在恋爱。鸦并不想独自溜掉，因为她还觉得眼前的这对"情侣"用不着避开任何人。反而是，他们两位想要别人（比如她）分享他们的爱。那么，晚仪只不过率先同男作者交流，接下去就会轮到她鸦。鸦的脑海中不断地闪现《无尽的爱》这本小说的情节，她忍不住说出了声：

"我也爱您，亲爱的作者。"

男作者马上听到了她的这句话，用本地话回答她说：

"那是因为您就是故乡啊！"

听到这句话，戴姨就从方桌上下来了。她同他们三个人紧紧地拥抱，她那肥胖软和的身体让三个人都感到很舒适。戴姨呻吟着反复地说：

"辩论吧，我的天哪……孩子们，你们应该不停地辩论啊。今夜天空没有月亮，你们就是我的月亮……我的天，已经过去多少年了？"

她喘着气松开他们。过了一会儿，她又抓住鸦的一只手问她：

"小姑娘，你能保证传递的链条不断裂吗？"

"我保证——"鸦竖起一只手掌宣誓。

戴姨咧嘴笑了，她朝波兰人努了努嘴说：

"幸运的作者啊，你听见了没有？"

这时晚仪就在旁边摇着头说：

"不像话，不像话，一派胡言。"

门突然被冲开了，涌进来一大班村里人，他们将晚仪和鸦挤到了前面那间房，然后又将门闩上了。她俩在空房间里相视一笑，异口同声地叹道：

"真是不可思议啊！"

一刹那间，鸦感到自己完完全全地进入了《无尽的爱》的氛围。所有的情节都被她回忆起来了。她轻轻地对晚仪说:"华沙是怎样的一个城市?"

"也许是我们的故乡吧,你说呢?"

"我刚才也正是这样想的啊。这位作者同你是一个级别的,戴姨已经嗅出来了。如果不是的话,她才不会那么激动!"鸦说话时眼睛闪闪发光。

"你也一样,鸦!你也是这个级别的。我们今夜真幸运,这位作者真幸运,戴姨真幸运。我但愿书业内常常发生这种奇妙的事情!"

她俩走到了外面。夜已深,外面一片漆黑。鸦有点害怕,不敢往前走了。晚仪抓住她的手安慰她说,不要怕,她看得清清楚楚,她可以不费力地走回城里去,再说走夜路是多么舒畅啊。鸦一回头,看见那栋房子的窗户上晃动着人影,还传出喧闹声,似乎在进行辩论。

"各式各样的交流是多么的不相同啊!"鸦说。

她不再犹疑了,同晚仪手牵手向前迈步。

在回去的路上,两人都在默默地为男作者(她俩都不愿说那个拗口的外国名字)担忧,同时也默默地祝愿他在故乡找到幸福。

"我们的戴姨领导着一支世界级的探险队。真没想到我俩会有幸见证这种秘密发展着的事业。"晚仪一边沉思一边将她的思想说了出来。

鸦跟随晚仪前行,她虽然几乎什么都看不见,但心里通明透亮。她很想对晚仪表白自己心中对她的爱,可又不好意思,于是紧紧地握着她的手,直到手心都出汗了。她想,也许华沙的那位外国青年寻找的不是他的当女仆的女友,而是此刻同她并肩前行的晚仪?那是完全可能的。鸦想到这里时就看见了前方的那盏路灯——她们进城了。

天亮了,她俩必须在城里休息一下再回飞县。

这时征像从地下冒出来的一样,上前同她俩拥抱,称她俩为"勇士"。

"上我家去!你俩可以在我家休息,我白天要上图书馆。我敢肯定,你们一定是满载而归。太好了,你们把我也带动起来了,文学事业蒸蒸日上!"

他将钥匙交给晚仪就匆匆地走了。

她俩又一次沿着那曲折幽暗的窄楼梯往上爬,终于进入了征的房间。

晚仪开了灯，雪亮的日光灯照见崭新的蓝印花被褥，枕头旁边放着一本《无尽的爱》。晚仪先是一愣，接着哈哈大笑，笑得眼泪都出来了。

鸦迷惑地看着她，不住地问：

"怎么回事？怎么回事……"

晚仪说不出话来，指着桌上的录音机。

鸦按下录音机的按钮，昨夜激动人心的场景就播放出来了。

"那就是他啊……"晚仪说，像噎住了似的。

"征就是男作者？"鸦说这句话时连瞳孔都放大了。

"我不知道他为什么开这种玩笑。"晚仪连连叹气。

"啊，别太激动，我们先睡觉！"鸦果断地说。

疲惫不堪的两个人很快就睡着了。

她们醒来时已是下午，征偷偷溜进来过，放了两份炸鸡在桌上。两位女士也顾不上洗漱，狼吞虎咽地将炸鸡吃完了，才去那微型卫生间洗了手脸。

"我爱上了征，"鸦说，"我估计他是《无尽的爱》这本书的译者。"

"是啊——"晚仪拉长了声音说，"我也爱他。我一直就爱他，是那种作者对作者的爱。他昨夜同我们的交流多么出色！"

然后两位女士像突然醒悟过来一般，都着急要回飞县了。这位征让她俩"灵感勃发"，必须立刻回去释放。她们挎着旅行包出门，将门钥匙放在木板墙缝里，轻轻地下楼。

然而看到征坐在大门口读书。

"这么快就要走了？有收获吗？"他问。

"我们还要来的！"两人异口同声地说。

她俩轮流同征紧紧拥抱，两人都听见他在喃喃地说："多么好啊……"

晚仪自从"寻找作者"的活动结束以来，一直在疯狂地工作。白天里，她除了两次户外散步锻炼身体，做点简单饭菜填饱肚子外，其余的时间几乎都在写呀，读呀，做笔记呀，忙个不停。她的好朋友征给她带来了灵感，飞县的氛围又特别有利于创作，再加上好友鸦对她的作品的关注，还有对于老黄的忧伤的渴望，晚仪的生活变得空前的充实。

她在散步时会自言自语道：

"如果我在这样的环境中还不能向顶峰冲刺，那就只能说是受到自身素质的限制了。我的素质到底是不是最好的？"

接下去她往往会微笑着责备自己没事找事，考虑一些毫无意义的问题。

说到创作，她感到自己从未像现在这样放松过。从征那里回来之后，她就将自己看作了一名真正的作者。这是什么意思呢？这意味着她获得了解放，在写作之际什么都不"考虑"了。作者就是传达的使者，要尽一切力量去传达理想，用语言去凝成那种既美又高尚的东西，而不要去管你的方式、你的情节图形是多么的匪夷所思。

她的写作并没有固定的时间规律，有时上午，有时下午，有时晚上，都是在她精力最充沛的时候。偶尔，在她写作之际，鸦打来电话了。

"你在干什么？"鸦问。

"除了恋爱我还能干什么别的吗？我正在激情中游泳，今天差不多写了两页了。"

"加油，晚仪！我看见你站在顶峰……啊，我看不清。"

晚仪的心中平静下来了。她想，她的写作需要这种宁静，好友鸦刚才来提醒她了。即使是爱，不也常常是种宁静的冥思吗？于是她又一次感到，自己属于那种能够爱到老、写到最后的作者。晚霞的红光落在窗玻璃上了，只有在飞县才有这种伤感的景色，她将这种景色称之为"极境"。她听到了外面的喧闹，是最早的一批读者们骑着摩托车到来了。

虽然她的工作已经做完了，但晚仪没有去加入读书会的讨论。她要把这个晚上留给自己，她要一个人沉浸在忧伤的爱情之中。她同老黄有多长时间没见面了？好像有三个月了吧？这种分离会不会成为永久性的？实际上，每一次分离她都做好了准备，即有可能是永久分离的准备。因为这，她的个人生活变得有点可怕了。

她知道老黄生活在良心的责备之中。可是她还深深地感到，老黄这样的人，是不可能不生活的，除非他死掉。那么就让他的良心责备他自己吧，否则怎么办呢？然而对于晚仪来说，这种长久的隔绝，这种无法传达的爱，有可能发展吗？她自己也生活在良心的责备之中，她也同样感到自己不可能不生活，就像不可能不写作一样。

"苇嫂！你今晚没去读书会？"

"我来是想告诉你，我白天在城里看见老黄了。他呀，和同事们坐在茶馆里喝茶，看样子很快活！"

"啊，这可是喜讯，我放心了。生活中令他快活的事那么少。"晚仪说。

"我真不懂你们。"苇嫂生气地说，"这个男人，同情人分开这么久了，在外面却还那么快活！我告诉你，当时我就走到他面前问他为什么事这么快活。他愣住了。我一个字一个字地对他说：'有人不快活。'他一脸通红，像傻了一样坐在那里一动不动，我赶紧溜掉了。"

"啊，苇嫂！"晚仪一边叹气一边用双手蒙住了脸。

过了好一会，她才沉痛地说：

"苇嫂，你不知道他生活中的快乐多么少。"

"对不起，晚仪。我这傻老婆子是想帮你。"

"我知道，我知道。谢谢你！"

当晚仪再次抬起头来时，苇嫂已经离开了。

她隐隐地感到老黄有可能支撑不住了。她看见了地牢，那地牢对她来说已经很熟悉了。她想，即使她的一部分生活枯萎了，她不是还有另外一部分吗？外面那边的院子里，那些年轻人说话的声音传来，欲望在夜气中沸腾。

有人到她的院子里来了，她想，那是鸦。

"鸦，我快撑不住了。"

"啊，是很糟。可是我觉得你还会撑下去的。我的感觉对吗？"

"你的感觉从未出过错。我希望他也一直撑下去，不要得病，不要丧失信心。不过这是什么样的信心？"

"就是能够撑下去的信心啊。"

"你说得太对了,鸦。你是说你自己还是说我呢?"

"我俩差不多吧。"

又有人进来了,是苇嫂。

"亲爱的苇嫂,说说你的那一位吧,我们想听。"晚仪昂起了头。

"我的那一位啊——"苇嫂拖着声音说,"他是幽灵还是真人?他不再出现了,他一去不复返。不过我在心底一直确定他是真人,说不定哪一天他会来飞县,我得准备着,不能荒废了自己。"

"苇嫂真有力量!"晚仪赞赏地拍了拍手。

"我可不想变成一个衰老的老婆子,我得抖擞起精神。"她笑眯眯地补充。

鸦的眼里有泪,是感动和爱的泪。

晚仪拿出了美酒,三位女性举杯祝愿她们心中的激情永存。

"实际上,我一点都不颓废。我沉浸在美的追寻中,顺便将生活中的一些难题也解开了……不,我不是矫情。鸦怎么看?"晚仪说。

"晚仪是世界上离矫情最远的人。"鸦说。

趁鸦和苇嫂没注意,晚仪偷偷地喝了一杯。然后她就像小女孩一样呜呜地哭起来了。

"别哭,别哭,晚仪!"苇嫂说。

"可我是因为幸福啊!多么好的飞县,多么好的朋友,还有我的老黄,我的写作和阅读。我掉在福窝里头了!"

"嘘,小声点,那些青年们在外面偷听呢。我可不愿他们学我。"苇嫂说。

"为什么不能学你?"晚仪嚷嚷道,"充实的晚年生活,奋进到底的姿态!"

"是啊是啊,"鸦也附和说,"苇嫂太杰出了!"

晚仪的脸上挂着泪珠,她要念一段她今天刚写好的散文诗给两位女士听。鸦和苇嫂渴望地望着她。她手里拿着稿子开始朗诵。

她的声音比较含糊,鸦觉得晚仪就像在同老黄讲话一样,根本听不清她在说什么。但鸦听了却很感动。她偷眼看苇嫂,苇嫂也很感动的样子,眼里似乎有泪。鸦心里想，这就是交流中的奇迹吧。

"……有什么东西炸裂了。"晚仪读完了最后一句。

三个人都沉默着。她们都停留在那种美的境界里。"炸裂"与光，与飞升有关，鸦和苇嫂都盼望晚仪不断炸裂，同时也盼望她和老黄的爱情不断进展。不知为什么，鸦觉得，只要晚仪的写作或阅读不中断，她和老黄的恋情就也不会中断。比如刚才这一篇，不就是写给老黄的吗？当然也是写给大家的。

"谢谢你，晚仪。你不断给我带来信心。"苇嫂说，"我们这几个人，就好像注定了要在飞县相遇……啊，我再喝一杯吧。"

苇嫂将杯里酒一饮而尽，随后她也哭了。她也是因感动、因幸福而哭。

鸦和苇嫂离开了很久，晚仪还在微笑。她的朋友刚才在这里，她们将一个沉郁的夜晚变成了激情的夜晚。这时电话铃响了。

"……"

"……"

"啊，爱。"老黄说。

"爱，啊。"晚仪说。

五分钟后，两边同时挂上了电话。

晚仪哭了个痛快。但她不再喝酒了，她明天得加紧工作，加紧阅读，并且她还得同征沟通一下，商量合作的可能性。她得好好睡一觉。

同征的合作还没有开始，另一位作者突然就出现在晚仪的门口了。她声称是"从戴姨那边过来的"。她是一位中年妇女，年龄也许同晚仪不相上下。

"您也同我一样是独身吗？"晚仪问她。

"不是。我有两个孩子，我丈夫开理发店。"名叫谷欢的女士说。

晚仪从事文学快二十年了，可是除了征，她没有其他的文学朋友。她属于那种孤独的拓荒者。在她眼里，这位谷欢女士有点俗气，是那种很实际的女人。晚仪喜欢她的这种气质，认为她身上必定有自己所缺少的一些东西。

她是从戴姨那边来的；她有两个孩子；她丈夫开理发店。这几条信息使得晚仪一下子就对她产生了好感。

谷欢告诉晚仪说，她还从来没有正式出版过作品，不过有好几年了，戴姨一直将她写的故事打印成册，在圈子里供人阅读。谷欢说着就从提包里拿出厚厚的一册送给晚仪。晚仪看了看题目——《无尽的爱》。

"啊，同那位波兰作家的小说同名。"晚仪说。

"我知道。这没有什么不好吧？"谷欢热切地看着晚仪说。

"当然没什么不好。"晚仪肯定地回答，"我感到您和我也许属于同一个文学的家族，但您比我更有才能，您身上充满了生命的气息。"

"亲爱的晚仪，今天是我的节日。要不是戴姨，我们恐怕永远都见不了面。我的家在东北边界的一个小镇上。这些年来我一直在写，是戴姨帮助我同人们交流，她一直鼓励我。"

"戴姨是一位伟大的文学使者。"

晚仪的心怦怦地跳了起来，血涌到了头上。这种梦想成真的事忽然就发生了，她已经等候了多少年了？

她招待谷欢吃了晚饭。

"我们飞县有一个美妙的读书会，您愿意今晚去会上朗诵吗？"

"我不是在做梦吧？啊？晚仪！！"

"哎，我在这里！"

"不是梦。您答应了。"

谷欢在她的皮包里翻了一阵，翻出几张手稿。她说了一声"对不起"，就坐下不动了。她低着头念她的文章。

晚仪怕打扰她，连忙走到外面去。当她站在院门那里时，摩托车上的少女向着她大声喊：

"晚仪老师，快到会上来，将您的秘密武器也带来吧！"

晚仪心里一惊：他们的消息怎么这么灵通？

她过了好一会儿才进屋。她看见谷欢仍在对着稿子出神，不过口里已经不再念念有词了。谷欢猛地一抬头，说：

"我的故事不适合由我朗诵。"

"那怎么办？"

"我们可以、可以齐声朗诵。您瞧，我带来了几十份复印件，我早有准备，我认为……晚仪？您不同意？？"

"太棒了！谷欢！您是一位比我老练的作者！"

她俩走进会场时，点着蜡烛的会场里坐得满满的，鸦雀无声。她俩散发了复印件之后，会场里便响起窃窃私语，声浪此起彼伏。后来不知是谁大声地念出了小说的第一句，然后大家都跟上来了。那故事不算长，一开始大家压低嗓门，结结巴巴地念。但越往下念，就越合拍，越流利了。也不知怎么回事，每个人都觉得自己成了别人，几十个人成了一个人。

谷欢偷偷溜出去了。过了一会儿晚仪也出来了。

"感觉还行吧？"晚仪问。

"真是训练有素的读者啊。我怕我在众人面前号啕大哭，这才溜出来。"

"谢谢您。因为有您，这世界变得多么美。明天我就将您的小说寄给主编。"

晚仪紧紧地挽着谷欢，她不愿用谈话来破坏这种氛围。谷欢的小说和那位波兰人的小说完全是两种类型的，但晚仪想，将她的小说取名为《无尽的爱》也非常贴切，甚至比波兰人的小说更为贴切。他们两人都不讲那种俗气的故事，吸引着他们的是一种核心中的故事，那种故事像无穷无尽的变奏，永远也讲不完。这位从边界小镇过来的妇女，是多么懂得生活啊！

晚仪就这样怀着这种相见恨晚的激情同谷欢在花园的小道上缓缓行走。在那所大房子里，鸦的读书会还在用低沉的声音朗读谷欢的小说。

"在国内的文学圈里，我很少对别的作者服气，但您是我的榜样。"

晚仪终于开口了，她感到自己词不达意。

"那个晚上，我从戴姨那里得到了您的书，我整整一夜没合眼。"谷欢说。

她俩还想说什么，但又都没开口，她们彼此都听到了对方的心跳。就在这一瞬间，两人同时觉察到屋里的朗读声已停下来了，从窗户外望去，蜡烛也熄灭了。这是怎么回事呢？她俩转回到屋门口，发现屋里黑洞洞的，好像一个人都没有了。读书会怎么这么早就解散了？如果是平时，这些年轻人起码还要讨论两个小时。

晚仪邀谷欢去鸦的家里玩玩，谷欢欣然同意了。

鸦的母亲的客厅亮着灯。鸦和那位新近搬来的玫姨，还有阿迅，三个人手里都捧着谷欢的复印件。他们在轮流朗诵，一人念一段。谷欢和晚仪两人站在台阶上等待，等了好一会儿他们才念完了。

"伟大的作者亲自光临了！我们都在为您的小说发狂呢！"鸦大声说。

"谢谢你们，亲爱的朋友们。"谷欢低声说。

于是进屋，喝舒伯收藏的美酒，说些掏心掏肺的祝酒词。

"要不是我有亲爱的丈夫和小孩在那边，我真想留在飞县不走了。"谷欢说。

"您可以常来，飞县是文学的福地。"阿迅说。

鸦赞赏地看着阿迅。

"我感觉到谷女士是一位文学大师。"舒伯笑眯眯地说。

鸦提议他们几个一起回读书会那边去参加讨论。晚仪告诉鸦，说会议室里面的人全走空了。鸦笑着说不可能，因为他们正在兴头上，不可能离开的。

当他们五个人返回到读书会时，满屋子的人都在热烈地讨论，日光灯亮堂堂的。晚仪说，刚才这里还是空房，怎么一下子人全来了？鸦说那大概是由于青年们过于沉浸在小说的氛围中，所以他们的身体就发生了改变。从前也发生过这种情况。这就可见谷欢女士的作品多么有力量。这属于那种改变人生观的作品，鸦认为同晚仪的作品是同类。鸦说到这里，晚仪就打了她一巴掌，说：

"我们今天是来讨论谷欢女士的小说的，不要提我！"

谷欢女士很快就被年轻人团团围住。女孩们都想与她勾肩搭背，男孩们则站在她面前腼腆地笑着。这位黑瘦的文学家在他们眼里是一位魔术师，他们不知道要如何同她谈话。谷欢女士搂着女孩们时就产生了幻觉，她觉得脚下的硬地在飘移,她看见晚仪和鸦离得远远的,她俩的声音顺着一股风送过来。

"这种效果很惊人……"鸦说。

"所有的灵魂都受到了震动。"晚仪说。

谷欢面带笑容,她隐约听到了远方的小镇上传来的二胡声,是理发师在拉二胡。

"老师,我们都崇拜您。"女孩对着谷欢的耳朵悄悄地说。

终于,鸦走到她面前来了。

"好了好了,我要带谷老师去休息了!"鸦宣布说。

"祝我们今夜在梦中相见!"几位年轻人一齐说道。

鸦紧紧握着谷欢的手,带她去客房休息。

晚仪目送着她俩离开。刚发生的这件事令她神情恍惚,她感到这位女人天生是文学的化身,这种人她还是第一次碰见。有几个句子在她的脑海里出现了。她将着手写一篇长长的评论来介绍这位文学天才的作品,当然首先,她要仔细阅读她的全部小说,写下笔记。哈,文学生活多么美,总是有奇迹,还有爱和友谊!谷欢的旋风今晚掀动了整个飞县。

正当晚仪在飞县忙忙碌碌地过她的文学生活时,老黄忽然就来了。

老黄比过去消瘦,显得有点苍老,头发差不多全白了。他告诉晚仪他在县城里联系了业务,所以他才有机会来晚仪这里。他说他是在茶馆里同人闲聊时意外地得到信息,接到这个医药公司的装修业务的。这一次他可以在晚仪这里待两天,往后的两个月里头,他还可以陆续抽空来她这里。

"你真了不起,居然接到业务了!"晚仪眉开眼笑。

"有志者事竟成嘛。哈哈!"他做了个鬼脸,"如果晚仪不在飞县,我也就接不到这个业务了,因为不会往这个方向努力了嘛。"

晚仪欢快地哼着歌,为老黄煲了老鸭汤,做了几样美味的小吃。她突然想到一件事,就叫老黄先吃饭,她要到门口看看立刻就回来。

她出了院门，在外面走了一圈，然后回到小院，将院门闩上了。她怕走漏了风声。她回到屋里时，老黄感激地亲吻了她。

　　吃完饭，收拾好，洗完澡，便早早地熄了灯，两个人拥抱着坐在沙发上说话。啊，那些话！那些话又怎么说得完？后来干脆不说了，就只是接吻和做爱。直到累得无法动弹了，就含含糊糊地吐出一些词语，相互应答着。两人都不愿入眠，挣扎着，差不多是一同昏死过去了。

　　天大亮了两人才又重新活过来。

　　"老黄？你马上要走？"

　　"不，还有一天呢。明天才去工作。你有客人？"

　　"当然没有。你看见我把院门关上了。这整个院子都是我租的，我现在变富裕了。这地方有说不尽的好处。"

　　晚仪一边说话一边洗漱，打扫，做早餐。她是非常能干的女性，而且差不多是个美食家。老黄也是个美食家，所以他看着晚仪做饭时欣喜若狂。

　　"我俩太相像了！"他叹道，"要不是文学，我怎么会有今天！"

　　"要不是文学，我也入不了老黄的法眼啊。"晚仪也叹道。

　　"晚仪，你找到那些作者了吗？"

　　"联系上了。他们接连闯进我的领地。实际上，我的领地正在同他们的领地连成一片。在黑夜里，我便听到脚步声在我头顶响起。你当然知道，那该是多么大的欣慰。他们，已经有两人了，他们还在陆续到来。"

　　"晚仪，我多么爱你，你就像那些书。"

　　"我同样爱你，甚至更爱。你不在的日子，我将你变成了文字。"

　　"晚仪，什么东西簌簌作响？"

　　"是那些手稿。是老黄这个不安的情人。"

　　晚仪的脸颊上挂着泪珠，她泪眼模糊，怎么也看不清老黄的脸。

　　吃完了早餐，他俩便一块来读晚仪新近写下的散文。由老黄大声朗读。老黄读晚仪的作品时总是很紧张，他担心自己口齿不清，没能表达出文字下面的美感。晚仪搂着老黄，微笑着，重温自己将老黄变成文字的过程。

读完一篇后，老黄告诉晚仪说，这文章里面有很多通道，在那里面来来去去的，他也听到头顶的脚步声了。他还含糊不清地说到，文学的领域是多么广阔，天才却多么稀少。不光是天才，也是读者们，在拓宽这个无边的领域。老黄的口齿不清似乎是天生的，但晚仪知道他的每句话的意思。晚仪还认为一流读者就应该像老黄这样来表达感受。她认定一流读者同一流作者同样稀少，但一位一流读者可以影响一大片二流和三流读者。

"是啊，要不我怎么接得到业务？我是通过谈论文学同那位老伙计搭上关系的。他属于二流读者，我正努力使他提升到一流。"老黄做了个滑稽手势。

"老黄啊，你的智慧终于派上用场了！"

两人同时哈哈大笑。

"我本来以为我今生见不到你了。"晚仪说。

"怎么这么悲观啊？从你的作品看来你不应该这么悲观嘛。"

"我言过其实了，老黄。在没有你的日子里，我不是还有文学吗？有时候，我都分不清哪是文学，哪是老黄了。唉。"

"同感，同感。"

她终于将老黄送走了。这一次，她还有点高兴。因为她的心并没有变得空空落落的，并且她感到自己精力饱满，又可以向文学的高峰冲刺了。有时她也回忆自己人生中的每个阶段，她感到目前这个阶段算是最美的。一切都是那么成熟，创造变得像本能一样轻而易举，人生还能希求什么比这更好的呢？可以说是命运给她送来了老黄，也可以说是她晚仪通过创造将自己造就成了一名有魅力的情人吧。此阶段她对自己特别满意。

后来老黄又从县里打来好几个电话，诉说思念之情。他俩又幽会过两次。工程完工后老黄就回城里去了。在老黄最后那个电话里，两人几乎都没怎么说话，就只是相互倾听着对方的呼吸。晚仪希望老黄挂上电话结束这折磨，又希望他不要挂电话继续对她讲话。然而不知怎么的，她自己突然就挂了电话。那就像一种决心，她决心就这样在思念中活下去，她感到老黄已经懂得了她的决心，她为他的善解人意而激情高涨，她走到院门那里，向着天空喊道：

"老黄！！"

她听到整个飞县都在回应她的呼唤，于是欣喜若狂了。

院门外大步走来的是鸦，鸦满面笑容，告诉她谷欢女士来信了。

两人在房里兴奋地谈论了一会儿谷欢女士，鸦突然说：

"我常感到我们这里是世界的中心。你有这种感觉吗？"

"有！可以说每天都有。难道不是我们将飞县变成了世界的中心吗？"

"是啊！我从前浑浑噩噩过日子，从未想到会有今天。玫姨也是一位杰出的读者。她说她费了九牛二虎之力才打听到我们这个地方，还说她总算找到心灵的居所，再也不会离开了。"

"玫姨同我也是一见如故。我一直在绘制同地理无关的文学版图。我注意到，光是省内就有两个这种文学中心——也许不止两个。"

鸦知道晚仪指的是沙门女士的书店。对于鸦来说，那就像隔世的回忆一样，令她既觉得温暖又觉得羞愧。那时候，洪鸣老师于潜移默化中给了她多么好的影响啊！她后来操办书店分明是在不知不觉中朝着他暗示的那个方向努力。如今鸦已经不再惆怅了，她的目标很明确，这就是让她的书店成为暗夜里的明灯。因为她的这些好朋友的帮助，这个目标正在实现。

"谢谢你，晚仪。我更要谢谢老黄。"

"为什么谢他？"

"因为他是伟大的读者，还因为他是你的生命力的源泉。"

"还有你，也是一名伟大的读者，也是我的灵感的源泉。我还感到谷欢在猛烈地喷发。在文学领域，这个时代是妇女的时代，你们这些女子，在古代就全都是女神！"

两人听见院门一响，便同时转过头去。她俩看见又有三位女神进来了。她们是：苇嫂、进嫂和玫姨。

"我们都是老黄。我们总和你在一起，因为我们崇拜你。"苇嫂对晚仪说。

"是啊是啊，我们深爱你的文学。"进嫂和玫姨也连连点头。

晚仪感动地笑着，她感到自己浑身都是力量。

鸦开始小声朗诵晚仪的一篇散文，她刚朗诵了两三句，其他人就跟上来了，接着晚仪自己也加入了。晚仪暗想：谷欢的方法有惊人的效果。如果不是用这种方法来阅读，她永远不会想到她自己的文章会有这么美。她已经得到了这么大的幸福，老黄不在身边这件事只是个小小的缺陷而已，完全可以忍受。

第五章 洪鸣老师与读书会

在面临同鸦分手的日子里,洪鸣老师变得心神不定了。在工作时他还能集中注意力,但只要一停止工作,他立刻就慌张起来。就仿佛他不知道除了工作之外,他的生命还能用来干什么一样。当然他可以读书,但他的思维出了毛病,很难捕捉住书中的句子。虽然他已经决定了要分手,可他又一直在自己同自己辩论:分手到底是不是明智之举?这段特别的爱情几乎成了他的大半个生命,他难以想象没有了鸦,他会要怎样独自活下去。

现在轮到洪鸣老师失眠了。他每天都工作到深夜才去睡,可不知怎么的,他总在入睡后一小时左右就忽然惊醒,再也睡不着了。于是胡思乱想,直到黎明前才又进入昏睡状态,然后在上班前自动醒过来。经历了两个星期失眠的折磨后,他明显地憔悴了。他想,这是老天在惩罚他,让他经历鸦经历过的痛苦,还是鸦将这样一种爱的痛苦传递给他了呢?失眠的夜里他也想起过农,可是她有一段时间没出现在读书会了。是洪鸣老师将同鸦分手的决定告诉农之后,她就不来了。她似乎在避嫌疑。一下子失去了爱人也失去了密友,洪鸣老师感到自己成日里灰头土脸的。有一天夜里,他无意中看见鸦的身影出现在宿舍的走廊里,于是喊道:

"鸦?"

那黑影发出含糊的声音,原来是住在楼上的女教师。洪鸣老师道了歉,羞愧地退回到房里。他发现自己的内衣已经湿透了。

洪鸣老师不知道自己能否熬过这次危机,他的身体不是已经在向他报警了吗?洪鸣老师对自己发誓,他要尽最大的努力了断他和鸦的情缘,这主要是为了鸦,为她重新开始新的生活扫除障碍。既然她同自己生活在一起时不快乐,而她脱离他之后又变得快乐了,他就不应该再拖累她。洪鸣老师发过誓之后就给自己制订了体育锻炼的计划。他打算每天下班后去游泳馆游一个小时泳,没有特殊情况决不间断。他深深地懂得,他自己的健康同鸦的快乐直接相关。

体育锻炼的确有一定的效果。洪鸣老师的睡眠得到了一些改善,但仍然很糟糕,比如说,一夜睡三个小时已成了家常便饭。他自嘲地对自己说:"这比起鸦受的苦来可轻多了。"

由于某种程度的心灰意懒,读书会他也有两个月没有去了。虽然他隐隐地感到云伯和沙门也许会对他有所帮助,但心中的羞愧阻止他去向外求助。

然而他在大街上遇见了沙门女士。(也许她是守在那里等他出现?)

"我们要展开新一轮关于《阿崎的海湾》这本书的讨论。农也要来参加。你会来吗?我和云伯都盼你来。"沙门说。

"农?她不是不来读书会了吗?"洪鸣老师很吃惊。

"是啊。可是她改主意了。你会来,是吧?"

"是啊。我真想念你们大家。我遇到了问题,就变得有点颓唐了,真不应该。我应该同老朋友们站在一起。"

"你当然应该同我们站在一起。"沙门责备地说,"在读书会里,没有解决不了的问题。瞧你瘦成什么样了!"

洪鸣老师感到身上的血液立刻变得温暖了。

"我一定来。"

他走过了一段路,回头一看,沙门还站在那里。

"一定来啊!"她喊道。

他挥手再次答应她。

离读书会的聚会还有两天。同沙门有了这次温暖的见面,同时又得到农的消息之后,洪鸣老师的抑郁就减轻了。

聚会的前一天晚上,鸦给他来电话了。鸦告诉他说,她的读书会取得了很大的进展,吸引来了第一流的作者和读者。从前她做梦都从未梦到自己会有这么大的能耐。她衷心感谢洪鸣老师从前对她的引导和启发。奇怪的是洪鸣老师在听电话时已经不那么伤感了,他感到自己正在重新振作。他对鸦说,他从来就觉得鸦的文学天赋比自己高多了,能有今天的成绩应该是在意料之中。

放下电话,他居然有种如释重负的感觉,心里不再堵得慌了。这位鸦,他的鸦,如今正勇往直前地追求着她自己的事业,怎不令他欣慰?洪鸣老师好久以来第一次露出了微笑,同时心里升起一股懊悔的浪潮。不,不能这样下去了,他要将最近失去的时间夺回来。他不仅要拼命工作,还要更加努力地充实自己。因为同鸦相比,他已经落伍了!一道光射进他黑暗的心田,他一下子就明白了。

洪鸣老师早早地来到了书店的咖啡厅,但农比他更早。农穿着黑色的连衣裙坐在那里翻阅杂志,给他一种有点陌生的感觉。

"你瞧,我又来了。"农说,"我对自己说,既然这里有美好的记忆,美好的事物,为什么不来?我打算顺其自然,你呢?"

"我也是这样想的。"洪鸣老师高兴地说,"刚才我生怕自己认不出你了。"

"傻瓜,傻瓜……你觉得海湾可怕不可怕?"

"当然有一点。但一想到那就是自己,就没有道理躲避了。"

"你瞧,云伯和司机小秦来了。小秦变得多么沉着、有风度了啊!"

他俩一道过去问候云伯。

云伯起先愣了一下,接着就宽慰地笑了。

"太好了,浪子们回家了。今夜我们应该为你俩庆祝,可是我又想,你俩之间有更多的话要说,下次我们再庆祝吧。"

小秦紧跟云伯,文书小鱼紧跟小秦,沙门女士走在后面。他们几个进了会议室。洪鸣老师紧盯这几个人,好像刚刚才认识他们一样。

"你觉得是不是有一对新的情侣产生了?"农看着洪鸣老师的眼睛问道。

"我正是这样想的。"

"我们多么一致。"农热切地说,"我们坐到会场后面去吧。"

虽然他俩尽量不惹人注意,但还是感到了会场里的骚动。他俩觉得所有的人都在怀着浓厚的兴趣观察他们。洪鸣老师注意到了坐在对面的云伯,云伯也在看他,那目光充满了鼓励。

一对情侣在他们旁边讨论小说。女的说:

"……干脆离开海湾,但不要走得太远……走一走又回来。"

"这又不是小孩撒娇,游戏的态度不可取。"男的说。

"可是我对自己有期望。我一直在思考这小说给出的是什么样的答案。"

"答案已经有了。"

"你真可爱……"

农发现说话的这两位青年已经滚到椅子下面去了。会场的灯光也随之变暗了。农看着洪鸣老师的脸在心里说:"他就像变成了一个新人。不过他还是很可爱。就像、就像他是这本书的作者一样。"但她对他说出来的是这样一句话:

"我和你都离不开这着了魔的海湾,这里太好了。"

"刚才我正想说你说的这句话。"

洪鸣老师笑起来了,他那消瘦的脸焕发出光彩,他感到自己正在战胜抑郁情绪。既然他生活中的一切都在朝着好的方向发展,他为什么还要抑郁呢?

农欣喜地望着恢复了活力的洪鸣老师,她证实了自己最近这段时间所犯的错误,那就是不该丢下亲密的朋友任其苦恼。她太自私了。

"对不起。"她凑到他耳边轻轻地说。

"没关系。你不是又来了吗？我真高兴啊。"他的声音像耳语。

"黄昏的南风使人恋旧。"

"那也要看是什么样的旧。"

他俩一齐走出了会场，来到了大街上。

"煤永老师支持你来读书会吗？"

"他支持。这一回我说要来，他好像松了一口气似的。他处处为我着想。所以我想，也许我应该离开他？"

"主要因为他处处为你着想？"

"嗯。这算是原因之一吧。"

"你得仔细考虑。他这样的人可是再也找不到了。"

"我一直拿不定主意。啊，读书会，读书会！"

夜里人不多，他俩在人行道上走过来走过去。突然，洪鸣老师的情绪又变得低落了，因为在他眼前出现了多年前那个相似的夜晚。那时他的情绪多么高昂！他正在一天天变老……他想，对于农这样的女性来说，读书会意味着理想之爱的诞生地，可他并非她理想中的男子，他只是她的倾诉对象。反之，她对他来说不也是如此吗？是又不完全是。他的情绪里头有依恋，有羡慕，农是很能激发他灵感的女子，在这方面她超过了张丹织女士。偶尔他也有过非分的念头，但很快又打消了。他觉得自己比不上煤永老师。

"我们要不要去酒吧喝一杯？"他问她。

"好啊！"她有点激动地回答。

他们喝的是红酒，一人一大杯，喝完之后农又要了第二杯。

不知怎么，洪鸣老师感到农的脸离自己越来越近。他有点慌张了，同时也看见眼前的农容光焕发。

"我从前没来过这种场所，因为鸦在这种地方会紧张。"他说。

"那么你今天后不后悔？"农盯着他的眼睛说。

"当然不。我感觉很好。我觉得你会带我走出困境。也许我错了？"

"你没错。我们正在互相帮助，不是吗？"

"我要考虑这件事。我以前没考虑过。"洪鸣老师听见自己在说。

"谢谢你,洪鸣老师。可为了什么?"

"你别喝了……再喝就回不去了。"

农突然哭起来。不过她一会儿就哭完了。

"没关系,沙门给我准备了休息的地方。我们走吧。"她平静地说。

回书店的路上洪鸣老师搀扶着农高一脚低一脚地往前走,他担心着她。

时间已经很晚了,那些店铺都关了门,大概书店的聚会也早就散了。有一个流浪汉模样的人走在他们前面,那人走一走又回过头来问他俩:

"你们知道霞光路是从哪里转弯吗?"

他总共问了三次,后来才嘟嘟哝哝地拐到店铺的阴影中去了。

这时洪鸣老师听见农在说:

"这就像是一种预兆。"

沙门女士在书店的大门口迎接他俩。她谢谢洪鸣老师对农的照顾。

"为什么谢我?"洪鸣老师困惑地说,"应该谢沙门嘛。"

"谢谢你们两位。你们令我永生难忘。"农清晰地说。

洪鸣老师在回家的路上匆匆地行走。他心里既充满了温暖又有点遗憾。性格独立不羁的农于刹那间露出的软弱令他心潮起伏。他感到农正面临她一生中最大的困难和选择,碰巧他自己也是同样的处境。他正想到这里,忽然听见有人在他后面大声说:"命运啊命运!"回头一看又是那流浪汉。

"先生去哪里?"他问。

"回家。"洪鸣老师说。

"家里有爱人吗?"

"原先有过,现在没有。"

"苦啊!"

流浪汉说完那两个字又缩进阴影中去了。

但此刻洪鸣老师并不觉得悲苦,他既牵挂着农又牵挂着鸦。也许他对农的牵挂更多一点,因为鸦已经走出了困境。这牵挂令他心中感到充实。他不再自作多情了，他用实实在在的感情眷恋着这两位女性。他打算在下一次读书会上同农讨论她和煤永老师的关系。他想，农今天本来是来求助于他的，可是因为他说了不恰当的话，农就不再向他敞开心扉了。

洪鸣老师入睡前，这两位女子同时出现在他眼前。鸦的周身有光环，带着光环的鸦渐行渐远。但她不时停下来向他招手，似乎是为了表明自己所在的方位。农正面朝他走来，但农的脸部被阴影挡住了。她大声对他说道：

"这本书是你写的吗？"

他的思绪被他所爱的两位女子占有着，这令他对自己满意，于是他就在明朗的氛围中入睡了。

他没有失眠。

洪鸣老师重新变得干劲十足了。他感到学校的工作对他来说有无穷的魅力，在他经历了情感危机之后，这种魅力更为不可抵挡了。他要在他所领导的小学开拓新的事业前景。然而他在下班时接到了好友沙门的电话。沙门告诉他说，农昨天向她吐露了心声。

"你似乎要告诉我一个惊人的消息？"洪鸣老师说。

"珂农老师说，她正打算'移情别恋'。"

"啊！"

"不要做出局外人的样子嘛。"

"我有点明白了。可是的确很突然啊。"

"你不是对她说了你要考虑这件事吗？"

"我的确说了。我会认真考虑的。沙门，你的读书会是怎么回事？"

"它可以让垂死的爱起死回生。"

"我真心爱你，沙门。"

"我也爱你。"沙门在电话里给了他一个吻。

在回宿舍的路上，洪鸣老师拼命要让自己冷静下来。走进家门时，他已经做出了决定，那就是尽量拖延，让各方的感情都尘埃落定，然后再来考虑怎么做。经历了同鸦的爱情之后，他已经不再年轻了，可他又还没有老。他这个已不太年轻的人在对待一个牵涉各方的感情纠葛时必须慎之又慎。煤永老师是他所崇敬的同行。他和农的感情出了问题，但这不等于他俩一定会分手，说不定他们的问题终究会获得解决。农昨夜在酒吧里的那场爆发说明了她对煤永老师的爱并没有消失，她处在绝望之中。至于他自己和农的关系，究竟应该维持在密友的层次上，还是更进一步，现在还不到决定的时候。他和农情投意合，但是以前他们之间有鸦，她又是有夫之妇，他俩就自然而然地成了密友。现在情况发生了变化，可前途并不明朗，洪鸣老师感到自己唯一可做的就是等待。他并不急于要投入另一场爱情，以前的那次爱对他来说充满了惊涛骇浪，一次又一次的绝望已经磨损了他的意志。

"哈哈！老朋友！"许校长用力握着洪鸣老师的手摇晃着，"你怎么总也不到我们学校去了？你瞧，我也来参加沙门的读书会了，我打算挤出时间一个月来一次。来干什么？同你一样，来找配偶嘛。晚年生活寂寞难熬啊。你最近有进展没有？"

"什么进展？"洪鸣老师吃了一惊。

"当然是指你同我们学校那一位的关系的进展。我得到信息了，不过也许是假信息。这种事太微妙了。"

"当然是假信息。"洪鸣老师正色道。

"可我倒愿意它是真的……这种异想天开有时会突然揭示出广阔的前景。你放下警惕心吧，我是你的同盟。"

"我什么都没听见，您也什么都没说。"

"我本来是想同你谈谈我看中的那一位，既然你什么都听不见，那就免了吧。"

校长同他道了别就离开了。洪鸣老师在刚过去的聚会中一直在同农说话，他刚送走了农就碰见了校长。可是在会上他没发现校长，他有点懊恼。

"你别紧张，许校长的确是来找配偶的。"沙门微笑着说，"他呀，还当真相中了一位美女！你瞧，这就是我们说起过的读书会的功能。"

沙门说天气真好,她愿意同洪鸣老师在街上走一走。

他们又像往日那样手挽手,边走边交谈。

虽然失去了爱情,洪鸣老师却又重新感到了幸福。他再一次后悔自己没有早一些来读书会。沙门说得对,没有读书会解决不了的问题。

"洪鸣老师,你还记得你对我发过的誓吗?"

"当然记得。我真羞愧,我差一点就违背了自己的誓言。沙门,我觉得你已经原谅我了,是吗?"

"你当然不会违背你的誓言,只是沙门太性急了吧。当时我想,农能够回到读书会,洪鸣老师迟早也会回来的。"

"读书会是一种信念。"洪鸣老师清晰地说。

他们俩都在想农所面临的困境。

"农说,她以前是个自私的人,是煤永老师使她变好了很多。"沙门说。

"我仅仅见过煤永老师几次,但我凭直觉感到,农说的是事实。煤永老师这样的人很少有。当然农和他也许并不是最合适的,但我作为外人无法判断。"

"那你就努力去理解吧。你的直觉也很惊人……鸦最近好吗?"

"好极了!她摆脱了我这个包袱,轻装上阵了。她取得了很大的成绩!"

洪鸣老师对自己的语气感到惊奇。现在,他可以像谈论一位普通朋友一样谈论鸦了,这是多么意想不到的转折啊。

"好人应该有好报。鸦的潜力比我更大。我的喜悦无法形容……啊,多么美的月亮!洪鸣老师,你要更坚毅一些,像云伯一样看待世事……如果大地上到处都是读书会,那会是什么景象?我是不是语无伦次啊?"

"你的话拨动了我心里的那根弦。沙门,你不知道你和云伯在我心里占有一个什么样的位置!"

他们在街道转弯处分手,两人心中都充满了对对方的爱。

洪鸣老师还没走到宿舍,许校长又像幽灵一样出现了。

"我可以站在这里和我的同行讲讲单身汉的苦闷吗?"校长说。

"站在这里说话多别扭,还不如上我家去喝茶,边喝边谈。"

"我不愿上单身汉家去,还是这空旷的处所好。"

"那么您就请便吧。"

"让我想一想,上一次你对我采取敌对行动有多久了?好像有一年了?我脑子里的时间观念总是混乱的。我要感谢你对我的追逼!可我不想说这个,我要说的是,像我们这样的单身者,将自己的全部精力献给了某种事业的人,有没有可能建立起自己的家庭?为什么我们屡屡碰壁?是运气问题还是性格的缺陷?"

"应该是性格缺陷吧。我们缺少一种能力。"洪鸣老师说。

"好!回答得爽快!"校长高兴起来,"经过长时间的反省,我下决心来参加读书会了。沙门老师其实是我的死对头,我与她总是南辕北辙。"

洪鸣老师听见校长称沙门为老师,不由得哈哈大笑。他在心里揣测着校长话里头的暗示。也许校长并不是去读书会找配偶的,却是为了维护本校教师的利益去读书会的?洪鸣老师认为自己问心无愧,并没损害谁的利益。可他还是很不安,他希望校长透露点什么信息。

"这些年来,我一直把你看作我的儿子。现在我尤其为你感到高兴!"

校长突兀地说了这一句之后,就摆摆手,消失在黑暗中了。

洪鸣老师陷入迷惑中,他怎么也猜不出校长的话是什么意思。如果他真像沙门说的那样是去找配偶的,那么他总不会愿意拆散其他老师的家庭吧。校长是下棋的高手,有一双罕见的远视眼,对事物的预测常常类似寓言家。那么,他究竟看到了农的前途中的一些什么转折?真是不可思议啊。

洪鸣老师回到家中,洗了个冷水澡就开始工作。

他的身体在迅速地恢复,抑郁的情绪已不见踪影了。确实,他的字里行间晃动着农的身影和笑貌,可这又有什么不好呢?

后来他工作完毕,伸了个懒腰,正准备去睡,忽然觉察到自己的衣袋里有什么东西。伸手一摸,摸出了小小的一枝玫瑰花。啊,象征爱情的花儿!一定是校长放在他衣袋里的。这是校长的一种祝福吗?他将玫瑰放在花瓶里,心中涌动着不知名的激情。他凝视着那两朵玫瑰,这是他和校长多年"友谊"的结晶啊。没想到这位一贯不动声色的长辈对自己的切身幸福一直给予持续的关怀!现在既然他已经加入了读书会,这就意味着校长同他洪鸣的感情生活有了某种沟通的渠道。"我的天,事情怎么会变成这样了?"而且农和煤永老师又正好是他的学校的老师。洪鸣老师看见黑暗中有一些模糊的图案,一个叠一个,最里面的那个反而像是离他最近,也许那是校长?

他心里一下子涌出欢快的情绪。

他昨天已经将鸦的大幅照片收到柜子里去了。自从鸦告诉他她在事业上的进展之后,他就认为他同鸦的这一页已经在生活中翻过去了。而且他还感到,他个人的生活并没有因此就完蛋,他已经挣扎出来了。这无论如何是可喜的事。现在他周围有这么多人关爱着他,他还有什么理由忧郁?说到农,他的确受到她的吸引,但他必须等待。如果等待的结果是虚无,他也不会再抑郁了。生活使他明白了这些道理,还有密友沙门的启示也给了他很大帮助。他想,即使独身到老,只要能哪怕有点像云伯,他这一辈子也还是会有各式各样的幸福的。

洪鸣老师将那两朵小玫瑰放在床头柜上,闻着它们的香味,静静地进入了梦乡。他听到自己在梦中雄辩地演讲的声音。

那一天并不是读书会聚会的日子,洪鸣老师意外地接到了农的电话。

"鸣(从上次见面起她就改口叫他'鸣'了),我觉得这件事不能,也不应该久拖了,但我又没有把握。"

"我想,你很快就会有把握了。你是一位实干家。"洪鸣老师说。

"谢谢你助我挺过这些艰难的日子……"

"其实是你在帮助我呢。你瞧,我走出来了。"

"我觉得我一定要同你见面。"

"好啊。"

"下午两点,在夜来香咖啡店的楼上。"

"那是个浪漫的地方,虽然简陋了点。"

洪鸣老师提早来到楼上的大厅,选了一个靠里边的座位。这里供应的咖啡档次较低,但却有很好的怀旧的音乐和奇妙的、森林般的灯光效果。洪鸣老师自从遇到鸦之后就再没有来过这里了。此刻他坐在软软的围椅上,感到非常惬意。洪鸣老师想,农应该是无意中选择了他从前喜欢的地方。

农穿着说不出颜色(因为灯光的缘故)的短裙套装,显得非常漂亮。但她面有倦色。她那乌云一样的头发在灯光里却显得很强劲。洪鸣老师感到她是个矛盾体。她坐下来,喝着咖啡,谈起她的学生们。

"他们非常难以预测。"她迷醉地说。

"人为什么在家庭生活中就难以接受挑战?"

洪鸣老师说这句话时出神地看着农的眼睛。他似乎从它们里头看见了答案,又似乎没有。

"那是因为拉不开距离,但两个人又毕竟不是一个人吧。"农停留在遐想中。

于是又一次,他俩同时看见了阿崎的海湾。他们看见海湾时,录音机里头正在放舒伯特的音乐。农心里想,要是能每天同他坐在这里该有多好!

"你急着见我,应该是有事情要告诉我。"洪鸣老师说。

"我觉得我还没有足够的意愿和力量离开煤永老师。"

"那就不要离开。"

"可我又觉得非离开不可。再拖下去对谁都不利。"

"……"

"到我这个年龄,都已经成熟过头了,快要老了,可事实上——唉!"

"那正是你的魅力啊。你非常非常敏感。"他鼓励她道。

"你竟然觉得这是个优点!"

"当然是优点。"

农不说话了。洪鸣老师也不说话了。两人沉浸在音乐中。

身着黑色长裙的女服务员过来了,她向他俩微笑点头。

"二位还要点什么吗?"

"要点什么……"农茫然地望着她,"要爱情。"

"好。"

服务员刚一离开,农就小声说:

"我好像快要打定主意了。"

"啊。"

洪鸣老师有点紧张。他看见女服务员正从门里头出来。

她端来的蛋糕上面有鲜红的樱桃。

"这是为二位特别制作的。"她说。

"为什么?"洪鸣老师迷惑地问。

"为了爱。"

"对,为了爱。"农附和道,一边高兴地将红樱桃放入口中。

洪鸣老师突然冒出的念头是,那些年里头,他为什么不带鸦来这里喝咖啡呢?他真是个刻板的傻瓜!即使她不太愿意来,他也应该坚持己见啊。

服务员走开后,农将椅子移到他这边,凑在他耳边说:

"你想起了鸦。"

"确实。不过我只是在责备自己。"

"我也在做同样的事。可我们为什么不翻过那一页?"她突然提高了嗓门。

"我不知道。也许正在翻过那一页,也许还没有。"他有点慌乱地回答。

"我要走了。下午有老师要来家里。"农站了起来。

"谢谢你,农。我心里对你的感激说不尽。"

农坐公交车走了之后,洪鸣老师的脑海中回放着刚才的情景。他知道农正在倾向于自己,可又觉得农仍然爱着煤永老师。他自己刚才表现得如何?他有点像个傻瓜,对,就是这样。他暗下决心,下一次不再说傻话了。他是想显得高尚?多么无聊的念头啊。

他心事重重的,也不知自己在往哪里走,抬头一看,面前是剧院,也就是他和鸦第一次约会的地方。他站在剧院门口,心里想,如果是和农一块儿来这里听歌剧，应该会十分惬意吧。他面前的海报上写着《卡门》上演的预告。洪鸣老师听过《卡门》的唱片，听得如醉如痴。他又设想了一番农对这部歌剧的态度，他感到农也会赞赏那里面的美好爱情。农虽然不是卡门的类型，可是在对爱情品质的要求方面有点相似吧。洪鸣老师的心里飘过一丝阴霾。可一想到他俩相处时的那些明丽的瞬间，又隐隐地激动。

"洪鸣老师，你在散步吗？"

说话的居然是云伯。云伯刚从图书馆回来，提着一袋书。

"我正在构思我生活中的小说呢，云伯。您有过这种情形吗？"

"当然有。你打算构思下去，还是暂时告一段落？"

"两种打算都有。是不是只要不放弃，情节就老是自己展开？"

"你是老手了，我很欣赏你。星期三的自由演出，你来不来？"

"谢谢您，云伯。谢谢您欣赏我。我一定来，因为我也很想看到我自己会如何进行自由演出。这个策划真棒！"

"我们总是这样，希望自己迷失，又希望自己清醒。到底希望什么，表演出来就知道了。"

"我巴不得今天就是星期三。"

"好小伙子，同你谈话真愉快。我要走这条路回家了。"

洪鸣老师很振奋，他想象着星期三晚上的演出，决心在演出中敞开自己，看看能不能发现自己的真实意愿。

然而和农在夜来香咖啡店见面之后，洪鸣老师学校里的工作就开始压头了。他拼命往前赶，夜以继日地完善自己的那些方案。当他终于暂时告一段落时，星期三的自由演出已经过去好几天了。洪鸣老师意识到这件事的严重性，他下班后连饭都顾不上吃，立刻就往沙门的书店赶去。

在书店里，沙门请他吃了一碗面。

"那天我和农一直在等你的电话。"沙门神色庄重地说。

"我真不像话。"洪鸣老师泄气地看着沙门。

"我认为你还有机会。"

"谢谢你,沙门。你对我多么宽容啊。"

"哈,说不定我是出于另外的、你不知道的私心呢!"

沙门露出调皮的笑容,洪鸣老师则困惑地眨着眼。

"农的确很生气,因为你连电话都不打。她在重新考虑你们之间的关系。"

"我觉得我已被判了死刑。"

"应该是缓期执行吧。"

"那么农的表演如何?"

"啊,真没想到,她有一种狂放的气质!她是小说中的女主角……"

"她下个月还会来参加讨论会吗?"洪鸣老师紧张地问。

"当然来!为什么不来?她将为你而来。"

"你刚才说她在重新考虑我和她的关系……"

"对。她要重新考虑她个人生活中的所有事情。自由演出之后,她告诉我她的性格发生了很大的变化。"

洪鸣老师看见脚下的地板正在倾斜,他一抬头,发现沙门不在桌旁了。他觉得他还有好多话要对沙门说。他想站起来,却没法站稳,只得又坐下去。在他眼前,顾客们正若无其事地走动。洪鸣老师设想着改变了性格的农的模样。很可能,她通过自由表演变得有决断力了。他想,一位有决断力的女性很难选择他这种性格的人。她完全有可能重新与煤永老师恢复密切关系,也许下个月聚会时她就是来告诉他这件事的。洪鸣老师决定当这件事发生时,他要热烈地祝贺农,因为农是他最亲密的朋友啊。她给他带来过那么多的喜悦,并且帮助他走出了阴暗的困境!但假如——假如事情不是这样发展,而完全是另外一种局面呢?假如农竟然打算离开她深爱的煤永老师——她爱了他那么久!——并且来向他洪鸣宣布这个消息,又向他表示好感呢?如果这种局面出现,他就会面临艰难的选择。他对自己没有把握。啊,他多么懊悔!他为什么将自由演出的事忘记了呢?如果星期三他参加了自由演出,他对自己的性格也许就多了一重了解,也许这对决定他和农的关系有帮助。他总是由于他的工作而做些傻事,现在后悔也晚了。

"我看见鸦同一位伟大的女作家在一块儿。"

沙门突然又出现在座位上,她笑容满面地说。

"我们一直读她的书,但是我至今没有机会同她见面。没想到她成了鸦的密友。啊,现在我才知道,鸦是多么了不起的女子啊!你同她终于分手了,这未尝不是一件好事。她正自由地飞翔,你呢,又开创出了一番新的前景。"

"沙门,你说得对,她应该离开我,这是她的明智之举。可是我,我目前还没有看到新的前景。如果你指的是我的工作,那也许算得上。"

"不,我指的是你的情感生活。你会有收获的。"

"你对我的估计会不会太乐观?不管怎样,我爱你,沙门。我永远不离开读书会。你瞧,我又在乱发誓。"

"哈哈,你又打算经受考验?我和云伯最看重的就是你。当然还有农,她最看重的也是你。我将谜底透给你了,但愿我没猜错。"

洪鸣老师在回家的路上陶醉在一种乐观情绪里。他相信沙门的直觉,他还想起了亲爱的校长,想起了他用古怪的方式送给他的玫瑰。从前种种的迷雾正在向他聚拢,而在迷雾当中,核心的事件快要露头了。也许有,也许没有。不论有或没有,目前的生活是令人激动的。沙门,云伯,校长,农……他们全是他生活在这世界上的价值的体现。还有鸦,鸦从前对他的爱并不会消失得一干二净,那些爱成了他的美的回忆,正如农对煤永老师的爱一样。

回到家中,有了这种好心情,他工作起来更有劲头了。每当停下来休息几分钟,他便会想起咖啡馆里的农那双美丽的眼睛。"她说'为了爱',她心里有爱!"洪鸣老师对自己小声说道。

做完工作已是半夜。洪鸣老师洗了个澡,觉得自己一点睡意都没有,反而精神抖擞。于是他又来到了校园后面的那块荒地,上回他就是在这里同校长谈话的。他刚一停下脚步,就听到地底下的喧闹一浪高过一浪地涌动,使得他也激动起来了。这是恋爱的季节,可是旧的爱已经离他远去了,而新的还没有来。洪鸣老师感到自己像当初渴望着鸦一样渴望着农。同鸦交往时,他的事业如日中天，而现在，他感到自己正处在创造的顶峰。也许他的爱同他的事业是密切相关的吧，这两方面究竟是谁推动了谁？当他想到此处时，就听到前方有一队小动物正在钻出泥土，他看不见它们，可听得清清楚楚。啊，自由表演！他已经缺席了一次，下个月，他将面临考验。

荒地里有个人影在晃动着，不时地弯下腰去。当他走到面前时，洪鸣老师才认出他是住在楼上的崔老师，多年前自己被鸦咬伤，帮助他包扎伤口找医生的那一位。他们是工作中的亲密搭档。

"洪鸣老师，你也像我一样舍不下这美好的空气吗？"

"真相是：我失恋了。"

"鸦？她多么爱你啊，她是我见过的女子里面爱得最深的。"

"那爱已经过去了。我现在不再觉得可惜，我拥有过了，不能太贪心。"

"你的胸怀真开阔。你还会拥有的，等着瞧吧。你猜我在干什么？"

"我猜不出。真神秘啊。"

"我在试探土地的意愿。我觉得我要走运了。"

"你已经在走运。很快你就会发现这一点。而我嘛，还得耐心等。"

洪鸣老师回到宿舍，又一次想起农，心里充满了温暖。

他立刻就入梦了。梦里面，土地在他的身躯下翻滚，那么多的动物从地底跑了出来，朝着满月叫个不停。

第二天中午沙门给他来了电话。

"你昨天晚上做了自由表演吗？"

"啊，沙门，你的消息真灵！崔老师是你的朋友吗？"

"他是我们的新会员。他说你在构思新的小说。"

"妙极了。被人这样期待的人应该是幸福的吧？"洪鸣老师高兴地说。

"你当之无愧嘛。大家都在问：'洪鸣老师的新作什么时候出来？'因为你的感受力非同一般，所以大家一致将你看作某几本书的作者。我打电话给你，是担心你会感到寂寞。看来你还行。"

"沙门，你是我心中的明灯。"

"过奖了,过奖了。"

放下电话后洪鸣老师想,沙门又给了他一个节日。这位热力涌动的女士,改变过多少人的人生?她究竟是什么材料做成的?洪鸣老师回忆起前一段时间的抑郁,更觉得羞愧。他今天在课堂上对学生们说:"当你的生命处于低潮之际,可别忘了读书。读书就是生活在理想中,生活在理想中的人无所畏惧。"大概学生中没人知道,是沙门挽救了他。当然还有农和云伯等人。是他们让他的海湾保持着活力。

"我爱教导主任,他多么有风度……我这种爱是不是病态?"

一个声音在他身后响起,是一位高年级女生在说话。洪鸣老师没有回头,他在心里使劲回答:"不是病态,亲爱的,绝不是!我会努力让自己配得上你们对我的爱!"

中午在食堂里吃饭时,崔老师笑嘻嘻地过来了。

"洪鸣老师啊,受到你的影响,我也打算去读书会碰碰运气了。"

"什么影响?"洪鸣老师迷惑地问。

"就是情感生活方面的事嘛。你也知道,这么多年了,我差不多习惯单身汉的生活了。直到加入读书会,我才发现我的致命缺陷。"

"原来你说的是这个啊。对我来说,读书会就差不多是一种信念。"

崔老师低头扒了几口饭,然后抬起头来,显得有点犹豫地说:

"我想问问你,像我这样的,有没有可能一边在读书会学习,一边创作小说?"

"当然可以!"洪鸣老师说,"我看你正是当作者的料。你已经在写了吧?你可要让我先睹为快啊!我嘛,还是愿意当读者。不过我这名读者在读书会里面也当了好几次作者了。只限于读书会。还是说你吧,你情感细腻丰富,我猜你一定会下笔如神!好几年了,我总在纳闷:崔老师怎么还不开始写?"

崔老师的嘴唇在颤抖,他掏出手帕抹眼泪。

"我得马上回去备课了。"洪鸣老师且说且走。

洪鸣老师虽没完全说真话,但他觉得那些话也差不多是真话。像崔老师这样的优秀人才，多么需要别人的鼓励啊。一位热爱教育事业的单身汉，正应该从事文学创作嘛。至于能否成功，那是次一级的问题。他为这位从不开口向人求助的硬汉感到高兴，他还觉得，崔老师有可能在读书会里找到心上人。他认为崔老师很有魅力，只是周围的女性还没有注意到这一点而已。他太严肃了。

洪鸣老师一边回宿舍一边想着崔老师的事，在心里感动着。近来他的情绪越来越明朗，连他自己都有点吃惊了。

他终于又同农见面了。农穿着宝蓝色的裙衫，洪鸣老师感到她同过去有点不一样了，到底哪方面不一样却说不上来。她的美是毫无疑问的。

他俩就像什么都没发生过一样，坐在角落里悄悄地谈话。而众人，好像将他俩忘记了似的，这令他俩无比惬意。有一刻，洪鸣老师站起来用目光寻找沙门和云伯，还有文老师，但他们都不见了。

"你是找不到他们的。"农掩着嘴笑。

"真奇怪啊。"

"你还是坐下来告诉我你是怎样穿过云村进入海湾的吧。"

"说来话长啊——"

他俩相互看着对方的眼睛，忽然一齐哈哈大笑。

"这些日子，"农止住了笑，轻轻地说，"当你考虑你今后的生活时，有没有想起我？"

"我一直在等你嘛。要等你那边的情况有了眉目我才能考虑我的生活。当然，我时常想起你。你应该料得到，我有时很颓唐，不如煤永老师强大。"

"等我——可很多机会常在等待中流失掉了。"农微微皱了皱眉头。

"可是怎么能不等呢？这是海湾的决定啊。"

"我的决定——我的决定恰好取决于你的决定啊。"农有点急躁地说。

"啊，对不起，农，看来我的思路错了。我真懊悔。"

"我今天是来向你求证的，鸣。刚才你说海湾的决定是继续等待，那么我的决定也是等待。我要让海湾等够了,改变态度了才做出我的决定。"

洪鸣老师看见农的脸上显出孤寂的表情。不过那只是一瞬间,她立刻又恢复了往常的模样。洪鸣老师的心沉下去了。

"有时,我觉得你是一种很高的理想,正如海湾对美女的判断……这决心不容易下,你能理解我吗?那天我在剧院门口看见了《卡门》的海报,我遐想联翩。你对你的自由表演满意吗?"洪鸣老师鼓起勇气问农。

"你肯定从沙门那里听到了。满意,不过真出乎意料!你刚才提到卡门,说明你已经感到了我性格中的一些东西。那么,我们一块儿去听歌剧,怎么样?"

"你再说一遍吧,我的耳朵没出问题吧?"

"我说我们一块儿去听歌剧《卡门》。"

"谢谢你,农。我太不像话了。我非去不可。星期五怎么样?"

农看着他郑重地点了点头。

"我今天必须提早回去。"她说。

他俩一齐站起来向外走。这时洪鸣老师发现仍没有任何人注意到他们的离开,书友们都在埋头讨论。

农轻轻地挽着洪鸣老师,一路上他俩都不说话。在农,是因为他们之间的关系还没有确定;在洪鸣老师,却是出于谨慎——他太想同她一块儿听歌剧了,所以一切都等到听完歌剧再说吧。

农在汽车上坐下,将头探出窗外。她看见洪鸣老师跟着车走了一会儿就被甩下了。他孤零零地站在路灯的灯光里。农闭上眼睛,想起了一些往事——她和鸣,她和永,她和沙门……

她进屋时,煤永老师还在工作。他是那么专注,以至于没有听到她的脚步声。但是他很快就出来了。他俩一块儿喝茶。

"农,我想,也许你快要离开我了。在这最后的时刻我得好好待你。感谢你对我这么长时间的陪伴,谢谢你的耐心……"

农放下茶杯,有一会儿眼睛发直,然后忽然号啕大哭起来了。她什么都不说，只是哭。煤永老师没有劝她，因为他听懂了她的哭声。这一次，他不愿意她因为感情难舍而委屈了她自己，他希望她能冷静地做出决定。煤永老师从妻子的哭声中听出了他们之间的关系的前景。他虽然内心沉痛，但奇怪的是却伴随着如释重负的感觉——长久以来的悬疑终于消除了。

当她终于停下来时，煤永老师轻轻地说：

"不要担心我，我会好好的。"

农红肿着双眼点了点头，她不知道该说什么。

"我们到操场上走一走好吗？"煤永老师又说，"你太激动了，我担心你会失眠。"

"好。"

他俩手牵着手在操场上散步。

"我还记得那一天，校长得知你加入我们的团队后，激动得不能自己的样子。时间过得真快！"

"我在五里渠学校的这段时光是我对自己最有信心的时光。这就是我最想做的事：带学生，搞设计。但我一直在想，为什么要分手呢？我们在一起不是很好吗？你不是一直在给我有益的影响吗？"农说。

"我感到，你还有更大的潜力，但我们的夫妻关系在某种程度上阻碍了你的自由发挥。这一点，你大概也从你在读书会的自由表演中体会到了。"

"那并不是你阻碍了我，是我自己阻碍了我自己啊！"

"可这是一回事。"

"我觉得我会犯错误。"

"犯错误也没什么可怕的。你现在已经很有独立性了，要信任自己。"

"永，我在想，我的运气真好啊，什么好处都落在我的头上……"

"我也一样嘛。你瞧，懂事体贴的女儿，两次有爱情的婚姻，事业上的进展，朋友们的支持。一个人到了六十岁还有这么美好的前景在向他招手，还有什么不满足的呢？"

农感到了煤永老师那只大手的力量，她平静下来了。她想，鸣说得对，永更强大、更冷静、更有决断力。

在那边的教师宿舍里,洪鸣老师度过了一个不眠之夜。这一次不是失眠,是良性的兴奋所致。经历了爱情破裂的剧痛之后,新一轮的爱又从这受到重创的躯体中产生了。洪鸣老师想,人是多么不可思议啊。他不知不觉地将农和鸦相比。于惊奇中,他发现了自己生命的轨迹。

农的到来恰逢其时。他的生命目前似乎正在进入一个更为成熟和平稳的时期——暴风雨时期已成为历史。在同农交往的日子里,他感到自己性格中被压抑的那一面得到了伸张。他和她配合得多么好!黎明前,他干脆穿好衣服去外面走走,让自己彻底冷静下来。

他又来到了荒地。

"又有新的失恋了吗?"草丛里响起了崔老师的嘲弄的声音。

多么奇怪啊,难道崔老师在跟踪自己?

"这次不是失恋,是新的爱即将来临。也有可能是我单方面的幻觉。总之危机已经过去,此刻我感觉很好。让我猜一猜你在干什么——你在构思一篇精彩的小说,对吗?"

"你猜得对,你是这世界上最能理解我的人……不过还是说说你吧。你找到了新的爱,你太应该爱了,因为你这么可爱,而且你的精力比我们所有的人都充沛。我觉得是因为你在恋爱,你听到了土地的召唤,才会在这个时候到荒地里来。校园里这个时候只有我俩在这里,因为爱,因为文学。这不是巧合吧?你感觉到了这下面的激情吗?"

"嗯。"洪鸣老师含糊地回答。

崔老师用手电照向天空,两人都看见了空中有很多黑色的飞行物,来来去去的,繁忙得很。

"这些激情中的小动物,总在黎明前发起冲刺。"崔老师说,"沙门说得对,她说写作是恋爱。"

"我一夜未眠,现在却一点倦意都没有。"

"我呢,上半夜睡觉,下半夜来这里创作。现在我俩都得到了土地的允诺,我们回宿舍去吧。"

黑暗中,两支手电的电光在草丛上晃动着。洪鸣老师隐约听到了那种低语,而他的心情正在逐渐平静下来。

洪鸣老师洗了个冷水脸,在书桌前坐了一会儿。他马上要开始新的一天的工作了。窗外天色微明,一只鸟儿悲苦地轻轻鸣叫,挑动着心底那根伤感的弦。但洪鸣老师伤感不起来了,热烈的新生活正在向他涌来,而且那种生活里好像有一个稳压装置,使他的激情变得有规律了。

当他忙完一天的学校工作回到宿舍时,崔老师来敲门了。洪鸣老师见他来了分外高兴。崔老师喝了一口茶,慢慢地说:

"我只坐几分钟,我是来告诉你,今天天气有点闷热,也许有什么东西在酝酿中,快要爆发出来了。那会是什么呢?我正在探询问题的答案。各种各样的事件里面都有生物钟,你大概也早就注意到了,要不然你怎么会到荒地里去?这种天气令我们这样的人充满期待。我特别愿意与你共享我的每一点想法。"

"我也如此,如今我俩都加入了沙门小姐的读书会,所以我们之间的沟通越来越频繁了。在我看来,你听到了时代的脉搏,你具有成为一名很好的作者的潜质。根据我的经验来判断,那些一般人不太关心的领域,正好是文学工作者的用武之地。你还有一个最大的优势,就是你懂得人心,这是少有的才能。"

"可是我都快五十岁了,从事文学工作会不会太晚了?"

"当然不晚。我在做这种判断方面也算个业余的高手吧。能够听到时代脉搏的人非常稀少,人群中的这一小部分人相当于寓言家。而你,具有这方面的潜质。"

洪鸣老师说着这些话时,就好像自己要去从事文学创作了一样。他在为他的这位朋友感到兴奋之际,将自己的好心情看作农送给他的礼物。所以他每说一句话,都在心里暗暗地念一声:"农。"

崔老师站起来，郑重地说：

"激情正在你心里酝酿，很快就要大爆发。祝贺你。"

崔老师刚一走，洪鸣老师的脑海里就出现了荒地上空的景象：那些黑色飞行物（也许是燕子？）更为密集了，黑压压的一大片，但它们来来往往并不相撞，不知道它们遵循的是什么样的空中通道的规则。这时外面响起雷声，很快就下雨了，凉爽的空气在室内流动起来。他在日志上写道：

读书会是城市的心脏，她将生命的血液送到最需要的地方。

星期五晚上，洪鸣老师和农一块儿去剧院听了歌剧《卡门》。

两个星期后，农搬回了她城里的公寓。

即使在热恋期间，他俩也并非天天见面，因为两人都热衷于自己的事业，事务繁忙。但是一周内他们至少要见两次面。他们生活的充实程度是两人以前从未体验过的。洪鸣老师对农说：

"我们结婚吧。我希望同你一块儿组建家庭。我骨子里有传统元素。"

"我也正是这样想的。我要和你生孩子，不然就来不及了。"

在农的公寓里，他们举行了两个人的婚礼。

洪鸣老师给崔老师打去电话，他说：

"我正在读你的小说，它已经进入了第一个高潮——我结婚了。"

"同贺，同贺！我就像自己结婚了一样，这是怎么回事？这、这、啊……"

崔老师的声音在电话里听起来结结巴巴，他进入了狂喜的状态。洪鸣老师明白了：崔老师的文学创作已突破了最初的瓶颈，正勇往直前。他放下电话，把崔老师的情况告诉农。农听完之后说道：

"我们在黑暗中辗转，找啊，找啊。我们为什么寻找？因为总有为你准备着的那个东西在那里，在你心里，你必将找到它。"

"你就是我的信心。如果没有你，我就是个意志薄弱的人。"洪鸣老师陷入沉思，"几个月以来，我的性情有了很大改变。想到这些，我分外感激沙门和云伯，他们是这座城市里的英雄，比古代的那些英雄更有力量。"

"自从我投奔读书会之后，生活就向我展示出另外一副面貌。"农说。

他俩拥抱着站在电话机旁，农将耳朵紧贴洪鸣老师的胸口。

一会儿电话就响了，农示意洪鸣老师去接。

"祝二位新人幸福快乐，早日生下宝宝！"沙门的声音响起。

"咦，你怎么知道我们要生宝宝？当然！说不尽的感谢！"他哈哈大笑。

"还能有沙门猜不出的事吗？云伯也在这里，要我代他祝贺你们！"

洪鸣老师问农要不要去酒吧，农点了点头，满脸的幸福。

就是那家他俩以前来过的酒吧。

"欢迎二位回家！"服务生说。

"家？"农眨了眨眼说，"是啊，这是我们的家。"

"这里是海湾！"漂亮的男孩高兴地说。

他俩要了香槟酒。酒吧里人不多，农看见那些人影都有点摇晃，像坐在海底的水晶宫里一样。鸣就坐在身旁，鸣也有点儿摇晃，她忍不住伸手去扶他。刚一伸出手，鸣就握住了她的手。

"这里太美了。我真的在这里哭过？"她说。

"你哭，是因为你要寻找到底。你比我勇敢。"

他们旁边有一对情侣，那两人的脑袋一会儿贴在一起，一会儿又分开，但他们的双手始终是握在一起的。

"海湾的影响力正在渗透整个城市。每天夜里，这些酒吧和茶馆，还有咖啡店和书店，都在传播着同一样东西。"洪鸣老师说。

"你在构思新的小说吗，鸣？"

农说出这句话时心里却在想："他就是我的家，我们回家了。"

"是啊。我总在构思新的小说，但从不写出来。我是那种令人失望的作者。"

"我最喜欢你这种。不一定都要写出来，我们读者同样需要你。当初我来到读书会时两眼一抹黑，是你使得我很快就上路了。"

农的大眼睛在半明半暗中发光。

洪鸣老师心里想的是："她是无价之宝……"

在他俩的左边，有一位女士从座位上跌下来了，一瞬间整个房子都有点晃动。农紧张地盯着那位坐在地板上的女士，农看见她的手仍然被她的伴侣紧握着。他们就像在表演杂技动作一样，两人都在用力，那女子一点一点地从地上起来了，然后两人都坐回了原位。

"啊……"农叹道。

"在家里，所有的事都是好的。"鸣凑到她的耳边说，"我没想到自己以后可以常和你来这个家了。我们这个时代，很多事都没法事先预料到。"

"如果刚才跌倒的是我，房子也会晃动吗？"农问。

"肯定会。"洪鸣老师吻了一下农的耳朵。

"我喜欢这种浮桥一般的感觉，很像我的自由表演。"

他俩喝完一杯酒就离开了酒吧。走在街上，两人都感觉到城市正在将白天吸收的温暖散发出来，那些影子般的人们就在他们周围，一伸手就可以触到。煤永老师和鸦也在他们当中。各种面孔，熟悉的和陌生的，但他们都有同一种表情。那是什么表情？"每个人都有向别人诉说的冲动。"农轻声说道。"读书会是这座城市最了不起的创意，沙门和云伯是城市之魂。"洪鸣老师接着说道。

他俩经过书店时已是深夜，楼上的那盏灯仍然亮着，远远地就看到了。

"我一直爱她，她是天使。"洪鸣老师深情地说。

"我也想像她一样献身于使灵肉一致的事务，但我还是太俗气了。"农应和道。

他俩走完一条街又走一条街，他们经过了农的学校、剧院、云伯的家、文老师的家、百货大楼、咖啡馆、健身房、美容店，等等。这些熟悉的街道都用温暖的阴影包裹着他俩，使他俩产生幻觉，就好像回到了古代似的。

在河边，有一盏小小的煤油灯，走到面前，便看见两张方桌。一位老妇人在卖馄饨，但并没有顾客。他俩坐下来，要了馄饨。在他们下面，那条河一直在低语，头顶的大树上有鸟儿在巢里发出梦呓。馄饨香气四溢。

"我睡不着，你们也是吗？"老妇人说。

"我们也是，妈妈。"洪鸣老师说，"这个地点选得特别好。"

"我在这里十九年了，城里不少人都知道。我赚不到钱，可是心里很满足。"

"这种美景铭刻在我们心底。"农说。

"谢谢二位。每次客人来了我就像过节一样。还有它们也是，我指的是河，大树，鸟儿，花儿，草地，天空，游轮。"

回去的路上，农对洪鸣老师说，那位卖馄饨的老妈妈也是文学的使者。这种体验是她最近才有的，是洪鸣老师影响了她。她现在变得很关注生活中的平凡小事了，因为这些小事都具有文学的启示，或者干脆说它们就是文学。她从前没注意到这些，是由于她太狭隘了，她的思维也过于粗疏。

洪鸣老师听了农的诉说就在心里想，他所缺少的是勇气，那种一往无前的气概。农正好是这样的人。

在公寓的楼下，两人拥抱着同时发出感叹：

"这座城，幸运之城……"

第六章　城市之星

受到鸦和晚仪寻找作者的活动的启发,沙门女士和云伯开始策划一场让文学深入到读者中去的活动。这个活动的对象就是读书会的成员。沙门女士和云伯希望会员们相互邀请。谁发出邀请,受邀请者就可以同她或他一块度过难忘的一天。这一天并非坐在家中一块读书,而是进行日常活动的一天。

于是出租车司机小秦就向文书小鱼发出邀请了。他俩的关系现在介于密友与情侣之间。小秦将时间安排在小鱼休假的那一天,他邀请她上他家里来。

小鱼接到邀请后非常激动,因为她一直认为小秦爱的是沙门,还没有完全将心思放到她身上来。现在天降好机会,她要抓住这个机会主动进攻了。

"妈妈,书友要上我们家来了。"

"哈,好,好!那我得做些准备吧?"

"不用准备。我们这个活动要求不做任何准备,像平时一样。"

但是小秦还是一早就开车到花市,买了几盆郁金香回来,摆在小小的院子里。

母亲听见他在摆花盆,便在厨房里微笑,她预测到来客是个姑娘。这可不是一般的客人!她兴奋得双手颤抖。

小鱼出其不意地提早到来了。当时小秦正在帮助母亲洗菜，她的声音忽然在幽静的小院里响起来了：

"我怎么感觉自己来到了云村？"

小秦立刻迎出来，笑嘻嘻地回答：

"这就是云村啊，你现在有感觉了吗？"

"有啊。伯母您好，这是我给您的小礼物。"

"啊，酸枣手串！谢谢小鱼姑娘！这手串让我想起我小时住过的云村……真是一位周到的姑娘！"

"原来伯母早年住在云村，多么巧合啊！"小鱼说道。

"是啊，我就是那地方的人。"

小鱼的脸红红的，给这房里带来青春的气息。小秦想，今天要不要向她表白？他决定再等一等，因为今天是书店安排的活动啊。

他请小鱼喝咖啡，小鱼听到他妈妈在厨房摆弄那两个酸枣手串，发出好听的声音。她以前不知道酸枣核还能摆弄出这种近似音乐的声音。

"你有一位神奇的妈妈。"小鱼说，显出神往的样子。

"看来你和我妈是同类啊。我在家里老和妈妈讲读书会的事，现在她跃跃欲试，想要我带她去参加读书会呢。"

"啊……了不起，了不起！我觉得读书会需要的正是伯母这样的人！"

小鱼坐不住了，她走到厨房里去，帮小秦的妈妈和面，她们要做玉米面蜜枣蒸糕。小秦的妈妈看着姑娘，笑得合不拢嘴。她说：

"大宝同你在一块读书，我真感到欣慰啊！我家大宝就是爱读书，没想到一进你们读书会就读出了成绩！现在他说话比从前有水平。"

"伯母，您也来参加读书会吧。我们就缺您这样的人了。您去了之后会多么高兴！我们那里有云伯，有文老师，他们都是老年人，可是他们显得那么年轻！"

"真的吗？我去了之后也会变年轻吗？"

"毫无疑问，我保证是这样。我来到您家里就像到了云村，这是因为您是文学中的人啊。沙门姐告诉过我，文学中的人有一种特殊的气质，今天我算见识了。"

"多谢小鱼姑娘，我巴不得马上就去加入读书会。可我又担心我会成为你们年轻人的包袱。"

"怎么会是包袱，您是我们的楷模，又是资深读者，我们年轻人要向您学习。您瞧，我在帮沙门姐拉生意了。"小鱼调皮地一笑。

"我说不出我心里有多么高兴，小鱼。最近我夜里醒来时，老是想起云村，我慢慢悟出来了，这就是在云村的遭遇，同一个人的年龄啊，身体状况啊等关系都不大，就看你自己愿不愿意，你是不是努力了。我说得对吗？"她显得有点羞怯。

"妈妈说的是真理！"小秦插进来说，"近一两年里头我才知道，在文学的原始森林里，妈妈一直走在我前面好远的地方！我觉悟得很晚，不过没关系，我还年轻，还来得及。我要迎头赶上。"

小鱼哈哈大笑，笑得弯下了腰。

吃饭间，三人约定要选一个好日子去拜访妈妈从前居住过的真实的云村，在村里住两三天，细细体验。

许校长受到了牙科医生路丁的邀请，这位女医生是一位名副其实的美女，她有点年纪了，大约五十来岁吧。不过她可说得上是风姿绰约，而且她谈吐风趣文雅，熟悉文学艺术和音乐。校长在书店一见到路丁就愣住了：莫非这就是我寻找了一辈子的伴侣？他暗自思忖，一定要抓住这个机会。路丁爽朗明快，很快就同校长打得火热，他们两人似乎智力相当，生活阅历同样丰富，读过的文学和哲学书都很多。

"您看我们在哪里会面比较合适？"校长在电话里紧张地问。

"诊所明天不营业，就在诊所里会面吧。您干吗哭？喂？？"路丁说。

"我，我是高兴啊，我好多年没这么高兴过了。路老师，您可得教我几手啊！"

"您是说教您补牙？那是需要接受训练的啊。"

"那么就教我待人接物，让我变得像小说里面那么文雅？"

"您不哭了？好，好！"

"可您还没有答应我啊。"

"来了再说，来了再说。"

校长放下电话后，着实激动了好一阵。他感到，他梦寐以求的家庭生活有可能在路丁医生那里得到实现。他脑海里闪现着牙科诊所里面的那些躺椅，心中充满了对路丁医生的赞赏。"说不定牙齿的迷魂阵比小说的迷魂阵更难破解——她可是不动声色的老手了，我得小心翼翼。"校长就这样对自己说。他又想，路丁医生既美貌又敬业，技术高超，生活富裕，追求她的男人肯定有一大帮，可她还是独身（也许有一个以上的男友）。如果他要想蹚这趟水的话，水里是有很深的沟的，比阿崎的海湾深多了，并且那里头充满了危险。可不知为什么，校长就是想蹚这趟水，想得要命，大概因为他是喜欢挑战的人吧。

许校长尽管心里对会面的事忐忑不安，可他夜里一睡下去就像死了一样。当他终于醒过来时，已经超过约定的时间一小时了。

他后悔不迭，胡乱洗了一把脸，穿上皮鞋，打上领带，跑出校门来到大街上，叫了一辆出租车朝诊所飞奔而去。

他按路丁医生告诉他的地址找到了诊所，于是下了车。

诊所是一排洁白的门面房，有很大的玻璃窗，透过薄薄的白窗帘可以隐隐约约地看到里头的牙科诊疗椅。可惜门锁上了，路丁医生不在。"真是疯狂，真是疯狂啊。"校长自言自语地责骂自己。他差不多陷入绝望了。

"先生是来找路医生的吗？"

说话的是一位身材魁梧的中年男人，微笑时露出一口黑牙。校长猜想他是个病人，于是点了点头。

"我也是来找她的。我同她预约了，可是她却不在，以前从未有过这种情况。她总是很准时的。"那男子显得很焦急。

"她应该是遇到了意外的事情,脱不开身吧。"校长说。

"意外的事?真的吗?您敢保证?"

不知为什么,那人就像要抓救命稻草一般,紧盯着校长盘问他。

"我——我当然不能保证,我只是推测。"校长很窘迫地说。

"原来只是推测。请您不要推测,"他沉下了脸,"这种事推测没有用,必须要表现出诚意,我的意思是要有行动。"

"那我们该如何行动呢?"

"那是您的问题。我只是个病人,我要走了。"

他说着话就迈开长腿很快消失在人流中。校长忍不住用欣赏的目光盯着他的背影看了好几秒钟,他觉得这位男子非常潇洒,说不定是路丁医生的情人。难道她约了他们两个人?还是他最近每天都来看牙,路丁医生将这事忘了?那么现在,他该如何行动呢?校长想了想,走到旁边的一个小卖部,买了一个儿童作业本,一支胶棒。他掏出笔,在本子上写道:**路丁医生,我来晚了,真抱歉!我要到一些地方去找您,一小时后我再回到这里来。许校长。**他将那一页撕下来,贴在诊所的大门上。

校长漫无目的地在街上慢慢走,左右环顾。他感到自己有点像小偷,他胸前的领带也不知怎么被自己弄皱了。有个声音在他心里说:"这事决不能打退堂鼓!"他挺了挺胸,正要加快脚步,却听到一个焦急的声音在身后叫他。校长回头一看,原来是书友阿丰,五十五岁的出版社清样校对工。

"校长,您昨天约了我在茶馆见面,可是您却在街上溜达!"

校长暗自思忖:这家伙昨天一定是误会了。可是校长感到了校对工热切的眼神,他觉得他一直在盼望同自己谈心。

"那么我俩去茶馆吧,不过我可不能待很久啊!"校长说。

"瞧您说的,这是读书会给我们布置的活动,怎么能抱一种应付的态度呢?我在家里准备了好久,打算将我的问题和您好好讨论一下,因为您是博学的人。"

他们在吵吵闹闹的茶馆里坐下了,要了那种比较粗犷的园茶,外加一人两个包子。校长这才记起自己已经饿坏了。

"阿丰，你的问题是什么问题？"校长说，他想开门见山。

"哎呀呀，校长，您太直爽了！叫我怎么说得出口？我的问题，哎呀呀，说不出口……我们先说点别的吧。您对《无尽的爱》这本书如何看？"

"那可是本好书，一个字：美！我希望自己有朝一日去华沙看看。"

"我也正是这种感觉。看来我的文学素质还行。不过我还要进一步钻研，用这本书做工具，找出我生活中的问题的答案。"阿丰一激动脸就变红了。

"那么，你已经有点眉目了？"校长好奇地问。

"哈，我刚才是开玩笑，我的水平还没到学以致用的程度，尤其是文学方面。我想说的是，我也同那小说里面的男主人公一样，既没有被对方完全抛弃，也没有得到允诺。您认为我应该如何对待自己的这种处境？"

"我想，最好的态度大概是享受你目前这种处境。你可以总结一下自己的长处，比如说，我多么镇定，我多么顽强，我的魅力体现在我的淡定和我对自己的信心上，难道您看不出来？您再多看看，增加点耐心，就会看出来的。"

"可是我已经五十五岁了。"阿丰沮丧地说。

"五十五岁，男人最好的时光。怎么能不爱五十五岁的魅力男士？"

"那么在您看来我还有希望？"

"岂止希望，应该说胜利在望。她正眼巴巴地等你发起进攻！"

"啊，谢谢您！但我这次犯了一个严重的错误，很难挽回了。"

"什么错误？"

"我得罪了她的闺蜜。我同她约会时，她带了她的闺蜜一同来了，那女的像个警察，沉着一副脸对我问三问四。我本来就不高兴，就讽刺了她几句。当然，我说话尖刻，她负气离开了。我心里愧疚，向我的女朋友解释了半天，也不知她听进去没有。我觉得她还在生我的气。"

"你做得对嘛，老兄，为什么要解释？应该她向你解释嘛。你都五十多岁了，又不是青年，她干吗带一个讨厌的闺蜜来盘问你？我看她在考验你，你这位女友非同一般。抬起头来，老兄，不要管她生不生气，就当没事一样去找她。"

"啊，校长，您擦亮了我的眼睛。我真是个傻瓜啊！喂，再来四个包子！您请，把这两个也吃了吧。我也看了《阿崎的海湾》这本书，可我为什么到了关键时刻就把这些文学知识忘得干干净净？这包子怎么样？您不停地看表，有什么事等着您吗？要知道您这回救了我……您有事先走吧。"

"不，我没有要紧事。我觉得你这位书友的事更要紧。你五十五岁了，性格内向，要是失去这个机会，还不知要等多久才有另外的机会。你一定要抓住她不放。"

"对，我就去抓住她不放！我还要将您的话告诉她，您刚才说她非同一般——"

"还说了她是一位有智慧的女性。"

"对，有智慧，非同一般。"

阿丰两眼发直，进入了冥想。校长趁他不注意，抬脚就走。

校长已经在茶馆里待了一个半小时，现在他急匆匆地往牙科诊所赶。

啊，他的美人在大门口迎接他！他多么幸运啊！

路丁看样子已经等了好久了，她叫了一声"老许啊！"然后就拉着他的手进了诊疗室。

校长很好奇，这里看看，那里看看。

"老许的牙有问题没有？"

"暂时没有。我洁身自好，吃东西很注意。"

路丁微笑着在一张诊疗椅上躺下了，她那优美的身材像沙丘一样起伏，校长看得浑身颤抖。他小心翼翼地挨近女神，然后抱住她，想吻她的嘴。可是一盏耀眼的灯忽然亮了，刺得他睁不开眼。

"怎么回事？女神？"

"老许，我爱你，可是你得克制自己，因为今天我们是在文学氛围中啊。"路丁幽幽地说，说完还拍了拍校长的脸颊。

她请校长躺在另一张诊疗椅上。

校长躺上去之后,感到香风扑面,十分舒适。

"唉,我倒希望我有蛀牙!"他由衷地说。

"阿丰的事还有希望吗?"路丁突然问。

"什么?你全知道了!!他是你的情人吗?"

"不,他是我的病人。是我叫他请你帮忙。你做得不错,给我留下了美好的印象,所以我就爱上你了。老许啊老许,我俩真有缘分啊!"

"我恨不得马上同你结婚,建立家庭。"

"啊,那该有多么惬意!但是先让我们相互适应一下吧。"

"嗯,是该好好适应一下。我的节奏不对。现在我请你吃饭可以吗?"

"干吗非得你请我?我一直想请你吃饭。"

路丁起身走到桌子那边,从抽屉里拿出一条质地高级的漂亮领带送给校长。

校长将他的皱巴巴的领带解下,扔在桌上,换上那条新的,然后照了照镜子,说:

"嘿,就像我变成了另外一个人!你抽屉里有很多男式领带吗?"

"那其实是我自己的。我出去开学术会议总是戴男式领带。"

"路丁医生,我欣赏你,我爱你!"

"我也爱你,校长。不过我们啊,这回一定要冷静,免得把事情弄砸了。"

"我听你的。你不但是牙科医生,也是我的心灵的医生。你什么都懂。"

"可别将我看得那么高,到时会要后悔的。"

他俩来到一家广东餐馆。路丁医生点了海鲜和精致的广东小吃,许校长大饱口福。他一边吃一边在心中赞叹:路丁是多么会享受生活啊!他不敢望她那双美目,就好像那是火眼金睛一样。能够看穿坏牙的迷魂阵的眼睛,应该是最有穿透力的吧。

"老许,你怎么老低着头吃啊,同我老太婆聊聊天嘛。"

"我太激动了。我现在比我年轻时还要激动,真难以想象。"

"那你就多吃一个螃蟹吧,这一家的螃蟹最好。"

"你也吃一个吧。喏,这个好,你吃了它吧。"

"可是我对海鲜过敏,我专为你点的。我吃这个小笼包。你不觉得我们像老两口吗?我们认识多久了?"

吃完饭,等着结账时,路丁医生压低了声音,认真地对校长说,这一个星期她会忙得连睡觉的时间都被侵占,但是忙完这一阵就会有空了。所以她邀校长下个星期到她的寓所里来。

校长有一点失望。本来他以为路丁吃完饭就会请他去她的寓所呢。可是他又想,路丁的这个策略是很有智慧的。因为到了他们这个年龄,给各自留有余地是最重要的。并且这样做还可以加深相互间的渴望,促进事业的创造力等等。他以后一定要习惯路丁的这个节奏,这位高明的女性将引导他老许进入高级文明的境界。他现在更爱她了,她的一个眼神都会令他心潮澎湃!

他们就像年轻的恋人那样手牵着手在街上走。路丁医生说她要去买纯棉的床单和枕套,因为老许星期天要来。这一大胆的表白令校长听了魂飞魄散。

他俩一块进了一家纯棉床上用品店,像老夫老妻一样认真挑选,不时心领神会地交换眼神。两人竟然发现他们对色彩款式有共同的爱好。

回家时坐在公交车上,校长觉得自己像升入了九重天一样,云里雾里完全丧失了方向感。世上怎么会有这样的女性,而他此前又怎么一次也没碰到过?他如果在这之前稀里糊涂找一个人结了婚,那该有多么委屈!还是读书会好,沙门女士将他从困境中解救出来了。"这可是顶级的!我不可能找到比她更好的了。"他诚惶诚恐地对自己说道,"你算个什么?工作狂,老单身汉,不会生活,不懂女人。"他很想设想一下他同路丁医生今后的共同生活,但是什么都设想不出来,一切都太缥缈了。那么,就不要设想了,跟着这位女士前行就是。她才是那种真正能打开局面的人,尤其在家庭生活方面。她应该是熟门熟路,即使她以前没结过婚也如此。他回想起阿丰,还有那位黑牙的中年男子,他觉得这两位都是崇拜路丁医生的人。"啊,路丁医生,你把自己的个人生活打理得多么舒适啊。"

云伯的侄儿丘先生是新近才加入读书会的。之前他一直认为他只要在公馆里帮助云伯做些家务，顺便向云伯学习在读书中寻找快乐的诀窍，他就会很满足了。可是云伯催促他去读书会，云伯说去那里同人打交道，可以真正开阔自己的眼界，丰富自己的知识。"说不定还可以找到心上人，那里有好几个适合你的对象。"云伯说这话时朝他挤了挤眼。丘一对于云伯的提议考虑了几天，决定去试试。这一试就成功了，他觉得在读书会果然比仅仅待在公馆更能发挥自己。不仅能同人尽情讨论书籍，居然同时有两位女士注意到他，他们三人成了好友，组成一个小圈子。当然，两位女士都以丘一为中心，她们一致认为丘一身上多多少少有云伯的风度，但又不像云伯那么高不可攀（只有文老师和老板沙门配得上云伯）。这两位女士一位被称呼为牧姐，一位被称呼为韵妹。两个人都是四十岁左右，胖胖的，面部红润，显得很年轻。牧姐是卖早餐煎饼的，韵妹是医院里的护士，她俩都在几年前离了婚，目前是独身。

就是这两位女士向丘一发出了邀请。约会的地点是公园，他们三人要一块去划船，在船上谈论家长里短，也谈论文学。

丘一特地提早一点赶到市政公园，以示礼貌。可是韵妹已经站在那里了。

"你怎么来得这么早？"丘一很吃惊地问。

"我想提前进入体验。你不赞成吗？"

"赞成，一百个赞成！我只是不想让你们等我。"

"可等人是种特殊的快乐。你要一个人独享吗？"

两人哈哈大笑起来。接着他俩又看见牧姐进了公园的大门。

"我担心你们早上没吃饱，带了几张煎饼，我们先吃煎饼吧。"

于是三人一齐向草地对面的亭子走去，进入亭子，坐下来吃煎饼。

丘一吃了几口，由衷地称赞：

"真是不错的美食啊。我很想向你学习做煎饼，然后让云伯也饱饱口福。"

"当然，我一定教会你这门手艺，为了云伯嘛。不过韵妹还有一个绝招。"

"什么绝招?"

"她是按摩专家。"

"啊,我太想学习按摩了,因为我想帮助云伯,他有风湿痛。我觉得太意外了,以前我认为二位只是一般的书友,没想到你们都身怀高超的技巧!我一定要学,我等不及了!我太落伍了!"

看着丘一懊恼的表情,韵妹忍不住将手搭在他肩上安慰他说:

"来得及,来得及!你现在这个年龄学这两门技术正好,因为你懂人心嘛!"

牧姐也凑上来,将手搭在丘一的另一边肩上,说:

"韵妹说得对,要做好这类活就在于有心。"

吃着煎饼,又被两位妩媚的女子搂着,丘一既心花怒放又十分焦急,因为他看到了自己同这两位朋友之间的差距——她们多么热爱生活,又是多么认真地生活啊!而自己,则是懒懒散散,随随便便地活着。他身上的那点光环,其实都是云伯身上来的,是她们的错觉。

"我到城里来了几年了,我以为公馆就是云村,那里面什么都有,就懒得外出。现在我才知道,牧姐,韵妹,你们活动的地方也是云村。你们走到哪里,就把文学中的那个地方带到哪里……"

"太好了,说得太好了!"韵妹高声道,兴奋得两颊绯红。

"啊,啊……"牧姐掏出纸巾来抹眼泪,抹完了抬起头来说:"丘一,你明明是一位文学作者啊。我不过会做些粗活,就想着做好,让大家吃了开心罢了。只有你才懂得我和韵妹的心。我和韵妹都离过婚,我俩心气特别高,我们去读书会就好像要同什么人赌气似的……既然文学是我们喜爱的,我们认为经过训练,我们完全可能提高水平。虽然不能达到沙门小姐那么高,但至少比原来要高。后来我们在读书会遇见了你,丘一先生,我们感到多么庆幸!我们三人那么谈得来!我们觉得同你在一块,那些书里面的场景都变成了现实。什么是'无尽的爱'呢?我一边和面心里一边想,'无尽的爱'就是我和韵妹对丘一先生的爱啊。这种爱每天给我们带来快乐。"

"我也是这样想的，但我不如牧姐会表达。"韵妹羞怯地说，"我每天一想起读书会，想起《无尽的爱》这本书，心里就激动。"

吃完煎饼他们就去划船。

那真是仙境般的体验。丘一暗想，这两位女士的激情有很大一部分是来自于她们对工作、对日常生活的爱，在这方面他向她们学到了很多！如果说到文学气质的话，这两位都比他更有文学气质，他今后得好好地向她们学。这么多年里头，他一直以为日常生活只能像他这么过，现在才发现还有另外一种活法，难怪云伯鼓励他扩展自己的眼界。

划船结束后，牧姐提议让丘一去见她的高龄的母亲，韵妹又兴奋了，她说牧姐的母亲是"世界上最有趣的母亲"，丘一先生见了她一定会非常开心的。

牧姐住在城西的贫民区，那一带尽是高高低低的平房，显得有点零乱，但整体上还比较干净，很多人家的家门口和屋顶上都摆了盆花。丘一以前还没有深入过这类居民区。牧姐自己的家是一栋比较高的平房，朴素的白色粉墙，浅灰色的窗户，屋里显得很清爽。他们进去时，一个七八岁的女孩在客厅里自己和自己玩跳棋，似乎没注意到客人的到来。牧姐说那是她的女儿。

母亲坐在里面的那间大房里。

丘一一进那间房就被那些形状各异、色彩美丽的毛线帽子吸引住了。它们全都挂在三面雪白的墙上，老太太手里还有一只正在织。她瘪着没牙的嘴含糊地说：

"欢迎光临。"

丘一的心怦怦地跳，他被震撼了。每一顶帽子都是那么别出心裁，透出玲珑的美和无比舒适的质感，像是一些可爱的小动物在望着他。

这位民间老艺人费力地从藤椅上起身，她要送给丘一和韵妹一人一顶滑雪帽。于是两人热泪盈眶地收下了这珍贵的礼物。

丘一在老人的藤椅边蹲下来，说：

"伯母，祝您长命百岁！"

老人一下一下地点头，每点一下，丘一脚下的地板就颤动一下回应着，而墙上的毛线帽，也向他做出神情各异的问候。

当他们三人来到客厅时，丘一由衷地说：

"我的魂被伯母摄去了。牧姐，说真的，我真羞愧……我活了五十多年，到底是怎么活的？"

他打开纸包看着那美而有形的帽子，两眼透出茫然。

"你太谦虚了，"牧姐说，"我和韵妹将你看作文雅博学的人，我们要向你好好学习文学知识，你不会拒绝我们吧？"

"当然不会，我发誓。我爱你们二位。我要改变我自己！"

丘一回到公馆时，云伯还没回来。他一边准备两人的晚饭，一边思考。白天的事对他的刺激太大了，他想啊想啊，想了很多事情。本来今天，他是打算去同两位女士游公园，轻松地聊天，甚至夸夸其谈，小小地炫耀一下他的文学知识的。可是现在，他怎么变得有点伤感起来了？难道是读书会改变了他的性格吗？看来他大大地低估了读书会。来读书会的大概都是一些非凡的男性和女性。俗话说，物以类聚，人以群分，那么这两位美妙的女士，她们是有深厚的文学根基的，比他丘一要深厚得多。她们的文学根基就是她们的日常生活，她们工作上的高超技巧。还有那位老母亲，已经八十七岁了，胸中还沸腾着那样的激情。丘一是真心羞愧了，他下决心要改变自己散漫的、有点冷淡的个性。当他想到这里时，便听见云伯从图书馆回来了。

"丘一收获大吗？爱上了姊妹花中的哪一位？"云伯问道。

"唉，别提了，我情绪有点低落。"

"奇怪。她们不爱丘一吗？怎么可能？"

"她们都爱我，可我并不值得她们爱。"

"原来是自暴自弃，没有必要嘛。两姊妹的确很美，可丘一也气度不凡呀。振作起来！"云伯拍拍他的肩说。

"谢谢叔叔，我一定振作起来，您会看到的。"

"哈，我明白了。今天的活动令你受益匪浅啊。"

夜深了，丘一躺在那间屋顶很高的房间里，一点睡意都没有。他想回忆自己年轻时的那些事，想找出自己是如何成了一个没有一技之长的中年男人的。可是回忆来回忆去的，脑海里始终只有一些模糊不清的印象，一些缥缈粗糙的事件的轮廓。他就好像白活了这么些年一样，这可是非常危险的啊。他披衣起了床，走到院子里去。他看见那棵古银杏树的叶影晃动着，令他的情绪更加虚幻了。

"啊——啊……"他挣扎着说。

"丘一正打算成为新人吧？"云伯说。

云伯那魁梧的身影从房里出来了。

"我以后每个星期三去医院向韵妹学习按摩，每个星期四去牧姐铺里学习制作煎饼的技术。"

"真了不起，丘一，看样子你要抓紧生活了。我能理解你，人生苦短啊。各人根据自身的条件，过得越浓缩就越符合理想。丘一灵敏善感，只是对生活有点畏惧，我没说错吧。"

"看来叔叔早就看在眼里了。我这个年纪要改变自己不是太晚了吗？"

"一点都不晚，你怎么会认为晚了呢？就是我这个年纪，我还要改变自己呢。"

有什么鸟儿在黑洞洞的书房里发出一声怪叫，两人一愣。

然后云伯笑起来了。

"它是下午钻进书房的，我说不清是什么鸟。它好像要来改变我的书房的格局呢，这应该是一件好事。"

"太有意思了！"丘一兴奋地说，"叔叔是多么有活力啊。我现在也想通了，我不能落后，我要战胜我的虚幻感，扎扎实实地生活。"

丘一感到有种坚定的东西从他心中生出来了，这是以前从未有过的。再看古银杏时，大树好像变成了和蔼的老人。

两人道了晚安。

丘一再次躺下时，就听见了大地发出的含糊低语，虚幻感渐渐退潮了。两位女士在黑暗中同他对话，他答应着她们，心里既宁静，又甜蜜。

登山运动员、沙门女士的年轻男友小郭摔坏了一条腿，没法再登山了。沙门两个多月里头基本上每天都抽时间去看望他，给他带去食品，讲些外面的见闻给他听。沙门感到，小郭已经有了抑郁症的倾向，她决心扭转他的这种倾向。沙门认为，除非是先天的遗传，任何人都不应该因生活中发生的事患上抑郁症。

沙门在读者交流日的前一天将活动的原则告诉了小郭。

"我当然要邀请你。可你不是天天都来吗？"

小郭说这话时用空洞的目光看着光秃秃的白墙。

"你真不知羞耻！一点感恩的心都没有。"六十多岁的父亲在那边房里骂道。

沙门凑到小郭耳边悄悄地说：

"明天我要让你吃一惊。"

小郭惶惑地看着她，但他的目光马上又暗淡下去了。

沙门匆匆地回到店里。那天晚上，她一直在责备自己在同小郭交往的几年里头毫不关心他，居然很少同他谈及他的事业。其中一个原因当然是小郭自己不愿多谈，仿佛同外行说多了登山就亵渎了这桩事业一样。沙门后悔不迭，可是已经晚了。她想，也许是老天安排她在这样的转折关头来弥补自己的过错？

沙门打开她的书桌的大抽屉，拿出她心爱的烫金的笔记本，还有一支她常用的金笔，将这两样东西放进她的皮包。夜间，她在梦中没完没了地登山，口口声声地喊着："小郭，等等我呀。"

她睡得很不安，起床时两眼泡肿。她洗了个冷水脸，给自己煮了一杯咖啡，吃了两小片面包，就背上皮包去小郭家。

小郭虽然精神不振，但已经梳洗过了，正在等她，看来他还是在乎她的啊。沙门搂着他坐下，拍拍他那条病腿，问他痛不痛。他说不痛，只是冷，麻木。然后又说他这辈子已过完了。

"我还没过完呢，你倒抢先就过完了！"沙门笑着说。

她告诉小郭说，她昨天夜里一直在回忆小郭同她讲述过的攀登珠穆朗玛峰的一个细节，可那回忆模模糊糊的落不到实处，她感到非常恼火，因为她太想知道了。可是她也知道小郭此刻会没有情绪同她讲登山，所以她就带来了笔记本和金笔送给他。她盼望他一旦有了意念就将那些精彩的细节写在笔记本上，这样她下次来的时候就可以看得到了。从前他能够登山时她没抓紧这件事，她认为今后有的是时间来记录这种经历。现在他不能登山了，所以她必须马上抢救他的这些体验，因为这些体验是读书会的宝贵财富，大家都想同他分享，云伯也是这个意见。小郭听了沙门的话就瞪大了双眼严肃地问她：

"你和读书会真的对这种运动有这么大的兴趣吗？"

"当然有啊！你还记得那次在云伯家里，我们听你讲登山故事时的情景吗？当时，我们大家的双腿都在簌簌发抖！啊，登山，那就是人在同大自然母亲恋爱啊。如今你暂时离开了她，难道你不想念她吗？"

小郭用双手抱着头，沙门看见他抖得厉害。过了一会儿他抬起了头。

"沙门，你是我的狐狸。这笔记本太美了，你怎么舍得给我的？不过你送给了我，就等于是送给了你自己。我要用你的金笔为你写下我经历过的那些美景，也许会写得不够好，但你可以用想象来补充，对吗？"

"我觉得你写下来比谈话更重要。你可以在写的时候同大自然交流。还有，如果你仅仅只讲给我们听，我们很难跟得上你的思路，因为你是登山的人啊。我知道登山的人意味着什么，你明白我的意思吗？"

"我明白的，沙门，我怎么就没想到这上头去呢？"

小郭的父亲进来了，他递给沙门一杯香茶，笑呵呵地说：

"沙门女士，您让这家伙起死回生了啊！"

小郭也不好意思地笑，说：

"我觉得我的炎症正在消退，沙门真是我的福星。"

"那你还活不活？"父亲朝他一瞪眼。

"当然要活,因为我是登山队员啊!如果我把我那些高级的秘密带到坟墓里去,我不是太自私了吗?我之所以得到它们,是伟大的自然母亲的慷慨啊。我可不应辜负她。"

"这就对了,这就对了嘛!"

父亲高兴地到那边客厅里去了。

沙门还想同小郭聊聊天,可小郭两眼发光,对她说:

"你回去吧,我有灵感了,我觉得自己成了作者了,真奇怪啊,难道不管什么人都可以当作者吗?你明天可要来啊。"

"我一定来。"

沙门来到外面。她头顶的阴云已散开了,两个月以来,她第一次放下了悬着的一颗心。啊,事情终于有了转机了,可还得加紧做他的工作,让他与读书会互动。他曾是那么热情开朗的小伙子,又绝顶聪明,应该可以走出阴影。沙门再一次庆幸自己创办了读书会,读书会如今到了收获的季节。

"沙门小姐,你回书店去吗?"文老师迎面走来了。

"嗯,我刚才看望小郭去了。"

"小伙子怎么样了?需要我帮忙吗?"

"啊,正需要您助一把力。他的情绪稳定下来了。明天你同我一块去看望他好吗?我请他写登山记录,他答应了。"

"太棒了!"文老师说,"沙门你的反应真快,到底还是训练有素!我当然要去,我本来就对登山有兴趣,只是从未亲历过。他是活教材嘛!"

"文老师,让我叫您一声'母亲',您真是读书会的母亲。"

而在那边家里,小郭已经摊开稿纸写草稿了。他打算写完草稿再誊写到漂亮的笔记本上去。他认为这既是给大自然母亲,也是给沙门写情书。好多年里头他一直想给沙门写情书,可是他对自己的书写能力没有信心,所以一封情书也没有写过。他做梦也没想到自己还有这样一条表白的途径,而这条途径又是他所爱的沙门向他指出的,真是"天无绝人之路"啊!

他激情满怀,一下子就写了五六页稿纸,直到爹爹喊他吃饭才停下来。

他扶着桌边站起来时，那条腿虽还有点发麻，但他居然可以拖着它慢慢行走了。他在心里叨念着："奇怪，奇怪。"

"沙门女士是创造奇迹的人。"爹爹说。

小郭暗自思忖："爹爹怎么知道我在想什么的？"

"我等一会把你的稿纸收走，免得你粗制滥造。今天就别再写了，好好休息，腿伤才好得快。"爹爹板着脸又说。

"谢谢爹爹。对不起，我太没有男子汉的气概了。"

"知道就好，知道就好。"

那顿饭两人吃得十分痛快。

沙门和文老师两人到得有点晚，因为沙门店里有点事耽误了。

她俩进屋时，小郭已停止了奋笔疾书。沙门一把抢过那些稿纸，站到一旁去看，文老师则微笑着坐了下来。小郭的样子很窘。

"小郭，你不像个病人，我看你好得很嘛。"文老师说。

"就是这条腿还有点麻，好得差不多了。登山训练了我的体质。"

"正是这样。我们都没有你这样好的运气，这就叫'身临其境'，我想一想那种情况都要血压升高。不过呢，我又非常想知道，想得不得了！所以我一早就到了沙门的店里，因为我也想来鼓励你。如果你写好了，我就一天读一页，只读一页，免得我太激动了犯心脏病。"

"文老师，就为了你们，我也得把这事做到底。也许我会写出一篇长篇报告文学来，也许我的写作全报废，达不到一定的水平。不过我觉得这两种情况都是成功，因为读书会的成员能理解我的意思。您说对吗？"

"有道理！一定会成功，你已经成功了！瞧沙门笑得多欢！她被你的书写深深打动了，我的天！可是我现在不敢读，沙门，你先读吧。"

"我爹爹也说我写得不错，我知道你们都是鼓励我，我需要这样的鼓励。"

小郭请文老师喝香茶，然后瘸着一条腿同文老师跳探戈舞，他爹爹则在一旁拍手。他那年轻的脸上终于泛出了浅浅的红晕。

"小郭的文章是最好的素材。我觉得一个新的作者快要诞生了。"沙门宣布。

沙门摆上她带来的大蛋糕，要小郭来切。

小郭涨红了脸，双手抖得厉害，怎么也拿不稳刀子，最后还是沙门将蛋糕切好了。

文老师象征性地吃了很小的一块。她说她由于身体的缘故不能吃甜食，最近因为写哲学笔记，她要特别维护好身体，可是小郭的这种写作太让她高兴了，她就吃这一块。小郭和沙门，还有爹爹，一人吃了一大块，像中了彩票一样欢乐。

"她是我的狐狸！"小郭拉着沙门的手说。

"你小子走桃花运，要对得住这位美人对你的一片期望啊！"爹爹说。

"嗯。我决心一年不休息，把这些精彩的情节全写出来！"

文老师笑眯眯地坐在那里。末了她说：

"小郭，你得谨慎点，不要将我吓得晕过去啊。我决定一天只读一页，就是再惊险也不往下读。"

沙门和文老师怀着欢乐的心情离开了小郭家。文老师兴致勃勃地说：

"你瞧，我们的读书会多么伟大！谁要不好好活，他就难以面对读书会！难以面对沙门老板！"

沙门说，好久没去云伯家了，想和文老师一块去。文老师就咻咻地笑。

于是两人一块坐公交车去云伯家。

云伯的公馆的小院里新种了一棵桂花树和一些美人蕉，大概是他侄儿丘一的功劳。沙门发现走廊上还多了好几盆美丽的盆景。

"啊，文老师！啊，沙门！今天刮什么风？"云伯大声说。

同他一块从书房出来的还有小鱼的前男友小范，据说他已同小鱼分手了。

他们四人一块来到客厅里。云伯亲自为大家沏茶，他说侄儿丘一今天到医院学按摩去了。

小范腼腆地站着同沙门和文老师说话。他说他想立刻加入读书会。他并不是来纠缠小鱼的,他知道小鱼已经不爱他了。他之所以要来这里读文学书,是因为他最近感到特别空虚,连活下去的欲望都在减弱。但他看见小鱼活得那么充实,他心里琢磨着应该是读书会给了她动力,所以他也决心加入,努力改变自己。他想问问沙门女士和文老师,他这样的人适不适合读书会?

"你坐下来说啊。"沙门拉他坐在自己旁边,"好小伙子,你很不错嘛,读书会当然属于你们年轻人。我们都老了,读书会就是为你们建立的啊,你来参加活动就会知道了。"

小范连连点头,他说云伯送给他几本古典小说,他回去要好好地读。他今天是鼓起勇气来拜访云伯的,如果不是书店搞读者活动,他还不敢来云伯家呢。可是这一来就把他的人生的大问题找出了答案,他觉得他这一辈子面临的大转折到来了。

"我们读书会里还有几个漂亮姑娘呢。"云伯笑着说。

"我是来找人生目标和做人的标准的,当然顺便找到女友也不错。"

小范说话很实在,大家对他印象很好。

"我有个亲戚是制作盆景的设计师,我想去同他学习这门技艺,不知这对于我理解文学有没有帮助?"小范说。

"真是个聪明的小伙子,"文老师拍拍他的肩说道,"当然有帮助。盆景是大自然事物,文学也是大自然事物,它们之间相通。沙门你瞧,我们的会员多么努力,丘一学按摩去了,按摩也是文学啊。"

"刚才同云伯讨论时,我就觉得盆景很像文学……我今天特别高兴,因为得到了这么多的指点。前一段时间,我闷在家里,觉得自己的路越走越窄,对自己一点信心都没有了。我在街上偶然碰见小鱼,是她劝我来读书会的。啊,云伯,你可要收我做徒弟啊。"小范显得很兴奋。

"谈不上收徒弟。像你这么灵光的男孩,完全可以自学,自己教自己。我们相互学习吧。"云伯递给他一杯茶。

"那我就不多打扰了,我要回去读书。"

小范喝完茶就离开了。

三人看着小伙子的背影，一齐想起了那个夜晚，他们和小鱼在云伯家聚会的事。他们都对小鱼的故事的发展非常满意，非常放心。文老师大声感叹：

"我们的定海神针啊！"

"您最近的进展怎么样？"云伯问文老师。

"您是说哲学？我正想说这个呢。当然，我有进展。我看见了花，但轮廓还很模糊啊。我想，我同你们男人不一样，我总是先看见花，闻到香味，到处发现花的蛛丝马迹。而你们，你们执着于更固定的东西。这是两种不同的思维，我的思维更像妇女。"

"云伯也说这个时代的哲学是女性的哲学。文老师加油！"

沙门说出这句话时几乎要掉眼泪了。

"嗯，我非常激动。"云伯说，"您正在一层一层地揭去遮蔽物。我有种预感，很可能花就是我寻找了一辈子的那个图案。她不是固定的，但绝不是没有形状。她在运动中铸型，比那些旧的图形更经得起打击，给人以更大的实在感。刚才小范说起盆景时，我马上就想起了您的花。我做梦都在感谢您的创造。"

"原来是花！"沙门说，"我觉得我完全听得懂你们所说的。我们读书会，不就是一朵花吗？云伯和文老师是花蕊！"

云伯拿出酒瓶和酒杯，然后大家默默地为心底的花儿干杯。

云伯说：

"这么多年了，我们三个人在一块时从来也不伤感，我们总是明快热烈，好像我们要活一百多岁似的。我们这种情绪本身就是文老师的花。"

大门那里响了一下，是丘一回来了。云伯说：

"哈，又一朵花儿游过来了。"

丘一穿着运动服，显得充满了朝气。他向两位女士问好。

"今天我在韵妹的指点下，将人体上的所有穴位都熟悉了一遍，这件事对我的震动特别大，直到现在我脑子里还有余波在嗡嗡作响。我很喜欢按摩工作，因为是人体同人体打交道。"

丘一说话时，云伯就轻轻地叨念："花呀，花呀……"

文老师朝沙门使了个眼色，两人紧搂着云伯坐下了。

丘一比他们三人更激动，他说：

"可以说，我的生活从今往后就要大变样了。这是因为平时习以为常的那些东西全都显出了不同的面貌，好像在跃跃欲试，又好像要引起我的注意。读者活动太了不起了！我这样一个冷淡的人，平时很少说话，可今天我学完按摩回来，一路上走得飞快，只想同我叔倾诉一番。"

"说下去！"文老师鼓励他说，"你在讲深奥的哲学。你一开口，我们大家的脑海里就出现图案！丘一啊丘一，你的实践证实了我们的探讨！"

可文老师说了这话后又突然站起来说她要走了。

"我得加油，我的日子不多了。"

她和沙门相携着到了街上，两人都激动得一塌糊涂。沙门劝文老师悠着点性子慢慢工作，最好像蚂蚁啃骨头一样。她还说文老师身体这么好，活一百岁都没问题。她不放心文老师，一直将她送到家才回到店里。

沙门回到书店楼上的住所里，她久久不能平静。今天经历的几件事太有戏剧性了。生活是从什么时候起变成这个样子了？似乎她并没有刻意去追求这种效果，喜剧是悄悄地找上门来的，一出接一出，越来越美。好久以来她就觉得文老师身上有一股巨大的力量，她不显山不露水，却很有可能是这个时代的真正的天才。云伯也说到过这一点。现在云伯和她都在等文老师的研究成果出来，但他俩不是被动地等，而是与文老师一同紧张地思考，希望能跟上她的思路。实际上，当沙门与云伯一齐策划读者活动的时候，就是努力将文老师的理论运用到生活中去。那么，沙门成功了没有呢？她还不完全知道，但当云伯叨念着"花呀，花呀"的时候，她的脑海里的确出现了花的图案。沙门将她今天的感想写到笔记本上，希望在今后回味的时候能找到答案。**"每时每刻，每天。"** 她在这几个字下面加了着重号。她想，对她最有启发的例子是丘一的例子，丘一到底是云伯的侄儿，耳濡目染，那图案就铭刻在他心底了。

夜里一点多钟，沙门正要上床时，电话铃响了。果然是文老师。

"沙门，我快要开始写了。"文老师的声音出奇的平静，"我知道我活不了一百岁，可是我尽力而为总可以吧。回想我们这些年来的交往，我觉得这不是一件偶然的事，这世界早就有了这种兆头了。你同意这个看法吗？"

"我同意，文老师。我觉得自己很幸福，因为我太幸运了。"

"我知道你要说什么，别吹捧我了，我老了，只能慢慢写。晚安。"

沙门希望自己的思绪化为一只彩蝶，飞进文老师梦中的原始森林。的确，读书会的这些朋友不是偶然碰到一起来的。这应该是一桩美丽的事业的萌芽。起先每个人都不很清楚为什么会被读书会所吸引，只是怀着渴求在读书会里活动。不知不觉地，他们的活动就聚成了那种图案。他们当中最敏感、最丰富的领头人躁动起来，终于由文老师揭开了面纱，看见了被她称为"花"的事物。她说得太好了，的确是花。文老师是这个时代的先驱。啊，妇女的时代。沙门感到自己从未像现在这么自豪过。文老师的发明，就是她沙门的发明，也是云伯的发明，因为那里头也有他们的一分力量和激情啊！"写吧，写出来，一定要写出来。"她在黑暗中默默地祝福文老师。

读者活动之后，校长如愿地同路丁上了床，那真是销魂的一夜。

然而很快，校长就发现路丁医生拥有不止他一个情人。就他知道的来说至少还有另外两位。这个发现——实际上路丁从不遮遮掩掩——让校长的情绪变得很灰，因为他起先还想同她建立家庭呢！他这个深通情场事务的老男子汉，怎么变得这么幼稚了呢？真该死。不过校长毕竟是校长，他很快就调整了自己的心态。他的苛求是毫无道理的，路丁医生已经给了他销魂的一夜，难道他还想向她索取什么东西？或者他不自量地认定自己才是最好的、最适合她的？可笑啊可笑，赶快收起这种愚蠢的想法吧。以后就随时听从她的召唤（当然如果有更要紧的事也可失约），见到她后也什么都不要问，爱她，也使她爱自己。让她知道老许通情达理，不是什么旧式男子。如今什么年代了，人际关系正在复杂化，强调一夫一妻制已失去了意义。也许他同路丁的关系，就是对他来说最合理的关系。

"老许啊,这个星期天晚上有空吗?"她在电话里问。

"当然有空,老许总是为路丁医生空着的。我会要来得晚一点。"

"晚一点来吧,因为我还得去一趟书店。我这就嘱咐刘妈为你留门,免得万一我到得更晚你进不了屋。"路丁坦然地说。

校长放下电话后心里想,也许她的那一位也在读书会里?那么她一个人在读书会就有两位情人了,说不定另外那位同她的关系要深得多呢。她干吗非要邀他在同一个晚上见面?这样一想,校长心里就有点气不太顺。但是他又没有勇气通知她说不去她家——他抵挡不了她的魅力。

星期天夜里,校长坐在酒吧一直坐到一点钟才慢慢向路丁医生家走去。他到达她家时,果然看见走廊里的灯为他亮着,保姆刘妈走出来为他引路,这时已快深夜两点了。路丁医生没睡,在床上一边读书一边等待他。

校长在心里狠狠地咒骂自己,认为自己是世上最卑劣的男人。他因为自责而差点要阳痿了。善解人意的路丁安慰他说,他的学校工作太累了,本来她也不是那种母老虎型的女人,既然状态不好,就手牵手好好睡吧,明天两人还得工作。他们可以下个星期六再弥补一下。

奇怪的是两人都睡得很好,八点钟才一齐醒来。校长喝了路丁为他端来的牛奶后立刻赶往学校,他十点钟有个会议。

哈哈,爱情真是起作用!现在的老许像恢复了青春一样,有点生龙活虎的味道了。他打算至少还要干八年才退休,那时就把位置让给更有能耐的年轻人。

"校长,您的那一位对您满意得不得了!"沙门小姐说。

"彼此彼此吧,我对她不光满意,还充满了崇敬呢。她是我引路人。"

尽管说的是真心话,但是在那些"间歇期"里,校长就只好独守空房了。有什么办法呢,路丁医生太受欢迎了,那些男士都死死地抓住她不放,他老许又来得晚,怎么能独自占有她呢?即算他有这个念头,路丁医生也不会同意啊。不过从另一方面一想,也许这还是一件好事呢。也许是路丁用这个策略促使他老许更加集中精力地工作吧。要是他躺在她的温柔之乡里睡大觉,他的工作就不会这么出色了。不满归不满,校长反而更爱路丁医生了,他认为她是那种能改变人的世界观的女神。幸亏有沙门女士的读书会。校长总是尽量抽时间去读书会,因为大多数时间路丁都在那里,她是个读书迷。

校长还记得第一次看见路丁医生时的情景。当时她穿着白色针织宽松服,用丝织头巾包着头发,一个人坐在角落里发呆。她的气派让校长一看就怔住了。

"欢迎校长回到云村来,请坐在我旁边吧。"她亲切地说。

校长居然红了脸,感到自己像个毛头小伙子一样。

她拍了拍手中的那本《无尽的爱》,又说:

"我早就注意到了您,我在等您过来呢。"

"真像小说里的情节啊。是沙门老师告诉您我的身份的吗?"

"是我问她她才告诉我的。我对您的职业充满了好奇心。"

"那么您能告诉我您的职业吗?"

"我的职业和侦探一类接近——我是牙科医生,我叫路丁。"

女医生朝他伸出瘦削有力的手,校长握住那手,像喝醉了一样。

那整个晚上,他俩的脸都几乎贴在一起,像是在共读一本书,又像是在耳语。

而灯光也不知怎么一亮一黑的,于是两人就自然而然地搂住了对方。

读书会散会时,校长觉得自己已经可以将《无尽的爱》这本书倒背如流了,他还觉得路丁医生已经在幻觉中同他有过身体的交流了。

在后来的日子里,校长深深地感到路丁医生其实真的是一名侦探,她的工作就是侦察灵魂方面的疑案。她的女性化的思维是飞速运转的,校长想,如果他果真整天整月整年同她生活在一块,恐怕无论如何也追不上她的思路。所以这间歇期也是她的明智的规定啊。校长最终还是对这份晚年的爱情满意了。

"看来我终究还是不适合家庭,只适合这种无忧无虑的爱。"他对煤永老师说,"杰出女人的爱让我变得善良开朗了。"

煤永老师向校长表示祝福时，校长一瞪眼，说：

"煤永啊煤永，我担心你会要变态了呢。"

"这话怎讲？"煤永老师问。

"你得马上开始新的爱情！"校长叫了起来。

小路边有两位年轻男教师回过头来看着这两位老头。煤永老师镇定自如，拉了拉校长的衣袖说：

"您叫叫嚷嚷的影响多不好，他们会以为我有犯罪动机。"

"你这个坏蛋，总有道理！我要说你个人的生活乌七八糟！是的，你心术不正，成天东张西望，是个自私小人！"

他愤愤地撇下煤永老师走掉了。

第七章　师生之情

离婚后的煤永老师将生活安排得很紧凑，他要在事业上做最后的拼搏，将他的全部能量奉献给这些可爱的学生。他偶尔也会去乐明老师的坟头上坐一会儿，那种时候他就会对着那块汉白玉轻声说："我还行，别为我担心。小蔓也过得很不错……"

虽然不是完全没有伤感，但那种时候毕竟很少。再说小蔓隔一天就回爹爹这里来吃晚饭，还带着云医，所以他倒也不觉得寂寞。要干的工作实在太多了。

起先他还担心丹织会来找他，但她一直没来，他也就不去想这事了。虽然他同农的婚姻中止了，可是他从反思中获得了很多启发，他将这些启发都写进了他的教案。他在一个方面的探索取得了很大的进展，这就是关于学生如何融入生活，找到与人进行心灵的交流的途径。他已进行了这方面的实践。煤永老师还想将他几十年的教学经验写成一本书，连出版社都找好了，是编辑主动来找他的，因为他在教育界的名气越来越大了。但是这本书还没动笔，他要找一个巧妙的角度来展开自己的教育思想。

最近他总是躲着校长，因为校长想拉拢他和丹织，见了他就提这事，还指责他，使他感到很狼狈。他知道校长是一番好意，可这种事是很复杂的，煤永老师对自己能否处理好这件复杂的事已经失去了信心。

星期天，煤永老师决定去看望谢密密。他已经在前一天通过谢密密的父亲通知了他。他买了一双翻毛皮靴要送给他，这种皮靴还可以踩水，很实用。他听密密的爹爹说，他已经不住在铁盒子里了，因为城管队不允许。现在他和矿叔租住在小区外面的平房里，他俩还租了一个库房，生意很不错。

"我很想要他重返课堂。"这位爹爹愁眉苦脸地说。

"密密给自己选择了最合适的课堂，您就放心吧。"

煤永老师到达谢密密的门面房时，只有矿叔一个人坐在里面。矿叔告诉煤永老师说，密密去一位名叫针叔的男子家帮忙去了，因为针叔的妻子昨夜发了急病，他去帮着料理，不过他很快就会回来的。

他们住的平房是个套间，矿叔住里面那一间。煤永老师看见密密的床和书桌，还有书架都收拾得很整洁。大概因为住所扩大了，书架也增加了一个，里面摆了不少书。煤永老师走近去看，居然看见了一本《经典哲学入门》。更多的是文学书和历史书，还有教育方面的书。煤永老师心潮起伏。

"密密说他将来要办一所小学，将他自己的和煤老师的理想在那里面付诸实现。他呀，每天都读书到深夜，说有紧迫感！"矿叔说。

煤永老师问矿叔密密的身体如何，矿叔说他比过去结实多了，因为他每天都坚持体育锻炼。两人正说着话密密就进来了。

煤永老师看到密密比他上次看见时长高了小半个头，肩膀也宽了一些，有点青年的模样了，并且他显得比他的年龄沉着。

"煤老师，我很想念您。"密密大方地说。

然后他坐下来试穿翻毛皮靴。当他穿上翻毛皮靴在房里走动时，煤永老师立刻听到了大地的回声。煤永老师的心里在翻江倒海，但表面看不出来。

"密密穿上这鞋真漂亮！"矿叔由衷地说，"我老觉得密密才是我的儿子，哪怕在梦里我都是叫他儿子，不过我这个爹没什么用，幸亏有煤老师在。"

"有矿叔在，我对密密的生活一百个放心！"煤永老师说。

矿叔不好意思了，两只大手不知往哪里放，他结结巴巴地说：

"您瞧我，我这个样，我——真想给您磕一个头感谢啊。可现在又不兴磕头了。"

密密向煤永老师汇报说，最近他读书有不少进展，他慢慢地摸索出自己适合读一些什么样的书了，他的眼界是一点一点地扩大的。他每天的实际工作，还有与人打交道，这些对他扩大眼界也有帮助。每当他迷惑时，他就会回想起煤老师和母亲，还有矿叔说过的话，于是眼前的景象就会变得清明起来。

"煤老师，我真喜欢我的工作啊。"

"密密干一行爱一行，是我最看重的学生。"煤永老师对矿叔说。

后来他们三人到小区的饭馆去吃饭。

矿叔眼泪汪汪地向煤永老师敬酒，变得语无伦次起来。

饭后密密带煤永老师去小区里头散散步，矿叔先回家了。

"煤老师，这就是地下城的入口，不过这个时候进不去。"

"我听到了关于地下城的一些传闻，你认为那是怎么回事？"煤永老师问。

"我想，那里面是锻炼人的性格的地方吧。妈妈死了，您又不在我身边，我怎么锻炼我自己呢？有一天我和朱闪闯进了地下城，那里头对我和她都有一股巨大的吸引力，后来我就常想着要往那里去，差不多形成习惯了。"

"好，自己选择的总是最好的。"煤永老师感动地说，还捏了捏他的肩头。

救护车警笛的声音由远而近，小区变得昏暗，似乎在薄雾中下沉，煤永老师感到周围的景物变得有点虚幻了。

"那是孤儿团在搞训练。"密密说，"他们差不多可以呼风唤雨了。"

一辆三轮车忽然停在他们面前，密密看见贺伯站在昏暗之中。

"贺伯，我的老师来了。"

"啊，上车吧，二位上车吧！"

煤永老师和密密坐上三轮车，车子发动了。

"拾荒，你想带你老师去哪个景点？"贺伯的声音仿佛从他们脚下传来。

"去火宫殿吧。"

车子颠簸得厉害，小区的地面在起伏。煤永老师在心里感叹着。

三轮车出了小区，往南边的小路一直开过去。出了小区后天就渐渐亮了。

"孤儿团搞训练改变了环境，小区的居民没意见吗？"煤永老师问道。

"大家都很喜欢这种改变，因为满足了好奇心。煤老师，您也喜欢吗？"

"非常喜欢。火宫殿又是怎么回事呢？"

"那里是水蜜桃家园小区的记忆储藏室。"贺伯的声音又从他们脚下响起。

"贺伯同我们不在一个平面上。"密密微笑着说，"他的车只要一开起来，他就到下面去了，同乘客拉开距离。一开始我也很吃惊。"

"密密在这个地方真是长见识了啊！"煤永老师搂住他的肩膀。

他像矿叔一样，一直觉得这位学生就像自己的儿子，此刻这种感觉比什么时候都强烈。他看到了这位处变不惊的少年的未来。

火宫殿就是城市南边郊区的一栋四层楼的房子，属于附近的村子。贺伯将车子停在房子边上的枞树林里，他说他要在车上睡一觉。

密密居然掏出了这座楼房的钥匙去开门。煤永老师跟随他进了屋。

房子里面光线不是特别好，但也不算阴暗。煤永老师发现屋里摆满了文件柜，但一盏灯也没有。这一间大房占据了整个一楼。

"这房子里没有白天也没黑夜，总是这个样。"密密介绍说，"一楼是情书馆。您想读情书吗？老师，这些文件柜里头全部是水蜜桃家园小区的住户们写的情书。大家都愿意把自己的情书与人分享，这个信息一传出去，附近的皇村就派人到那边传话，说愿意提供情书保管室。您瞧，这么多的柜子，不算少吧？有的是恋人之间的书信；有的是儿子写给母亲的；有的是女儿写给父亲的；有的是男同事之间的爱；有的是女同学之间的爱；还有写给老师的；写给陌生人的；写给某个将军的；写给某个街道清扫工的；甚至写给自己的。这些信全是爱情信，我读过一些，一点都不荒谬，也不脱离现实。您听我这样说，是不是对水蜜桃家园小区的居民有了一点印象？"

"当然！我有了很奇异的印象。"煤永老师肯定地说。

密密高兴地用钥匙打开了一个铁柜子，从里面抽出一个大信封交给煤永老师。他用事先准备好的手电照亮信纸，使得煤永老师可以顺利阅读。

那封信是一名旧书店的伙计写给一位将军的。将军爱逛旧书店，尤其喜爱希腊神话和明朝绘画方面的书籍。去的次数一多就同书店的这位伙计混熟了。他们发现他俩之间有共同爱好。天长日久，就成了离不开的情人。通常是在旧书店的楼上的小房间（伙计的休息室）里，两人通宵达旦地聊天，还半夜里叫那些送外卖的为他们提供消夜。这种要命的激情常常使得年轻的伙计第二天没法工作，只好请假一天。

煤永老师边读边微笑，那些信写得一封比一封有激情。

"密密，为什么你从来没给我写过情书？"煤永老师半开玩笑地问。

"我想过，老师。不过我不愿意用这种方式，而且我还要过几年才开始写情书。我现在的准备还不充足。"密密看着老师的眼睛说道。

"我明白了，这些都是最好的文学。密密本是多情的少年，现在又生活在文学之乡。是你自己找到了你自己的幸福，而且你用行动教育了我。"

"老师您不要夸我了，我对自己也有不满意的时候。比如我常想：为什么我要睡八个小时呢？为什么我不能只睡六个小时？我觉得是我自己锻炼还不够刻苦所致。"

"不对，密密。你这个年纪能睡八个小时非常好。不要以为睡觉是浪费时间，这种观点是谬误。就像太阳升起与落下一样，我们的睡眠多么甜美！再说还有可爱的梦，还有梦里的情书，朦朦胧胧的那种，你不爱睡眠吗？"

"您说中了，我最爱睡眠——可是……"

"不要那个可是。爱它，全心全意地享受它，它是你最忠实的朋友。"

"老师，大概因为我离开您太久了，所以犯错误。您这样一说，我以前的记忆全复活了。看来我犯了急躁的毛病，哈哈。"

他俩一块读大学生给街道清洁女工的爱情信。那封信并不长，但是两人都为那里面奔放的激情所震撼。密密小声念出那些朴素的句子。

"密密，这位学生是不是你？"煤永老师问。

167

"当然不是。我但愿我是。他是大学生,我还太小,没有魅力。"

有一位中年女人从楼梯那里下来了,她目不斜视,一直走到屋外去了。

密密告诉煤永老师说她是梦游者。她原先也住在水蜜桃家园小区,她将自己的满满一抽屉情书放到这里来之后,便设法征得村委会的同意,搬到了这栋房子的四楼。她并不是真的在梦游,她其实是有知觉的。密密认为她是注意力过于集中,她要让自己停留在浓浓的诗情画意当中。

"老师,您不觉得她成了这里的一道风景吗?"

"嗯,我有这个感觉。这个景点真不错。"

"我们上二楼去吧,那里有激动人心的收藏呢。"

二楼靠墙放着很多柜子,柜子上全是抽屉。密密请煤永老师拉开一个抽屉。

抽屉里躺着五把衣刷,都很旧了,但干干净净。煤永老师拿起其中一把,放到鼻子跟前嗅了一嗅,马上闻到了鬃毛的香味。一股居家的气味随之扑面而来,煤永老师感到很陶醉。

"这里的东西都是传家宝,每一样都可以写一本传记故事。"密密小声说。

"这些衣刷真美,你们小区的人很有智慧。"

"如果我要编常识课文,在这里从来不缺素材。"密密自豪地提高了嗓门。接着他又压低了嗓门说:"我刚才是说给柜子里的这些物件听的。这里还有更好的,您瞧,粗瓷餐具和木制饭瓢。我听说那一家一直用这同一套,用了三十年。您瞧,这饭瓢摇摆起来了,它该有多么得意。"

煤永老师将饭瓢放到鼻子跟前嗅了嗅,又一次深深地陶醉于其中。

他俩又依次参观了台灯、眼镜盒、镇纸、金笔、小水壶,各种旧式闹钟、小型收音机和电唱机、手工擀面机,甚至蝴蝶和蜻蜓的标本等等。煤永老师激动地叹息着,用鼻子去闻那些传家宝。

将二楼的收藏基本上参观了一遍之后,密密还想带老师上三楼。可是中年女人回来了,她将进入三楼的门从里面楼梯那里锁上了。

"也许她认为我们还不够虔诚吧。"密密说,"她对于参观者总是怀着一些忧虑。但是如果我们下次再来,她就相信我们了。这里的人都知道她的个性。"

"我觉得她很美,正配守护这些宝物。"煤永老师由衷地说。

两人走出收藏室时,贺伯已经在门口等着了。密密凑在老师的耳边悄声说,贺伯暗恋刚才那位梦游的女士很久了。

师生俩又坐上三轮车。

车一开,两人就听见贺伯在脚下说话。

"您以为这些收藏物是怀旧的象征吗?那您就弄错了!那是……那是……凡是来参观过的人,回去之后立刻变得意气风发了。您不相信?鄙人就是他们当中的一位。我老想往这里跑……这里展示的,就是我们的生活范式啊。很久以前我们就是这样生活了,我们不动声色。"

煤永老师会意地点头,说:

"原来贺伯是一位诗人啊。"

"我们小区里有好多诗人!"密密兴奋地接着说。

风中传来金银花沁人心脾的香味,两个人都闻到了。密密感到无比的幸福,而煤永老师,不知不觉地将他搂得更紧了。煤永老师的心里有一根弦在颤动着,他无声地演奏着舒伯特的小夜曲,只想留住这仙境般的时光。

"那不是过去,那是未来啊!"贺伯又开始说了,"女看护人守护的,就是我们未来的生活,每一根木筷子都鼓足了劲,要成为射向未来的箭!"

"我们在往哪里去?"煤永老师问。

"我不知道,"密密眯缝着眼说,"贺伯知道。要不要问他?"

"不,不问。"

煤永老师闭上了眼,密密也闭上了眼,密密的一只手放在老师的手掌里。

"上次我回家,看见围墙边的那条水沟里的水还是那么清澈,是学校在照料小水沟吧?我们学校从来也不忽视这种事——我感到自豪。"密密说。

"水沟是学校的生命线嘛,还有花圃啦,树啊,鸟啊,都是生命线。"

车子停下了。两人从车内出来,站在太阳光里,便看见白发的老奶奶摇摇晃晃地朝他们走来。

"拾荒啊!"她深情地呼唤。

"奶奶好!"

贺伯告诉煤永老师说,杨奶奶是孤老,眼睛坏了,没法读书。拾荒在收废品时结识了她,从那时起,每个星期到她家两次给她念诗歌。听人说这祖孙俩甚至合写了几首诗。

三人随杨奶奶走进她那个小小的,收拾得很干净的家。

杨奶奶家有四个书柜,里头的书全是文学书,古代的、近代的、当代的诗歌和小说、散文。看来她是个文学迷。

"我有青光眼,已经快瞎了。前几年是我老伴给我念书,老伴过世后,我遇到了拾荒。老天有眼,我的晚年生活变得多么快乐!我从来没想过自己可以写诗,可是拾荒一来,我文思泉涌。你们想读我和拾荒合写的诗?不,拾荒不同意,我也不同意,因为我们还可以写得更好,我们天天在进步。"

杨奶奶紧紧地搂着密密,密密有点不好意思。

"他呀,有了不起的才能。现在我每天沉浸在诗歌里头,在心里默念。我本来已经是老废物了,都不想活了,拾荒一来全改变了。我现在还每天锻炼身体,因为我还要写得更多。"

贺伯说,杨奶奶和拾荒将来会一鸣惊人。密密听了这话就憨厚地笑。

"确实是这样。"杨奶奶说,"我们订了计划,拾荒是一团火,烧掉了我心里那些阴暗的东西。煤老师啊,您不知道我每天都在心里感激您呢。"

"杨奶奶,我还要感激你们呢。"煤永老师说,"是你们培养了他,我做得很少,很惭愧啊。"

"你们大概还不知道两个人合写一首诗的乐趣吧?那真是妙不可言!是拾荒发明这种创作方式的,其间的程序我说不太清楚,拾荒说他是从他那个居民小区的地下城里学来的办法。反正现在,拾荒让我起死回生了。你们设想一下吧,一个人,已经老了(我六十八岁了),在孤独中心里空空的,天天想着进坟墓的事,其他事都引不起兴趣了。忽然有一天来了一位少年,用一种魔法激活了她心里那些已经死去很久的东西，这种事不常有吧？可这是真的，就发生在我身上。我现在每天都把时间抓得很紧，我觉得我离进坟墓还早着呢。我不努力的话，怎么对得起拾荒和上天？拾荒就是上天派来拯救我的。"

杨奶奶说这些话时将她的脸转向光线，贺伯和煤永老师看见一张秀美的、青年妇女的脸。煤永老师的思维在快速运转，他考虑的是：如何在一般学生中普及天才学生谢密密的沟通才能？他认为应该存在着特殊的诱导方法。

"我已经开始学盲文了。如果拾荒离开了我，将来我就可以用盲文写诗，写散文。我的计划很大。"

有两位妇女站在门口探头探脑的。

"进来嘛！"杨奶奶招呼她们，"这里来的都是朋友。"

于是她们进来坐下了。其中一位年轻的开口说：

"我们先前读过杨奶奶和谢拾荒合写的一首诗，真是写得美极了。我们知道他俩还在继续创作，可杨奶奶不让我们读他们的新作了。贺伯啊，您劝劝杨奶奶吧。写了作品不就是给人读的吗？再说我俩都是诗歌爱好者，也想同他们学一手啊。近水楼台先得月嘛，相互促进嘛。"

杨奶奶笑起来，说：

"不会不给人读，当然要给人读！我们是不满意，想要写得更好才拿出来给大家读。请耐心等待吧。"

"可得让我俩先睹为快！一言为定。"年轻女人说。

"一言为定。你们不会等待太久。"

两位女人高兴地告辞了。

杨奶奶对煤永老师说，她要写的东西太多了，它们在她心中拥挤着，发出类似歌唱的声音。怎么能不写呢，住在这么美丽的地方，周围的邻居都是热心肠的诗歌爱好者……唉，以前她的眼没瞎时却看不到这些，是拾荒帮助她提高了觉悟。现在她可舍不得去死了，最好能活一百岁，到那时还能写。当然这是说笑话，即算活八十多岁，也还有一二十年可以写啊，这可是很长一段时间。如果她的水平不能再提高了，但她的作品帮助了别人，比如刚才那两位女士，这不也是非常美好的一件事吗？她没想到自己很快就有了这么多文友，这都是拾荒的功劳！

煤永老师称赞说，这个地方确实太有魅力了，他跟随他的学生来到杨奶奶家，就像来到了古人诗歌里描绘的景点——不，比古代的好多了，因为这里不仅有杰出的诗人，还有基数很大的、最好的读者，这些景象令他大开眼界，也令他振奋不已。他希望有一天，他能带他的学生来拜访杨奶奶，让他们来看看杨奶奶和拾荒取得的成绩。

杨奶奶听了煤永老师的话笑得合不拢嘴，她给了密密响亮的一吻。

离开杨奶奶的家，车子驶上另一条小路。

煤永老师闭上眼，他的思维变得很朦胧了。他感到浩瀚的天宇中有一些光体在飞旋，他伸手一摸，身边的少年不见了。

"密密！？"他吃惊地喊。

车内一片黑暗，只有他一人坐在那里。他镇定下来，静候。

"那种地方啊，想要不做点什么也难。"贺伯的声音在脚下响起来，"为什么呢，因为诱惑太大了嘛。你被推着前进，脚步渐渐硬朗起来。"

车停下来了，贺伯拉开了车门，搀扶煤永老师下车。外面很黑，影影绰绰的有些人影（也许是动物）在奔跑。煤永老师感到有冷风吹在脸上，居然吹得脸颊有点痛，现在并不是冬天啊。煤永老师被贺伯牵着手往前走，来到了一个有不少人的地方。

"这是一项大工程，需要齐心协力。"贺伯说，"每个人都必须聚精会神，才能做好自己负责的那一部分。"

"这是地下城？"煤永老师问道。

"对，就是地下城。"贺伯高兴地说，"老师真是通灵的人！"

煤永老师起先以为过一会儿，当他的眼睛适应了地下城的黑暗时，他就可以分辨出一些事物了。但是他同贺伯站在原地，站了差不多十分钟还是什么都看不见，只有一些稀薄的影子在晃动，而贺伯则不断地同熟人打招呼，交谈几句，有时又哈哈笑起来。

"这就是那位老师啊，怪不得我看着面熟呢。贺伯，请您问问他，如今他对古钱币的研究有没有兴趣？现在已经是春暖花开之际了。"一位男子说。

"嗯，我问问他。不过你不要抱希望。"贺伯说。

"我看出来了，他是我先前见过的魅力男子，他应该很苦恼吧。"一位年轻女子说。

"煤老师才不苦恼呢，苦恼的是你自己。"贺伯回她一句。

"煤老师，您坐下休息一会儿吧，他快来了。"

煤永老师顺着贺伯的手的引导往下一坐，果然就坐在了椅子上。那椅子不但不凉，还有点温热，像刚刚被太阳晒过一样。这是一张长条椅。他刚一坐下，另外一个人也挨着他右边坐下了。贺伯仍站在那里和人打招呼。

"煤老师，您终于来了啊，我一直在这里等。"右边的男子说。

那人的声音有点粗，似乎很熟，但煤永老师想不起来他是谁。

"您不用回忆了，我当然是您的熟人。我之所以等您，是为了同您讨论儿童教育的问题，现在您明白了吧，我和您是同行。我这几天打不定主意——让一位孩子培育一株玫瑰花呢，还是让他们去市场兜售风铃？我想听听您的意见。"

"这两项工作都很好。在我看来，这里的关键问题大概是表情。"

"表情？多么新颖的表达！告诉我吧，我爱听。"

"玫瑰、泥土、肥料、雨滴等都有各种各样的表情，市场里的顾客，也会有各种各样的表情，这些表情最能为孩子们所领悟。"煤永老师说着就兴奋起来。

"您说得真妙！您说到我的心坎上去了！为什么我就不能像孩子们那样感知事物呢？这是因为我已经忘记了，您提醒了我。谢谢您！"

煤永老师觉得对方在朝自己伸出手，于是就去握那只手，但他什么也没握到。他朝右边摸过去，发现已经没人坐在那里了。贺伯的声音从上方传来。

"这里的这些人全是这样，来无影，去无踪。他们说话直爽，性情古朴，外面的人有时会不习惯他们的做派。"他说道。

"可是我很习惯。他所说的，全是我考虑了很久的问题。"

"真的？那就好！那就好！"贺伯笑起来说，"今天他一早就在这里等候您。他说他看见一个人就问：'煤老师来了吗？''煤老师会不会来？'后来您来了，所以今天成了他的节日。"

"就连我自己也没料到我会对他说出那些话来。莫非我也在等着同他、这位不知道名字的朋友会面？贺伯您瞧，在这里我开始了我的奇思异想。"

煤永老师仍然十分兴奋，他思绪飞扬，他感到那些问题的答案变成了一些毛茸茸的、正在发出细细的磷光的东西在空中浮游，它们离他那么近，一伸手就可以抓到。

煤永老师坐不住了，他站起来朝那些人影走去。当他碰见一个影子时，那影子就闪开了，并吃惊地发出声音：

"您是谁？"

"我是煤永啊。"煤永老师近似于表白地说。

"煤永？不，不对。"

影子离开了他。

这样连续几次，煤永老师就有点沮丧了。但他不罢休，坚持这种一厢情愿的相遇。现在他面前出现了一个不同的影子，煤永老师看得出他是一位青年，因为他有实体，他一半是影，一半是实实在在的肢体，煤永老师甚至摸到了他的手。他蹲在那里，探头探脑的。当煤永老师同他接触时，他就说起话来。

"您可以像我一样坐在地上嘛，这地是热的，虽不是被太阳晒过，却也差不多吧。我的意思是这就等于被太阳晒过了。您坐下了？很好，很好。您摸一摸这泥地吧，很热，对吧？让他们去岩洞里迷路吧。"

"谁？"煤永老师激动地问。

"还有谁？您的学生们嘛。我总让我的学生去那些黑地方，他们到了那里就忍不住将他们的小脸贴着发热的泥地。您注意到我的手了吗？这只手……它正在沉入泥土。事情总是这样的。我爱您，煤老师。"

"我也、我也爱您。多么奇异！您能告诉我您的名字吗？"

"名字没有什么意义。我住在这附近的小区里，我早就听说过您了，其实您也是我的老师，您的实践无人能比。"

"过奖了，过奖了。我倒觉得您才是我的老师呢！您一开口说话，我心里的一个问题就接近了答案。哈，我的手也在沉入泥土！"

泥土变得柔软蓬松，当煤永老师的手按下去时，就感到了那股引力。他想起了他的学生们，也许他们早就发现了这个秘密？从前他是多么迟钝啊！他听见密密的声音从下面传来："老师……老师！"

煤永老师身旁的青年对他说：

"您的这位学生啊，已经下去很深了。原先我和他总在岩缝里会面，相互传递信息，你为我开路，我为你开路，两个人差不多变成了一个人。后来情况就成了这样，我坚守在地面，他深入到底下。但我们并不觉得彼此被隔开了。煤老师，您希望我叫他上来吗？"

"不，不，不要干扰他。"

煤永老师的内心有点慌乱，因为有很多往事涌上了心头。他站了起来。当他站起来时，身边的青年就消失了，眼前的那一片昏暗中仍有人影窜动。煤永老师对自己轻声说道："这么多年都隐藏着的答案，是我的学生帮我找到了。"

他抬起脚来走，他不知道自己在往哪个方向走，因为这里没有方位。他有点迷惑，可是这种感觉多么新颖啊！也许他快要同密密会合了，实际上他同他也从来没有分开过。他的密密是灯，也是火，他总在扩展他煤永的眼界。人的一生中能遇到这样一位学生是多么幸运啊。煤永老师就这样一边感叹一边行走，他今天经历的事情给他的震撼太大了，他冷静不下来。那些阴影跳动着，有几个影子同他擦身而过，闪出火星，它们全都带电，它们的能量好像传到了他身上，令他更激动了。

"瞧他现在多么胸有成竹了啊！"贺伯说。

贺伯从他身后赶上来了。

"可是我得将您送到家。您是我们的珍贵的客人，志同道合者。"

贺伯的车子停在地下通道里，那地方黑得伸手不见五指。他搀扶着煤永老师上车，煤永老师坐下了。

在路上，煤永老师看见天已经黑下来了。他吃着贺伯给他准备的便餐，心里有些纳闷：怎么好像才过去两三个小时，一天就过完了呢？他问贺伯，贺伯大声回答他说，这是因为这些景点都位于不同的时区，而且当他参观完了回到原地，原地的时间也改变了。贺伯又问他，对这种时间的变化有什么样的感觉，煤永老师说，感觉好极了，就像巨大的幸福降临到他身上的那种感觉。

贺伯将煤永老师送到学校门口。他说他还得赶回去接别的游客，因为夜里还有一些生意要做。他将三轮车开得飞快。

小蔓和云医从大门里走了出来。

"爹爹您去哪里了啊，我们可急坏了。"小蔓抱怨道。

"一言难尽，一言难尽……"

三人一道走回家去。

第八章　张丹织老师和黄梅同学

自从古平老师不再担任黄梅的数学老师之后，黄梅最为亲近的老师就是张丹织老师了。黄梅进入初中后开始发育了，个子也一下子蹿高，她现在比张丹织老师矮不了多少了。这个初中部是五里渠小学扩大后在原地新开办的，黄梅很喜欢这个环境，因为这里有张丹织老师，而且离她从前的偶像老师古平老师的家也很近，她偶尔还可以见到他。黄梅对自然科学的兴趣越来越大，她一直在自修数学和物理，即使休息日也常在寝室里解习题。与此同时，她还对文学发生了兴趣。这一点都不奇怪，因为她本是个极为敏感多思的小姑娘，天生容易同文学结缘，所以一得到张丹织老师的引导，立刻就在文学领域里上路了。最近她在读一本书名叫《云》的小说，是从张丹织老师那里借来的，她一有空就去同张丹织老师讨论这本书。她觉得文学给她带来的东西就同恋爱是一类的，她决心一辈子都要读文学。

张丹织在事业上一帆风顺，她不断创新，几乎每次实践都有成果。她的事迹还传到了教育界，所以常有人来学校到现场观摩她的教学。她已经从小蔓那里得知了煤永老师离婚的消息。开始时她很激动，但过了一段时间，她的情绪就变得很灰了。她觉得很可能煤永老师不爱她，她是在单相思。如果他有点爱她的话,为什么一点都不愿将他的心思透露给她?这很容易啊,因为有小蔓在他们之间传递信息。她失望地看到,小蔓一点都没有那方面的信息。这一次,她可能成了真正的失败者,这也许是由于她对煤永老师的误判,也许是由于她性格有缺陷所致。这个打击太大了,她曾一连两个晚上失眠。不过她到第三天就振作起来了,毕竟她有她最爱的工作,她的情欲有发挥之地,她的未来也展现出宽广的前景。最令她沉醉的是孩子们对她的依恋和爱,就为了这个,她也不能令他们失望。在目前阶段,她的爱情已经被她镇压下去了。工作如此繁忙,如此令她感兴趣,每天都吸引着她往前奔,还有让她兴奋不已的荣誉……她将自己的日程安排弄得非常紧凑,她像一台状态良好的机器一样运转。然而终归有那种时候,她蓦然回首,伤感便如同潮水一样淹没了她。可是张丹织毕竟是张丹织,她擦干泪水,以更大的专注和劲头投入日常活动,她可不愿自怨自艾,被生活击倒。一切都是她自己选择的,她应经得起失败的打击。

沙门来过电话,沙门的看法同她完全不同。沙门说,从煤永老师与农的关系来看,可以看出他是那种凡事喜欢深思熟虑,看得很远的人。在目前的情况下,如果张丹织不去主动追求他,解除他心中的某些疑虑,他必定会将自己对她的好感压下去,在自欺中生活。为什么丹织不主动追求自己所爱的人呢?要知道他经历了爱情的失败,目前他有心理障碍啊。丹织如此爱煤永老师,现在又已经不存在障碍,她应光明磊落地去爱,不应让心中的爱情之花枯萎。

虽然沙门说了这一大通,张丹织却并没有被她说服。张丹织一次又一次地回忆她同煤永老师的那些接触,努力地想记起他的表情,他说出来的几句话,然而得出的结论令她沮丧。她感到煤永老师的确是很深奥的人,深奥得她张丹织无法企及。可是这样一个人会对她怀有持久的兴趣吗?张丹织自己并不深奥,她认为农比她还要复杂一些。考虑到这些差异,也考虑到煤永老师目前的态度,张丹织灰心了。

星期天,黄梅同学来到张丹织的宿舍里,她俩要讨论《云》这本新出版的小说。

"老师，看了这本书之后我有点明白了，如果一个人的激情始终完全得不到对方的回应，那就不是真正的爱，而是一种误判，对吗？当然还有一种可能，就是时候还没到，对方还没有觉悟。不过我不属于那种情况。我所爱的老师有爱人，他全心全意爱他的妻子。我是将他当作一种理想来爱的，这里面有很多崇拜的成分，真正的爱情应该不是这样的……不过我喜欢我目前的这种感觉。它让我振奋，总有那种焕然一新的欣喜。"

"黄梅，你的小脑袋里能装下这么多思想，真令我惊讶。我得好好向你学习。说到书中的这位主角，虽然她的沟通的努力没有得到她想要的回报，可是我们作为读者那么喜爱她，这应该就是回报——她在不断使自己变得更美。真想结识这本书的作者啊，好的小说总让你产生这种愿望……"

"我阅读时就感到我在同她沟通，如果她在这里，我就会回报她。这位主角激起了我这种渴望。书中的角色也使得我在想象作者的模样，这种渴望同我私下里对那位老师的渴望类似，但又不同。如果我要形容这种想象，那就是裹着光的云。这书名多好，能读这样的书真幸福。"

黄梅说话时小脸变红了，她神采奕奕。张丹织欣赏地看着她，她似乎看到了十年后的她。这一瞬间，张丹织感到自己变得有点像煤永老师了。也许是因为不能理解他，就下意识地去扮演他？

"的确是很好的书名，我也爱这书名。我有时又想，如果一个人对于另一个人有持久的吸引力，那很可能就是他们双方有什么共同之处，就像这本书中描写的那样。读者感觉到了，而角色们自己恰恰感觉不到，因为有障碍挡在他们之间，这障碍使得两方中的一方老处在盲目之中，甚至扼杀了他的感情，于是结果变成了这样:虽然书中的爱情失败了，作者的目的却达到了。"张丹织的语气变得很动情。

"我也在思考作者的目的。每一本书的作者都应该有目的吗？"黄梅问道。

"我想应该这样。没有目的的作者不会是好作者。所有的一流文学的作者都不是随波逐流的人，他们都坚守着同一样东西。"

"老师，您在恋爱吗？"黄梅看着张丹织严肃地问道。

"我不知道。也许你猜对了。我正在埋葬一段不成功的追求过程。我有时竭力将追求者看作小说中的人物，我想分析这个人物，不过我的功力太差了。"张丹织笑起来。

"埋葬？真不堪设想啊。也许老师有时也会犯错误？我觉得对方不可能不爱老师，这里面一定有误判。"

"我们不要讨论我的事了，我的事很无趣，还是文学最有趣。那么黄梅同学你认为这两位恋人之间的问题在哪里？"

"在于不同步。"黄梅很快地回答说，"他俩在气质上和表达方式上差异太大。由于磨合还不够多，就会有种种误会产生。所以我想，这两人的关系值得衡量，要看共同点和异质方面哪一方占上风。还有，机遇也很重要，您不是告诉过我，说人是会改变的吗？"

"你真的变成一个小大人了！看来爱情的挫折真能锻炼人。"

"可是此刻我最爱的是您，因为只有您认真同我讨论我的情感问题。"

有人在外面敲门，张丹织去开门。居然是小蔓。

"黄梅同学，你的歌唱得真好！"小蔓说，"你打算在声乐方面深造吗？"

"我对自然科学的兴趣更大。"黄梅说。

"那太好了。你是个有长远目标的姑娘。丹织，对不起我打断你们几分钟。我是来告诉你关于我爹爹的情况的。我很焦急，他不要命地工作，连休息的时间也缩短了。我知道农的离去对他有打击，可是他的反应好像有点过度。"

小蔓后面几句话是将丹织拉到另一间房小声说出来的。

"前几天，他早上四点就起来了，后来也不知他去了哪里，天黑好久都没回来，把我和云医急坏了。唉，他是我爹爹，我从来没有劝过他任何事，你看现在我要不要劝他？"

"煤永老师还用劝吗？"张丹织笑起来，"我想这大概是暂时现象，你可以旁敲侧击提醒他一下，说说你的焦虑。"

"丹织，你真是个神！我一听你说话，我心里的那块石头就落了地。你说得对，我不应该对爹爹失去信心。我还是太不成熟了。另外，丹织，我还是忍不住要对你说，你太应该恋爱了，你稍微扩大一下社交的圈子吧。可惜我不是同性恋，要不我早爱上你了。"

小蔓一边说一边往外走。

张丹织若有所思地回到黄梅身边。小蔓的话证实了她的判断，她的事大概一点希望都没有了。袭来的绝望感甚至让她打了个冷噤。她不是决定不再理会这件事了吗？为什么还要绝望呢？

"老师，我觉得，您就是那朵云，所以同学们会这么爱您。刚才我想，可能是因为您追求过一朵云，自己就变成发光的云了？"

"黄梅，你真可爱。我从前追求的云不肯为我发光，是那种变幻莫测的。"

"如果仅仅是这样，我认为您不应该放弃。"

"瞧，又开始说我的事了。黄梅，你老是让我惊讶，我的思维远远比不上你。那么这本书给了你什么样的启示呢？"

"这本书是振奋人心的。它让人心里发光。我喜欢在中途停下来，心里想着爱一个人是多么美。有些情节我读了又读，把自己设想成里面的角色，那种感觉真好。我要走了，老师。我要在心里祝愿您在爱情上走运，我今晚睡觉之前要祝愿三遍。您一定会走运的，我坚信这一点。"

黄梅离开后天就完全黑下来了。张丹织没开灯，她坐在黑地里，心里平静不下来。要是在以前，她听了小蔓带来的意外的消息也许会大哭一场，虽然那是倾向性不明的消息。可是现在她哭不出来了，她只是惆怅，这是不是因为她在变老？她不再到树林边去玩那种提灯的游戏了，现在她觉得那种游戏有点幼稚。小蔓劝她扩大社交圈子，她并不打算考虑。她认为要找到让她自己满意的伴侣太难了，问题很可能出在她自己身上。所以这种事还是随遇而安吧。她又想起了黄梅同学关于云的那些话，这个姑娘多么美，难道不应当为这样的学生振作起来吗？于是她断然打开电灯，坐在了书桌边上。她的脑海里立刻拥挤着那些学生们的脸庞。于是她对自己说，即使煤永老师不爱她，她也要感激他，因为她张丹织由于这种激情而始终走在正路上，两年里头从未陷入过消沉……

张丹织组织的两个少年足球队——男队和女队，都在城市运动会上得了名次。她发现她的这些学生们都是全力以赴地投入，对比赛津津乐道。不过他们都不怎么关心名次，只关心彼此间的配合是否默契、到位。张丹织在心里暗暗为他们叫好。

黄梅是女队的队员，优秀的后卫，为比赛立下了大功。她汗流浃背地从球场上下来，一头扑进了张丹织的怀里。张丹织闻着少女头发里散发出来的香甜的汗味，一时竟有点神情恍惚。后面的女孩子们赶上来了，张丹织老师轮流拥抱她们。那些男队员则隔得远远地用眼睛向他们的老师示爱。

事后张丹织问黄梅：

"比赛是什么样的感觉？"

黄梅翻了翻眼，似乎有点踌躇，但还是说了出来：

"有点像我的早恋。那种热烈单纯的氛围。您知道，女孩子们在一块并不单纯，可是球队就不同了，每一个人都爱另外的人，爱得那么自然。比如说，她们的伤痛就像我的伤痛，我愿意为她们去受苦，去挣扎。"

"早恋真好。"张丹织笑着向她挤了挤眼。

"也许吧。我觉得我比她们每个人都要更成熟。"

她俩约定了休息日去登云雾山，回顾一下旧日的美好时光。

她们一早就来到云雾山下。在那条小路上，她们遇见了下山来的迟叔。

"迟叔收获大吗？"张丹织问。

"收获很小，都放在棚子里等朋友去拿。本想打那只野猪，想了想还是放过了它。都不容易啊。这位小朋友看着眼熟，是朱闪的好朋友吧？"

"叔叔好！我同朱闪原来住同一间寝室呢！"

告别了迟叔后，张丹织感叹地对黄梅说：

"迟叔是一位真正的猎人。猎人都是境界最高的，他们耳听八方……如果我有迟叔这样的境界，我就会什么烦恼都没有了。可是我还没修炼到那个分上，我往往只看见眼前的一些事。"

"可是烦恼也是有用的。早恋带给我很多烦恼，我不是因此受益了吗？"

"哈，你真是个小哲学家。那么你判断一下，我将来会不会修炼成一个很冷静的人？"张丹织发问时停下了脚步。

"我看不会。没必要嘛。我们这么爱您，您干吗要变成另外一个人啊。"

师生俩就这样说着话，走走停停地向山顶攀登。

黄梅在心里说："我愿意为张老师受任何苦。"

张丹织在心里说："这位小姑娘非同一般，比我强多了。"

终于到山顶了。她们发现山顶有一些变化，一个小木屋出现在一株巨大的古枫树下面。木屋的门前挂了一块牌子，上面写着"茶室"两个字。一位白发老爷爷坐在里面。

"妙极了！"黄梅欢呼道。

茶室里很阴凉，满房间暗香流动，香味来自花瓶里的野花。

"爷爷好！爷爷贵姓？"张丹织一边坐下一边问。

"我姓枫，枫树的枫。二位要西湖龙井还是安化黑茶？"

"西湖龙井吧。黄梅你要什么？"

"我也喝西湖龙井吧。老师，我们今天像神仙一样！谁会料到山顶有茶室？我都快醉了。"

枫爷爷到后面房里烧茶去了。

师生俩的眼睛适应了房里的黑暗后便看见了小白鼠，它们数目很多，看来是枫爷爷饲养的。右边那面墙上挂着十几幅肖像，是同一个女孩，大约八九岁，眼神很生动。

"真香！泡茶的水肯定是山泉。"黄梅说。

枫爷爷将泡好的茶放在托盘里端出来。

"枫爷爷生意一定不错吧？"张丹织问。

"还不错。你们来之前已经来过一拨人了，他们来看日出。云雾山的风景还是很有名的。自从去年开了这个茶室，来的人渐渐多起来。别人都劝我不要做这种累人的营生,可我喜欢。趁着现在手脚还灵便。你们学校的老师和学生们也给我帮了不少忙。"

"我们学校?您知道我们是从学校来的?"张丹织很吃惊。

"当然啦。古平老师和煤永老师都帮过我,他们说我的茶室是云雾山的地标。"他转向黄梅说:"那些照片都是我孙女,她去世了。"

张丹织沉默了。她喝着茶,心里涌出异样的感动。又是煤永老师,无论她走到哪里,他总出现在周围。现在他又同这眼前的美好事物联系起来了。

黄梅的鼻孔张得大大的,她很想从屋里的空气中嗅出一点什么。

"地标?这形容得真好!"她大声说,"枫爷爷,那两位老师是我们学生的偶像,是世界上最好的人。"

"最重要的是,他们懂得云雾山。懂得云雾山的人可不是一般的人。"

走出茶室,张丹织和黄梅就听到一个女童在唱歌。那是枫爷爷的录放机里传出的歌声。两人站在原地听了好一会。

"老师,您懂云雾山吗?"

"大概不懂吧。我在努力学习。"

"我也不懂。我在想,如果完全弄懂了,那会是一种什么样的情景呢?那一定是非常神奇的吧。刚才在茶室里,有几只小白鼠在桌子下面跳舞!当时您在同枫爷爷说话,我简直看呆了。我以后还要来这里,我太想弄懂这些事了。唉,唉……"

"黄梅,你干吗叹气?"

"因为我弄不懂啊,真急人啊。这有点像迷魂阵,是不是?"

"对不起,黄梅,刚才我还以为这是成年人关心的事,你不会深入地去思考呢。我大错特错了。这种事是不分年龄的。刚才有一刻,我感动得话都说不出来了。"

"我也是!我觉得刚才我们同枫爷爷就像一场奇遇。我都不敢相信我的耳朵了。世上的事怎么会这么凑巧?五里渠小学——云雾山——两位我最敬佩的老师——枫爷爷和孙女,小白鼠——您和我……唉,唉。"

黄梅扑到地上去了，她说她要听一听那些枯叶下面有什么声音没有。

张丹织也俯在一棵松树的树干上听。

她俩都没听到异样的声音。张丹织说，这是因为她的功力还欠缺，黄梅则认为她们得时常来倾听，才会有收获。黄梅还认为，古平老师的学校从山里撤走是对的，也许那个时候他们还没有真正懂得山，现在他们是真懂了。刚才她第一眼看到茶室，就感到小木屋属于云雾山。后来进去饮茶，又观察了小白鼠的舞姿，听了枫爷爷的介绍，她感到自己进入了一个全新的世界。她以后一定要弄懂这些事。

"黄梅，你比我的希望大。"

"不，张老师，我感到您是懂得这类事的，但您总是那么谦虚，您比我看得远，您又镇定又机敏。"

她们在山脚下那条大路上遇见了久违了的谢密密，三个人都很激动。张丹织发现谢密密已经长成一位小男子汉了，不但五官漂亮，身体也显得很结实。谢密密来这附近看望了一位朋友，他得马上赶回去。他上了公交车，从窗户那里伸出头来大声对张丹织说：

"煤老师最近同我见面了，我们谈起了您！"

张丹织想，谢密密是早熟的孩子，诡计多端，不能完全相信他刚才的话。

黄梅看着开走的汽车，心里若有所思。

两人并肩走了一会儿，黄梅忽然说：

"张老师，莫非谢密密想拉拢您和煤老师？"

"那么黄梅，你怎么看这事？"张丹织笑着问她。

"好事情呀，嘿，我怎么就没想到这上面去？让我想一想——您和煤老师，我的天，太合适了！"

"可这件事并没发生，是虚构。"

"我们可以让它发生，为什么不？"

"不，不要。谢谢你，黄梅。"

"对不起，张——让我叫您丹织姐吧，对不起，丹织姐，我的想象力走得太快了。我多么希望您恋爱成功啊,就像那是我自己的事一样。"

"你的想法使我感到幸福。"

张丹织搂住黄梅,像搂着自己的小妹妹一样。

她俩坐上公交车,回到了学校。

那天夜里,黄梅梦见了古平老师,张丹织梦见了煤永老师。两人都实实在在地在梦中体验到了兴奋和幸福。

古平老师:黄梅同学,你在自学高等数学吗?

黄梅:古老师您好!您猜得对。

古平老师:坚持下去吧。你有天分。社会上认为女性不适合搞数学,这是愚蠢的偏见。你沉静灵活,毅力超群,这是少有的素质。

黄梅:古老师的夸奖让我快要晕过去了。

以上是黄梅的梦。

煤永老师:丹织,你怎么不来我家了?你可以和小蔓一起来嘛。

丹织:您还惦记着我啊。可我总觉得去您家里不太好。

煤永老师:你以前都敢来,现在反而不太好了?

丹织:我已经知道了您的态度,怎么还好意思去?

煤永老师:我的态度?我对什么事的态度?

丹织:就是您对我和您的事的态度嘛。

煤永老师:可我,我并没有表态……(隐去)

以上是丹织的梦。

有一天夜里,惦记着丹织的沙门又给她来电话了。

"丹织,我建议你来读书会。洪鸣老师和农结婚之后已经不来这里了,他们实在抽不出时间。如果你同意来,我们可以设法将煤永老师也请来。你们哪怕一个月来一次也行,不会浪费时间的。丹织,我想念你。还有云伯,他很想结识煤永老师……丹织,你就答应吧。"

"我也想念你,沙门。但学校的事确实压头。忙完这一阵我一定去看你。可是我不想见煤永老师,不为什么,只是觉得已经没必要了。你不知道我多么爱你,你就像我的亲姐姐,而且我觉得你是伟大的女性,我每天都为你感到自豪。"

她俩就这样一来一往地在电话里说话。最后的结果是,张丹织决定下个月去看望沙门,但不接受她的邀请,也不愿再同煤永老师见面。

张丹织希望这件事尽快地过去。她仍然尊敬,甚至有点崇拜煤永老师,可是她不打算再去追求他了。在这件事情上,张丹织看到了自己的能力的限度。她想,这世界上有些事就是她没法理解的,因为她不是特别复杂的人。她在这种伤感的夜晚甚至想起了连小火,她为他如今的幸福生活感到欣慰。前些日子他来电话问她过得怎么样,她说她现在的生活中有幸福也有失落,总的来说她的情绪比较好,因为她的生活有目标。而且她认为自己已经克服了性情有点脆弱的毛病。连小火说听了她的话就放心了,还说希望她早日找到如意郎君。末了他告诉她说茶园的经营扩大了,煤永老师还帮他介绍了一些新的客源呢。张丹织想到这里便轻声嘟哝了一句:"就像我周围有一张网一样。不过我不会在乎了。"

她有做不完的工作,她没时间老是伤感。尽管在爱情上遇到了挫折,张丹织总的来说对自己这两年的生活还是很满意的,可以说这是她一生中对自己最满意的时候。令她兴奋的是校长也对她特别满意,谈起她的工作就竖大拇指。现在校长在她面前完全成了一位慈祥的长辈了。张丹织听说他找到了他的另一半,一到休假时就不见踪影了。张丹织相信那是一位杰出的女性。

"丹织啊,"他语重心长地对她说,"不要怕挫折,挫折越多你会越坚强,你天生就具有皇后的风范,我这双老眼不会看错。"

"谢谢校长对我的关心。我倒是希望有很多挫折找上我,可惜太少了,所以我的锻炼机会不够多。"张丹织说。

"高,实在高!看来我没法给你劝告了。"

张丹织其实在心里领会了校长对她的一片情意。她感到温暖,她爱校长。她被温暖的人群包围着,这些人还特别细腻。前些天她回家时,爹爹告诉她说古平老师刚来过,来同他学吹笛子。他向爹爹通报说丹织已经找到如意郎君了。爹爹问他那人是谁，他说他现在还不能公开，但他相信他的判断不会错，丹织的婚姻问题一定会圆满解决。他让爹爹等着听好消息。

"有这事吗，丹丹？"爹爹问。

"哪里有？古平老师特别爱开玩笑。不过我喜欢他。"

"我一点都不为我女儿的婚姻着急。"爹爹大声宣布。

"您是世界上最好的爹爹。"

在学校里，她尽量避免同煤永老师碰面。她的眼力特别好，如果远远地看见了他的身影，她就想方设法躲开。有一回学校开全校职工表彰大会，她躲在一个角落里，会开到半途她就溜掉了。事后校长来给她送奖金，站在她窗户下高呼她的名字。

"为什么你要躲着大家呢？这是你该得的荣誉嘛。你不知道我们大伙有多么爱你，尤其是我。"校长说。

"我当然知道的。我也非常爱您，我总想让您为我感到自豪。"

"丹织啊，有你这句话老汉我就心满意足了。"

他俩都感到他们之间的关系从未像现在这样和谐，是一桩伟大的事业让他们之间实现了沟通。

她想，煤永老师对于她来说将永远是一个谜，她的判断能力达不到能解开这个谜的程度。既然达不到，就不应该去管它了。让一切顺其自然吧，她和他是银河中的两颗孤星，没法打交道。最近城里面有两所学校想将她从五里渠学校挖走，她都没有答应。她觉得自己已离不开校长，同事，和这些可爱的学生了。即使这里有煤永老师这样一个别扭的存在，她也觉得已经离不开这种别扭了。人心是多么奇怪的东西啊。

第九章　最后的冲刺

文老师的哲学研究成了她和云伯还有沙门之间的秘密。他们还没有将这件事在读书会里公开，主要是为了让文老师有一个安静的研究环境。

为了这项研究，文老师订了个长远计划。现在她每天都在起劲地锻炼。她同一位资深气功师学会了气功。除了气功，她还做健美操。现在她的高血压病已经好了，早就不吃药了。为了抓紧每一天的时间，她去读书会的次数也大大减少了，她实在是顾不上了。除了去菜场买菜，打扫自己的卧室和饭厅，她将其他的家务一律拜托给她的儿子和媳妇。幸亏家人都很支持她。她规定自己每天至少要搞三个小时的研究。她设想了一下，如果别人研究这个项目要用五年的话，她这个老年人用十年时间也应该可以达到同等的成果吧。她的记忆力并没有退化（这一点连她自己都惊讶），她的哲学体验和实践经验都优于年轻人，而且她觉得自己的灵活性也很好。

她之所以全力以赴地投入这项工作，最主要的原因是它给她带来了前所未有的幸福感。入睡前，她总是流连忘返于无限广阔的宇宙间，有时口中还念念有词。在某个遥远的星球上，她晚年的恋人云伯在给她提示一些关键词；在星云中飘荡的密友沙门则在唱歌，那歌词十分深奥。

有时她感觉自己进展很慢,不免有点着急。但只要静下心来分析一番,她便看到自己已有了惊人的进步。她正在上路,毫无疑问。她的历程虽然是昏暗中的历程,但充满了温暖,一点都不令她恐惧。这是因为她不是一个人在探索,亲人、密友、恋人都在她的周围,而大自然母亲始终拥抱着她。"温暖的历程。"她说。

现在文老师一点都不怕死了。她想,她的状态这么好,她还会要活好多年,直到将这项研究大致完成。她渐渐感到这并不是很难做到的事。由于见不了面,也没有时间老是打电话,她就在想象中同云伯对话。

文老师:云老师,我真想念您啊。

云伯:我更想念您。您此刻在做什么?

文老师:我正在攻入宇宙的核心,将她的结构图画出来。

云伯:干得好!我们要不要现在庆祝一下?

文老师:再等一段时间吧,我现在还没有十足的把握。

云伯:好。文老师,我要耐心地等待。

文老师:云老师,您还记得有一夜,我同您坐在街心公园里发生的事吧?

云伯:我当然记得,当时我俩同时听到了两声怪叫。那是既非人亦非兽的叫声,很可能是我俩的幻觉……

文老师微笑着陷入回忆,思维的黑暗的底层有一张门忽然洞开了。那是意想不到的进展,她怀着惊喜在书桌旁坐下……

有一天半夜,文老师醒来了,她站起来,走到窗前打开窗户,看见远处的小山,它们在银色的月光下像奔跑的兽。城市已经入睡了,亮着星星点点的灯光。文老师想,这些山,这些建筑,这条河已经通过时间隧道进入了五十年后的未来,它们那毛茸茸的轮廓有种永恒的意味。它们就是她自己,也许她离死亡还很远,就像冥冥之中有种安排,或者是觉醒的她给自己安排了一个长寿的生命。多么好啊,她都不愿意睡觉了,可是为了更好的明天,为了可以精力充沛地工作,她还得进入睡眠。于是她回到了床上,命令自己向那阴影地带下沉。

沙门每个月至少来探望她一次,给她送来美味而又营养价值丰富的食品。近两年沙门也在钻研哲学,她下决心要理解文老师的研究。

"文老师,我虽然不是像您一样的天才,可我觉得,不让您过于寂寞是我的义务。再说我对您的研究也有很大的兴趣,是您的哲学启发了我,让我知道了我自己也是这个时代的妇女中坚。"沙门动情地说。

"啊,沙门!你对我的启发更大。没有读书会,哪会有今天的我?你才是真正的先知先觉嘛,当然还有云伯。我一直说你和云伯绝不是偶然碰到一起来的。"

"您是最早加入读书会的成员,可见您也不是偶然闯进来的。世界多么美妙又多么奇特!就像您的花,完全对称,一环扣一环。有时我坐在房里回想这些年来我们走过的路,心里会充满了惊讶!我更感到惊讶的是,您将种种的事件总结成了规律!文老师,我不能耽误您的时间,我要走了。"

沙门走后,文老师又沉浸在她的哲学中。她清晰地看到她自己正在给人们提供一个充满生命力和爱意的自然界,当然她(自然)有时也会变得酷烈,那酷烈却是为了美,为了创造。她拥抱每一位儿女,也逼迫他们追求自由。

文老师虽然人没去读书会,但她的心总是挂在那里。她坐在书房里,读书会里的情景便会进入她的脑海:云伯、沙门、小秦、小鱼、许校长等人轮流走向她,来同她对话。那些对话就如同活的气流在房间里穿梭,所以文老师一点都不寂寞。这些书友,他们既是花的土壤,他们也是花。她文老师自己,也是他们当中的一员。她在写作中总是仔细地回忆这些书友们是如何催生了她的哲学思想的。从一开始她就感到了,她的哲学思想属于每一位平民百姓,既属于云老师,也属于卖煎饼的牧姐和做护士的韵妹。一想到这件美好的事文老师就忍不住微笑。

"妈妈,看样子您已经闯过了决定性的难关了。"儿子蜂高兴地说。

"也许吧。好像这件事在我的能力范围之内。"

"没有妈妈做不到的事。我认为妈妈是伟大的务实者。"

蜂的评价令文老师很自豪。多年前她是一名中学英语老师,有时还得兼生理课。常年的教学实践和与学生打交道为她现在的研究工作积累了深厚的经验基础。她认为在关于人，关于人与自然的关系方面她有着独一无二的体验，这些体验深埋在她的心底，如今正源源不断地给她的研究提供着创造性的活力。每当她反思云伯对她的评价，分析自己相对于前人探讨哲学的优势何在时，得出的结论都是在于她对于人与人之间的关系，对于生活常识的深层次的思考体验。她认为那些前辈哲学家在这些方面做得太不够了，也许是时代的局限所致吧。几年下来，她惊喜地看到初入门的自己在如何突飞猛进，而且自己的另辟蹊径又是多么的顺理成章！文老师陶醉在自己的探索中，在她的眼前，一个接一个的谜既展开它们自己，又在昏暗中拉着她进一步地深入。一切都顺利得让她大为吃惊。难道如此巨大的宇宙之谜竟是为她准备的？这不是太荒谬了吗？可是云伯和沙门都对她说，一点都不荒谬。思想界风云莫测，如今重任刚好就落在了她的肩上，谁也替代不了她。云伯笑着说：

"从前您为我一个人写，现在您为全世界的人写。"

文老师的务实精神是从青年时代起自我训练出来的。那时她多么热爱她的工作啊，差不多到了废寝忘食的地步。她从不忍心批评学生，那些学生的家长也很爱戴这位老师。她与学生们和家长们的沟通的技巧独具一格，给每个人都留下了深刻的印象。她似乎天生有种传达爱的特殊能力，每个学生都为她的魅力所倾倒。那时她就悟出了她的工作一半是教授知识，一半是于潜移默化中引导学生们对沟通发生兴趣。多年后的今天，她发现早先的经验并未被遗忘，而是静静地待在记忆的深处，等待用武之地的到来。

在读书会里，云伯特别爱听她讲述生活中的小事。

"您的角度太特别了，我爱听。"他说。

"我一直就是这样看的。有时也会有人觉得我怪异。"她有点困惑。

"这不是怪异，这才是正常。人们习惯了的老套反而是怪异。比如我自己就常常是怪异。可是文老师，您是完全不同的，您是自然的女儿。我要谢谢您让我恢复了久违了的正常感知方式。"云伯说。

她还记得云伯说这话的时候眼里闪出的光。那就像天堂里的对话，那些话一直激励着她近年的探索。云伯是第一个看出她的哲学才能的人，如果没有他，她也许永远都不会正式动笔写下自己的论著。这件事有点匪夷所思的味道，但事情就这样开了头，并持续至今。可见一种理想并不是平白无故地诞生的，她需要时代的孕育，她总是于朦胧中给予那些优秀的大脑以启示。当文老师想到这里时，她就会产生生理反应，她感到了自己同云伯合为一体的快感。

还有沙门，这既像女儿又像情人的女子，她俩之间的爱对于文老师来说是无价之宝。沙门也兴致高昂地参与了她的探索，不断地用提问来促使文老师产生更多的奇思异想。在文老师的印象中，她还从未见过沙门有消沉的时候，而她自己也是一见到沙门就振奋，她当面称沙门为自己的"灵感的源泉"。

自从开始哲学研究后，文老师就感到自己已经将自己"囚禁"在书房里了。她生怕自己有半点闪失，从而导致计划完成不了。这是多么幸福的囚禁啊！她像一台性能良好的机器一样运转着，显示出后劲十足。在停下来休息时，她也常会自问："为什么是我？"然而每次她都会自己回答自己："当然是我。"而按沙门的解释则是："读书会是世界的中心，您是这个中心里的母亲，怎么能不是您？"沙门能理解一切，沙门正在催生她的哲学思想。她是高度专业化的，同文老师一样，她的才能也是来自她的日常实践经验，这种经验只要稍加训练，就是最高级的哲学思想。文老师仿佛看见一些妇女正在大踏步地朝着这同一个领域迈进。

在公馆的书房里，云伯也在紧张地工作。他做的是和文老师同一个方向的研究，他主要做一些外围的工作，所以总要跑图书馆。对于文老师正在写的这本著作，云伯就像是自己在写一样的兴奋。多年以来他所渴望的正是这样一种突破，现在眼看亲密的女友文老师冲锋在前，他心里说不出有多么自豪。由于两人都被巨大的工作量所淹没，现在他和文老师已经不常见面了，尽管不常见面，相互间却通过文字的交换微妙地传达着渴望，这种方法更加加深了彼此间的理解与感知。每隔一两个月，他俩都迫不及待地将自己沉浸在对方写下的文字中。那些枯燥的论文对他们来说却是活生生的生命，既是搏击也是深深的爱恋。他们俩从前做梦也不会想到如今会以这种方式来传达情感，然而这却是真实发生的事。云伯不断地为文老师的才能所震撼，所陶醉，他所做的，就是为她的探索提供工具、线索和参考的资料。云伯不仅乐意做这份工作，而且他认为这项工作对他来说也是生死攸关的，因为他早就把文老师的探索看作了自己的探索。他是文老师的绿叶，他和她同属一株植物。

"叔叔，文老师的境界是不是在珠穆朗玛峰的峰顶？"丘一问他。

"对，就是那里。可它也在丘一的日常生活中。一开始它是由文学的动力来支撑的，文学不就是你的生活吗？"

"太好了。我一百个赞成这样的哲学。您的意思是不是说我每天都在用实践证实你们的理论？比如我做的按摩工作，同它有联系吗？"

"你正好是在证实文老师的理论。按摩工作的感知世界的方法就是文老师的理论的基础。丘一，你瞧我们的生活多么美。"

"有一天您让我给文老师去送材料，我走进她的书房，当时窗户开着，我向外一看，看见了奇迹。那就像整个宇宙显现了一样。我站在那里发呆，我听见文老师在我耳边说：'丘一，你看见了吧？'我使劲点头。但是她并不在书房里，她是过了一会儿才进来的。我不知道发生了什么。"

"你当然知道了，丘一啊，你已经什么都知道了。文老师的哲学一点都不神秘，她正是为你这样的平民百姓写作的啊。"

由于丘一猜到了云伯他们三个人从事的研究工作，所以丘一现在也介入了他们的秘密。云伯想，这项研究同读书会的宗旨太一致了，就像水到渠成似的。他相信读书会里任何一位成员的实践都同文老师的理论是紧密相连的。冥冥之中逐渐成形的自然事物是多么的对称优美！思考着这种有趣的事，云伯有时会产生一种永生的感知。他知道自己的时间已经不多了，但他决不让死亡的念头来干扰自己的工作。沉浸在工作和友谊中就是沉浸在永生的状态中。文老师，他，还有沙门，他们正在一块发明一种新的自由的图形，他们已经朦胧地看到了广阔的前景。虽然他和文老师年纪大了，但他觉得从事这项工作并不算晚。什么是晚了，什么又是不晚？这是一桩前赴后继的巨大事业，而人的能力都是有限的，只要参与过了，尽力发挥过了，就会为这桩事业注入活力。云伯为自己能坦然地保持这种状态感到欣喜。他和文老师，因为年龄的限制不能再像年轻时那样拼命工作，可是他们都有丰富的经验、技巧，和协调身体活动的一些方法，他们集攒力量，将其用在刀刃上，取得的成果也许将会令人瞩目呢。文老师的天才是他和沙门的幸运，也是读书会的幸运。

"云伯，我越努力钻研，就越爱您和文老师。"沙门说。

"我也觉得我们比一家人还要亲。我做梦都在感谢沙门和文老师，没有你们这两位伟大的女性，我哪里会有今天。"

"我正在为后年要出版的新书做准备。"

"是吗？文老师给了你日期吗？"云伯吃了一惊。

"没有。是我估计的。我得将准备工作做在前面啊。"

"好！你尽管去策划吧。"

"可不要告诉文老师，我怕她会有压力。"

"我保证不告诉。"

云伯看着离开的沙门的背影，他产生了一种幻觉，好像自己不是八十四岁，而是四十多岁。近来他常做有关于自己年龄的梦，梦中的幻觉令他十分惬意。他想，这不就是活在永生之中吗？也许他会在这种状态中一直持续下去，以这种状态跨入死亡之门。云伯对自己的后半生特别感到满意，而这两年，他认为自己已达到了快乐的巅峰，并且前方还有更多的快乐在等待着他……

"丘一，万一哪天死神将我接走了，你会接替我继续协助文老师的工作吗？"

"这还用问吗？"丘一马上回答，"我一直在用功读您读的那些书呢。"

"这样我就放心了。我们生活在一个伟大的时代，一切都在暗地里悄悄地发生着。我是说，文老师是先知……"

"您尽管放心，我会尽我的一切力量。因为这也是我的事业。"

"丘一，你近来长进不少啊。"

"叔叔，您离死神还远着呢。不过我理解，一切事情都要早做安排。是您和读书会使我懂得了我们的事业是什么样的事业。叔叔，我爱您远远超过我父亲。"

丘一的心中升起一股豪情，这是他在青年时代都不曾有过的现象。

云伯和丘一走到院子里，夜晚的凉风吹过来，天上有一些乱云，那棵桂花树已经扎稳了根。有人在外面的街上忧伤地吹着箫。又是一年过去了，云伯觉得，他还没来得及细细体验，时间就溜走了。大概令人兴奋的幸福的时光总是这样的吧。他多么想再返回去经历一遍啊。但是不可能了，他已经得到了生活中最好的东西。他清楚地记得那个日子，就是在那天晚上，他和文老师开始策划他们的秘密事业。他也记得更早的那个日子，他和沙门一块策划读书会的筹建的情景。他本是个凡夫俗子，却遇到了这样两位绝对是不平凡的女性，她们彻底改变了他的个人生活，并令他产生灵感，去追求他渴望了多年的那种目标。

"丘一，你不觉得这个时代属于妇女吗？"

"我当然觉得。我正要说这个呢。我想说是她们教育了我，正在将我变成另外一个人。她们是那么善良，有实干精神，而且有爱心和做人的尊严。同她们比起来，我从前真的太差劲了。唉唉，叔叔您说我还来得及吗？"

"岂止来得及！你会做出很大的成绩。记住我的这句话吧。"

叔侄俩愉快地回到了各自的书房。他们要挑灯夜战。

云伯在子夜时分接到了沙门的电话。沙门说，文老师已经向她透露，说她这本著作很可能要写十年才能完成。这个消息既令她震惊、自豪、满足，又令她暂时打消了忧虑——她曾担心新书发布会策划不好。云伯回答她说，文老师的计划比较符合他的预测，他一直感到文老师的才能非同一般，会在当今的哲学领域里引发一场变革。他俩在电话里激动地聊了一会儿。后来沙门的电话的话筒不知怎么掉下去了，云伯只听到一片沉默。云伯紧张起来，他又等了两分钟。当他打算去叫丘一时，电话铃又响了，他拿起话筒，长长地舒出一口气。

"刚才打电话时,我看见市中心的天空出现了异象,我激动得不能自已,话筒就掉下去了。当然是我的幻觉,真该死。我马上意识到会让您担心,这才又打电话给您。啊,云伯,请原谅,我有点反常。"

"你太累了,沙门。你一定要放松下来,我请求你马上休息一天。你想想看,我们三人已经进入了非常时期,如果你中途出了什么问题,我们的工作不就要乱套了吗?你这就调整一下,把一些工作交给小鱼他们去干。"

"好吧,云伯,我听你的。我推掉一些工作,发动年轻人去做。现在我虽然累,心里头却是兴高采烈的。晚安!"

云伯挂了电话后,皱着眉头在房里踱了一会儿步。

他在床上躺了好久还不能入睡。

第二天一早他就赶往书店。可是沙门不在店里,小鱼说她出去了。

过了十分钟,沙门满头大汗地回来了。她说她去公园里跑步来着,还说她已经完全恢复了。

"云伯,我打算今后每天少做些工作,多搞些体育锻炼,因为要细水长流。我不会再让您操心了。您吃早饭了吗?吃过了?对不起,我上楼换衣去了。"

云伯心里的石头落了地,他一边走一边想,目前来说生活的节奏是最重要的。文老师是最早意识到这一点的,在她的带动下,他自己在两年前也开始了打太极拳和散步,他每天都坚持这两项运动,现在可说是乐此不疲了。他懊悔自己没有早一点提醒沙门,于是计划今后一段时间里每个星期都要提醒她,询问她。她年轻气盛,还没有懂得保持身体的健康与活力是头等大事。他脑海里冒出一句话:"保持一个健康的身体就是生活目的的形象说明。"这句话也属于文老师的理论。云伯步伐轻松,仿佛回到了青年时代一样。他看到文老师的理论像初升的太阳一样冉冉上升,他还觉得路人个个面带深奥的笑容,有几个人好像要开口向他打招呼一样。

回到公馆后云伯又搞了一会儿劳动,整理了他和丘一的花园。他笑着问丘一:"我们过的是不是天堂里的生活?"丘一严肃地回答:"当然是。"

吃过晚饭后不久他就开始工作，要一直工作到深夜。当他沉浸在工作中时，他一点都不觉得累，反而是兴奋连着兴奋，一波又一波，而且夜间的工作也没有使他失眠。他在大地的摇篮里入睡，思维的触角延伸到遥远的天边。他当然也梦见过文老师。梦里的文老师总是藏身于竹林的另一边同他对话，日子长了，那片竹林的美丽的绿色就成了文老师的化身。他俩谈论的，是那种最精彩的话题，只不过云伯从来记不住梦里的话，记住的只是那种幸福的战栗。似乎每次都是他挑起一个话头，然后文老师侃侃而谈，将他带进那种悠远明丽的境界，两人一道在那境界里流连。每次睡醒后，他都想弥补一下，让他和文老师那被忘记了的对话再现。他往往会说出声来，但可惜的是，他无法做到再现。他想，他不具备这种才能。不过这不重要，他不是已经得到过幸福了吗？

白天里，他有时会问丘一说："这句话文老师会怎么表达？"丘一便说出他的猜测，他自己再加以补充。于是他感到，虽然是文老师在创作，也和他自己在创作差不多吧。这种迟来的创新的喜悦大大提高了他的生活质量，就好像越往终点走生命就越浓缩了。他给梦中的文老师取了个绰号叫"竹林女侠"，当然，他从未向任何人透露过他的梦。他决心到死都不透露。从他的后半生开始，他才变得相信生命中总会出现意想不到的奇迹了。虽然意想不到，却又是水到渠成。这是因为他一直不懈地朝这个方向努力，所以才会有这样的收获啊。

沙门没有令他失望，她减少了一些工作，她的体育锻炼也在改善她的体质，她对自己更有信心了。

"云伯啊，我可不想被击垮。如果撇下您和文老师，还有小郭，那我岂不是成了罪人了吗？再说我也舍不得放弃同你们一道追求事业的那种快感嘛。"

他理解沙门，沙门和丘一都是最理想的接班人。

事情的底蕴越来越显现出来了，这就是当年他和沙门创办读书会并不是突发奇想，某种新生事物在那个时候已经在酝酿中了，他俩顺应了还未清晰现身的时代精神。后来的发展处处体现出一种前后照应的趋势。正如文老师说的，他们选中了这个时代，时代也选中了他们。

经过了长久的等待后，张丹织终于来到了书店。她不是去读书会，她只是来和沙门见面。

在沙门眼中，张丹织显得焕然一新。她不再是那个有点诗意又有点梦幻，拿不定主意的女子了。她显得干练，有决断力，才华横溢。当然，这只是表面看来如此，沙门懂得人的本性不是那么容易改变的。

好友重逢，免不了兴奋地交换许多事情的感想。沙门得知了张丹织在业务上的进展，这本是意料中的，但她还是由衷地为丹织感到高兴。如今她已不愿主动问起丹织的情感方面的事了，她担心会触到丹织的伤痛。

沙门也向丹织说起了读书会里发生的重大转折——文老师和云伯在哲学方面的创新实验。沙门动情地叙述（她生怕自己阐述得不清楚），张丹织瞪大双眼倾听，紧张地思考着。张丹织并没有读过哲学书，她的兴趣在文学和教育领域内。但在沙门一个多小时的滔滔不绝的描述中，她居然也模糊地触到了某个重大事物的轮廓。她暗想，如果是在从前，这种交流对于她来说是不可想象的。现在则不然，沙门的讲述将她们自己和整个宇宙连成了一个整体，并为她的日常生活赋予了一种从未有过的意义。而她通过这两年的学校生活和自己的情感追求，也能多多少少体验到那种哲学和艺术的境界了。她在激动的同时，似乎也有某种朦胧中的反省油然而生：生命短暂，一定不要放过自己生活中美好的东西。

"沙门，你们多么伟大，你们是创造宇宙事物的人！我非常向往你们的理论，而且我也非常激动。我想向你提一个私人问题，看能不能从你们的创新理论中找到一些启发。"张丹织说完脸就红了。

"是煤永老师的问题吗？"沙门笑盈盈地问。

"是啊。我打算忘记这个人，我已经将他抛到了脑后。虽然时不时的，他还会从我的生活中冒出来……我这样做，到底是正确的还是错误的？他不爱我，我差不多可以断言，这是我经过长久的观察看出来的。可这种时不时地冒出来，这种出其不意，仍然会令我困惑。"

"'春江水暖鸭先知。'丹织啊，不要怀疑自己的真实感觉，也不要贸然下结论，尽量多方面实践，找出正确的答案或途径。这就是我们的理论的核心的意思。我说的这个对你有帮助吗？"

"当然有。你总是给我很大的帮助。"丹织看着她的眼睛说。

丹织离开书店后，沙门回想起她刚才的表现，不由得感到宽慰。要是在从前丹织问她关于情感方面的问题，她是说不出这么清晰的看法的。哲学真好，不但能给自己的生活指出正确的方向，还能在别人向自己求助时给予他们启发。

沙门好像看见了丹织前方的情感之路，那条路曲曲折折……不管怎样，丹织是不会沉沦的，如今她正在成熟，不用担心她。沙门微笑起来，回忆起她从前同洪鸣老师的那一段纠缠，她觉得那就像多年以前的旧事一样。这位密友的变化真大。想到这里，沙门更感到自己责任重大。她必须积攒每一点精力来帮助文老师和云伯，必须将她的援助工作做到最好。她没有权利生病或出岔子，她的个人生活要有铁一般的纪律和超出以往的高效率。

最近读书会吸收了一位"问题青年"作为会员。沙门问他为什么要加入，他说不知道，只是来"玩玩"。他还主动告诉沙门说他很厌世。沙门又问他"玩玩"是什么意思，他回答说是来碰碰运气，看看有没有同他差不多想法的人。

"原来你是觉得孤独啊。好！好！你找对了地方！"沙门说。

"那又怎么样？"他翻了翻白眼说，"无所谓的。如果你觉得我不行我就走。我最讨厌别人盘问我。"

"别走别走。我们欢迎你，而且这里的确好玩，我向你保证，不少人都盼着你来同他们玩呢。我隐隐约约地听到过关于你的传言，似乎他们说你是个有水平的玩家。驴——二，这是你的名字吗？"

"名字很无所谓的。我可以走了吗？"

"好，星期五见！你可千万要来，我会将你要来的消息告诉盼望你的那几个人。"

他没有在星期五到来,沙门耐心地等待。他又过了三个星期才来。

现在他正在融入读书会。沙门感到驴二的事是她在用实践验证文老师和云伯的理论。她兴致勃勃地做着这件工作,并写下了笔记。云伯读了她的笔记后大大地称赞了她一番,一连几天她都感到晴空万里。云伯还说他如今越来越不愿意死了,因为如果死了就同身边这两位伟大的女性隔开了。而沙门,她觉得在这些日子里她比以往任何时候都更能体验到他们这种三位一体的"结构"。

还有一件最令沙门兴奋,也让她心里感到热乎的事就是小郭打算出版他的登山报告文学。当然目前他还在打拼,还要过两年,等他的文学水平提高了才来谈出版的事,但沙门已经为他联系了出版社。小郭早就走出了困境,变得对生活非常积极了。现在他还常去城里的登山俱乐部讲演,交了不少朋友。沙门认为小郭的转变是她参与哲学探讨活动所取得的最大的成绩,她比以前更爱小郭了,他们之间共同的话题也更多了。小郭本来就对沙门很专一,自从摔伤了腿之后,他对沙门的爱里面又增添了崇敬的成分。而在这之前,他从未对任何人有过崇敬。这种热情使得沙门认真地考虑起相互的关系来了:她应不应该同小郭喜结良缘?有一天她冲口而出提出了这个建议,但被小郭坚决地拒绝了。

"沙门,你真的要改邪归正了啊。但我喜欢你原来的样子。"

沙门知道他是怕自己拖累她,不由得伤感不已。

"小郭,你好自为之吧。我总是在你身边的。"她的声音带哭腔。

"当然嘛,我们就像老夫老妻一样。你干吗不高兴?"

于是沙门又破涕为笑。

沙门暗想,她在小郭不知情的情况下在他身上实践了最好的哲学思想。越钻研,她越觉得生活中处处都是文老师和云伯的哲学,那么贴切,而且给予她真正的踏实感。她之所以这么努力和专注,就是因为自己尝到了甜头,还想要将来将这种哲学的观念和方法传达出去,让更多的人——最终让每个人都来分享好处。沙门一想到这件事就会感到沉醉。她本来就是个灵透的人，现在哲学思想使她更深沉、更有洞察力了。她还有一个新发现，那就是哲学与文学探讨的是同样的人生问题，是姊妹学科。如果她不具备多年积累的文学功底，她对哲学的进入就不会这么快。她感到文老师也同她的情况相似。她和文老师，还有云伯在这个问题上的看法非常一致，三人都认为哲学是对文学的归纳总结，文学是对哲学的拓展创新。看来是多年的文学追求使他们自然而然地走进了哲学的领域，而这个领域中的一切对于他们来说都是那么的熟悉。那就好像重返了儿时的家中，又像是进入了类似小说中的云村的另一个村庄，既熟门熟路，又完全陌生……

一天深夜，沙门放下她的笔，走到临街的窗口大声说：

"不知不觉地，我们就成了天之骄子了！"

第十章　在密林中

忽然有一天，鸦同时接到了图书批发商戴姨和边疆的作者谷欢的电话。那当然不是巧合。

戴姨的电话是上午打来的，电话里有很多噪音，她似乎身处一个热闹的场所。鸦很难听清她的话，只能猜出一个大意。她说她出了一趟远差，进了一些新书，数量不小，可是她还没打定主意是否卖给鸦，她要亲自来考察一下鸦的书店看看是否符合她的要求。她将在明天晚上到达。鸦激动不已，在电话里热烈地欢迎她来。

谷欢的电话则是下午打来的。她说她已经在火车上，明天下午可以到达书店。她感谢上次鸦对她的款待。这一次她是特意赶来同鸦、晚仪，还有其他同人和读者会面的。她的第一本新书即将出版，她要来感谢大家对她的大力帮助。她说在家里，一想到这种珍贵的帮助她就会泪流满面。鸦在电话里提高了嗓门说，她认为谷欢的美妙的作品就是对读书会的书友们最大的帮助！这一次，读书会一定要举行一个隆重的晚会来庆祝她的成功。

鸦接完谷欢的电话就急急忙忙地同小勤去布置会场。其间她又用电话通知了晚仪、玫姨、苇嫂等几位女士。晚仪得到这个消息时有点困惑，她说她刚听朋友说，戴姨现在正在西半球。不过她神出鬼没，也许明天晚上就真的到达书店了。

"鸦姐，我感到改变我们生活的大事件就要来临了。"小勤说。

"你真的这样想？改变生活？哪方面的？"

"我不说。你会猜到的。"小勤做了个鬼脸。

"各种各样的人都会出现在这里。"她又说。

"我懒得猜。来，帮我移一下这个柜子。"

阿迅也来帮忙了。阿迅用一些花篮和野鸡毛将会场布置得充满了情趣。他甚至打电话让他爹爹送来了一把古老的弓箭，将它悬挂在主持人头顶的位置。鸦和小勤都说他的创意妙极了。阿迅说他也认识戴姨，几年前他还同她讨论过康德的著作呢。他是经朋友引荐同她见面的。

"那可是一位真正的文学女王。"阿迅竖起大拇指说道，"她的批发商店就是一台巨大的发动机，为各地的文学活动提供能源。"

三个人在欢乐中将会场布置好后，鸦请阿迅和小勤去附近农家小饭馆吃饭。这个美丽的晚上给鸦的感觉就像节日一样。在飞县，鸦经常会有这种感觉。

饭店的女老板阿桥告诉鸦，下午店里来了一位神秘的女子，她风尘仆仆，坐下来点了菜。阿桥做好菜端出来时，这位顾客却失踪了。哪里都找她不到，太蹊跷了。

"她是不是胖胖的？"鸦紧张地问道。

"也许是，"阿桥踌躇地说，"不过我没看清。她属于那种你看不清的类型。"

"不要紧张，不要紧张，"阿迅安慰鸦说，"车到山前必有路。我们是不是一人来碗米酒？"

"好！"小勤大声说。

他们边聊边吃，米酒加腊味，还有自家种的蔬菜打汤，都吃得脸上红通通的。他们吃饭时，老板阿桥到屋外去张望了好几次，她老觉得那位顾客还会出现，因为附近只有她这一家饭店。

"鸦姐，你把阿迅哥让给我吧，要不我与你共享他也行。"小勤说。

"共享？你不会吃醋？"鸦说。

"当然不会，因为我对你爱都爱不够呢。"

"那也得征求我的意见啊，"阿迅说，"两人一起嫁给我我可吃不消。"

"阿迅，你判断一下明天会是什么场面？"鸦转向阿迅说，"我感到我的两只猫特别烦躁不安。"

"应该是比较混乱的场面吧。同戴姨交往总是那样的，你应该经历过了。一般来说，在事情发生之际我们总是很懵懂，要过后才想得清那些事的意义。女王就是女王，不可对她的暗示掉以轻心。不过啊，只要我们严肃地对待，应该到头来总会皆大欢喜。"

阿迅说这些话时眼神里充满了困惑。鸦心里想，文学活动已经提前开始了。她既惶惶不安，又跃跃欲试。这时站在外面的阿桥发出一声奇怪的叫喊，使得他们三个人都冲向门口。

"我看见她了——可那是不是她？"阿桥说，"他们往那边去了,有好几个。"

"往哪边？"小勤问。

"不清楚，也许是往树林里去了？为什么往那种地方去？"

他们回到店里，三个人吃完了饭，阿迅说他得赶回学校去工作，就骑上摩托车先走了。这时鸦盯着阿桥看。

"阿桥，你喜不喜欢文学？"鸦问她。

"当然喜欢啊，我每天晚上都在家里读诗歌。晚上读诗歌就相当于品尝美酒。"

"难怪戴姨在你店里玩失踪啊，她已经嗅出你是一位不错的读者。"

"你说我应不应该担心她？她还没吃饭呢。"

"戴姨是最不必担心的，她是女王。你一定会再见到她的。"

"啊，我感到自己有点爱上她了。"阿桥神思恍惚地说。

鸦和小勤回到会议室将扫尾工作做完。就在她俩摆好最后一张桌子，放上花瓶时，鸦的黄猫和黑猫一齐冲进来了。它俩跳上桌子，撞翻了花瓶，然后又飞身而下，在房里疯跑。

"阿黄！阿黑！"鸦责备地大声喊。

她知道两只老猫为什么激动，因为刚才她挪动了柜子上头从戴姨那里拿来的那些书。鸦还感到也许连阿黑和阿黄都知道戴姨已经来了。

"鸦姐，你瞧！"小勤喊道。

阿黄和阿黑好像在演戏似的，它们面对面地站着，竖起蓬松的大尾巴，全身的毛也竖起来了，两只猫死死地盯着对方，好像要打架了。鸦从未见过它俩是这种样子，不由得有点害怕。

但是它们没有打架，一会儿它们就放松下来了，什么事也没有似的溜过来，亲昵地擦着鸦的裤腿。

鸦深深地吸了一口气，说：

"文学之夜啊！"

"鸦姐，你是说明天晚上？"

"是啊。文学总是出其不意的，对吗？"

"我也感到了这一点，我迫不及待了。"

到了深夜，鸦还是没有睡意。在她的想象中，文学势力正在飞县聚集，一场文学的暴动正在酝酿中。离她家不远的小路上，密集的摩托车飞驰而过，车手并不是读书会的成员。母亲的房里灯亮了，鸦看见舒伯走出来了。

"鸦，你不要等他们了，他们今夜去了另外的地方。"

"舒伯您全知道了吗？"

"我白天去集市上，看到了激动人心的一幕。一些男男女女聚集在那家乐器店，乐器店的老板喜气洋洋。那些人里头有生面孔也有熟面孔，有的在店里买了二胡。我混在里头，听见他们说要走夜路，好像是去荒郊野地里。"

"熟面孔是谁？"鸦问道。

"我说不上名字，反正是你们读书会的人吧。"

"原来这样。那我先去睡了。晚安。"

舒伯的信息让鸦定下心来了。看来即将来临的突袭并不可怕，鸦满怀期待，支起两耳细听。她甚至听到了马蹄的响声。她坐在桌前，将那些可能到来的宾客的名字写在记事本上,她写下五六个熟悉的名字之后,奇怪的事发生了。因为她不假思索地一连写下了另外五六个陌生的名字。她停了一停,继续写,这回写下的有熟悉的、也有陌生的名字,都夹杂着。她就这样一直写下去,写完一页后拿起来看,越到后面陌生的名字越多。到第二页,写下的几乎全是陌生的名字了。她感到她今夜成了预言家,心里泛起一种快感。有人在窗户下面唤她,不过叫的不是她的名字,而是"桑叶"。

"桑叶!桑叶!"

"您是谁?我是鸦。"

"你是桑叶,是我的搭档。我们明天可不要丢失了那几本书啊!"

"我保证不会。您是谁?"

"你叫我搭档吧,别的名字你会记不住。"

那人走远了。鸦听出来那人是一名男士。不要丢失那几本书?会不会指的是从戴姨那里拿来的那些书?那些珍贵的书放在柜子的上部,难道有可能在晚会的狂欢中失窃?如果落到爱书的人的手里,也未必是坏事吧。

但是鸦不放心了。她悄悄地溜到会议室,一声不响地站在黑暗中。

有人在翻动书页。会议室里并没有人,难道是柜子里的书自己在翻动?

"喂?"鸦尝试性地小声喊道。

"是我。"小勤仿佛从地板下冒了出来。

"你在这里干什么?"

"您在干什么我就干什么。"

"小勤啊小勤,你这么爱操心,快成家庭妇女了。你早点出嫁吧。"

"那也得等您先出嫁嘛。"

鸦开了一盏灯。她问小勤是谁在翻书,小勤说她也听到了,可会议室里根本没人。于是鸦站在椅子上打开书柜,她看见从戴姨那里买来的那些书都好好地堆在顶上那一层。

"真是不可思议,莫非要有变故了吗?"她说。

小勤忽然笑起来,轻松地说:

"鸦姐，我们睡觉去吧，一切都很顺利。"

但是鸦睡得不安宁。黎明前她又去了一次会议室，两只老猫也同她一块儿进去了。但这一次却没有翻书的声音，什么声音都没有。

她放下心来，一觉睡到上午十点才醒来。

鸦一醒来就听到母亲在客厅里同人说话，那人居然是饭店老板阿桥。

"到处都是他们，可他们又不愿意露面。即使来我的店里吃饭，也是男男女女都包在头巾里面，一言不发。说实话，我倒很欣赏这种做派，像看古戏一样。虽然没人告诉我，我还是猜出来了，鸦的书店和读书会是这次活动的中心。那么我的饭店就是后勤部了。我真激动，妈妈！我希望鸦今后常举行这种活动。"

鸦在床上耐心地等候，直到阿桥离开了才起床。

她在客厅里坐下时，一眼看见了桌上摆的小巧的铜香炉，有烟从里面冒出来。鸦凑近那烟，却什么气味也闻不到。

"我也在这里闻了好久，什么都闻不到。"母亲说，"阿桥说是戴姨送给你的书店的。我想知道这里面放的是什么香烛，可阿桥说里面是空空的，没有香烛。可为什么有烟？太神奇了。你瞧，这烟是轻烟，像是没有似的，隔远了却又可以看见。这个香炉是异物，对吗？"

"妈妈的水平提高得真快！没错，就是异物。"鸦高兴地说。

鸦将冒烟的香炉放进包里，拿到会议室去。两只老猫立刻跑过来了，它们不叫不闹，乖乖地跟着鸦，仿佛预料到有重大事情要发生似的。当鸦将香炉放在一张方桌上时，阿黑和阿黄就开始绕着桌子兜圈子。鸦心里想，也许猫儿闻到了烟的香味，她却闻不到。戴姨送给她的礼物多么特别！鸦一下子想起了《无尽的爱》这本伟大的小说。她似乎有点明白书业女王的用心了。

她躲到屋外，从窗户那里向内窥视，她看见她的猫儿仍然绕着那张桌子兜圈子。香炉里冒出的轻烟赢得了它们的崇敬。

晚仪进了院门，她脸上显出倦容，她说她工作到凌晨，她还含糊地提到"这个时代太伟大了"之类，鸦没听懂她的话。鸦指着香炉让晚仪看，晚仪点了点头，说："她把东西送到了你的书店啊，好。你这里是一个堡垒。"

但她没有进会议室，她告诉鸦她要回去休息，积蓄精力。

鸦送晚仪出院子时问她：

"会发生什么？"

"我不知道。肯定都会很好的。她不是送了珍贵的礼物给你吗？"

鸦惴惴不安地走进书店的门市部。

她看见那位"失去活的动力了"的中年男子正在买书，小勤在替他包装。他一共买了八本书，全是小说。

"如今我也成了这里的租房族。"他朝着鸦笑了笑，"像有人在推着赶着我一样。这地方太迷人了。"

"这种天气不正好读书吗？我觉得您天生就是读书族！"

"您说得有理。我的危机已经过去了。"

"别忘了晚上的聚会啊！"

"不会忘的。其实聚会已经开始了。"

鸦听到他的最后这句话就沉思起来。她感到他又是一位知情者。那么他是谁？他不是曾经来向她求助过吗？事情越来越扑朔迷离了。

"我很紧张。"小勤说这话时声音有点颤抖。

"刚才这人透露了什么吗？"

"透露？哪方面的事？"小勤眼神茫然。

"小勤，你先回家吧，我们提前关门。"

但是小勤走后，鸦并没有关门。她静下心来了，所以她镇定地坐在门市部，她在等候那些人到来。但整个上午并没有谁来书店，只除了那位中年男子。

鸦、母亲和舒伯一块儿吃中饭时，舒伯告诉她说，他看见一位很像谷欢的中年女人，就在那同一家乐器店里。她们一共有四名女子，都坐在乐器店里，像是在等人，很焦急的样子。她们为什么不直接来书店？发生了不对头的事吗？不过舒伯马上又补充说不可能发生不对头的事，也许那女子并不是谷欢。

"这就对了,不要猜测。今天会是欢乐的日子。"鸦的母亲说。

"舒伯也没错,文学就是焦虑不安的。当然也是欢乐的。"鸦说。

吃完饭后鸦就拿着小锄头去菜园给蔬菜松土去了。

天空亮晶晶的,她又听见马蹄声在天边响起。劳动使得她的情绪更为镇定了。她想,不论女王看不看得上她的书店和读书会,这都会是一次极好的体验。想当初,她和晚仪跑了那么远去寻找戴姨,应该算得上是诚心诚意了。现在戴姨居然亲自来了,她可是民间一位能呼风唤雨的文学女王啊!一边劳动流汗,一边想着这些好事情,鸦的心胸豁然开朗。现在她盼望天快黑下来,文学之夜快快到来。那两只老猫在柳树下惬意地睡着了,看来它们对将要发生的事很有把握了。阿迅忙完学校的事也要来的,他会来得比较晚。

锄完了菜地,鸦又到会议室打扫了一阵,仔细检查了灯具。这时晚仪过来了,她带了一大包上等的菊花过来,说是晚上要用来泡菊花茶的。晚仪已经休息好了,脸上显得很光鲜。

"他们现在在县里的茶馆里搞活动,苇嫂和进嫂她们几个都去那边了。据说他们要从基层接近我们的读书会,可能是想摸底。"晚仪说道。

"可为什么连谷欢也不露面呢?她和我约定的时间早就过了。"

晚仪没有回答鸦的问题,却反过来问她:

"你不觉得此刻我们这里特别寂静吗?"

鸦走到门口张望了一下,说确实反常地安静。太阳还没落山,外面就一个人影都看不到了。人都去了哪里?鸦回到会议室坐下来。她和晚仪两人都在盯着那香炉。

"我从来没见过这种烟,就好像是透明的。"鸦的声音像耳语。

"可能不是烟,是一种水汽吧。"晚仪的声音也像耳语。

"水汽?"

"生命之水啊。"她俩凑近去观察,又用耳朵去倾听。一会儿工夫,两人都感到昏昏欲睡,但还竭力支撑着,口里吐出一些含糊的句子。后来终于支撑不住,就一齐伏在那张桌子上睡着了。

她俩是被沸腾的人声吵醒的。

屋子里只开了两盏灯，前面一盏，后面一盏。鸦感到整个房里弥漫着水汽，什么都看不清。她抓住晚仪的手，生怕她离开。

"都来了吗？都来了吗？"她问晚仪。

"我不清楚。好像来的人都不认识。"

"我的天啊。"鸦惊叹道。

她牵着晚仪，摸索着往主持人的台上走，她一边移动，一边想要揿亮那些日光灯。但是黑暗中伸出的一些手打开了她的手。似乎是，他们要让会议室保持黑暗。鸦终于挤到了台上，这时晚仪早就从她手里滑脱了。

她脑袋里在轰轰地响。她拿起话筒，兴奋地说了一通话，但她听不见自己的声音。可以肯定台下的听众都听到了她的话，因为喧闹立刻停止了，屋子里鸦雀无声。她刚才在说什么？她想不起来了，脑海里一片空白。于是她用力集中注意力，一个字一个字地清晰地发音，她要谈论一下《无尽的爱》这本书。

这一次，当她开口讲话时，台下的听众似乎在议论纷纷。她听到那些声音里夹杂着她的名字："鸦……鸦……鸦啊……"声音一波又一波地向她袭来，但这些人的面孔仍是模糊的。鸦终于说完了，她深深地感到自己得到了她想要的回应，她说不出那回应是什么，但它们全都渗入了她的肺腑。啊，这些可爱的听众，似乎阿迅和晚仪也在他们当中，还有苇嫂、玫姨……还有她自己的父母……当然，女王也在他们中间，她看不见女王，但听得见女王那有力的心跳。她把话筒交给伸出来的那只手，摸索着向听众当中走去。立刻有人拉她坐下了。她听到了谷欢的声音从麦克风里传出，但她看不见谷欢。

当谷欢说话时，屋子里的人们更激动了。鸦感到人们分成了很多小圈子，都在热烈地议论着，而谷欢的声音也被人们的议论淹没了。

不知过了多久，所有的声音都慢慢平息下来了，鸦听到一个人在说：

"鸦，你吃饭吧。这是晚仪给你拿来的烤鱼。所有的人里头，只有你还没吃晚饭。我们都在阿桥的饭店吃过了。"

"你是谁?"鸦问道。

"我是你的书友啊。你可能不记得我了。"

鸦吃着烤鱼,全身心地松弛下来了。不知为什么,她并没有特意同人交流,可是她能清晰地感到那种同人交流的激情在她周身荡漾。

"我终于同书籍建立起那种恋爱的关系了。"那位中年男子的声音从对面传来,"鸦,我很快要返回我的工作岗位了,但我还会来的,因为我的爱人在这里。"

"祝你好运。您觉得这香炉如何?您看见轻烟没有?"鸦问他。

"看到了。我一直在关注,真是美丽,我永远不会忘记的。我的火车要来了,让我们握手吧。"

鸦握住了那只热乎乎的大手。

虽然鸦始终看不清这个人,但她可以感觉到他的表情。中年男子走了之后,对面有一个人坐在他坐过的位子上了。鸦知道他在观察香炉里冒出的轻烟。

"她的声音就像这轻烟。"那人对鸦说。

"您说的是谁?"鸦问道。

"当然是说戴姨嘛。她在介绍新书,您听到了吗?"

"天哪,我一点都听不到。但是您的声音很熟——啊,我想起来了,您就是征!征,您好吗?喜欢我们的晚会吗?"鸦站了起来。

征从桌子对面绕过来了,两人热烈地拥抱。

"我被冲昏了头脑!"征喘着气说,"没有比这更好的了!难怪晚仪在这里安家。谢谢您,亲爱的鸦,我要告诉您,我的作品在这里得到了最好的交流,正是我想要的那种交流。还有,今天晚上戴姨终于看上我的作品了。咳,我快乐得说不出话来了!鸦是我的福星!"

"祝贺您,征!您要开始走运了,多么好啊,晚仪一定会高兴得跳起来!征,我问您,戴姨看上了我们的书店吗?您听见她说了什么吗?"鸦急煎煎地说。

"当然看上了。她刚才还说你们这里是一片原始森林,林子里什么样的鸟儿都有，她要将你们这里作为她的据点……您怎么啦，不舒服吗？"

"我的天哪……"鸦用双手蒙住脸，发出带哭腔的声音说，"我爱戴姨，我太爱她了，她是我们的女王。征，我们到那边同她说话去吧。"

"亲爱的鸦，我们现在不能同她说话，因为她神出鬼没。刚才她还在讲台上说话，可是现在，她不知上哪儿去了。我们在这里说话吧，别管她了，她也许会突然出现。您刚才说到晚仪了，她的状态怎么样？"

"好极了！她写得又快又多。自从我们三个人去同戴姨会面之后，我们就都开始走运了，您说是吗？"

"恍若隔世啊。那时我多么焦虑，是您和晚仪的友谊挽救了我。那个神奇的夜晚……这一切都真的发生过了。"

他俩说话时，鸦注意到右边有个人一直在倾听。那个人有几次似乎想插话。

"喂，您也是书友吗？"鸦转过脸问他。

"我是阿迅的爹爹，你的亿叔啊。"他说。

"亿叔！您是我最想看到的人，您快乐吗？"鸦兴奋地说，"征，这是我的男朋友的爹爹，资深猎人，资深书友！"

"猎人？您是一位猎人？我不是在做梦吧？对不起，鸦，我要把您的亿叔借走一会儿。亿叔，我有好酒放在鸦的家里了，我们去她母亲那边喝一杯吧。"

一眨眼工夫这两个人就不见了。鸦一个人坐在桌旁，听着其他人在她周围"嗡嗡嗡，嗡嗡嗡"地说个不停，可她一句话都听不清。尽管听不清，她仍然亢奋，征告诉她的信息冲昏了她的头脑，她多想同人谈论一下啊。现在已经很晚了，阿迅怎么还不来？还有谷欢，大家要为她庆祝。她怎么不露面？鸦感到自己正在进入文学的深层境界，在此刻，一切常识都应抛开，她必须从新奇的角度来思考发生或将要发生的事。她已经进入了原始森林。

一个黑影向着鸦跑过来，口里大声说着：

"鸦，鸦！谁想到梦想会成真？真令人难以置信啊！"

说话的是苇嫂。苇嫂在桌边坐下来，说口渴得厉害。她一边自己泡好菊花茶，一边告诉了鸦一件奇怪的事。

"我站在那口古井边，当时玫姨也在，我们在谈论《无尽的爱》这本书，两人都很激动。玫姨说她知道那位华沙青年已经到了我们国家，正在乡间游荡呢。我们说着话，井里的水就涌上来了，一直涌出了井沿，往草丛里汩汩地流去。玫姨要我注意路上的那个人，她说那人在对面站了好久了。那是一位老年人，背上背着旅行袋，样子有点疲倦。我忽然一下醒悟过来，他是我的老榆啊！鸦，你还记得吗？那位民俗专家？对，就是他。我跑过去，我俩抱在一起。老半天之后我才想起玫姨，可玫姨已经不见了。我和老榆有说不完的话，我要拉他去我家里说，可他不肯，说他的车子马上要来接他，他必须在天亮之前赶到油县，那边发现了稀有的古建筑。于是我们就坐在草丛里，一边亲吻一边说，断断续续的，也不知说了些什么。他说在他孤单的探险生涯里，我是他心中的玫瑰花。你瞧，这老头还挺有文学细胞呢。唉，那辆车！那辆车终于来了，将我的爱人载走了。"

"苇嫂，这就像一个童话故事。"鸦说。

苇嫂沉默了，她看着香炉里的烟，流下了眼泪。幸亏黑暗中鸦看不见她的泪水。

过了一会儿，苇嫂镇定地说：

"我的生活变得这么有激情，都是因为文学啊。"

"苇嫂，你令人羡慕。你快喝茶吧，这是晚仪送来的菊花。"

"这菊花真香。我们今夜就像在仙境里一样，你感觉到了吗？"

"我感觉到了，苇嫂。老榆的车离油县还有一段路呢。"

"这是他给我买的白金项链，我明天要戴起来让你瞧瞧。"

"真是一位深情的爱人，他多么爱你！"

"我想是这样。我和他都爱文学。鸦，你快结婚吧。天天在一起多好。"

"可是你们的爱情更美……"

"谢谢你，鸦。这香炉里的烟让我增添了勇气。我要回去了，我得回家等老榆的电话，他一到油县招待所就会给我来电话。"

苇嫂离开后，她坐过的空位子上又来了一位看不清面目的女子。她坐下来，摆弄了一下那只香炉，发出好听的笑声。

"您好，鸦，我是戴姨的助手凌。"

鸦激动地同凌握手，她感到凌的手冷冰冰的。

鸦请她喝菊花茶，想给她增加热量。

"您和戴姨刚从西半球飞过来吗？"鸦问道。

"是啊。我们将晚仪的散文集带到那边去了，那是两年前的事。这次我们去那边，晚仪的书已经被翻译成了当地的语言，书店里可以买得到了。有一位晚仪的读者找到我们，是一位中年女士，她告诉戴姨说，她认为晚仪的作品有一种'穿越'的功能，她根据这个功能设计了一个'穿越'的游戏，她邀请我俩去她家里玩这个游戏。我们去了。那真是妙不可言的体验。在返程的飞机上，戴姨和我谈到了您的书店和读书会，她将您这里称为根据地，决定下一阶段同您一道开展更为深入的工作。我知道她指的'深入的工作'是很吃力的，那也是对智力的考验。让我介绍一下我自己吧，我不久前才成为戴姨的助手，这个工作是我一生中经受的最大的挑战。我必须像蛇一样灵活，像美人蕉一样热情……问题在于我常常必须高度集中注意力，这有时会损害到我的心脏。不过啊，我已经狂热地爱上了这个工作。我们是文学星探，干我们这个工作的人必须燃烧，这是戴姨说的。所以今天夜里我一直在燃烧。戴姨带了一大帮人到树林里去了，他们在那里进行穿越活动——以晚仪的作品为背景。"

"让我们也去树林里吧。"

"可是已经晚了。他们一进树林就消失了，那个活动就是这样的。我和您，我俩必须待在会议室，因为这里也是活动的现场。您瞧，您的未婚夫来了，他在焦急地寻找您。"

凌说完话就不见了。鸦站起来张望，只见满屋子人影，大家都在激动地说话，形成各式各样的声浪。但是她看不到阿迅。她往大门那边走，希望在大门那里引起阿迅的注意。她想，这位凌居然知道阿迅是她的未婚夫，而她下午才到达飞县,这是非常离奇的事。她说她在燃烧,大概燃烧的人就可以看到她想看的任何事吧。

鸦在大门旁等了半个小时,人们进进出出的,但他们当中并没有阿迅。鸦心里想,也许她自己身上有什么东西使得阿迅看不到她。她想趁这个时候回家去看看,因为亿叔在她家里,说不定阿迅也在那里呢。她刚要迈步,小勤就出现了。

"鸦姐,鸦姐,我见到华沙青年了!"她大声说。

"是幻觉吧?"鸦说。

"是真实的!他是红头发,站在树林边上只是笑。你瞧,你瞧,他走过去了,整个夜里我都在追他。"

"你追他是为了什么?"

"不知道。今天夜里,我好像变得胆大包天了一样,无论什么事我都想尝试一下。听说树林里有人在表演绝技,可我去晚了,进不去了。我刚才在树林边上见到了阿迅哥,他垂头丧气,到处找你……"

"你看见他往哪边去了吗?"鸦连忙问。

"他说他明天上午有课,只好先回去了。他骑摩托车走的。今天夜里真奇怪,真反常,但我很喜欢这种反常。哈,华沙青年又过来了,我追他去!"

当鸦终于回到家里时,却发现父母已经睡了,家里黑洞洞的。看来征和亿叔早就走了。于是鸦又返回会场。

她忽然见到了晚仪和谷欢。在月光下,她发现谷欢瘦了,她的眼睛一闪一闪的,像在放电,她开心地笑着。

"我们成功了,鸦!我们正在同世界的文学场连成一片!"她说。

鸦问谷欢戴姨在什么地方,谷欢说,戴姨迷上了这里,她明天还不会离开,她藏在县里的一个隐秘处,一些青年同她在一起。

"鸦,戴姨说你有用文学来改变世界的魄力。"晚仪说。

"晚仪,你今天夜里真美!我怎么觉得老黄也在人群中?"鸦说。

"你没猜错,老黄的确来了电话祝贺我。"晚仪笑嘻嘻地搂住鸦。

"两位去我家喝一杯吧。"

"可是太晚了，会吵着你父母。"晚仪说。

于是三人一道进会场坐下来。

会场里仍然只开着两盏灯，一盏在前，一盏在后。但是鸦渐渐地能看清周围的人了。他们似乎都在朗诵，但每个小圈子朗诵的作品都不同。过了一会儿，鸦听出来他们有的在读谷欢的作品，有的在读晚仪的作品。还有一个人的作品，鸦不太熟悉。她问晚仪那是谁写的，晚仪说那是征写的。

"征！"鸦说，"征在哪里？"

晚仪回答说，征此刻正在她家花园里同亿叔讨论哲学呢。晚仪又说她非常为征的成功感到高兴，简直比自己成功了还要高兴！鸦说她也是同样的感觉。鸦读过征的一些作品，十分喜欢，可是今天夜里这些读者所朗诵的征的作品给她一种异样的感觉，那里头既有陌生，又有难以言传的感动。

"这就是读者创造作品的最好的例子。"晚仪低声说，"征作为作者有福了。鸦，你对征的重新奋起起了关键性作用。"

"可是我并没有帮助他啊。"

"你当然帮了他。我知道你帮过很多人，比如我。"

"还有我。"谷欢也说。

"大地因为有鸦，就不再寂寞了。"谷欢和晚仪两人同时说出这句话。

她俩都吃了一惊，继而哈哈大笑。

"我打算今后每年都要来访问鸦和读书会。"谷欢说。

有一位面目模糊的女士到她们这一桌来了，她坐了下来。鸦心里想："为什么我看不清她呢？"她注意到谷欢和晚仪都不说话，只是静静地坐着。鸦还觉得她俩对这位女士是熟悉的。

女士向鸦伸出手，说道："我是凌。"

凌的手已经变得热乎乎的了。鸦为她感到高兴。

"为什么我看不清您呢？"鸦小声问她。

"这是由我们之间的关系决定的。我代表评价机构，如果您看得清我，我们的机构就没法评价您的书店了。"

"有道理。"鸦说。

"我是来向诸位告别的。诸位让我度过了一个奇妙的夜晚,我永生难忘。我现在必须赶回批发部去,那边有重要业务。"

凌说完就匆匆地离开了。谷欢看着凌的背影说道:

"前不久的一段时间里,她和戴姨让我经受了意志的训练。什么叫意志的训练呢?就是让我住在图书批发部的一个小房间里,这两个人每天轮番敲门进来问我:'你写还是不写?'要知道这种逼问是很可怕的啊。你两眼茫茫地坐在那里,脑海里根本就没有词,也没有句子。你得横下一条心,对自己说:'写!'于是这一天的任务就完成了。这听起来很怪,是不是?我在那间小房间里住了五个月,终于变得坚定了,于是我就可以自己给自己下命令了。虽然开头有点疑虑,但很快,幸福就将我淹没了。"

"写作就是为了享受,"晚仪接着说,"我和谷欢都是贪图享受的人。"

"我希望你俩多多享受,不要停止,这样我们读者就也可以跟随着你们得到享受。"

鸦说了这句话便感到通体说不出的舒适,她真想拥抱面前的两位作家。

这时鸦听到她妈妈在门口唤她。

"妈,您怎么还不睡?会生病的!"鸦说。

"我太高兴了,丫丫。我和舒伯在帮你做后勤工作呢,我们一点睡意都没有。你瞧,你瞧,有人正从树林上方飞跃过去,你认出他们来了吗?"

"啊,我看见了,那是征和亿叔啊。难道他们喝了酒,正在表演幻术?"

"这种事是自然现象。"母亲说,"我和舒伯今夜接待了好几拨客人了。"

"谢谢您,妈妈。"

母亲睡觉去了。鸦看见她房里的灯亮了又黑了,但是有一颗星星停留在瓦屋上,不知房里安睡的老两口感觉到了没有。

鸦在黎明前回到家里,她睡了两个多小时后又醒来了。她立刻记起今天是大喜的日子，怎么舍得将时间在睡眠中度过呢？她跳起来，拉开窗户，看见亮晃晃的太阳光里一片沉默。看来人们经历了不眠之夜的狂欢之后都各自休息去了。这时她记起来她在梦里进入了晚仪和谷欢的梦，她们三人在树林里转来转去的，为的是找戴姨。她们为想出了这么好玩的游戏而感到快乐。后来也不记得找没找到，那已经不重要了，因为三个人都爱上了同一棵古松，都伏在树干上哭泣，为巨大的幸福的降临而哭。

鸦和两只老猫一齐走进会议室，会议室里面已经没有人了，但是那只香炉还在桌上，冒着轻烟。挂在墙上的那把弓箭和那些做装饰的野鸡毛仍然显得活生生的。鸦想起了阿迅，为自己没能与他分享昨天的激情而有点遗憾。阿迅此刻大概正在想念她吧，不知道亿叔有没有向他传达对夜间活动的感想。

"鸦姐，我追到华沙青年了！"

小勤向鸦走来，她满脸红晕，似乎仍然沉浸在昨夜的梦境中。

"他温柔又质朴，他的名字叫征。"

"征？"鸦吃了一惊，"他是一位作者吗？"

"他说他既是作者又是书中的主角，而且他会说本地话，我被他迷住了，我们约定两个月之后再见面，地点就在县里的乐器店。鸦姐，我一定要追他，如果追不到的话我就自杀！"

"嘘，不要说得那么难听。你先告诉我，他是一位高个子的中年人吗？他是不是表情很生动？"鸦问道。

"正是，你说的就是他——中年人，表情生动，来自华沙。"

"小勤，你有没有想过，也许他是来找他的爱人的？书中的情节正是这样描述的。虽然他的爱人没有出现，我们不是从他身上感觉到了那位女子的魅力吗？"

"鸦姐，幸亏你提醒了我，现在我回忆起来了，他的确是在找什么人。如果是这样，我就不一定追他了。他找不到他日夜思念的人，心里一定很焦急。我可不想破坏这本书里的情节，这些情节早就在我心里生了根，太美了！"

"嗯，你说得有道理。不过你同他的邂逅特别动人，对吗？"

"我永远不会忘记！鸦姐，我回家睡觉去，下午来上班。"

鸦看着女孩走出大门，心里感叹着她已经长成一位女人了。时间过得多么快！那么，征是为了晚仪才来这里的吗？这位纯真热情的作者给鸦留下了深刻的印象，可惜她昨晚没能同他深入地交谈。

鸦刚一推开书店的门，就有一位顾客进来了。他以前没来过。

"我从文学女王那里来，"他说，"我昨夜听她介绍了您的读书会，我是来加盟的。我的读书会在矿井里面，同您的县相邻的乌县的矿井。按照规划，两个县的地下会由坑道连接起来。煤矿工人很渴望文学方面的交流，我们的读书会很小，希望能同你们合并。我姓未，未来的未。"

"我的名字是鸦。未先生，刚才您说坑道已经挖到了飞县，这是真实的事还是一种比喻？"鸦微笑着问道。

"二者兼而有之吧。鸦女士，您在夜间听到过坑道里的响动吗？对于我们矿工来说，飞县的天空是那么高远。"

"我听到过，不止一次。飞县的天空的确高远，可是能够深入到地底也是很有意义的一件事啊。您的书友们大概是一些刚毅的勇士吧。我和我的书友们也有同样的渴望。如果飞县的井口打开了，我们的思路就可以随时向地底延伸下去了，这样的前景令人陶醉。未先生，您需要补充一些新书吗？"

"当然，我就是为这个来的。在黑暗的处所，我们向往高飞；在明亮的飞县，你们向往钻地。这两种运动的会合是必然的。"

鸦将戴姨推荐给她的那些书都摆了出来，未先生挑选了一些。他问鸦书店的下一次聚会是什么时候，鸦说是下个月五号。

"我和弟兄们那时将出现在飞县的井口。"

他将书籍放进旅行袋，恋恋不舍地离开了书店。

鸦的心田被灿烂的阳光照亮了。她看见母亲在门口探头。

"妈妈！"

"鸦，他走了？"母亲显得有点慌乱，"这个人不是一般的人，他是多年前从飞县失踪的。我也是昨天晚上才听说。人们说他住在不见天日的地方，回到地面时便口中说着暗语。"

"我们应该帮助他,您说是不是？他让我感到亲切,他和一帮兄弟们住在下面。从前我患病时,是他们在地底回应我的求救声。"

"我明白了,鸦。你遇到朋友了。如今到处全是你的好朋友,真是时来运转啊。我对你越来越放心了。飞县这个福地将我们大家变成了有福之人。或许也可以说,是我们给飞县带来了吉祥。"

"妈,您的水平越来越高了！"鸦高兴地说。

中午时分阿迅来了。

"怎么样? 检验合格了吧? "阿迅笑容满面地问。

鸦跳起来同阿迅拥抱,她在阿迅怀里喃喃地说:

"我快要乐疯了啊。"

阿迅也低声说:

"鸦,我不打算盖房子了,我就搬到你这里来。"

"多么美妙的主意啊！妈,阿迅要来同我们住了！"

鸦的母亲走出厨房,眉飞色舞地说,为了庆祝,她请大家吃红烧鲤鱼。

鸦问阿迅在来的路上是否遇见了一位乌县的矿工。

"你是说未老师吧？遇见了,我和他是书友,他对哲学的见解非同一般。说起来也巧,他是戴姨介绍给我的。戴姨经常下矿井。"

"她下矿井? "鸦吃了一惊。

"对。可以说,到处都有她的足迹。"

"未老师是我的恩人,我刚来飞县时,每天夜半时分倾听他们在地下发出的声音。那是他们在读书啊。"鸦说。

"你那时就能肯定你听到的是读书声? "

"我能肯定,因为我也加入到里面去编过故事。一编故事,我的病就慢慢好了。地下的书友们驱走了我的寂寞。我明白了,飞县和乌县早就是戴姨的地盘,所以我一来病就好了。现在我迫不及待地想同未老师他们联合。"

吃饭时,舒伯让阿迅称他为"爹爹"。

阿迅拖长声音亲切地叫了一声"爹——爹"。

两位老人脸上笑开了花。

吃着饭,舒伯的收音机里传来消息,播音员报道说,书业女王要在飞县的原始森林中建立起文学的据点,一些年轻人正在从世界各地赶往此地,他们有的走空中通道,有的走地下通道,还有的漂洋过海来到这里。这里有一家全国一流的书店,书店年轻的店主名字叫"桑叶"。

报道还没听完,舒伯已经拿出酒来了。

舒伯说,"桑叶"这个名字真美,其寓意是闪闪发光的蚕丝。

阿迅和鸦相视一笑,脸上红通通的。

吃完饭,鸦和阿迅相拥着往树林那边走去。

"阿迅,你搬到我家来后,还得去城里学校工作,两边跑,你的山上的石屋就会荒废了吧?"鸦说。

"哈,我忘了告诉你了:戴姨看上了我的石屋,她说我的屋子高高在上,耳听八方,她要将它变成她的俱乐部。我和你以后会变成俱乐部的常客。"

"阿迅阿迅,为什么我会这么走运?这都是因为你!"

"因为我?"

"你改变了我的一切!"

"过奖了过奖了,都是你自己要改变的嘛。"

从外面看去,那片枫树林里一个人都没有,小山静悄悄的。

"如果我们进去了,就会遇见人。"阿迅说。

"我也这样想。"鸦说。

他俩在林子里往上爬,爬了十几分钟天就忽然阴了,好像要下雨。他们刚准备往回走时,就看见了头戴斗笠、身穿蓑衣的男子,接着雨就下下来了。雨下得很凶,打在树叶上。

"二位到我的窝棚里去避一避吧。"那人说。

他们走了没多远就看见了小小的棚屋。那人点亮煤油灯,鸦看见棚屋里全是书,一个小小的行军床放在正中。那人请鸦和阿迅坐在床上,递给他们一人一条毛巾擦头发。那人说他的名字叫米坤，他是一名矿工。

鸦请求米坤同意让她看看那些书。

那都是一些外国书，还没有翻译过来的。鸦虽然看不懂，但不知为什么还是暗暗激动不已。她拉了拉阿迅的手，于是阿迅也到书架前去看。阿迅的英语很好，他立刻就读出了好几本书的书名。鸦辨出了其中的小说的书名，那都是她梦寐以求的书，但一直没有翻译过来。

"米坤先生，您从哪里得到这些原版书的？"鸦的声音有点颤抖。

"是书业女王赠送给我的，让我们度过地底的漫漫长夜。有段时间，我们吃住都在下面，几个月才上来一次。我就是从那时开始学习外语的。现在我可以用两种外语看文学书了。我的一个矿工兄弟更厉害，他可以用三种外语读小说。"

"在地底下读原版书……那不就像走捷径进入异国他乡吗？"鸦说。

"正是这样。就像在地球上打一个对穿洞，让两极相通。"

一阵乱风将门吹开了一点，煤油灯熄灭了。

阿迅在黑暗中握住鸦的手，轻轻地说：

"多么温暖的时光！这位老兄是我们读者中的先锋。坐在这里，我能感觉到书籍的热力的辐射。谢谢您，老兄，大部队很快会紧随着您奔赴异国他乡。我们之间的隔离终于结束了。"

煤油灯忽然就自燃了，但米坤已不在。满棚屋都是书籍的香味，鸦说她要醉了，还说她要从现在开始刻苦学习异国的语言。她问阿迅是不是太晚了，阿迅很肯定地回答："不晚，一点都不晚。"

他俩听到了含糊的读书声。鸦说，这就是她从前深夜失眠时听到过的。那时候，这声音令她热泪盈眶。她又说：

"米坤先生，你们一定要来啊。"

棚屋外雨停了。他俩吹灭了油灯走出门，打算回家。

他们看见有个人背对着他们站在枫树的树干旁。那人转过脸来，居然是晚仪。

"二位好。你们看了米坤先生的书屋吧？"晚仪高兴地说。

"真了不起啊！"鸦说，"他拓宽了我的视野。地底，异国他乡，不久这些地方就会要有我们书友的足迹了。"

"戴姨托我给他送两本新书，我在这里等他，却碰见了你们。"

于是三人又回到棚屋里，晚仪将新书放进书架。三个人都舍不得马上离开，又在那书籍的香味中多待了一会儿。

走出树林回到路上时，三人几乎是同时在脑海里产生了一个新的交流的计划。他们热烈地谈论着这个计划的前景，今后努力的方向……

"绝不能再让地下的弟兄们孤军奋战。"鸦说。

"这世界在日新月异，在发光。"晚仪说。

"有几位矿工发现了那条通道，他们顺着它往下走，一直走到了西方的国家。"

最后说话的是阿迅。

第十一章 美丽的晚霞

在那栋古朴洁净的青砖瓦屋里头，苇嫂正在读《无尽的爱》这本书。这是她第八遍读它了，每读一遍都会有新的收获。苇嫂读过不少小说，尤其是描写爱情和文学本身的小说。这本书，刚开始读的时候好像有点忧郁的味道，在那些看不透的朦朦胧胧的场景里，似乎藏着一些眼睛。越到后来，当一个一个的谜在阅读中接近要解开之际，苇嫂就越兴奋。她感到了作品的抒情的力量。她不能确定自己全部读懂了，可以确定的是，她同这本书的作者已经成了好朋友。以后凡是这位作者的书她都要找来读。虽然苇嫂从未见过他，但她感到他就像晚仪一样亲近。这一向，每天夜里她都将这本书放在枕边，而在梦中，她成了这位作者的邻居，小声地同他讨论着有关她和老榆的爱情。

不知不觉地，苇嫂已经过了六十岁。她是本地人，多年以前她的父母是这里的小学教师。苇嫂没有进过大学，因为那个时候的人们不重视女孩的教育。苇嫂二十一岁就出嫁了，她的丈夫是飞县图书馆的管理员。她成了个贤妻良母，每天照料她家那个大菜园，还养鸡养兔子。苇嫂和她丈夫感情不错，夫妇俩都爱读文学书。虽然图书馆的藏书不是很丰富，但她家里从未断过文学书。夫妇俩有时还进城去买书来读和收藏。她家有五个大书柜，鸦创办书店时她还捐出了一百多本藏书。苇嫂的儿子在大学里读文学系，后来就远走高飞去京城教书了，如今一年才回来一次，带着妻子和儿子来同苇嫂团聚。苇嫂的快乐生活是在五十八岁时结束的，一向身体结实的丈夫忽然被查出患了癌症，不到一年时间就去世了。那段时光苇嫂万念俱灰，人也瘦得不成样子。儿子要接她去京城住，她坚决不肯。后来是鸦的读书会帮助她振作起来了。那真是十分神奇，短时间内她就感到自己一天比一天有精神、有食欲，而且也变得爱说话了。在读书会交了几个密友之后，读书会就成了她真正的家，她的晚年生活完全变了样。她愿意每天无偿地为读书会工作，但鸦不同意，鸦说她需要用那些时间来提高自己的文学修养。后来便是她同民俗专家老榆的传奇般的"黄昏恋"……

这段黄昏恋到底是怎么回事？苇嫂至今感到迷惑。那一次，她、晚仪还有进嫂三个人，在体内文学细胞的鼓动之下，就像要故意同谁作对似的一齐去城里面猎艳。整个过程就像热烈的梦境，她们三个人都被天空里的烈日烧得发昏了，居然都找到了自己一生中的所爱。有一点是相同的，那就是她们找到的爱都是在现实中难以得到满足的爱。苇嫂回忆起这种巧合时就微笑了：看来这种爱最适合她们，因为她们三个人都很坚韧、热烈，都追求纯度最高的爱情。

苇嫂的情人老榆其实是个最为实在的男人，他关注生活中的小事，很知道如何让自己所爱的女人心情愉快。然而就是这样一位甚至有点俗气的人，心怀着一种高远的理想，他对自己的事业有着浓厚的兴趣，简直到了痴迷的程度。他希望将晚年剩余的时间全部投入到事业中去。老榆之所以爱苇嫂，除了喜爱苇嫂达观热烈的性格之外，还有一个最主要的方面，就是她无条件地支持他干事业，完全理解他对事业的热情。"那不就像我热爱文学一样吗？"她对他说，"事业可以救人的命，比如我，就是文学救了我。所以我才会有这么精彩的晚年生活，才会同老榆相遇啊。如果我没有文学细胞，不是一位有情趣的女人，你怎么会注意到我？"苇嫂的这种观点令老榆大为佩服。老榆告诉她说，他青年时代不懂爱情，稀里糊涂地结婚，又稀里糊涂地离婚，生活弄得一团糟。直到遇见了苇嫂,他才知道了爱情是要靠两个人来经营的事业,而且两个人都应是独立的人,谁也不应该吊死在谁的树上。而要做到这一点,事业往往是爱情的支柱。当然事业有多种多样的,有的人以家庭为事业,那也不错。他老榆碰巧选择了一桩东奔西跑的事业,可以说谁选择了他这样的情人都会感到尴尬,但他对苇嫂有信心,因为苇嫂有一颗金子般的心,他觉得自己今生再也碰不到她这样的人了。

经过那一次离别前的倾诉衷肠,苇嫂就看见了自己的命运。她为这个命运感到又惊又喜又悲痛。平静下来之后,她还是对自己的收获感到欣慰,因为她获得的爱是真爱,一份浓度很高的爱。并且她认为这份爱也是文学给她带来的。是因为她苇嫂对自己有信心,老榆才对她有信心的啊。苇嫂的信心来自文学的熏陶,文学塑造了她的个性。不然的话,她就是一个只会等死的,六十岁的老废物了。而现在,爱上了老榆后,她对于文学事业更是魂牵梦萦了。

今天夜里,苇嫂已经读到波兰青年与爱人重逢的那一段了。见面之前姑娘给他打过好多次电话,她总是在电话里号啕大哭,大概她受了不少委屈,正如他自己。

分离一年多之后的重逢发生在一栋大楼的地下室里。那时青年已经发现了不少坏兆头,所以有了一些思想准备。身着黑色裙衫的未婚妻给了他一种陌生感,以至于他不太相信是她。他站在原地等待她发声。

她的声音和面貌都令他迷惑,他没法确定眼前的这位黑衣人是不是他的未婚妻。他甚至怀疑是她的亡灵现身。

"我就是她,为什么你要怀疑呢?"她说,做出一个他没见过的表情。

"我没有怀疑,我不过是——"

她咯咯地笑起来,用手指着那张门,说:

"瞧,又一位未婚夫来了。"

青年看到了穿黑色礼服的人。

"他也是?"他傻兮兮地问。

"嗯,他也是。"姑娘说,"我们马上要结婚了。"

"那么，你哭是因为内疚？"

"不，不是内疚，是害怕，我怕自己得不到幸福——如果你不为我祝福的话。"

"原来是这样。你听着，我这就为你们俩祝福——"

房里唯一的一盏灯黑了，黑暗中似乎发生了拥抱和亲吻。姑娘又一次哭了，青年和另一位未婚夫没哭。有人离开了地下室，看不清是谁。

场景转换了。苇嫂合上书，满脸都是泪。

后来她听见有人在外面叫她。是鸦。

"我是来看您的白金项链的。"鸦笑嘻嘻地说。

"你等等，我这就戴起来给你瞧。"

苇嫂进里屋换了一套黑礼服（让她想起波兰女青年），戴上项链，理好头发，昂着头走出来。

"苇嫂，您真有风度！您比那些模特更有气质！"

"我心里有不祥之兆。鸦，你判断一下，老榆会不会对我不忠？"

"我想不会。退一万步说，即使有那种事，我们这里还有别的人会被您迷住。您是一位美人。老榆找到了您是他的运气。"

"鸦，你这样一说，我的忧伤去掉了一大半。我不应该担心那种事。我在飞县有爱，有激情，天塌不下来。"

她俩手挽着手往晚仪家里走去。鸦告诉苇嫂说，阿迅已经搬到她家里来了，她的父母对这件事特别开心。苇嫂热情地向鸦表示祝贺。

远远地，就看见晚仪站在院门口迎接她俩。

三人进了屋，坐在沙发上。晚仪说她见到了戴姨，女王请她在飞县的书友当中物色一位信息员，让飞县的文学信息同世界文学信息及时交流。晚仪向女王推荐了苇嫂，她认为苇嫂是最合适的人选。

"不行，不行！我干不了！"苇嫂大声反对。

"我们认为苇嫂正合适！"鸦和晚仪异口同声地说。

苇嫂的头摇得像拨浪鼓，脸涨得通红，她不能同意。

晚仪拿出了酒和酒杯。鸦在暗处微笑。

"苇嫂，您对文学工作不感兴趣吗？"晚仪严肃地问她。

"当然不是。文学现在成了我的生命。"

"那还犹豫什么！！"晚仪大喝一声。

晚仪将一杯酒递给她，她喝下了。

"我水平低……"她嗫嚅着。

"谁天生水平高？我看您一点都不低。再说您不打算继续提高了吗？"

"我当然要提高。"

晚仪和鸦笑出了声。晚仪说下星期苇嫂就得同戴姨她们去边远县，一方面是去传播飞县的文学火种，另一方面也是去寻找当地的文学人才。苇嫂说她脑子里一片空白，她对这种工作完全没有经验。晚仪说，没有谁会有经验，因为文学女王分配给大家的工作都是冒险。

"难道您不相信文学女王？"晚仪一个字一个字地说。

"我有点明白了，晚仪。谢谢你对我这个老太婆的培养。"苇嫂小声说。

不知道是酒的作用还是脑筋急转弯，苇嫂忽然觉得心底有了跃跃欲试的骚动。为什么不去探险？她应该去！

"信息员——我成了文学的信息员了！老榆，你听到了吗？"

老榆在电话的那一头听到了，他说了一句费解的话，苇嫂没听懂，但她知道那是高度的赞赏。她想，她现在同老榆一样了，也要去探险了。她爱那位文学女王，晚仪和鸦常说起她的事迹。可是在从前，她做梦都想不到有机会待在她身边，参加她的高尚的活动。读了这么多年的书，她现在才真正明白了，文学是她自己的文学，你向往她，她就接纳你。

她忍不住又喝了一杯酒，但却没有醉。

这时晚仪搬出一个录音机放在桌上，打开。大家听到了闹哄哄的嘈杂的声音。可是一会儿那些声音就不是嘈杂的了，三个人都听出了层次。在前台说话的是晚仪忧伤的声音；在晚仪后面低语的是征的声音；再稍远一点的地方，是戴姨在念独白。晚仪说这是上次征录下的现场情况。鸦大大惊叹于这几个声音的组合，说很像三重唱。

"可是在现场，我一点都听不清这些声音，也不能分辨。"鸦不解地说。

"这就是文学女王的魔力。"晚仪说，"芊嫂啊，你就会要身临其境了。把自己投入进去吧，不要踌躇。"

芊嫂嘿嘿地笑。最后她说：

"我嘛，就将这次探险当作去寻找另一位老榆吧。"

"芊嫂了不起！"鸦和晚仪又一次异口同声地说。

晚仪和鸦回忆了同戴姨交往的前前后后，两人相互补充，理出了一条思路，这就是在民间，文学的中心从未消失过。像戴姨这样的女王一直在那里，在人民当中暗暗活动。只要读者有一天想起来了要去寻找女王，读者就一定能找到她。征不是在她们之前找到她了吗？阿迅不是也找到她了吗？不过当读者或作者与女王在一起时，女王就变得面目模糊了，谁也别想看清她，只能根据事后的片断回忆来复原她的面貌。

"秋天里，我要再次尝试直面戴姨。"晚仪信誓旦旦地说。

鸦看着她的两位朋友在心中暗想："以后天天是节日了！"

"征还在飞县吗？"鸦问晚仪。

"他回城里去了。他现在灵感汹涌！"晚仪眉飞色舞地说，"他告诉我说他近期已经看见了自己的欲望，这是以前从未有过的。昨天我在梦里对他喊'加油'了。他是被戴姨看中的人，迟早要爆发……芊嫂，您不舒服吗？"

芊嫂从冥想中惊醒过来，说：

"我得先走了。我要好好整理一下我的思路。鸦，晚仪，我的最爱，再见！"

她一出门鸦就对晚仪说：

"芊嫂提前进入中心圈了，真为她高兴！"

芊嫂回到她的青砖瓦屋里，再次拿起《无尽的爱》这本小说，从刚才停下的地方继续往下读。

似乎是，青年陷入了迷茫之中。他心中有一个声音要他离开华沙回家乡，还有一个从更深处发出的声音却要他待在华沙。"您难道不是到这里来寻找爱的吗？为什么离开？是因为害怕还是因为沮丧？"那个来自深处的声音这样说。

那两人都离开了，黑暗的地下室里只有青年独自站在那里。他在踱步，他的脚步发出阴沉的回响。一条浓黑的阴影正在吞噬房间里的月光，很快房里就全黑了。

苇嫂合上了书本，因为她的公鸡已经在啼明了。

她入睡前的念头是：她生活中真正的大转折终于开始了。什么是真正的大转折？难道她的一生中还并未有过真正的转折？她还没来得及仔细想就睡着了。

她睡得十分香甜，醒来时已是上午十一点。她感到精神饱满，于是去洗漱。她走到客厅里，吃惊地发现桌旁已经坐了一位女士。她是怎么进来的？

"您好，苇嫂，我叫凌，是戴姨的助理。您这里的空气真好啊！"

"谢谢您的夸奖。我觉得您对于空气很敏感。我也是。"

"大概您对交朋友有非同寻常的兴趣？"

"嗯。尤其是那些不期而遇的。"苇嫂镇定地说。

"您会得到意想不到的满足。"

凌缓缓地转向苇嫂，苇嫂看见一张布满疤痕，令她有些恐惧的脸。她看着那张脸，努力回忆着往事。她没有退缩。凌笑起来，那张脸成了可爱的猫脸。

"凌，您以前在图书馆工作吗？"苇嫂声音颤抖地问。

"是啊，我先前在华沙的一家图书馆工作。回国以后，我发现国内的文学氛围更浓，我就不愿再去华沙了。"

"那么，您一定很熟悉《无尽的爱》这本书里的故事背景吧？"

"当然。那就是我的故事。是每一位华沙小姐和先生的故事。华沙的街头真美，是那种温柔的寂寞之美……"

凌说话时，她的脸就隐没了，只看见她的男式黑礼帽。不知为什么，苇嫂感到那顶礼帽向她传递着亲切的信息。苇嫂喃喃地说：

"您会是谁？我先前见过您。"

凌向她伸出有疤痕的手，苇嫂握住那只手时有种通电的感觉。苇嫂全身发抖了，可她没有退缩。

出了房间，凌走在前，苇嫂紧跟那顶礼帽。她感到了脚下道路的浮动和她的步伐的轻盈。凌在前方回过头来问她："这是不是像飞越国境？"苇嫂便回答她说，像极了，原来家乡就在国境线上！那一天并不是艳阳天，但苇嫂觉得身体在发热，比阳光晒在身上还要热。

不知走了多久，苇嫂才忽然发现自己走在去县城的路上。她偶尔一回首，竟看到身后跟随着一队人，似乎都是陌生人。

"凌，他们要去哪里？"

"去我们去的地方。"

苇嫂记起了自己的新身份，心中充满了期待。

凌的脚步加快了，她们进了那家乐器店。

店里没有顾客，只有老板一个人坐在柜台后面拉二胡。看见她们进来，老板就放下二胡过来了。他似乎一直在等她们。

"戴姨对西边的形势如何评价？"他急切地询问凌。

"不容乐观。"凌说，"高潮还是很久以前的记忆了，现在似乎十分疲惫。"

"这就是说，我们必须影响他们。"

"金老板，看到您，我就想起了我的青春年代。"凌忽然说了一句动感情的话。

苇嫂看见金老板的脸涨红了，他的目光很真诚。他请二位女士坐下来听他拉一首曲子。苇嫂和凌坐了下来。那曲子大约持续了半个小时。一开始似乎有点哀婉，听下去才知道并不那么哀婉，听到中间居然透出了杀气。很少听音乐的苇嫂变得有点紧张了。曲终时传达出的情绪很暧昧，苇嫂感到身边的凌变得坐立不安了。苇嫂想，这可能是老板自己作的曲子吧。

金老板站起身，说要带二位女士去见一位书友。

"我同他总是单线联系。"他补充说。

他的话令苇嫂遐想联翩。

"他住在比较高的地方，你们得跟我爬阁楼。"他又补充了一句。

三个人爬上了乐器店的四楼，四楼的上面就是那个小阁楼。他们进了阁楼，那人并不在那里。墙上有一张小门，金老板推开门，两位女士看见外面一片夜色。

"请注意脚下。"他说。

三人走在摇摇晃晃的吊桥上，那吊桥通到另一栋建筑的阁楼，阁楼的门开着，主人在夜色中向不速之客招手，将他们让进阁楼，请他们喝茶，吃点心。

阁楼里到处都是书，那些书苇嫂有的读过，大部分则没读过。

金老板介绍说，这位书友姓玉，是位退休的电焊工。他退休后为了能安静地读书，就买下了这个阁楼。一般来说老玉每天只下去一次，跑步锻炼，买些食品和生活用品回来。屋顶上面的这座小小吊桥是金老板修的，目的是为了便于同老玉会面，这吊桥是他俩友谊的象征。

"每次我听老玉谈读书心得时，春天就来到我的身体里头。我甚至可以听见那些小小冰块融化的声音。"金老板说，"这种时候，我体内涌出热流，我迫不及待地要投入工作。老玉是少有的对于读书艺术能整体把握的人。"

苇嫂看见满头白发的老玉正害羞地垂着眼皮，大概他还不习惯于被人当面称赞。苇嫂觉得眼前这位书友非常英俊，她将他设想成住在阁楼里的猫头鹰。她又转过脸来看凌，凌正目光如水地将视线投向老玉，她脸上的疤痕全部平复了，那是一张年轻秀气的脸。苇嫂想，莫非凌爱上了白发隐士？

"玉叔叔，我们需要您的智慧和经验。"凌清晰地说。

"你们相信我这阁楼老汉的眼光？"老玉嘲弄地说。

"当然相信，您是城市的卫士，久经风浪的猫头鹰。"苇嫂冲口而出。

说了这句话之后，苇嫂对自己大为吃惊。因为平时她很少说这种文绉绉的话。不过她觉得自己的话很得体。她是不是受了阁楼里的氛围的感染？她太喜欢这里了，简直不想离开。

后来金又邀大家去吊桥上看城市夜景。金挽着凌的手臂，老玉则挽着苇嫂。苇嫂在神情恍惚中将老玉当成了老榆,她感到幸福极了。县城仿佛消失了,但又没有真正消失,它变成了在他们眼前浮动的河水,水里零零星星的有一些灯光。苇嫂从未见过这种面貌的飞县,不由得伤感地啜泣了几声。当她流泪时,老玉就体贴地搂着她,在她耳边小声说:"我们回屋里去吧。"于是他俩先回屋里了,金老板和凌继续待在吊桥上,他俩还没看够。

老玉替苇嫂倒上热茶。他看着她的眼睛说:

"其实县图书馆就在我们对面不远的地方。我从前认识您的丈夫。我觉得我们已经是老朋友了,您同意吗?"

"我非常同意。"苇嫂马上回答,"您将自己的小巢打理得多么别致,使人产生一种天堂似的幻觉。"苇嫂说完后又对自己的话吃了一惊,她感到自己走火入魔。而此时,老玉正若有所思地看着她的手。

"您观察过电焊工人吗?"老玉问。

"观察过。那时我对造船厂的电焊工人佩服得五体投地。那种技术类似于金说的整体把握的阅读艺术。"

"那是很苦的体力劳动,可是我真心喜欢。也许热爱那种工作的人对于文学就容易入迷,我愿意这样想。我早就听说了你们读书会的事迹。我虽然是住在阁楼上的孤家寡人,但老金是我的耳目,他同基层的人们有千丝万缕的联系。"

苇嫂对老玉的话听得十分入耳,她感到他是像老榆一样的知识渊博的人,是苇嫂喜欢的类型。在屋外,凌的声音和金的声音时不时传来,像鸽子发出的声音一样。苇嫂忽然明白了:外面那两人也许是一对情侣。

当那两人进屋来时,苇嫂立刻从老玉身边挪开一点。

"玉叔叔,您觉得苇嫂怎么样?"凌调皮地问。

"那还用说,她是芬芳的茉莉花嘛。可惜她已经有爱人了。"

"您怎么知道她有爱人?"凌又问。

"我从她眼里看出来的嘛。她的美丽的眼睛把一切都告诉了我。"

苇嫂注视着老玉忧郁的表情,她心里有点歉疚。她对老玉说:

"您的家是飞县文学的风向标。我想，没有什么动向会逃得脱您的眼睛。我坐在您家里，心里充满了幸福感。就像——就像《无尽的爱》这本书里描写的那个场景一样。"

当苇嫂说话时，老玉便将《无尽的爱》这本书递到了她的手中。

苇嫂发现这是一个完全不同的版本。翻到第一章，她又发现里面的内容也完全不同。于是又看封面，书名是一样的，译者的名字也是一样的。

"我读过的那一本，说的是华沙的一个爱情故事。"苇嫂犹疑地说。

"这一本也是说的那个故事。"老玉狡猾地眨了眨眼，"不过切入的角度有点不同——条条大路通罗马！"

"老玉，我真想邀请您去我家，我们一块读这个故事。"

"我一定要去，苇嫂，我向您保证。"老玉郑重地说。

"刚才我和凌也在谈论这同一本书，"金说，"在我们读过的版本里，故事是由读者来叙述的。那些读者真令人羡慕啊！"

他们三人要走了，老玉依依不舍地将他们送到吊桥上。他站在门口用手绢擦眼泪。

"他总是这么伤感吗？"苇嫂问金。

"并不总是。今天大概是因为您，他觉得再也见不到您了。"

"他是一位——啊，我说不出来了。"苇嫂用手遮住了眼睛。

三人走出了乐器店。外面的马路上是阳光灿烂的景色。苇嫂叹着气对凌说，真想回到亲爱的书友玉的阁楼上去啊，她从未见过那么美的夜景呢。凌搂着苇嫂安慰她说，不要紧，后会有期，这里的规律就是如此。

"'这里'是哪里？"苇嫂问道。

"是文学场。我们处在场内，会不断地遇见美丽的事物。您瞧金走得多么快，他心中有巨大的动力。"凌说道。

苇嫂看见金在县城唯一的大道上拐了弯，他的身影一闪就不见了。

"我们是不是要追上他？"苇嫂迷惑地问。

"没关系。后会有期。"

苇嫂看见在阳光里凌脸上的疤痕又出现了,乍一望去简直令人恐惧。可是在阁楼上时她多么美啊。苇嫂掉转目光,在心里轻轻地对自己说:"亲爱的凌。"凌立刻就听见了,回应她一句:"亲爱的苇嫂。"她还说玉叔已经爱上苇嫂了,这是很不容易的。据说他住在阁楼上的十年里头,常有女人爬上阁楼向他借书,但他从未爱过她们当中的任何人。

"可是我已经有爱人了。"苇嫂说。

"我知道。玉叔其实很坚强。您觉得金如何?"

"我觉得他为您神魂颠倒。现在我对他拉的二胡曲子产生兴趣了。他的表白别具一格。您喜欢他的表白吗?"

"喜欢。"凌用呆板的声音说。

苇嫂想,或许这种谈话触到了凌心中的某个痛处,人心真是个黑洞。

"金从来没有在光亮中看见过我的真面目,他拒绝看。"凌又说。

"我倒觉得阁楼上的您才是您的真面貌。"苇嫂紧接着说道。

"应该说二者都是吧。"

她们说话间凌已经带着苇嫂拐了弯,进了一条弯弯曲曲的小巷。凌说这里是戴姨的总部,路的两旁的矮屋全部都是书库。苇嫂说,这真是神速的变化,短短的几天,戴姨就将飞县改造成了文学的堡垒。这条小巷很长,很阴凉,她俩在高高的梧桐树下惬意地走着。苇嫂说,从前她和丈夫住在城里时,怎么从未见过这条小巷?凌听了就笑起来,说,这是文学的飞县,不是她从前那个飞县。苇嫂想要领会凌的话里的意思,可是还未容她想出个眉目来,就有人在一间矮屋的门口向她俩招手了。

"左美诚,你怎么在这里?"凌惊喜地喊道。

"我知道你要来,就在这里等你嘛。"青年男子说。

"这位是我的朋友苇嫂;这位是左美诚,我在华沙的同事。"凌介绍说。

"苇嫂,您好!"

"小左,您好。这不是太凑巧了吗?"苇嫂说。

"是很凑巧。"凌说,"在华沙时他是我的男朋友,我们相互约定,如果回国后我们再也见不到了的话,就算是永久分手了。"

"多么残酷!"苇嫂惊叹道。

"是有点残酷,可也算是个很好的解决办法。"凌微笑着对苇嫂说。

小左请她们进屋去坐。

房子虽矮,却很宽敞,里面是一排排书架,书架上满满的全是书。更多的书还没拆封,堆在两张木床上。

"实际上,你为戴姨工作之前我就同她认识了。"小左说。

"我一点都不怀疑这一点。我现在甚至觉得你变好了。"

"真的吗?凌?你真这样想?"

"我真是这样想的。我俩暂时没法分手了。"

"苇嫂,我可以拥抱您一下吗?"

"您抱吧,我很高兴。"

左美诚力气很大,他将苇嫂抱了起来,两脚悬空了。

"我可不是凌小姐啊!"苇嫂喊道。

"您是我的福星,我爱您!"小左也喊道。

小左告诉她们说,这个书库里有世界上最前沿的文学书,戴姨吩咐他守在这里。这几天里头他很想出去找凌,可是一想到这些无价之宝,他就拼命忍住了自己的欲念。就在昨天,戴姨还安慰他说,凌一定会自己找来的。果然!

这时凌问小左找到那本书没有,小左就回答说,正在找,它就藏在这个屋子里的这些书当中。小左还说是戴姨告诉他的,戴姨说按分类来判断,那本书就在这里,不过要有高超的眼力才分辨得出来。

"那是本什么书啊?"苇嫂问。

"是一本想出来的书。"凌说,"在华沙的时候,我和小左几乎读遍了那个图书馆里的所有的文学书。我们两人都感到一些小说和诗歌里提到了某一本奇书,人们读了它之后就会变得有定力,如果待在一个地方不动,脚板底就会生出根须来。我们一直在寻找那本书。这么说,小左,你已经有把握了吗?"

"差不多吧。"小左自豪地昂起了头。

"他完全变了样！"凌对苇嫂说,"我同他一见面就发现他的眼力改变了！小左,你看我有变化没有?"

"你的变化更大！你还是原来那个,可又完全不是了——怎么回事,我好像现在才第一次爱上你。苇嫂,您可别笑话我。"

"当然不会！"苇嫂擦着泪说。

左美诚说,他今天夜里一定要将那本书找出来,他已经接近成功了。

"我恨不得马上就读到它！"凌高声说道。

她拉着苇嫂向外走,左美诚满面笑容地看着她。

凌边走边告诉苇嫂说,那是一本理想之书。苇嫂注意到凌脸上的疤痕即使在太阳光里也消失得无影无踪了。"奇迹啊奇迹。"苇嫂在心里说。理想的临近使得凌变成了美人儿。凌又说,共同的追求比什么都重要,她现在觉得以前同小左的那些争吵全是些鸡毛蒜皮。

"您找回了您的爱人,这太妙了。"苇嫂由衷地说。

"您不觉得这全是戴姨的策划吗?"

"女王真伟大。"

"可她不喜欢别人说她伟大。她希望每个人自己去寻找自己的幸福。"

"说真的,凌,我觉得我离幸福也很近了。"

"那当然,这是'幸福之旅'嘛。"

这是一条奇怪的小巷,就像走不到尽头似的,总是那些同样的矮屋,总是那些同样的梧桐树。苇嫂忍不住问凌:"戴姨的文学总部到底有多大?"凌回答说,她们一直这样走,要走到另外一个县去。她们可以在另外那个县里吃午饭。

"应该是吃晚饭吧。您瞧,天快黑了嘛。"苇嫂说。

"可我们一到油县就会是中午了。"凌微笑着说道。

"油县??我的天！那是我的老榆待的地方啊！"

"您这就是去找老榆嘛,要不您找谁?"

"还真是这样！我心里一直在牵挂着他。在您和小左寻找的那本书上写着答案，对吗？"苇嫂兴奋得脸上泛红。

"也许今晚小左就找到答案了。真想和他一块读那本书！"

"可您刚才为什么离开他？"

"因为这是我的工作啊。因为是工作才把我和他连在一起的啊。如果我抛开了工作，我就又变得冷冰冰的了。您摸摸我的手。"

苇嫂握住凌的手，她感到那是一只热气腾腾的手，正在出汗。

"我明白了。这也是我的工作。老榆会不会待在县招待所呢？此刻我觉得自己对于他一点把握都没有。"

苇嫂的话音一落，她俩就置身于一个广场了。广场有点旧，有个别的花岗岩地砖已经缺失了。中午的阳光静静地照着广场，那些樟树都在凝视着自己缩短了的影子。凌指着前面一栋两层楼的灰色建筑说，那就是油县的图书馆，也是戴姨的据点之一。

当她俩走进那灰色建筑的大门时，有一只猫在里面的黑暗处叫了一声。她俩走了一段黑路，凌说她们经过的是一条封闭的走廊。然后她俩就站在有点阴沉的天井里了。天井里摆满了争奇斗艳的菊花。凌向二楼喊道：

"豪威馆长，你还不现身吗？"

二楼的窗户立刻打开了一扇，露出一位中年人粗糙的脸。

"我当然听见你们来了。可这猫缠着我，现在好了，它离开了，我这就下来。"

听见砰砰的下楼梯的声音，他穿着拖鞋出现在天井里。

"二位好！凌，你让我找的那本书已经有眉目了。我们先去吃饭吧。"

"谢谢豪威馆长！我是苇嫂，凌的朋友。"苇嫂说。

"我早就知道您，亲爱的苇嫂。我有一位书友，几次谈起您。我一直在等您来，因为这位书友交给了我一个任务，我必须见到您才能完成他交给我的任务。"

两位女士跟随馆长走进一楼的一家餐馆，三人一道品尝了油县有名的美食：腌鱼和香酥鸭。他们还喝了不少红酒。苇嫂喝酒之后立刻变得眼泪汪汪

的了——她想起了老榆。豪威馆长鼓励苇嫂继续喝酒,但苇嫂不愿再喝了,她对他说道:

"您有重要的事要告诉我,请说吧。"

"可是——可是,我的话是要对您一个人说的啊。"馆长显得为难了。

"没关系,凌是我的最好的朋友,等于亲人,您说吧。"

"老榆托我告诉您,他在上个星期已经结婚了。"

"老榆结婚了,他应该结婚。我从前爱过他,我祝贺他。"

苇嫂机械地说了这些之后,就陷入了沉默。

豪威馆长同凌面面相觑。

但苇嫂很快就从恍惚中清醒过来了。

"豪威馆长,请您谈谈那本书的事吧。"苇嫂大声说。

"那本书——那是我所知道的最奇特的书!事情正如凌告诉我的那样,只有在我读其他的书时,那本书的内容才会出现。自从凌拜托我找这本书之后,这本书就在我的记忆中越来越频繁地出现了,当然总是在我读书时出现。最近这一个月里头,我已经可以背诵出它的一些片断了。凌,我问你,书中是不是有野鸭游过水潭的描写?"馆长问凌。

"没错。你已经接近目标了。"凌高兴地说。

"你们描述的这种事正在解除我心中的伤痛。"苇嫂说。

"苇嫂,首先在脚板长出根须的那个人会是您,我敢肯定。"

凌一边说出这话一边用力握了握苇嫂的手。苇嫂也感激地回握了她。

饭后三人便去图书馆的阅览室。

阅览室位于一楼的阴暗的大房间里,一共有三间房。豪威馆长领两位女士进去的那一间阅览室里面没有一个人。

苇嫂刚一坐下,面前的那盏台灯就亮了,周围变得更黑,她感到非常舒适。与此同时,她发现馆长和凌已经不在房里了。

苇嫂拿起桌上的那本小说来读。那是一本游记类型的小说,主角是一对年龄不明的情侣。苇嫂读了内容简介之后,便翻到书的中间部分,从那里开始读。她读到这对情侣骑在马背上,在蒙古国的草原上行走。然后她读到情侣相互间的山盟海誓。突然,阅览室里有人在说话。

"苇嫂,您有过山盟海誓吗?"

"我没有。我和他属于心有默契的那种。"苇嫂不知不觉地说。

"您现在感到默契结束了吗?还是默契正在实现?"

"我感到我们之间的默契正在实现。"

苇嫂站了起来,在房间里走动,她想找到那个说话的人。她绕房间走了一圈,又回到她坐的位子上,继续读这本书名为《大陆探秘》的书。山盟海誓之后,情侣就分开了,两人朝相反的方向骑马飞奔。苇嫂心里想,这就正像她和老榆之间发生过的情况。女人来到了巨大的湖泊边上,她在饮马。她看见了湖水中马的倒影,在马的倒影的旁边,有模糊的男子的身影。可以肯定,那不是她的未婚夫或情人。女人凝视那倒影,但始终看不清。

现在是女人独自在草原上飞奔了。她感到自己的心在呼唤着:"流大,流大,我来了!"流大就是她的情人,她在草原上追他。可是慢慢地,女人觉得自己追的并不是流大,却是另外一位面目模糊的男子。苇嫂读到这里时,便感到自己的心脏在胸腔里搏击,她的脸涨红了。

她关掉桌上的台灯,沉浸在昏暗中。这昏暗令她的思路额外清晰,她用短短的时间回顾了她同老榆之间的爱情。她的结论是自己已经经历了她一生中最有激情的爱,可是这爱已经过去了。这是浓缩的激情,所以才会戛然而止。苇嫂的心逐渐平静下来,她的整个身体慢慢地在放松。她自嘲地对自己说:"莫非真有另一位?他会出现在现实中吗?"

她面前那本书在她手掌下移动,好像要溜走,令她很吃惊。正在这时房里的灯全亮了,她看见豪威馆长和凌走了进来。

"我同馆长旅行回来了!"凌高兴地说,"苇嫂,您感觉如何?"

"我感觉好极了!这里有一个无边的世界。油县图书馆,令我难忘的地方,我以后会常来光顾。馆长,您已经是我最好的朋友,就像凌。"

"我当然是!"馆长也很兴奋,"您还没来这里时,我就将您看作最好的朋友了。您是信息员——您不是一般人！可是凌，你和苇嫂一定累了，你们去休息室吧。"

苇嫂和凌来到休息室。那是一间大房间，里面有两张床。窗户的对面是一个巨大的屏幕，屏幕上正在放映一部影片。苇嫂看见屏幕上有一位眼熟的男子，他陷入了沼泽，正在沉沦。苇嫂努力回忆自己看过的那些电影，想记起这位男子，但失败了。当男子没入水中之际，屏幕就黑了。这时凌从卫生间出来了，她洗了个澡，头发湿淋淋的。苇嫂看着凌的眼睛说：

"您能帮帮我吗？"

"当然啊，您说吧。"

"我想请您去告诉老榆，我祝他永远幸福，因为他应该得到幸福。"

"好，我去说。我也祝您幸福，我预感到您很快会要得到幸福了。"凌说。

"奇怪，我自己也是这样想的，不知为什么。"

"这再自然不过了。"

苇嫂洗完澡出来时，看见凌已经睡着了。她想，凌已沉浸在幸福之中。

苇嫂进入梦乡后，便同凌来到了老玉家门口的吊桥上。她搂着凌，老玉则搂着她，晚风吹在三人的脸上，小城的轮廓在灯光中忽隐忽现。老玉凑在苇嫂的耳边轻轻地说："这不是梦，这是真的啊。"苇嫂的身体便战栗起来。那个梦似乎很长，其间又穿插了草原和骑马的情节。苇嫂在马背上感到自己精干有力，完全恢复了青春。骏马飞奔，她目标明确。

醒来之后，她脑海里浮出的第一个句子是："我在找谁？"

"您找到幸福了。"凌回答她说，"这是文学的设计。"

这时墙上的巨大屏幕亮了，苇嫂先前看到过的那位男子在水面上轻快地行走。凌轻轻地推了推苇嫂，说："您还不去追他啊。"

苇嫂立刻朝那条大河奔去，她喊道：

"请您等等我！我来了！"

她同那人会合了，两人拥抱在一起。

"您就是他吗？"苇嫂问。

"我就是您！我们在阁楼上歌唱过幸福！"

虽然看不清这个人的脸，苇嫂却听见了熟悉的声音。她爽朗地发出笑声。

水面在脚板下起伏，脚板痒痒的。苇嫂想，根须正在脚下长出来。

"我爱您，"老玉说，"整整爱了一辈子……"

"我也是……为什么我看不清您？啊！"苇嫂又在颤抖。

"我们中了文学女王的魔法。苇嫂啊，我要搬出阁楼，搬进您的青砖瓦屋。从此我们便一块读文学书。"

"但我俩每天仍要到阁楼上去，那里有文学的风向标。"

屏幕黑了。两人在黑暗中轻轻地抚摸着对方。苇嫂听见凌在什么地方笑。

"凌！凌……"她含泪喊道。

"我在小左这里……我们……我们快要找到……"

凌的声音是从房间外面的风中隐约传来的。

"老玉，我俩在哪里？"苇嫂问。

"苇嫂，我们在信息的河流中。苇嫂，您是最棒的，我多么爱您。"

"这信息员的工作令我变得狂热了。这是一个将文学和生活融成一体的工作。戴姨和我的朋友们给了我这个美妙的机会。"

这对情侣在河面上徘徊，他俩稳健的步伐令他们自己暗暗吃惊。老玉告诉苇嫂说，这栋房屋的上面也有阁楼和天桥，他问苇嫂愿不愿意同他上阁楼，然后从天桥上走回飞县去。苇嫂回答说，她愿意同他走遍天涯海角。"这上面真的有天桥？"她迷惑地问老玉。老玉回答她说，许多普通的楼房上面都有阁楼和天桥，尤其在夜里是这样，他本人就是属于夜晚的。

被老玉牵着手，苇嫂感到自己从一个狭窄的通道上到了阁楼，阁楼的木门"吱呀"一声朝外敞开了，他俩走向吊桥。那吊桥浮在油县的点点灯火之上，苇嫂走在吊桥上，觉得自己脚步很有定准，心中很有把握。他俩就这样手牵手地前行。苇嫂感叹道："原来天桥是起这个作用的啊！"她又听到凌在附近的黑暗中说话，凌和小左在一块朗读一些听不清的句子，看来他俩找到了那本书。苇嫂告诉老玉关于凌和小左寻找理想之书的事，她感到老玉的手在发抖。

"我从未奢望过这样的幸福!"他大声说。

他的声音在空中发出回响,就仿佛是某种誓言一样。

"老玉啊老玉,您怎么出现得这么晚?"苇嫂的声音有点哽咽。

"可是这难道不圆满?"

"圆满!圆满!一切都来得正当其时!这就是文学的奥妙。"

"让我们快快回到您的家里,将《无尽的爱》那本书的结尾一起读完。"

"那个结尾……那个结尾就是开端。"苇嫂笑了起来,"看来您待在阁楼里,是为了夜晚的奇迹出现……我一见到您就爱上您了,但我当时没有意识到我的爱。您听,男女二重唱,他俩多么热烈……"

后来那些灯火完全黑了,他们踩在飞县坚实的土地上,前方隐隐约约地显露出县城的轮廓。他们遇见了一位小贩。

"这么晚了,您还在卖东西吗?"老玉问他。

"我的货物全卖完了,我在等待那个诺言实现。"

"祝您好运!"

他俩听到了乐器店老板拉出的悠扬的二胡曲子。

第十二章　文学女王的崛起

　　戴姨从小酷爱文学书籍。但在很长的时期内，她并没有机会从事文学工作。青年时代的戴姨一直在大群的书贩子里头拼搏。她什么书都卖：武侠小说、言情小说、侦探小说、家庭医疗手册、励志手册、科普丛书、音乐入门等。戴姨在买卖方面虽不十分善于钻营，但也顽强灵活，懂得世事人情。她在书业干了十来年之后便积累起了一笔可观的资金。

　　事情的开端有点不可捉摸。起先是在她的批发点后面那间没有窗户的小房间里，已经过了青春期的戴姨同几位朋友坐在一块讨论文学。那种讨论并不热烈，不如说更多的是迷惘，因为这些人都已经历了世间的沧桑，不会再轻易地爆发出热烈的情感了。但文学始终如同磁石一样吸引着他们，令他们难舍难分，既惆怅，又跃跃欲试。他们都是些老练的读者，聚会从不定期到定期举行，人数也从五六个人发展到二三十个人。这期间戴姨开始尝试经营一些文学书籍。她按自己的品味挑选书籍，经营的数量比较小，基本上不赚钱只能勉强保本。她将这种买卖看作自己的一种爱好。渐渐地，她的这个小买卖的名气就在书业内传开了。她的进书的渠道很快就扩展到了国界以外。而在国内，高层次的文学读者都知道戴姨其人，知道她的店里能提供最前沿的文学书籍，这些书籍有着最纯正的品位，挑战着每一位读者的智慧。当然，高层次的文学读者并不多，一般来说，一个省也就那么两三个。

人到中年的戴姨觉得自己开始焕发青春了，她的生活变得越来越有意思，她的小买卖也越来越得心应手。她已经不再单纯地是做买卖，她将自己看作传播文学的使者，呕心沥血地进行这方面的钻营——直到这时她才发现自己非常善于钻营。实际上，她不是一般地卖文学书籍，而总是在别出心裁地诱导读者。比如鸦，就领教过戴姨的手腕，并心悦诚服。她虽成了文学领域里的传奇人物，令一些高层次的读者趋之若鹜，但她仍很焦虑，总觉得她的工作难以达到意想中的效果，又担心自己与读者的沟通渠道不畅，担心前沿文学的读者在减少。

在她周围的那些读者都认为她行踪不定，具有无法揣测到的意志，和永远超前的文学预见力。当读者们在研究戴姨时，戴姨也在研究她推荐的那些书籍的读者们。她很快就发现了，一流读者中的大多数自己也是作者。还有一些，即使自己并不是正式的作者，却也在以另类的方式进行创作，比如苇嫂，比如鸦，都属于这一类。文学是她们经营的事业，她们用文学塑造自己的人格。深入到这种现象中去之后，她又发现了更深的规律，那就是只有那些具有当作者的冲动的读者才是最好的读者，文学读本可以通过他们一次又一次地获得完全不同的生命的形式。所以每一本书，其实都在呼唤着最好的读者到它里面去进行创造和建构。戴姨为自己的这个发现激动不已，很快就在她的大脑里拟出了文学的蓝图。她决心不断地提供最好的读本给那些天才的读者，并且在读者与作者，以及读者与读者之间架起桥梁，让他们的思想和灵感在自由的交流中不断向更高的境界攀升。时常，在深沉的黑夜里，戴姨会不断地爆发出奇思异想，简直感到自己成了个狂人。

每当戴姨的文学王国里增加一名读者，她的疆界就扩大一圈，她拥有的那些文学图形也会增加一个种类。这位女王在文学上的应变能力简直匪夷所思，没有任何真正的才能逃得了她的眼力。往往一位读者还没有意识到，她就在不知不觉中将他或她引上了他们要去的那条路。这种与生俱来的能力令她在文学事业上所向披靡。关于她的这种能力，她含糊地提到过一种"触角"类的事物，还强调说她的能力就是纠缠的能力。"我总是看对方是不是有耐力，是不是善于进行巧妙的纠缠，并在纠缠中独立运作。"大家认为她的这种言论比较高深，但运用到各自的文学实践中却很有用。戴姨从来不会故作高深。

"啊，戴姨！我要什么就能从你这里得到什么！"作家征这样说。

"戴姨是暗夜里的火炬。"鸦这样说。

"戴姨是严厉的催生婆。"新作者谷欢这样说。

现在她走到哪里，就在哪里被文学工作者和文学爱好者围绕着，"文学女王"这个绰号在一年之内就已经传遍了整个国家。这些人都分别同她打过交道，虽然从未看清过她的脸，却对她的威力永生难忘。他们都将与她的相遇看作改变心灵的大事情，但他们又知道她并不是神灵，一点也不是。有一位读者正确地形容了戴姨的作用，称她为"引发奇迹的媒介"。

雨季过去之后，文学狂人戴姨决定扩展自己的边界，将飞县纳入她的版图，让每一位读者将自己的日常生活改造成文学生活。她对于飞县的入侵行动是很难归类的。在那三天的夜里，以鸦和晚仪为中心的读书会成员们经历了一场狂热而又焦虑的考验，没有人确切地知道发生在自己身上的变化是什么，但每个人都在聚精会神地倾听和寻找。空气中暗示的意味十分浓重，有个别书友已经在抱怨了。不过大多数书友更多的是心怀期待。他们在硬挺，他们希望在硬挺中爆发。文学女王明察秋毫，她在自己的脑海里为每一个人都勾出了一条路线图。她不现身，但她追随着书友们的踪迹。比如苇嫂，比如苇嫂的前男友老榆等人，都是受到她的关照的。

"我觉得我就像在写一本书一样。"苇嫂向老玉耳语道。

当时苇嫂正躺在老玉的怀中——那是他们在阁楼上的第一夜。

而在这同时，民俗专家老榆从凌的口中得知了苇嫂对他的祝福，他哭出了声，信誓旦旦地对凌说自己一定要踏实地生活，从此决不再辜负任何人。

听了老榆的发誓，凌在一旁悄悄地对小左说：

"他就像中了魔一样。"

"这大概是戴姨在发功。"小左也悄悄地说。

同一个夜晚发生的奇迹是油县图书馆的书籍中增加了不少前沿的文学书籍,这一变化惹得那些猫兴奋地叫了一夜,导致馆长通宵未眠。

戴姨决心帮助苇嫂将文学创作进行到底,因为她预见到了这位大嫂身上的巨大潜力。"文学创作是不受年龄限制的。"女王说。下一步,她要诱导苇嫂和老玉去同青年书友交流。

晚仪向戴姨汇报说:"苇嫂已经上路了。"

"这主要是由于你的魅力啊。"戴姨夸奖晚仪。

女王将书友们发动起来之后,自己就潜入了地下。

戴姨和老未是在树林里相遇的。当时她正坐在那块石头上搜集信息。

"您是地下来的书友?"她对老未说,"您那边的情况如何?"

"弟兄们的情况不容乐观啊。资源稀少,大环境很长时间都没有改变了。我听说了您要来此地视察,就匆匆从乌县赶过来了。最近地下通道不太通畅,我一边行走一边挖掘,整整走了一天半才到达这里。"老未说。

戴姨同老未约定第二天去井下。她让工人拖了一些书过来,放在老未的窝棚里。老未看到新书,立刻就变得容光焕发了。他的窝棚被弟兄们称为"矿工之家",大家都要到这窝棚里来挑选自己需要的书,他们都能得到满足,因为戴姨的设计总是很全面的,她对黑暗中的弟兄们的渴望心中有数。

老未和戴姨一同回井下。回去的地下旅程特别顺利,老未发现所有的那些个障碍全消失了,就连他昨天挖出的那些土堆也不见了,一条通道直溜溜地通往矿井。他们两人就像脚下生风似的,半天时间就回到了熟悉的环境里。在值班室里坐下来,戴姨便听到了弟兄们的呻吟。老未告诉戴姨说,大家都很痛苦,一部分人是因为精神的饥渴得不到缓解,还有一部分人则是因为对前途失去了信心。他说戴姨来得太及时了。老未说话间,戴姨就看见有几个衣衫不整的汉子钻进值班室来了。他们当中有一位中年人懂得五国语言,戴姨知道他已经有七年没有升井到上面去了,他在文学领域里属于"黑暗派",

是很有意思的一个派别。

"飞县读书会的同仁们正在讨论同你们结盟的事。"她宣布说。

于是她听到了如释重负的叹息，看到了热切的表情。

"我们……""他们啊……""一体化了啊……""不能没有黑暗派……""信息畅达……"

戴姨的耳边不断响起这些嘈杂的议论，有的是值班室的这几位在说，更多的声音是从房间外面传来的。戴姨高兴地吸收着这些信息，她看见老未在笑，那位懂五国语言的中年人做了一个欢呼的手势。戴姨扬了扬眉毛，问道："你们？？"

"自由万岁！！"地底响起隆隆的呼喊声。

呼喊一波接一波。值班室的电灯黑了，戴姨陶醉于黑暗之中。四周安静下来之后，有人在她耳边轻轻地说，他们还可以往下面去，底下的一个区域的弟兄们正等待着她的到来。

戴姨坐在原地没有动，她感到房间下沉的速度很快。

"您是老未吗？"她问道。

"不，我是您的向导夜明珠。"

"啊，您的名字真贴切。您是一位青年吗？"

"我不年轻了，已经四十九岁了。"

"矿井是您的家？"

"它是我的生活方式。您对这里印象如何？"

"美极了。哈，他们在外面叫我呢，我想到他们当中去。"

戴姨被人包围着。黑暗中什么都看不见，但那些声音令她心潮澎湃。

"久违了。"她说，"这里也是我的家，我又回来了。我发现，不论我走到哪里，人们都在惦记着下面这个家。我带来了上面的人们的问候。"

她眼前出现了一小点亮光，她朝那小光走去，认出了升降车的轮廓，一位年轻人在电灯下读书。他举起那本书的封面让她瞧。

"啊，原来您是个象棋迷！可这本书的内容并不是棋谱，对吗？"

"这本书是很稀有的——它通过下棋来表达爱情。"他羞怯地说。

"那么您,得到了满足?"戴姨鼓励地望着他。

"嗯。我非常着迷。您知道,在这底下,什么可能都有的。"

"您叫什么名字?"

"我的名字是夜明珠。"

"又一颗夜明珠,多么贴切!祝您好运。"

有人挽着她的手臂,将她带往一个寂静的角落。戴姨听到了喃喃地念书的声音。陪她来的那人说,这个洞里坐着一位退休矿工,他热爱这个地方,不愿意上去。好多年里头他一直在这里读书,他说只有这底下最适合于他思考那些深奥的问题,也只有这里信息最多。戴姨顺着那人发出的声音弯下身去。

"您好啊女王!欢迎您重返矿工之家。"那人说。

"您的信息真灵。"戴姨赞叹道。

"因为您是我们的女王嘛。您有什么需要我做的吗?"

"同飞县的书友结盟的事听说了吗?"

"我啊,早就与那边结盟了。我这里什么信息都接收得到。"

"感谢您在此地坚守,您拓宽了我们的领域,是一位英雄。"

"其实也不是坚守,我是喜欢享受的人。"

"我这样说倒显得小气。祝您好运!"

陪同戴姨的那人拉着她向另一个方向走。戴姨问他去哪里,他说去底谷,那里有两位执着的老诗人几乎被人们忘记了。他俩摸索着进了升降车。戴姨在椅子上坐稳后,车子就启动了。这一次似乎是漫长的旅程。戴姨在半睡半醒中问这位陪人的姓名,那人说他自己也忘了自己的姓名。后来戴姨就在摇摇晃晃中睡着了。不知睡了多久,一个苍老的声音在她耳边响起。

"你瞧她多么辛苦啊!这种访问还是很能鼓舞士气的。"

"前年她来时,坑道旁的夜来香曾经为她开放。"另一个苍老的声音说。

戴姨从车里一出来,她的手就被握住了。握住她的手的那只手又硬又热,给她一种奇异的感觉。

"你们寂寞吗?"她问。

"这里是最底下,是深谷,也是每个人的家。它是整个矿井的命脉,每天都有炮弹落下来,怎么会寂寞?我们在这里算是得天独厚。"老人回答。

另一位老人也附和他,惬意地发出哼哼声。

陪同的那一位说确实如此,没有人会真正忘记老诗人,如果忘记了他们,就像忘记自己的右脚一样,而那是不可能的。

他们说话时,有一只老蟋蟀在旁边起劲地叫。先前说话的那位老人解释说,这是报时钟。每当有贵客来,时间就变快了,他们很喜欢这种时间的加速,因为这给深谷带来了生机。女王可以说是他俩最盼望的贵客了,哪怕这个愿望的实现又大大拉近了他俩同死神的距离,也是很值得的。

两位老诗人请女王在天鹅绒椅子上坐下来。当戴姨摸到那张坚硬光滑的石凳时,她差点笑出声来,但她庄严地坐下了。

"二位的声音听来很熟,二位最近有什么新作吗?"她问。

"当然有,我们每天都有新作。"先前没有说话的那位老人说。

"那么,你们记录下来了吗?"

"我们很少记录,我们直接同人们交流。"还是同一位老人说。

"您指的是矿区的人们吗?"

"不光是矿区的兄弟们,还有很多人,因为这里是世界的深谷之一啊。"

老诗人的语气充满了自豪。接着他的声音就沉了下去,变成了一些喃喃低语,除了个别的词汇,几乎听不清他在说些什么。陪同戴姨来的那人凑在她耳边告诉她说,老诗人正在同书友交流文学信息。他还说这两位作者的晚年生活其乐无穷,他俩已经在这深谷里扎下了根,没有人能将他们劝离此地。

"他们是真正的文学之魂,我只是他们的联络员。"戴姨说。

最先说话的那位老诗人走过来,他恳请戴姨将她的右手放在他的一本书上。

戴姨在黑暗中试探性地伸出手,她的手没有落在纸质的书上,却落在毛茸茸的动物的头上了，那动物开始舔她的手背。

"它就是我的书，我通过它接收上面的信息。您瞧它多么热情，它爱您，您还坐在升降车里，它就迫不及待地要迎接您了。您对于这深谷里的风俗有些什么样的感受？"

"这里有亲切的家庭氛围，我心中充满了甜蜜的欣慰感。"

她和那人离开时，两位老人唱起古老的歌曲欢送她。

戴姨在升降车里马上又睡着了，过了好久才醒来。她醒来后仍然被歌声萦绕着，那苍老的歌声有谜一般的魅力。后来歌声就渐渐地远去了。戴姨问那人，深谷的形势是否如她所感受到的那样生机勃勃？那人回答说，确实如此，并且从那底下发出的信息已经影响到上面的矿区了。疲惫的弟兄们就像吸收到了甘露似的，正在一批一批地苏醒过来。刚才他在深谷里得到信息，有一些人已经动身到树林中的棚屋里取书去了。那人问戴姨看见矿井里的信息树没有，戴姨回答说看见了。她的话音一落升降车就停下来了。

此处有一些灯光，那棵树的树叶泛出金属的色泽。她走到树下，抬起头，立刻就听到了熟悉的嗡嗡声——有人在一片喧闹中叫她。当她回答时，她的声音就被那喧闹吞没了。戴姨心里想，交流在发生，整个矿区的文学细胞都活跃起来了。多年前，当矿井还是一个小煤窑时，她就看出了它的前景。那时地面上只有一个狭窄的洞，矿工们只能一个一个地钻进去，谁也不知道进去之后还能不能出来。尽管如此，却并没有看见谁在钻洞时有踌躇的表现。一位老年"煤仔"对戴姨说："欲壑难填，没有谁会吝惜生命的。"正是从那些"煤仔"们的身上，戴姨看到了未来的地下文学世界。从那以后，她一刻也没有忘记地下的这些人们。当然他们也惦记着她，渴望从她那里不断得到精神食粮。

信息树的发声是一阵一阵的，当她听见高潮过去了时，一些零碎的声音仍然留在空中，其实这些声音才是最重要的。戴姨就是从它们当中分辨出了从前的老煤仔的声音。老煤仔反复地说："山不转水转……"他似乎很乐观。他是最老的同路人，戴姨认为他有理由乐观。

戴姨要升井了。她坐进车里，看见外面的灯光都亮了。很多面孔出现了，这些面孔都是她熟悉的。好多年里头，她从未丧失过对他们的信任。她这次巡视发现了一个秘密，那就是矿井如今已不单纯是矿井了，它已变成了地下通道的网络，它的扩张的前途无限。

她回到那片树林里，看见老未坐在石头上，好像他没去过井下，一直就坐在那里一样。他的身边放着好几本书。

"老未，您早就回到这里了吗？"

"是啊。那些书全被拿走了。今天那下面会上演'华沙之夜'的好戏。我的弟兄们太富于热情了，他们将上面所有的故事全搬到了地底，他们每个人的心里都有一轮太阳。我其实并不担心地下的形势……我一贯爱夸大其词，您当然已经看出来了。您这一趟旅行收获大吗？"

"谢谢您让我经历了美好的场景。您真是一位老谋深算的领头人，现在我明白那下面为什么总是生机勃勃了。"她热情地看着老未。

"不要这么看我，女王！我担心自己会爱上您。"老未窘迫地红了脸。

"怎么可能呢？还从来没有人爱上过我。"

"可我一直想爱又不敢，现在我也不敢。"

戴姨脸上露出了快乐的笑容。她同老未拉了拉手，然后她就离开了树林。

她听到老未在她背后高喊：

"总有一天！！"

她没有回头。

从树林里出来后，戴姨在某个秘密的小房间里睡了整整一天，她太累了。有人为她提供餐饮，她饱餐了一顿之后，觉得自己的体重又增加了五斤。她的下一个目标是那些作者们，比如征，比如谷欢，比如晚仪。还有潜在的作者，行为艺术作者，客串的作者等等。她还没出门，就听到了外面焦急的喊声。

"戴姨！女王！我觉得我完了！"

是那位中年作家，脑门上竖着一撮头发的那位。

"完了吗？太好了！小宫，你可要开始了！"戴姨大声说。

"不，不，我是说——"他着急地挥手。

"别说了！我明明听见你说你要开始了——要不怎么会'完了'？"

戴姨严肃地在小宫的肩上拍了一巴掌，小宫愣住了。他站在原地转动着眼珠。忽然，他像听到了号令似的，一转身跑掉了。

戴姨弯下腰，捡起他掉落在地的笔记本。她看见第一页上画着一些象形文字，她看了几分钟，不由得哈哈大笑。"小宫啊小宫，你就尽力地跳吧。"她说。

"同这个冲动的家伙比起来，我才是真的'完了'。"征说。

戴姨朝他翻了几下白眼，说：

"那敢情好啊，你每天都会这样想吗？我关心的是这个。"

"戴姨的话总能给我带来无穷的勇气。您是扭转乾坤的女王。说实话，这种'完了'的感觉并不坏，只不过是让人不能懈怠而已。"

"你就是为了说这个特地来找我的吗？"戴姨嘲弄地说。

"当然不是。您是太阳，我来这里是为了享受阳光。"

"那其实是你自己在发光，你说对吗？"

"我不知道。您教教我……"

"你是知道得最清楚的人。"

戴姨让征进屋去拿书，自己则坐在屋外的石头上。

屋里的阴暗令征有点头晕。他摸索着拿到那两本书，走出屋，翻开其中的一本书，看见海上那熟悉的灯塔，立刻感到自己变得热情洋溢了。

戴姨看着他神情恍惚地走远了。她想起上一次也是在这里，征说起自己想做实验，看能不能在梦中写作。他的想法遭到了她严厉的斥责，她说那是白痴的妄想。她还记得自己的原话："写作需要冷静而奔放，既要控制，又要狂奔。"现在回忆起来，她似乎是在信口胡说。但她的确知道那种状态，这是怎么回事？难道她用这种方法写过很多作品吗？戴姨有时也写作，但并不很多，一共也就三本书吧。但她的确知道一流的作品应该用什么方法写出来，她是通过阅读揣摩出这种方法的。正因为她深通这种技艺里头的奥妙，所以她才成了读者和作者们的共同的女王。她知道征的缺点在于注意力不够集中，所以他才会渴望在梦中写作。她告诉他说那是懒人的幻想，不可能成功。从那以后征就渐渐变得踏实起来了。"人不可以在梦中写作，却可以在生活中做行为艺术。读书会里的有些成员就是用这种方法来创作的。"她这样对鸦说。鸦深以为然。她对有些人强调梦境在创造中的作用这类事感到厌恶，一律斥之为"堕落""颓废""不求上进"等等。戴姨的坚定的理念扭转了征的错误思想，也影响了不少书友。日子一长，征就在实践中慢慢地悟出了梦和写作这两件事的本质上的区别。

"我要咬紧牙关写作。可是人在梦中却不太可能咬紧牙关干什么事。我不一定每天写，但我要经常写，念念不忘。"他对戴姨说。

戴姨笑眯眯地望着征，缓缓地点头。

在飞县，将梦和文学联系在一起的言论已消失殆尽了，这都是戴姨的功劳。戴姨倡导一种天马行空的理性精神，一种肉欲深渊中的圣洁理念。她的观点获得了书友们的支持，因为她说出了大家的心声。近来在作者们当中有这样一个口号："跟随女王，画地为牢。"这个口号同那个以梦为动力来创作的口号是针锋相对的。来飞县聚会的作者们都懂得了戴姨的文学理念。

有一天，征告诉戴姨说，他的一位同仁陷入了创作上的危机中，他想尝试服用大麻来刺激写作。

戴姨笑着对征说：

"那不就像你以前想要通过做梦来写作一样吗？这世上的懒汉都有共同之处嘛。"

她让征带她去那位同仁那里，征说不用去了，因为那位同仁就是他自己，现在他已经明白了自己的症结在哪里。就在一分钟前，他感到自己的内部燃烧起来了。

征说完话就匆匆告辞了。戴姨看着征的背影渐渐消失，她长久地陷在幸福的冥思之中。她想，文学圈里有各式各样的天才，他们中的大部分都没有得到恰当的发挥就过早地枯萎了，这不能不说是很大的遗憾。她总想帮他们一把，有的时候，这种帮助成功了，比如征，但很多时候，她往往帮不了他们，因为与作者的沟通是一件无比艰难和深奥的事，类似于攀登珠穆朗玛峰。戴姨认为自己不是天才，却往往可以做天才的知己。她很珍惜自己的这种才能，决心最大限度地发挥它。

"戴姨，我从苇嫂那里来，她已经进入了幸福的巅峰。"凌说。

"这种创作是多么动人心弦！"戴姨感叹道。

凌和戴姨坐在放下了窗帘的密室中。凌向戴姨汇报说，在飞县附近的大片地区，文学之火正在蔓延，邻近好几个县的书友们正在频繁地互通信息，预计会要产生一批新的作者与读者。凌看不见坐在对面的戴姨，她听见戴姨在说：

"凌，你还记得我们在华沙街头徘徊的那个早上吗？"

"当然记得，戴姨。那时我俩初相识，您告诉了我关于您的文学事业的宏伟计划。您的计划让我那枯萎的生命起死回生。现在我回忆起来，就好像那件事发生在一千年以前一样。我觉得，是您让我成人。在那以前，我并不知道人是什么。此刻我真快乐，戴姨！我和小左已经找到了那本书，我们正在阅读，我们在阅读之际两人都变成了作者，多么奇妙的转换啊。"

戴姨笑起来，说：

"你本来就具有作者的潜质嘛。过不了多久，每一位读者都要享受这种转换的快乐了。人类的古老的血脉中就包含了转换，因为两个就是一个，一个又分为两个。哎呀，凌！我忘了一件重要的大事了……在油县的图书馆里，我寄放了一封密信，本来我打算托你带回给我，但我却忘记了。"

"啊……"

"那封信是从国外的书友们那里拿来的，他们要同我们联合，在读者中发动起义。"

"原来是封这样的信，我已经带来了。豪威馆长交给我的，他郑重地嘱咐我千万不要丢失。哈，起义！我也想起义，小左也想起义，还有乐器店的老金，还有您熟悉的苇嫂！我们马上就要起义！当了这么多年的读者，我们今天要当作者了！"

凌一激动就拉开了窗帘，外面那刺目的光线立刻就令她盲目了。她等了好一会，仍然什么都看不见。她觉得房里一片寂静。

"戴姨，您在吗？啊？"

没有人回答她，她有点恐惧地站了起来，摸索着往门边走去。不知为什么，她摸不到门了。她在密室内转了三圈——或自认为的三圈，走到第四圈，才无意中推开了那张门。外面是马路，房门自动关上了。

凌走在人行道上，心中想着起义的事，情绪就像大海涨潮一般。

第十三章　连小火的茶园

张丹织老师终于要去休养了,是校长逼迫她这样做的。校长说,如果她不肯的话,他就要开除她。因为外面有人议论,说校长将她这位年轻教师当奴隶使。这件事发生在学生们放暑假时。而且校长也不准她待在宿舍里学习和研究,他命令她离开学校。

张丹织忽然感到了恐慌。她不知道自己应该干什么才好。都两年多了,她几乎没有休息过,也不习惯了。她闷闷地坐在宿舍里,情绪混乱。

这时电话铃响了。居然是久违了的连小火。

连小火热情地邀请张丹织去他的茶园度假,他说她可以同他的妻子的两个妹妹住在一块,大家一起凑个热闹,图个快活。

"我当然愿意,小火哥。没想到我一有难处你就出现了。如果你不邀请我的话,我还真不知道要往哪里去度假呢。我成了工作狂了。"

张丹织的情绪立刻阴转晴了。她开始收拾行李,准备明天去度假。她一边收拾一边回忆校长的态度,哧哧地笑着。

当她从书架上拿书时,拿到了那本《地中海植物大全》。她略一思忖,就将这本书放进了手提箱里。"我并不想怀旧,我会重新开始。"她对自己说。

她还带了一本教育方面的书，她要在静谧的茶园里读这本书。

收拾完行李之后，她又感到有点空空落落的了。她下楼往操场上走去。

夜里操场上一个人都没有，她在那张熟悉的木椅上坐了下来。此时的氛围给她一种奇怪的感觉：她真的在这里待了两年多了吗？这个学校同她的心灵是一种什么样的联系？是不是她再也离不开这里了，直至她成为老女人？

她坐了很久，没有遇到任何干扰。

回来后她睡得很熟，也没做梦。

一清早她就被敲门声吵醒了。来人是连小火的两位妻妹，姐妹俩都是苗条的美女，牙齿雪白，眉毛漆黑的村姑。

"丹织姐姐，我们给你带了早餐来，你吃完后我们就上路吧。"

张丹织狼狈地冲进卫生间去洗漱。

这两姐妹姐姐叫金秀，妹妹叫银秀。在开往郊区的车上，她俩一边一个坐在张丹织身旁。银秀爱说话，金秀腼腆。

车子开动后，张丹织变得百感交集了。幸亏有银秀在她旁边问话，她才没掉下眼泪来。她在心里骂自己。

"丹织姐姐，我明年要去考师范学校，我也想去当小学老师。"银秀说，"我喜欢孩子，也喜欢自己周围有很多人。我觉得自己天生适合做老师。"

"等你念完师范，考上老师，就申请来我们学校吧。我们学校的孩子喜欢漂亮的老师。"丹织努力说话，想要克制自己的伤感。

"真的吗？他们会认为我漂亮吗？"

"你会是学校里最好看的老师，男生女生都会为你发狂。"

"您在开我的玩笑吧？不过我听了真兴奋，我说不出话来了……"

三个人沉默了一会儿，后来是金秀说话了。

"丹织姐，我的想法和银秀不同，我愿意在城市和乡村之间穿梭。所以我在做茶叶的销售工作，我同时也在茶园里制茶。我喜欢茶友们，也爱茶树，我喜欢清静，也向往热闹。"

张丹织觉得金秀的声音像唱歌一样好听。张丹织见过她们的大姐，此刻她在心里将三姐妹称作三朵玫瑰。她开始暗暗地批评自己的伤感情绪:"病态……病态啊。"她想起了连小火,为他的好运气感到欣慰。

下车后走了一会儿,张丹织就看见了茶园。远远地望去,她马上发现茶园已经大变样了。那些小山包一个接一个地连了起来,一望无际。可是从前,这里并没有这么多山包啊。难道连小火在短短两年多里头完全改变了这里的地貌?他是如何完成这一切的?

"我们先不去姐夫家,您同我们去村里吧。"银秀说。

"好!"张丹织高兴地答应。

她们没走多远,村子就如同变戏法似的冒了出来。那些三层楼的大瓦房都建在一条小街的旁边,村尾还有一条河。

两姐妹的爹爹站在一栋楼房门口欢迎客人的到来。

爹爹的烹饪手艺很高,张丹织吃到了有生以来所吃到的最美味的兔子肉,她还喝了两大碗米酒。不知不觉地,她已经变得迷迷糊糊的,她看着眼前晃动着的三个人,心里想,这是多么欢乐的生活啊。三人的声音汇合在一起,像三重唱一样。后来她就睡着了。

她醒来时发现自己躺在一张女孩子的床上,身上盖着碎花布的棉被。

窗外有人在说话,在张丹织听来,就好像中午吃饭时的那种谈话还在延续似的,仍然是三重唱,那么和谐、多思,那么柔美。张丹织忽然想大哭,这是好久都不曾有过的冲动了。但是她发觉自己哭不出来。她对自己说:"为什么我不能像他们一样?"此刻她感到自己促狭,尖刻,像个老处女。

有人站在过道里。

"进来吧!"张丹织大声说。

银秀一跳就进来了。

"这是你的床吧,香喷喷的。"

张丹织将被子叠好,然后凑近墙壁去瞧那张全家福照片。

照片中的女主人有着惊人的美貌,不太像这个世界里的人。在梨花盛开的大树下,五个人都在尽情地笑,只是爹爹笑得稍微克制一点。

"妈妈走的时候就穿着这件衣服,这是她最喜欢的衣服。"

"我老觉得妈妈没有死。爹爹,唉唉。"她又说。

"你们都这么爱她,"张丹织说,"我觉得她是幸福的。"

"嗯,我也愿意这样想。幸亏她遇到了爹爹——世上找不出比爹爹更好、更有情趣的男人了。幸亏……"

"我也是这样看的。你妈妈在活着时抓住了幸福……"

她们听见金秀在院子里喊她俩。

那院子很大,几棵大垂柳下面是蓬蓬勃勃的花草,花草间有两条并行的小径。金秀坐在一条小径尽头的木椅上。

"我的茶友今天夜里会来。"金秀说,"他可能会向我求婚。"

张丹织吃惊地瞪大了眼睛,她看到腼腆的金秀此刻一点都不害羞。

"我还没有打定主意。"金秀又说,"丹织姐,您也帮我看看他吧。他是一位小学老师,样子很普通,可我觉得他很亲切。"

"太好了,金秀,你找了我的同行!你这么漂亮,他一定心花怒放!"

"他的小学在城里,我们如果结婚的话,就得搬到城里去。我当然更愿意住在茶园,我们两人中总有一人要做点牺牲。不过我在城里还是可以做茶叶销售工作,可我又舍不得爹爹。"

"金秀,你考虑问题真周到。可不可以把爹爹带去?或者让他经常去你那里住?"张丹织为她出主意。

"您提醒了我。这是一个解决的办法。这意味着要买大房子。我和他都要努力。丹织姐,我今天晚上就听您的,您说他行,我就同他好下去;您说不行,我就同他吹!"金秀红着脸说。

"千万别这样!终身大事怎么能听别人的?如果你要听我的,那我就什么意见都没有了。"

她们三人一齐哈哈大笑。

爹爹从窗口探出头,喊她们进去吃饭。

"好像刚刚吃了中饭,这么快就又吃晚饭了?"张丹织边走边说。

"乡下的日子总是这样，非常简单。"金秀说，"我最喜欢这种简单。"

他们晚上吃一种黄灿灿的小米粥，粥里还放了一些炒得很香的小籽花生和黄豆。张丹织喝了三大碗粥，还吃了不少家制萝卜干。这种农家的饮食令她入迷。她注意地观察爹爹，感到这位言语不多的男人机敏又体贴，更难得的是大方热情。"他一点都不像煤永老师。"张丹织在心里嘀咕，"与其同煤永老师好，还不如和他好。"但她立刻被自己的想法吓了一大跳。

"张小姐喜欢我们的茶园吗？"爹爹亲切地问。

"喜欢，太喜欢了！"张丹织大声说。

饭后他们喝了一种安神的茶。那茶叶有一股特殊的清润和淡香，张丹织舍不得放下杯子，连喝了两小杯。他们聊天正热烈时，金秀忽然跳起来跑到外面去了。爹爹哈哈一笑，说："我那未来的女婿来了。"

"丹织姐姐，我们说定了啊。我将来一定要去您的学校工作。"

银秀说这话时紧紧地搂着张丹织。

"昨天听小火说您会来，我一直在想象您的学校的样子。"爹爹说，"听说我那未来的女婿的老师，就是你们学校的元老呢。"

"哈哈，多么凑巧啊！那位老师叫什么名字？"张丹织兴奋地说。

"我忘了，瞧我这记性。好像是姓雷？他来过我们家。"

"金秀就像是嫁到我们学校去一样！"

因为金秀在外面待得太久，银秀不耐烦了，就拉着张丹织去花园里。

外面黑黝黝的，只有那两条小径旁边有地灯。张丹织看见三个人影站在柳树下面说话。她和银秀手拉手走近去。

"丹织姐，介绍一下，这位是我的茶友普石。还有一位是您的老朋友。"

张丹织的脑袋"轰"地一响，好像站不稳似的摇晃了一下，银秀连忙扶住了她。

"丹织姐姐，这里风大，我们进屋去吧。"银秀说。

"不，我很好。"丹织挣扎着说。

"丹织，没想到会在这里遇见你。"煤永老师说话了，"我们该进去见爹爹了。"

于是一行人往屋里走去。走到屋前的空坪那里时，煤永老师挽住了张丹织的手臂。他用埋怨的语气说："我总也见不到你。"

张丹织感到被挽住的那只手臂变得十分僵硬，她的身体有点发抖。

当大家都在沙发上坐下时，张丹织才看清了普石的模样。她觉得他是一位很有精神的小伙子。再看煤永老师，又发现煤永老师的额头上有了一条皱纹，而且他现在多了一个表情，就是有时眯缝着眼。

"我们刚才在外面一直讨论一件事。"普石对爹爹说，"就是到茶园来办小学的事。您觉得这件事的可行性如何？"

"我举双手赞成！茶园正该办一所小学，周边邻村的孩子们可以来这里上学。现在这些孩子们上学要翻过一座山。"爹爹说。

张丹织终于冷静下来了，她目不转睛地看着普石，心里想，多么了不起的小伙子！可她马上意识到，这位普石是煤永老师的学生。此时煤永老师也在对办小学的事发表意见，张丹织却听不清他在说些什么。她的心又跳起来，她为自己的慌乱懊恼不已。某个瞬间，她瞟见了金秀容光焕发的脸。张丹织将目光转向窗户，看着外面深蓝色的天空，天空里好像什么东西在发光。突然她听到爹爹在向自己问话：

"张小姐明天打算去哪里？愿不愿意去参观茶山？"

"太好了！我就是为这个来的啊。爹爹请您告诉我，为什么——为什么茶园这一片地方会有这么大的变化？"张丹织问。

"说到变化，那都在于人的心啊。"爹爹说，"心有多大，变化就有多大。"

"我有点明白了，爹爹，不，我一点都不明白。"

张丹织的目光同煤永老师的目光相遇了。那目光给她的感觉是深邃、镇静，还有亲切。"这就证实了，他不爱我。"她对自己说。她连忙掉转了目光。

"二位老师来自同一所著名的学校，看来我家金秀的运气不错啊。我们的茶园在五里渠学校有不少业务呢。更重要的是，我常听人说起你们的学校，我觉得你们学校有世界上最好的教师。可能是因为我平时在家里说得多吧，现在我的两个女儿都同你们学校有了关系。"

爹爹说了这些话之后，就转身到壁柜里去拿红酒。

爹爹给每个人都倒上一杯，然后大家一块干杯庆祝。

张丹织喝了酒，身上热烘烘的。她想，这屋子里洋溢着幸福，茶园里的老百姓的日子多么美好啊。她又有点想哭，但忍住了。她注意到对面的煤永老师并没有刻意盯着她，她应该为这感到庆幸还是感到失望？

由于煤永老师和普石要回到连小火家去休息，银秀一家人和张丹织就去送他俩。当他们走到大路上时，普石和这一家人热烈地谈论着办小学的事，不知不觉地撇开了张丹织和煤永老师。

煤永老师主动上前挽住了张丹织。这一次，张丹织的胳膊不再是那么僵硬了，也许是因为喝了酒的缘故。

"丹织，你怎么不来我家了？"煤永老师轻声在她耳边说。

"我太忙。再说也不太好吧？"张丹织也轻声说。

"你以前都敢来，现在反而不太好了？"

"我已经知道了……怎么还好意思去？"

"你知道什么了？多么奇怪啊！"

张丹织沉默了。煤永老师也沉默了。

默默地走了一段路之后，前面那一家人在叫他俩了。

"煤永老师，您明天放假，同我们一块去茶园里逛一逛吧。"爹爹说。

"我真想同你们一块去，可是校长命令我明天写一个报告给教育部，是紧急任务。唉，真遗憾，我真不想这么快离开这里。"

他们四人同两位男士道了别，就回家里去了。

"丹织姐姐，听说这位煤永老师在教育界非常有名啊，我真想同他学一手呢。现在他就像我们家的亲戚了。"银秀兴奋地说。

"银秀，你今后有的是机会。"张丹织边说边搂紧了她。

他们回到家里，洗漱完毕，打算睡觉了。张丹织和银秀睡一个房，两张舒适的床并排放着。

"真舍不得睡啊。"张丹织说。

"可我喝了那酒一直在犯困,我先睡了,晚安……"

银秀很快就睡熟了。

张丹织在黑暗中睁大了双眼,实际上,她一直在回想那件不可思议的事:煤永老师同她的对话怎么会同她梦中的对话如此相似?这个对话是真实的,还是她酒后产生的幻觉?如果是真实的,这说明了什么问题呢?他们已经分别了这么长的时间,现在一开口就暴露出双方想的都是同样的事……不,也许他的话并不是她所猜测的那种意思,而是另外一种意思。比如说,他是想说她以前轻浮,现在变稳重了。呸,她用不着他来评价!不过他的语气是那么充满了忧虑,又像是心里压着什么东西想对她倾诉一下。直到这时,张丹织才想起了连小火。当然,这整个事情都是他策划的……校长也是主谋。想到这里,张丹织心里涌出一股暖流——这两位多么可爱!那么煤永老师说校长要他写报告是撒谎?或者真有写报告的事,但却是借口?他认为她对他太冷淡?他终究并不爱她?一想到他就在不远的那栋楼房里,张丹织更加难以入眠。两年半前的那个夜里发生的一切是多么美好啊,那时她比现在年轻!小火哥,你什么都肯为丹织做……可是这件事你注定了要失败,因为这个人不爱丹织……也许有一点点爱,就像爱他的女儿小蔓一样。

她一直在折腾,天快亮了才睡着。

第二天是个阳光明媚的好天。张丹织怀着紧张的心情跟随银秀来到她姐姐和姐夫的家。房子建在小山下,是一栋朴素别致的瓦房。远远地就看到银秀的大姐瑾秀和普石站在葡萄架下面聊天。隔了一会儿连小火也出来了。

张丹织悬着的那颗心放了下来,但在同时,她的情绪变得很灰了。

连小火走到张丹织面前尴尬地说:

"丹织,他一早就走了,真是个固执的人。"

张丹织的脸红了,但很快又变得惨白,大概是因为夜里休息得不好。

"丹织姐,煤永老师让我交给你这个。"瑾秀拿出一双天蓝色的运动鞋,笑嘻嘻地说,"他说你爬山时穿它正好。"

张丹织不好意思地察看着盒子里的鞋子，说：

"确实好，又好看又轻便，难为他想得周到。"

她坐在石凳上换鞋，一边换一边在心里惊讶着：他是怎么知道自己的鞋码的？多么合脚啊。当然，这就是那种父爱。

于是四个人一块去游茶山。

一直爬到茶山的顶上，张丹织还沉浸在恍惚的情绪中。她想，原来煤永老师知道自己要来茶园，可一开始他却说没想到会在这里遇见她，看来他也常说谎啊。他特地买了一双鞋来送给她，可他自己又赶紧跑掉了。好像对和她接近这件事感到害怕似的……这个人心里到底在想些什么？

张丹织用迷惘的双眼望着大片的绿色，她好像什么都看不清。

连小火赶上来了，刚才他在对茶农们说话。现在他和张丹织并排走在一起。

"振作起来，丹织。我不能肯定，但我的直觉告诉我希望是很大的。"

"谢谢你，小火哥，可我早就不考虑这件事了。他不爱我。"

"他不爱？那他爱谁？你的判断下得太早了，要有耐心。我看他只能爱你，爱谁都不合适。"

张丹织勉强一笑，说：

"可是他偏偏就没有爱上我。"

"那是因为你努力得不够吧。他有心理障碍，他失去了这方面的信心。"

"他就像一位爹爹，给女儿买鞋……"

"这难道不好？父女型的情侣多着呢。你是他的创造力之源。"

"你言过其实了，小火哥。不过你既然认为我同他合适，我就再等等看。"

"不要光是等，丹织。你现在怎么改变性情了？"

"或许我也同他一样没有信心吧。"

不知不觉地，张丹织就在茶园里待了一个多星期了。

白天里，她有时同银秀一块待在房间里，她们各看各的书，有时她则被银秀拉着去茶山上逛，看风景，也观察茶农们的劳动。她沐浴在大自然里，感到自己里面正在发生变化。那到底是什么样的变化，她却说不清。她在心里深深地感激连小火，她觉察到在她生命的转折关头，他正暗暗地帮助她，支持她。

一天下午，张丹织和连小火，还有瑾秀三个人一块去那家农家饭馆吃饭。这就是煤永老师也在此用过餐的同一家饭馆。张丹织不安地跟着他俩走进那黑乎乎的房间，在一张方桌旁坐下了。

"张小姐，我认识您。您和那位美男教师先后来我这里吃过饭。"

黑暗中响起了饭店老板的声音，却看不见他。

"您的记性真好。可谁是美男？"张丹织有点吃惊。

"他同您好像是一个学校的。"

"我知道您说的是谁了。您这里的美味令我时常怀念。"

这时连小火凑近张丹织说，这位老板说的是真心话，有好多次了，只要他提到煤永老师，他就由衷地称他为美男子。他还说他从未碰到过比煤永老师更好看的人。

一会儿张丹织就闻到了菜香，那香味泼辣又有点野性。瑾秀说他们今天要吃野鸭，是老板从邻县买来的。

这时老板娘过来点燃了煤油灯。张丹织感到房里的人都像影子。

张丹织犹豫了一下，还是忍不住问了：

"你们那次在这里吃的什么菜？"

"是野兔。煤永老师吃得很痛快。那时我还没有开始减肥，我一个人打扫了战场。啊，永生难忘的美食！"

瑾秀低下头哧哧地笑。

"也许我早该来你们茶园度假了，可我为什么没想到这上面去？"

"那是因为丹织太痴迷于她的工作了。"连小火说，"其实人应该不时变换一下环境，那会有利于对事物做出清醒的判断。"

"可他不是走了吗？"张丹织陷入沉思。

"他没有走，你在他的心里，他也在你心里。"

菜上来了，他们开始喝米酒。张丹织忽然提出要喝白酒。

老板娘拿来了酒鬼酒。

"这可是很厉害的酒啊。"连小火提醒丹织。

他们三个人一人一杯。张丹织喝得很快，又要了一杯。

后来她就哭起来了。

连小火内疚地说：

"都怪我，都怪我……为什么我不阻止她？"

张丹织哭着哭着就睡着了。连小火在瑾秀的帮助下将她背回了家。

将她安顿好之后，连小火一遍又一遍地对妻子说：

"她该有多么压抑啊，啊……我真是个傻瓜。"

瑾秀安慰他说：

"没关系。我觉得她同煤永老师的事十有八九会成功。她那么爱他，他不可能不知道。再说他也爱丹织姐，这是很明显的。只不过男人常常考虑太多。"

"真的吗？你这样认为？"连小火热切地问。

"我就是这样看的。让我守在这里吧，我担心她醒来后要吐。"

连小火在书房里坐下后，马上拨通了煤永老师的电话。

"有一点事告诉您。丹织刚才同我们出去吃饭，她喝醉了，哭起来。现在我们把她安顿好了。"

"啊……啊……"

两人都拿着话筒不放。过了好一会儿，是连小火先放下了电话。

连小火走到窗前，凝视着那一轮异常明亮的新月，心里升起了希望。他很相信他妻子的直觉。现在他从心底里认为这两人是天生的一对，但怎样才能除掉煤永老师心里的顾虑呢？煤永老师可不是什么小伙子，看来要拉拢他和丹织这个任务非常艰巨，并且还得等待机遇。现在的关键是要稳住丹织，让她重新为爱情而努力。

假期很快就休完了。张丹织对这次休假很满意。虽然时不时地有忧郁情绪袭来,但茶园的宁静幽美,农家生活的简单惬意,还有周围这些友人们的柔情蜜意,使得张丹织心中的阴影渐渐稀薄了。她想,连小火是对的,人只要换一个环境,有时就能更清楚地判断一件事。现在她对煤永老师的看法又有了一些改变,她认为他对她的感情大概是处在一种中间状态——既不完全是爱,也不是一点都不爱。她暂且将那种感情定位于"喜欢"。他喜欢她,这是看得出来的。至于热烈的爱,还不到那个分上。现在她也不打算努力了,因为努力也不会起作用。她觉得最好的态度应该是"任其自然"。

银秀和金秀第二天都有工作要做,所以前一天晚上就同她告过别了。爹爹送给张丹织一包干笋子,让她带回去慢慢吃。

上午九点多,连小火来了,他要送张丹织去汽车站。

"丹织,你醉酒的那天,我打了电话给煤永老师,告诉了他你的情况。他听了我的描述,在电话那头什么都没说。"连小火告诉丹织。

"这就说明他心里没有我嘛。"

"如果他心里没有你,他大概会说些什么,比如问问你的情况之类,这是一般朋友之间都会这样做的。你觉得我的分析有道理吗?"

"嗯,有道理。不过我得好好想想。小火哥,谢谢你,我觉得这次休假很有收获。要不是你帮我,我很难走出阴影。"

"丹织,你怎么客气起来了呢?"

"你不要担心我,我现在自信心空前高涨,回到学校就会一头扑进工作中,没有时间伤感了。至于煤永老师,我给他时间,看他会不会慢慢爱上我。反正我目前也没有新的对象嘛。"张丹织笑起来。

"丹织,好样的,我就希望你保持这个样子。你不是一般的女孩,你是人见人爱的美女,我不相信煤永老师不被你所打动。"

坐在长途公交车上,张丹织感到熟悉的氛围扑面而来。这是"他"的氛围。蓝天,道路两旁的大树,远处的田野,车内嗡嗡的说话声,前排时而站起时而坐下的小孩,这一切都同"他"有关。她好像已经同他认识很多年了一样。事情的开头似乎有些荒诞,但自始至终贯穿着某种严肃的,甚至有点悲伤的意味。那到底意味着什么呢?他们两人如今为什么要将自己裹得这么紧,不向对方敞开?真有不可逾越的障碍横在他们之间吗?

她在校门口遇见了许校长。

"丹织老师回来了!你气色真好,到底是年轻人!你快要走桃花运了,爱情在向你招手……"

他说了这几句就转身回自己的密室里去了。张丹织看着校长的背影,心中涌动着热流。

她在快到宿舍的路上又碰见了小蔓。小蔓帮她提着行李,两人高兴地进了屋。然后小蔓又帮着打扫房间。

"啊,丹织,你出去一趟回来好像变成个新人了,瞧你多么精神!"

"你怎么样?"张丹织问她。

"我好得很,云医也是。丹织你快恋爱吧,我觉得那位朝老师很关注你,他很漂亮,可以试着同他沟通一下嘛。"

"他是好看,不过不是我喜欢的类型。"

"唉,你们这些人很麻烦!"小蔓边抹桌子边叹气。

"我们?还有谁?"

"你忘了我家还有一位。爹爹好像是下了决心永不恋爱了,农的事对他肯定是有影响的。他现在一天到晚想的都是工作,工作一停下来就魂不守舍。昨天我和云医在爹爹家吃饭,云医问他什么事,他居然走神了。他的变化真大。"

"你又为你爹爹担心了,我看没必要。他现在名气这么大,正处在事业的黄金时代,他是幸福的。"

"也许吧。可那只是一方面啊。我不太懂得他,我的性情像妈妈,比较单纯。我觉得我还有点像我的干妈。"

"你的干妈是一位美人儿。"

"是啊。她年轻时可能爱过我爹爹。你瞧，我爹爹够坚强的吧？他什么打击都承受得了。我很想他能找到一位伴侣，我这是杞人忧天。我一来就说我的烦心事，谈谈你在茶园的见闻吧。"

"那是个绿色王国，人到了那里就会变得宁静。你刚才不是说我变成一个新人了吗？这就是茶园的影响。你和云医也去茶园休养几天吧，那位老板是你爹爹的好朋友。"

"真的？太好了！我们一定要去。"

小蔓一离开，张丹织就坐在那里发起呆来。事情怎么变得这么凑巧了？好像她周围的人总在对她谈煤永老师，并且总是这一个话题。

她的目光落在沙发上的那本杂志上，那是她刚从旅行包里拿出来的、那本专门介绍地中海的植物的杂志。她连旅行都带着它。煤永老师会不会也在想她？或者偶然想起她？她没法知道，只能等待。

第十四章　漫长的历程

征在青年时代没有干过什么像样的工作。他一般都是打零工，不论什么工作都做不长久。这是因为他除了爱写诗，做其他的工作都不专心。即使是写诗，他也不属于一鼓作气、努力追求的那种类型，而是有点犹疑，有点缺乏自信，对自己又比较苛求的那一类。所以他的作品的产量极低，也不可能以写作谋生。可悲的是，他一旦从事别的工作，写作起来就更为困难了，他的注意力很难集中。于是征为了写作，便尽量地不去做别的工作，并且减少消费，成日里躲在家中或坐在图书馆里冥思苦想，并且拼命阅读。虽然写得少，征的诗歌在同行的小圈子里还是有相当高的评价的。有时候，他一年才写一首小诗。他认为自己还没有成熟。近年来，征不再写诗，改为写短篇小说，他觉得写小说更顺手，所以他的写作态度正在逐渐变得积极。征的转变有一些决定性的外力在起作用，除了好友晚仪对他一贯的鼓励和影响之外，文学女王戴姨在提升他的品位方面也起了决定性的作用。

戴姨看出征的潜力之后，便鼓励他去找一份体力劳动的工作。于是征成了码头的装卸工。这个工作很繁重，而征在这之前是个懒懒散散的人，所以一开始他很吃不消，但他终于咬牙挺了过来。不过征只在码头干半天，每天下午和晚上都是他的创作时间。这样坚持了五个月之后，征竟发现自己的写作有了进展。他比过去更能集中注意力了，某些瓶颈也自然而然地被他突破了。于是征在创作上打开了局面，同时又解决了生活费用的问题，可谓一举两得。

"戴姨真神奇，她一看就知道我该如何努力。现在我明白了，懒惰是我这一生最大的敌人。我必须锻炼我的筋骨，做一个强壮的人。"他对晚仪说。

现在征很少做那些冥思苦想的无用功了。不论是阅读还是写作，只要他坐下来，总有一定的效果。他的自信心正在渐渐地建立起来。

从前写诗的时候，征的阅读范围比较狭窄，一般只限于文艺和历史类的书籍，而且他的阅读不够细致，时常不耐烦，所以收获也就不大。自从在朋友那里偶然结识了戴姨之后，征的眼界一下子就打开了。现在他不光读文艺和历史，还读哲学和自然科学书（他本来就喜欢动物学）。不知从哪一天起他开始感到，不论读哪一类的书，全都同他所从事的文学写作有关，并且他只能以文学的眼光来看待各种各样的知识。这个发现给了他巨大的阅读的动力，从此他就觉得自己的时间不够用了，以前的那种种的空虚无聊也消失得无影无踪了。哲学和动物学使他的好奇心大涨，他开始改换文风，尝试短篇小说的写作。这一次，几乎是一试就成功了。

"不少东西在里面看不清，但又不是完全盲目的，差不多是有条不紊地出来。"

当他这样告诉戴姨时，戴姨就说他"上路了"。

"我开始成熟了，我是作家了。"征对自己说。

他仍然愿意下苦力，出大汗。他尝到了甜头。

不过像他这种性情的人，搞创作并不会一帆风顺。在某些低潮的日子里，阅读也常常走神。每当他想松懈下来，便记起了戴姨的叮嘱。她说，像他这种气质的人，如果热爱写作，就得训练自己过一种近似兵营的生活。只有这样才会有一定的产量。戴姨是板着脸说这些的，当时她那冷酷的目光扫视着他，就好像他是一只产蛋的母鸡一样。于是他明白了，他不能退，一退便全盘崩溃。于是，他几乎天天去码头，没有缺过工，与此同时，他也每天阅读与写作。哪怕只读一页书，哪怕只写两三个句子，他也在坚持。他想，这是他的命运，他喜欢这个命运，他不愿意做另外的选择。他尤其不愿休假，因为在这个关键时刻休假会夺去他的精神享受。

在晚仪的眼里，征是一位晚熟的作者。她相信他的不一般的才华，在他的颓唐的日子里时常暗暗地为他着急。后阶段他的爆发又令她无比欣慰。她想，多少年都过去了，她和征都有点盲目，只有戴姨知道要怎样塑造个性，难道不是她将征塑造成了奇迹吗？当然，也是征自己将自己塑造成了奇迹，戴姨的工作就是调动征身上的活力，使其尽力发挥。晚仪认为征的命运的转折是由于戴姨。女王是世界上的一个神奇的存在。

多年的实践早就使征体会到了，文学可不是好玩的，你必须用性命去拼，任何取巧和松懈都会导致一败涂地，唯一的方法就是迎难而上。对于他征来说，当好一名码头装卸工是他有可能从事文学的保障。所以有时即使情绪阴郁，他也咬紧牙关去码头。往往是当他出了一身臭汗之后，抑郁的症状就会减轻，垂死的创作欲望也会渐渐抬头。劳动不光是锻炼了征的体力，同时也使得他与周围的工人们建立起了实质性的关系。在去码头工作之前，征的性格有点像"独狼"。在文学圈和社会上，他除了晚仪和另一位诗人，再没有其他的朋友或相熟的同事，他不愿和人来往。然而进入码头工人的群体之后，一切都由不得他了。他的工作有合作的性质，不管他愿不愿意也得同这些粗犷的人打交道。他们有的简单质朴，有的灵活狡诈，有的病态阴沉……渐渐地，征成了他们中的一员。于是征发现，他的文学素质在他与人打交道时给了他很大的帮助。由于他善于揣摩别人的心思，并且见多识广，他在人们当中越来越受欢迎了。现在去码头对于他来说成了一桩身心放松的事，他甚至在工人们当中发展了两位读者。常常在入睡前，他会在脑海中重演白天里同工人们打交道的场景，这些场景一般来说都会令他满意。即使有些小小的不痛快，在日后的深交之中也会转化为彼此相安的关系。他进而感到，他对日常生活的投入如今也在促进着他的创作上的突破——自信心一提升，创造就更有把握了。

晚仪对征说:"你现在浑身洋溢着码头工人的粗犷气息,我觉得你成了干大事的人了。"

"这话说得好,"征高兴地说,"你们都在鼓励我。虽然我并没有干出什么大事,可我心里很踏实。现在我对短篇情有独钟,我的野心是将生活中的美的图形一个一个地画出来。"

"你已经成功了,还会继续不断地成功。一流的作家总是这样的,连连爆发,出人意料。"晚仪真诚地看着他说道。

晚仪还告诉他,他介绍来的那两位读者,很快就融入了他们的读书会,受到大家的欢迎。因为他们对文学的看法很独特,引起了不少人的兴趣。

啊,那些码头工人,他现在已经离不开他们了。他倒不是要以他们为小说的素材,他的小说不属于那种以生活表面事物为素材的小说。他之所以同工人们打成一片,是因为这是他近年的生活模式,一种以写作为中心的、理想化的生活模式。他必须同人打交道,而周围人的喜怒哀乐,正在间接地刺激着他的创作欲望。他找不出明显的证据,但他本能地感到事情就是这样的。他不再萎靡了,经过多年的浮沉之后,他看见了那条路,而这一切,皆因文学女王的指点。他多么幸运!他记起自己在三十五岁时曾经想过学习做一名图书管理员,他还买了一些专业的书籍打算进行这方面的钻研。但两个月之后他就将这个计划抛之脑后了。当晚仪向他询问这事时,他想了想说:"到底意难平啊。"晚仪听了便不住地点头。他不适合做图书管理员,却适合做码头工人,这就是戴姨那天才的大脑为他做出的设计。他虽对自己是否能长期创作下去没有把握,但他现在的确是几乎每天都在创作。他觉得自己应珍惜这一段黄金时期,毕竟自己已经拥有了,即使明天就迎来创作的危机也没有关系,到那时再去做图书管理员或读者也来得及。晚仪特别欣赏他的这种态度。

有同行对征说,他的小说中的人物都很稳重,很结实,思想有定准,这是不是装卸工作给他带来的启示?征当时没有回答他的同行。他在黑夜里仔细搜寻着他的记忆,某个模模糊糊的形象便在脑海中像半成品一样时隐时现。嗨,这位同行真神奇,他看到了征的内面形象。从那天起征便开始观察自己周围的工作伙伴,对这些司空见惯的面孔一天比一天感到惊奇起来。后来他便确定了,这些人都是他小说中的人物,每一个人都是。不光码头工人,还有他的同行,还有那些读者,或不从事文学的人,他们全都具有深奥的、看不清的本性,他们生活在这大地之上,人人都深谙一种隐秘的技能。而他征,作为一位作家,是发现这一点的人。否则的话,他又怎么能在故事中再现这种秘密呢?征想到这里,便从床上爬起来,坐到书桌旁开始写。他是如此的兴奋,整整写了一个半小时还停不下来。后来,他听到环卫工人已在他窗下清扫街道了,他这才满意地放下笔,进入吸引着他的梦乡。

　　征的理想中的爱人是晚仪。自从青年时代加入写作行列,遇见这位同行之后,征从未改变过对她的爱。熟人们都觉得征的这种单恋有点不可理解,有点柏拉图似的爱的意味。征对周围人的看法不加理会,他心里认为,要是他不爱晚仪了,这倒是一件怪事了。晚仪对于他来说就是文学、爱人和美。对于征,即使是恋爱,也得将文学摆在首位,文学是他的终身的情人(至少他目前这样认为)。而晚仪,正好与文学合一了。他也知道晚仪没有爱上他,他将原因归于自己个性方面的缺陷,他希望通过从事写作来改造自己的个性。然而在以往的那十几年里头,他取得的成效甚少,直到戴姨出现……并非他现在在改变个性方面取得了进展,晚仪就有可能爱上他了,他知道这种可能性很小。但他不能不爱晚仪:她是他的理想,对他来说她是世界上最有魅力的女人。只要他还在追求文学,晚仪在他心中的形象就总是那么生动、活跃。晚仪从来不劝征成家,她深知他的难处,知道他要将有限的精力投入文学,无法在同时维持一个家庭。这位纯粹的文学工作者深得她的喜爱,在十几年的友谊中,她从未在他面前有过轻浮的举动。

　　"实际上,我把我们之间的友谊看得与爱情同样重要。"晚仪说。
　　征则在心里说:"我从来都是把自己看作你的第二个爱人。"大概因为沉浸在文学氛围中的缘故，征并不为晚仪不爱自己而感到痛苦，虽然有些失望。晚仪是他的创作的重要的灵感之源，他每写出一篇成功的作品，都要设想一通晚仪的看法，为之兴奋，为之鼓舞。他认为要是换了另一位女士，他就不可能再得到这种幸福了。他想，他同晚仪之间的这种融洽契合在人当中只有几千万分之一的概率，现在落到了他的头上，是上天对他的垂青。是因为晚仪的出现，他才真正意识到了自己在文学上的才能，过上了他愿意过的这种生活。在晚仪和戴姨的帮助之下，他始终走在正道上。这两位女性远远超越了歌德《浮士德》一书中的永恒女性，因为现在是新时代了。

在上一次的文学聚会上，征经历了触及灵魂的震动。从聚会回来之后，他和晚仪两人就像竞赛似的投入了狂热的写作。有时在半夜，他会突然接到晚仪的电话。

"到处都敞开了，什么都可以写了。"晚仪说，"征，我猜想你也到了那个地方，对吗？真没想到我俩会这么走运。"

"我正在想关于永恒女性的事。我当然到了那里，因为晚仪总在我身边嘛。"

"你的话让我放心。我们同乐吧。晚安。"

征想，刚才写作的时候，他也有这种感觉。句子从黑暗里冲出来，顺利得让他想不到。所有的栅栏全都被冲开了……

有时他也会在半夜打电话给晚仪。

"晚仪，你帮我判断一下看，我会不会像夜游神一样四处溜达，随便在纸上写些句子？这种东西能不能算文学？"

"老朋友，祝贺你升级了！你这是非常高的境界了，我应该称这种境界为自由。天哪，我现在都追不上你了，你跑得没影了……征！征？！"

"我在听呢，晚仪。我想起了从前那倒霉的一年，我要是那个时候放弃了的话，如今该有多么惨。好了，我再说就要被冲昏头脑了。"

他感到无比幸福。被自己心仪的女人欣赏，还能有比这更高的满足吗？这样的小日子多么美，但愿能持续下去。即使晚仪没有爱上他也不要紧，这种境界一点都不亚于爱情。她是一位知己者，杰出的女作家，她对他的创作有极高的评价。征激动得在房里走来走去，平静不下来。就在黎明时分，他看见了自己的手。那也许不是他的手，只不过有点像他的手罢了。它握着什么东西，握着什么呢？他终于看见自己的手了，而在这之前，他从未看见过自己的身体。这是写作给他带来的穿透性视力。他，一个四十来岁的男人，突然看见了自己的手，他走火入魔了。

他没有上床睡觉，洗了个冷水澡，给自己做了早餐吃了，就去码头上了。他看见自己正在投入火热的生活，浑身有使不完的劲。

"征啊征，你今天工作起来像老虎一样！"他的同事评论说。

"可能我本来有点像老虎，以前自己完全不知道。"他笑起来。

"现在完全知道了吗？祝贺你啊。"

这些工人总是这么风趣。多么奇怪，好多年之后，他才发现自己周围的人深奥又风趣。这都是创作所导致的，不创作，他就看不见人们的本质。比如这位老傅，他走路时一只胳膊老是弯曲着，这是因为他家中的负担很重。征以前也认识老傅，可他从来没有关注过他的家庭负担，他认为老傅自私自利，不怀好意，这种人活在地球上对谁都没有好处。征对自己眼光的变化暗暗感到欣喜。现在，看见自己的手成为一件轻而易举的事了。并且在清晨，当太阳还没升起来的时候，他还听到过儿童朗诵童谣。"我的圈子在渐渐地扩大，虽然前方是一片混沌。"他听见自己在说，"什么是短篇小说？短篇小说就是另类的诗散文啊。你在写作时并不那么盲目，你差不多可说是胸有成竹了，因为你的思维的深处有原型。一个就是另一个，另一个从前一个生出……坚持一下，让句子持续地流出来。"

劳动给他带来的是神清气爽。他自然而然地想要坐下来读书写字了，他一点都不曾强迫自己。今天天气不是很好吗？这是最适合创作的日子啊。一想到过后那种收获的快乐，情绪就高昂起来。

"征，出来散散心吧，我们都想为你庆贺一番呢。"新近交的朋友说。

"我正在笔耕，我不能离开，不然会后悔的。"

他歉疚地挂上了电话。有什么好庆贺的？他浪费了那么多的时间，现在必须尽全力弥补。他可不想再返回过去的颓唐生活。那种比死还难受的阴暗生活，他已经受够了。他现在的生命是虎口余生，得拼搏。

他拿起笔，便有某种诱惑性的词句在向他招手。于是他放下了悬着的一颗心——写下第一句，便会有第二句追随而来。晚仪，晚仪，你瞧现在的征变得多么有能耐，多么幽默了！

他写得不算多，但也够多了，因为每天都在写啊。为保持形象氛围的鲜明，他每天的写作都适可而止。写作生活是任务，一项最最愉快，最最自由的任务，他每天最乐于去完成的特殊任务。窗子外头，城市的灯火在颤抖，那是从心脏里涌出的爱的暖流所致。

灵感真是一种奇怪的东西啊。从前，他老是有枯竭的感觉，不知道要如何突破，创新非常艰难。自从文学女王启发他，使他形成一种新的生活模式之后，灵感便源源不断地到来了。这种情形确实像晚仪所说的"到处都敞开了，什么都可以写了"。征让自己的思绪沉淀下来之后，努力地回忆种种细节，得出了一个结论：写作同肢体的训练直接有关。如果人想得到一种旺盛的、源源不断的创造力，他就必须在某种程度上劳其筋骨——或参加劳动，或进行体育锻炼。一个懒人，即使天赋中有创造力，也会随着时间不断萎缩。他自己的例子就说明了这个规律。那么灵感，就应该既是心的渴望，也是肉体的渴望。从这个意义上来说，艺术家应该是最健康的人。他们的健康体现在能够从事一种高强度的灵肉合一的运动。在这种新生活中，征解放了自己，而且正在变得越来越强健。他的近期目标是让写作带来金钱，然后脱离码头上的工作，代之以更为随心所欲的体育锻炼。为了明白这个道理，他绕了一个多么大的圈子！幸运没有同他擦肩而过，他的觉悟还算及时。关键就在于战胜动物性的惰性，像一个"人"那样生活，这该是多么浅显的道理！在四十四岁这一年，征才在戴姨的启发下明白了灵肉之间的关系，这件事令他刻骨铭心。现在他不但自己要身体力行地实践这条规律，还要将自己的经验告诉同行和读者，还要写一本书去宣讲！那些在昏暗中挣扎的人将因此受益。

这段时间，他同晚仪讨论得最多的就是他的这个心得体会。他感到他从前就像一个孤儿，现在他才通过他的文学与整个世界发生了互动。

征的文学上的声誉在渐渐上升，弦也绷得越来越紧了。现在他成了一台好用的机器，产量不断增加。尽管如此，他还是不敢有一点点懈怠。他已经辞去了码头上的工作，租了一套大一些的公寓。现在他除了图书馆，几乎什么地方都不去了。因为无论去什么地方都觉得难以忍受。他的位置在图书馆和家里，还有锻炼场所。他希望自己过一种刻板的生活，每天读、写、锻炼，读、写、锻炼……日复一日地循环，直到八十岁以后。"这才是真正的享受啊！"他告诉晚仪说。他从晚仪那里获得了热情的回应。不过他的节奏有时也会被打乱，码头工人中的读者和他后来交的一些书友会来拜访他，他们一般先打电话，得到允诺后便来到他家中。这种交流虽不多（人们担心会干扰他的写作），但同样给征带来了乐趣。他的作品本来就是为这些书友们写的，现在书友们对作品做出了反应，同作品，也同他这个人产生了互动，从而使作品存活，并得到延伸，还有什么比这更美好的事呢？他梦寐以求的不就是这个吗？

"亲爱的征老师，我读您的作品时有这样的感觉，好像正是我想写的那种——我激动得不时站起来。您觉得像我这样的——我是电子产品售货员，文化不高，可我酷爱文学，您觉得我也可以尝试写作吗？"书友之一说道。

"为什么不可以？太应该了！如果您有冲动，不妨马上去试。我从前也是这样试出来的。我的文化也不高。能不能搞文学，要试一试才知道。"

"征，我目睹了你在从事重体力劳动的同时搞创作，这给了我极大的鼓舞！我家境不好，还得做好几年装卸工，可是我还年轻，我打算今后也要从事文学。我现在就每天晚上阅读和做笔记，我要向你学。"装卸工说。

"你用不着向我学，你做得比我好。你会找到时间来做你喜欢的工作的。我已经隐隐约约地看到了你的前景。"征说。

"我太激动了，今天就像，就像，不，我找不出合适的形容词！"

装卸工涨红了脸。他想了想又说：

"在你的小说中，总有一个中心旋涡，从那里头出来的张力分成好几股力，每一股力的形式都不同，但读者感到这些全是同一种类型的力……好长时间了，我一直在思考这种问题。"

"你说得太准确了！兄弟，我觉得你已经做好了创作的准备，你可以在休息日开始尝试。你的水准非常高。"征也很激动。

"我还有一个看法就是，最好的文学不写已经有的事物，只写你最想要的。将你最想要的写出来，就成功了。因为你真正最想要的，别人也想要，你就会获得读者。我说得有道理吗？"售货员说道。

"岂止有道理，"征愉快地看着他，"您是一位真正的前沿文学的研究者，您的潜力非同一般。"

这一类的交流意外地成了征的创作的动力。他觉得自己没有理由休息，哪怕就为这些亲爱的书友，他也得多写，再多写！为了多写就得多读。他认为书籍全是相连着的，他总在这些山峦的内部穿行，为的是弄清书籍的结构。年轻时他凭表面的记忆读书，现在完全不同了。他早就停止了大脑的机械记忆功能，现在他的工作是探测和实验。他喜欢去触动那些障碍物，看看它们会有些什么样的表现，也看看自己的思维把握它们的能耐。对于现在的征来说，读书就是建立属于他自己的历史。从前他不知道历史是什么样的，哪怕书读得再多，关于这方面也没有多少感受。自从他在创作方面上路之后，历史感就逐渐地建立起来了。历史在书籍中，也在日常生活里。他发觉自己获得了一种眼光，他愿将这种眼光称之为历史的眼光。在书籍中，在生活中，他都用这种眼光为自己开路。

"我想预测一下这个东西会不会跳起来，我用我的意念拍打它，我听到它里面发出闷闷的响声——它不是实心的。那是历史的回声。难道你不觉得所有的书籍都得这样来阅读吗？"他对晚仪说。

"有道理。历史应该从内部去接近。凡是做表层记录的人必定失败。征，我觉得你越来越高明了。"晚仪回答。

"你比我觉悟得早多了。即使我现在有了什么进步,那也是戴姨对我的帮助啊。你忘记这一点了。"

"戴姨是明灯,征也很了不起啊!"

"让我们相互吹捧吧。"

那一次两人谈得高兴起来,就由征请客去四川餐馆吃麻辣烫。

"二位好久没来了,真想念你们啊!"老板齐师傅说。

"征现在忙得连吃饭的时间都没有了。他今天是来齐师傅这里寻找历史感的,齐师傅你给他一点启示吧。"晚仪说。

"征,你可找对了地方!我这里到处都是历史!看看这桌面上的木纹就知道了。几天前,有一个人朝这木纹吹气来着。"

"你说的是矿工吗?"征问道。

"是啊,就是矿工。他吹气时这些木纹就变了色。"

"我明白了。"

齐师傅去后厨炒菜了。征和晚仪相互打量,两人都惊异于对方的变化之大。他俩各自私下里嘀咕:"这还是原先那个人吗?前不久看见的容貌已变成了历史。"他们这样想,倒不是因为对方变老了,他们还算不上老,而是因为一种没有把握的感觉在内心升起来了。此时双方都有点尴尬,不知道要如何向对方敞开心灵,恢复从前那种关系。

征看着晚仪头顶的空间,分明感到自己一副蠢像。幸亏这时老板娘来上菜了。她摆上了几个冷盘。

"二位想想你们从前辩论的情景吧。"老板娘似笑非笑地说。

征的表情立刻变得活跃了。

"文学之爱发展到了新阶段,这是个猜谜的阶段。我说得对吗,晚仪?你有什么看法?"征说道。

"我同你不可能生分。今后,十次猜谜总有九次猜中吧。我们在将文学的规律付诸实践。"晚仪兴奋地说。

"这些木纹会为我们证明。"征也兴奋了,"从前有一次,我俩坐在这里,外面发生了地震。那时我就有种预感,虽然那时我很幼稚。"

麻辣豆腐端上来了。两杯酒喝完,两人都伏在桌上睡着了。

齐老板说:"这就是历史啊,他们进去了。"

老板娘说:"多么过瘾的历程啊。"

虎纹猫急切地叫着,在两人的裤腿上擦来擦去。两个人都在睡梦里听到了它的叫声。这只老猫是齐老板的计时器,它总是敏捷地朝着需要计时的地方钻,从来不会出差错。

当天空出现红色的晚霞时,两人一道醒了过来。他们手挽着手走到街上,站在人行道边看那落日的余晖。

"猫咪怕我们错过了这人间的美景,当时我也急着要醒来。"

征说这句话的时候一脸的满足。

"你瞧,这就证明了!"晚仪回应道,"我同你不可能生分。"

夜晚的阴影钻进那些角落时,征和晚仪沉入了城市的历史,他们两人都隐藏起来了。

征信步走到河边的馄饨摊子那里坐了下来。

"一九八三年时,你的事业出现过转机。你还记得那时城市是什么表情吗?"

老妇人一边下馄饨一边垂着眼皮问征。

"那时到处是急切的表情,妈妈。我永生忘不了。现在已经缓过来了,但仍有一双询问的眼睛。有一天半夜,就在这里,您的美味小吃给了我无限的慰藉。您基本上没说话,但您说出的只言片语在后来漫长的日子里不时在我的记忆深处响起。妈妈,您如何评价我这样的神游者?"

"你啊,小伙子,你已经知道我的看法了。凡是来吃馄饨的都是心如明镜的人。今夜的河水不再是一九八三年的节奏了。这是很好的。"

"真好吃啊。此刻我有了新的记忆。真正的新!"

后来征在河边看见了人群,人群正在骚乱,不久就溃散了,只有两个人留在堤边。他们是一男一女。女人居然同征打招呼了,是晚仪。

"晚仪，这位贵姓？"征问道。

"我想找我的男友老黄，结果找到的是矿工老贺！这种阴错阳差令我愉快。历史就是这样的，对吗？"晚仪俏皮地说。

他们三人站在那里听河水。后来老贺忽然跳起来就跑，说地下坑道里发生了变故，他得赶去救援。

"晚仪，你真是来找老黄的吗？"征问。

"当然不是。老黄是我的历史，我不可能去找他，只能等他在某一天重演。当然我也不是消极地等，我花样百出。"

"我祝你好运。地下坑道的事故你听得到吗？"

"听得到。隐隐约约地，那里同这里是相通的。一九八三年时——"

"啊，为什么你们都说一九八三年？"

"那是希望之年嘛。"

"说下去啊。"

"我忘了后面的句子了。我总是这样。"

天黑时征回到家里。在台灯柔和的光线里，他又进入了那个地方，那是一幢只有一层的、屋顶很高的瓦屋，门口有两棵国槐，树叶的长势蓬蓬勃勃。屋里是两间房，里面一间，外面一间。里面那间有书桌和木椅，他坐在那里写。现在他已经比较熟悉这个地方了。屋后有些吵吵闹闹的声音，不过比较模糊，并不影响他的冥思，倒像是在促使他的语言倾巢而出。

他在他称之为"槐树屋"的房子里待了两个小时，感觉自己不能再这样写下去了，就停下来，走出屋子，回到自己家中。"哈，我今天太棒了！"他说。

他坐在黑暗中同戴姨进行想象中的对话。

他：感觉不到写作的意义，这是否走在正路上？

戴姨：那意义在行动中。如果顺手又流畅，便不会偏离目标。

他：我好像越来越熟练了。

戴姨：恭喜你啊。

他：可我总有恐慌感。

戴姨：恐慌吧，恐慌吧。看那金灿灿的麦浪。

他走到窗前，城市涌进来，嗡嗡地应和着他。如此安静、富足的生活使他陶醉了。经过多年的挣扎，他征终于完全上路了。即使到了今天，当他回想从前那一轮又一轮的沉沦时，仍然感到后怕。生活中的转折是隐藏着的，表面的不幸下面有巨大的幸运。他和晚仪都已经得到了幸福。

他挺过来了。他的素质并不好，所以才有那些挫折。是他对于文学的无穷无尽的、纯真的爱支撑了他，而晚仪和戴姨这两位非凡的女性也是他的支柱。这大地有温暖，所以才会生出这类杰出的女性。她们就是文学，他爱她们，永远爱。如果远离了她们，他简直不知道自己是否还实存。人类的整体感就是通过她们传送到他体内来的。

第十五章　谷欢的文学之路

谷欢生活在这个国家的东北边境的一个小镇上。她从三十岁那年开始阅读文学书籍。她时常带着孩子坐班车去城里买书,也常去城里的图书馆借书。到后来,小城市的书籍越来越满足不了她的阅读饥渴了,她就坐火车去大城市买书。

谷欢的丈夫是一位受欢迎的理发师,方圆百里的人们都爱上他的店里来理发。老汪热爱自己的工作,经他的手做出的发型朴素美观,他的理发店生意兴隆。谷欢除了带小孩和打理家务,还总在店里帮忙。随着孩子们的长大,谷欢有了空余的时间,于是她恢复了青年时代的爱好,这就是阅读文学书籍。在北方漫长的冬夜里,她和老汪总是坐在炕上,一人手中捧一本书,她读小说和诗歌,老汪读哲学和历史。他们的房子较大,房里摆满了书架。生活俭朴的两夫妻将所有的余钱都用来买了书,两人都坚定地认为读书会使他俩和孩子们变得更聪明。当然他们读书并不主要是为了发展智力,而是因为这种活动给他们带来巨大的享受。每天睡觉前,夫妻俩都要谈论一阵各自所读书籍的感想。

不知从哪一天起,谷欢开始将自己心中被读书所激发的一些灵感写在一个笔记本上,写完后藏在柜子的抽屉里。她是容易害羞的女人。

"谷欢,你的笔记写得真美。"丈夫老汪看着她的眼睛说。

"随便乱写罢了。你觉得还行?"

"不光还行,简直有点像你读的那些书!你有这方面的造化。"

"老汪,你在开我的玩笑。"

"我干吗要开你的玩笑?我也读了这么多年的书了,眼界也不算低了吧?我看你就是有这方面的才能。最难得的是你从一开头文笔就特别老练,有作家的风范。比如我,就写不出那种句子,想破脑袋也写不出。"

"我喜欢你,老汪。"

"我嘛,会一直做你的知心读者。"

"你真的认为我能写?"

"千真万确!欢,我已经打定了主意少做点业务,给你更多的时间来写。"

"我有被冲昏了头脑的感觉,容我想一想。"

谷欢思考的结果是她不能不写。她有千言万语要表达,但她还不清楚她会如何开始,更不知道今后如何将她的产品传播出去。边疆小镇的生活是单调的,谷欢感到,正是这种单调给了她的写作一种决绝和纯净的品质。同丈夫谈话之后,她的写作呈"井喷"状态了。她不再写笔记,她开始写一种类似小说的文字,但这种文字又不完全是小说,她还不知道这属于什么类别,也不想去知道,她只想沉浸在写作中,充分过瘾。从此每一天,在老汪的配合下,谷欢都腾出一段时间来写作。渐渐地,她写满好几个笔记本了。令她感到惊奇的是,她居然很喜欢自己写下的文字。刚刚开始时她作过判断,认为自己目前写出的作品必定是幼稚的,要经历好几年的练笔才会走向真正的文学。这也是大部分人的经验。然而实际情况并没有按她所预测的去发展,她飞快地闯过了练笔的关口,直抵文学的核心了。而且不光她自己这样看,老汪也是这样看的。谷欢既隐隐地激动,又有些惆怅。她惆怅是因为她在文学上的进展还没有得到真正的证实。虽然老汪的眼光在她看来相当敏锐,可老汪是她的丈夫,如果他的评判里头有盲目的偏向呢?

谷欢曾好几次向杂志社投稿。可是国内的杂志社很少，文稿大概堆积如山，她的投稿很长时间都没得到回音。她并不郁闷，但惆怅总是有的。她，一位务实的中年女人，写下了一些发自灵魂的文字，她是多么盼望同读者交流啊！可什么时候才能有机会？据老汪说，她的文字属于比较晦涩的类型，恐怕必须要有高水平的编辑来阅读，才会进入到她的境界，认识到她的价值。可他们身处边疆小镇，同内地的文学界没有任何联系，也没有文学方面的朋友。随着抽屉里的笔记本的增多，老汪变得有点焦虑了。谷欢反过来安慰他说，只要坚持写下去，总会有机会找到读者的。世界这么大，总有识货的读者存在于各地。目前最为重要的就是不要丧失信心。

一天早上，老汪对谷欢说他要去城里拜访两位老友。

到了晚上，老汪在电话里对谷欢说，他要在朋友家睡一夜，第二天同一位文学经纪人一块到家里来。

听了老汪的电话之后，谷欢就变得忐忑不安了。经纪人！这对她来说是多么陌生的词啊！她写在笔记本上的这些文字怎么会同经纪人有关？老汪看来有点昏了头了，她责备自己不该过多地表达想获得读者的意愿。

早上把两个孩子送走之后，谷欢返回家中来做饭。待在厨房里，每当大门那里有什么骚动，她便会吃一惊，脸红心跳地快步走到门口。但并没有人来，完全是她的神经质在作怪。

一直等到中午过后，老汪才和经纪人一块来了。经纪人是一位肥胖的女士，穿着黑裙子，行动不太灵活。老汪则像喝醉了酒一样满脸通红。

谷欢将饭菜热好，端上桌。她感到自己的腿发软。

"戴姨，像我这样的家庭妇女，在文学上有没有希望？"她鼓足了勇气问道。

"看看吧。"戴姨含糊地说，"不过，家庭妇女倒是有优势的。"

吃完饭戴姨就要走。她带走了一大包谷欢的笔记本。

"真奇怪，是她让我去城里的。她是怎么知道我们家里的文学信息的？我问过我的朋友，他说他也不知道，可他又补充说戴姨就是这样一个人。欢，我感到你要转运了，我们庆祝一下吧。"老汪笑眯眯地说。

"别，先别忙着庆祝。我太紧张了，我紧张得不能思考了！"

"她说家庭妇女有优势！你听清了吗？真是独特的角度啊。朋友老姜说，戴姨是能在文学界呼风唤雨的人物，而且她要免费为你服务！"

夜里，夫妻俩谈到很晚，不断地回忆他们这些年的阅读生活，不断地站在戴姨的立场上来评判谷欢的作品，怎么也平静不下来。

"她是谁？我怎么觉得她这么熟悉？"谷欢说。

"看来你的这种文学属于一个家族。"老汪陷入沉思。

"也许如此。要不怎么解释这种情况？咳，我这么激动，今夜别想睡觉了。我紧张得快生病了。"

第二天上午戴姨就打来了电话。

戴姨简洁地表明了她的态度。她说谷欢今后不用考虑出版方面的事了，这种事由她来替谷欢张罗。谷欢的任务就是写作，写得越多越好。

接完这个电话之后，谷欢像走了几百里路一样瘫在椅子上，连话都快讲不出了，只是直愣愣地眼看着老汪。

"我们庆祝一下吧。"她挣扎着说了出来。

老汪立刻拿来了红酒。喝了一杯酒之后谷欢才缓过气来。

"为什么这么快？"她眼泪汪汪地说。

"因为你写的是真正的文学。"

谷欢的写作生活就这样开始了。

戴姨让谷欢去过一些读者见面会。

一开始这种场合给了谷欢一种奇怪的感觉。她不知道那些读者是什么样的人，也不太听得懂他们所说的话。每次这些读者谈起她的作品时，她都会大吃一惊，因为完全出乎意料。但是慢慢地，她就喜欢起这种见面会来了，她感到了戴姨的拳拳之心。不仅如此，在艰难的摸索中，她渐渐地听得懂几句读者的话语了。当她坐在台上时，她就陷入了回忆之中，台下的那些读者就像她的很久以前就失去了联系的亲属，现在他们同她重逢了。一开始她不适应他们的异地口音,但现在她冲破了障碍,原始的记忆正在恢复,家族的熟悉氛围笼罩着会场,沟通实现了。"多么远啊!"她对着话筒说。

"我们来了!"有人在下面回应。

有一次她天真地问戴姨:"他们从哪里来?"

"四面八方都有。"戴姨说,"你小时候常同他们一块玩,你们在河里一同嬉戏,直到太阳落山。"

"嗯,我有种预感,也许所有的事都会被我记起来。"

啊,读者!难道她从前渴望的读者就是这个样子?好像不是。她和他们之间总像隔着一层薄纱,她不能完全挨到他们的身体,但他们和她之间又的确有某种感应。不管她说什么,总有人回应她。这究竟是好还是不好?

由于有了这些既亲切又陌生的读者,谷欢的写作发生了微妙的变化。

时常,她进入深渊去同他们相遇。而当她进入深渊时,她便相信自己有同他们见面的机会了——当然,那些面孔是辨认不出的。

"您好,榨油厂,我们五十年前有过约定。"她说。

榨油厂的墙上显出人脸的轮廓,很像读者丰。丰不开口,所有的读者在她写作时都不开口。谷欢从他眼前经过,进入村庄的阴影之中,她要从那阴影里深入进去。

谷欢事后将这种情况告诉老汪,老汪便开怀大笑。

"太神奇了!"他说。

这就是说,戴姨的那些读者给谷欢带来了勇气和运气。她感到她的创作已变得一天比一天纯正。她只要去辨认,就看见到处都有他们;而一旦她辨认出他们,她的写作便立刻向前推进了。

当谷欢熟悉了为她安排的读者见面会的氛围之后,她就再也离不开这些读者了。不论白天黑夜都离不开,他们充满了她的作品,也充满了她的脑海。他们窃窃私语,但又总不让她听懂。奇怪的是,有时听懂一两句,她便会泪流满面。更奇怪的是,她希望自己在创作的关键时刻听不懂他们的话,他们对她的抵制仿佛是她最后成功的标志。她将自己的常去之地称为深渊,深渊就是那些村子。进入村子的阴影中就是进入戴姨的读者群中,那些标记,那种陌生的熟悉感,每一次都会令她感到无比惬意。

现在她几乎每天都写,她停不下来了。

"戴姨啊,我没料到读者是从我心里走出来的!"谷欢说。

"没错,他们就住在作者的心里。我听见他们说你的路会越走越宽。"戴姨说。

"您啊,您什么都看得见!"

她暗暗地牢记一位读者的特征——嘴角的一颗痣,她打算下次与她相遇时观察这颗痣的变化。但这是徒劳的,现实中的事物从来不同样地出现在创造中。她看见的是古朴的石磨,她知道这个石磨就是那位女读者,她完全可以确信。也许这就是创造的力量。

谷欢在写作时必须在乎读者,当她看见他们时,她就像吃了定心丸一样。从一开始写作她就看见了他们的朦胧的身影,但直到戴姨为她组织了这些读者见面会之后,这种对于读者的在乎才越来越强烈。读者就是她作品中那些意义不明的风景,那些口吐预言的陌生人,她必须紧跟这类风景和人,她的写作才不会偏离正道。从前她出于本能这样做,现在她充满欣喜地这样做。

谷欢喜欢在傍晚写作。那时太阳收敛了光芒,大地母亲喃喃地发出低语,谷欢感到她直接就能同她交流。镇上是安静的,偶尔有几声狗叫,马上又沉寂了。当她渐入佳境时,她感到自己所使用的完全是另外一套语言,同白天的属于太阳的语言正好相反。她的人物正如那些读者一样,总给她带来陌生感,她知道陌生感会给她带来欣喜,那是她在写作时隐隐期待着的。他们轻轻地说话,总是说一些令她振奋甚至升腾的话语,这些话语牵引着她的肉体勇敢地投身于异境。而其实,写作不就是构造出一个又一个的意境吗?

谷欢的日常生活由于写作而变得更明朗了。其实她天性乐观,只是有点内向。在以前,孩子、丈夫、理发店这三件事是她生活的中心。现在她只有一个中心了,但这个中心仍是以那三件事为基础。这是什么意思呢?简单地说,就是她的写作生活与她的日常生活相互渗透,相得益彰。她觉得,她从前从未像现在这样幸福,也从未过得像现在这样饱满。她有时有飘飘然的感觉,但她更愿意沉静下来,在地母的王国里辛勤劳作。因为只有这种劳作能带给她持续的快感。而她的写作,又将特殊的意义赋予了她的日常生活,使她的日常生活在她眼里有了一种美感。于是她变得更为沉稳、从容,一举一动更有成熟女人的风韵了。

那时她的书还没有出版,戴姨正在为她努力。她像所有的作者一样非常渴望现实中的读者。她知道戴姨给她安排的读者会上的那些读者是有某种背景的,他们同现实中的读者并不一样。现实中的读者才意味着事业的真正成功,谷欢渴望成功。但她又知道,这种事不能勉强,她必须等待机遇。作品质量的鉴定和它们的问世之间总是有一个时间差。她是有耐力的人,并不害怕等待。

"你觉得戴姨好看吗?"谷欢问丈夫。

"我觉得她是世上最美的那一类女人。"老汪肯定地说。

"奇怪,我怎么也有同样的感觉。"

不久戴姨就告诉谷欢说,现实中的读者快要来了。这就是那次谷欢对飞县的访问。飞县在这个国家的腹地,谷欢是坐火车去的。整整一天一夜,谷欢在车厢的卧铺上心潮起伏,既不能完全睡着,也不能真正清醒,就那样迷迷糊糊地吃了几顿盒饭,上了几次厕所,更多的时间是望着窗外,思维在空中神游。"啊,你们。"她无声地对读者说。那些人也看见了她,那些人在拥挤着,回应道:"我们。"谷欢清楚地听到了他们的回应。她灵机一动,立刻拟定了同读者交流的方案。那就是后来发生的文学活动,她在那个活动中与读者一道齐声朗读她写的小说。那真是一次美极了的实验。谷欢回到家中之后,整整两天仍然不能平静下来。她仍处在交流的氛围中,反反复复地重温那种场面。她明白了,阅读就是重写文学作品,每一件作品都只能在阅读中被激活。从前她热爱戴姨给她安排的那些读者,因为他们一直在推进她的创作;现在她更喜欢飞县的这些读者,因为他们激起了她努力生活的勇气。那些"你们"不就是她自己吗?她自己不就是"我们"吗?那些日子,她幸福得像浮在云天里一样。

"谷欢,我听到对你的作品的反馈了。"老汪神秘地竖起一个指头。

"嘘,小声点。我们到里面房里去说。"

老汪笑眯眯地将那些意见说给谷欢听,谷欢听完后,给了他一个深情的吻。白天里,夫妻俩不断地用眼神交流着心中的喜悦。

刚开始写作时,谷欢并不知道读者是怎么回事。是戴姨将她带进了魔幻的世界,从那时起她才知道了,读者是她的创造得以成立的前提。最开始,难道不是老汪使她坚持下来了吗?当然如果没有老汪,她也可能还会遇见其他的读者,可当时很长时间里确实只有老汪一个读者。可见有时哪怕一位读者也能支撑作者和作品,但这个最小的量是必需的。谷欢又想,如果为未来写作,她在当今一位读者都没有,那么她必须有对于未来读者的预测。她必须为读者写作,否则就没法写作。这个基本的道理是戴姨教给她的。

当她的书终于印出来了时,谷欢就看到了一个多姿多彩的自己,这个自己活跃在她的读者当中,浑身都是触角。从此她就有两个自己了,两个都是她所爱的。她将自己的新书拿在手中,将自己设想成各种各样的读者去一遍又一遍地阅读。比如设想为老汪;设想为戴姨;设想为鸦;设想为晚仪;设想为征等等。这种游戏给她带来无比的快乐。虽然她知道她未必能把握别人对她的作品的设想,可她不就是为了有机会去揣测别人而在写作中向别人发出信息吗?这似乎是一个曲里拐弯的设定,但有几分真实:不论她是描写各式人物还是风景,都内含揣测的成分——她渴望共鸣者进入她的游戏。当她将每个朋友,每个熟悉的文学爱好者对她的书的看法都揣测了一遍之后,创作的欲望就高涨了。她还要写出更好的、更吸引这些人的新作品,这是她活在世上的价值。她提供一种新视觉,新方法,甚至新的世界观!她用不着自负,因为这些"新"都是人之常情;她也用不着自谦,因为她所提出的的确是别人未曾提出过的!

谷欢走在边疆的小镇上,边疆的风吹动树叶,仿佛在她耳边说:"欢,欢,欢……"她毫不掩饰地发出笑声,笑出了眼泪。她在旅馆的红墙上看出了她的小说的印记，还有那杂货铺的灰屋顶上停留的鸽子，不正是来自于她的近作吗？小镇安宁笃定，这种背景最适宜于编织阴谋之网……

她去买酱油了。

"谷姐姐，今天家里吃鱼？"肥胖的店主垂着眼问道。

"不一定吃鱼，先买了放在家……"她惶惑地回答。

"哈哈，你的计划真长远！"店主飞快地瞥了她一眼。

谷欢提着酱油走出店门时忽然意识到，这又是一位老练的读者啊，老汪不是将她的书送给这个人了吗？刚才的对话就像发生在她的小说里的那些对话。这位余（他的姓）老板该有多么敏锐！哈，这种交流真幽默，他一定感到了满足。他属于那种主动走进她的世界里的读者。

"老汪，我们是不是要去买鱼？我买了酱油。"

"哈哈，欢，你喜欢进攻型的读者吗？"

"他让我欣喜若狂！"

他们去买了鱼来吃，他们以这种方式来庆祝新读者的诞生。

边疆小镇从此不再寂静。

谷欢通过交流领悟到了，她，晚仪，还有征，以及这个国家里的另外两位作家，他们的作品提供了一种新型的世界观。他们都不是要描写已有的世界，他们的理想是建构一个新世界。他们的作品同主流格格不入，但他们的作品却拥有未来。戴姨这样认为，他们的读者这样认为，他们自己也这样认为。属于少数派的这几位作家就这样构成了该国文学的另类中心。戴姨将其称为"宇宙的中心"。谷欢同另外那几位一样，对此感到无比的自豪。

最近一些日子，在家中，谷欢听到了地底的惊雷。她想，在当今的时代，作家住在地球上的哪个部位对其创作并无很大的影响，关键在于作家本人的欲望，他或她的欲望越强烈，与大地和天空的交流就越频繁。而与大地和天空的交流，其实就是作家灵魂中那两个部分的交流啊。我就是大地，我就是天空嘛。但是心中的这两个部分又不是孤独封闭的，它们必须超出界限向外延伸，与外界的各种事物博弈来达到沟通，以保持自身的活力，也就是以不断扩张来维持新陈代谢。

谷欢在边疆小镇的家里听到了地底的惊雷，她走出门来到灵姨家，同她谈论这件事。

"灵姨，你也听到了吗？"

"没有。不过我以前听到过。我们这里是边疆嘛。你成了作家，我一点都不感到奇怪。你就是那位一直在倾听的人。"

"谢谢你，灵姨。你认为这惊雷是什么意义？"

"我不知道，谷欢。也许是好事，也许有大难。对于你来说，可能是一种写作的鞭策？"灵姨说着笑了起来。

"谷欢啊，你从此不会有安宁的日子了！我们这里，什么声音全听得到。在我年轻时，我也有过你这种追求，我太涣散，没能聚拢自己的目光。谷欢啊，你实现了我的梦想。"她又说。

"如果大难来临，你会不会焦虑？"

"我当然会。"谷欢认真地回答。

"你永远是我热爱的那类作家。"

谷欢回到了家里。她看见老汪正在研究那本外国的发型杂志。老汪看得那么入迷，以致谷欢进屋他都没有觉察到。谷欢想，老汪也是能够听见地下惊雷的那种人嘛。

"是因为我们生长在边境小镇，所以养成了倾听的习惯，还是因为我们生性善于倾听，才被某一股看不见的势力安排到这个地方来了呢？"谷欢问老汪。

"大概这地球上发生的都不会无缘无故吧。那么，你喜不喜欢你的新型爱好呢？"

"你指倾听？它令我感到无比快乐！"

小女儿盈放学回家了，她让妈妈帮她写拼音字母的作业。

谷欢在本子上写了一个 N 和一个 M，盈吃惊地瞪大了眼睛，于是谷欢又一次听到了地底的惊雷。她知道这雷是为女儿炸响的,她因为幸福而满脸红晕。她的创作属于盈这一代人。

"你听到了吗,盈盈?"谷欢声音颤抖地问女儿。

"妈妈是说炸雷?那总是有的。"盈若无其事地说。

"哈,这个孩子真有大将风度!"老汪哈哈大笑。

当谷欢开始傍晚的写作时,大地下沉的声音就听得很清楚了。她甚至听到了泥土被拖曳的声音。又仿佛那泥土在她的胸腔里。

"谷欢,你的工作做完了吗?"老汪在遥远的处所喊道。

"我到了一个地方……我就要……"

她的声音从来没法顺利地传出去,她站立的地方总有乱风,乱风将她的声音吹得消失了。她静下心来,缩成一团,让自己的身体发热。她知道那底下是很热的,但她从未去过那里,只是接近而已。她必须凝聚自己的意念,她不能让读者失望。瞧,花岗岩上头的那一位不是正焦急地望着她吗?戴姨说,家庭妇女有优势,大概是指她们意志顽强,更容易通灵?句子一个接一个地在她的笔下流出来了。这些老朋友,有时竟有些迫不及待呢。她营造了美的情境,她变得很美。她随着落日来到了阳光灿烂的下面的王国,在那里,所有的事物全蒙在薄雾之中,光芒并不能穿透它们。

第十六章　朱闪的姨妈

朱闪的姨妈忽然就生病了。那一天，她并没有特别觉得不舒服，只是早上起来有点懒懒的。她将报刊亭的门打开后就晕倒在地了。扫街的老头立刻将她送到了医院，紧接着她的两位男友也到了医院，他俩轮流守护着姨妈。

朱闪得到消息时已是第三天了。她在赶去医院的途中匆匆经过姨妈的报刊亭，发现报刊亭内居然有人在打理生意，是一位像圣诞老人的男士。

病床上的姨妈虽然脸色苍白，看起来精神还不错。她告诉朱闪说，医生说她必须离开报刊亭，否则她就活不长。朱闪的眼泪马上就掉下来了。

"小闪，我还没哭，你倒哭了！"姨妈说。

"是啊，姨妈没哭，你倒哭了！"姨妈的男友也说。

紧接姨妈像鹦鹉似的说话的是朱闪一天夜里在姨妈家遇见过的老鳏夫，他在照顾姨妈。

朱闪刚坐了一会儿，就有一位模样像绅士的人来看望姨妈，他送来了一大把玫瑰花。他对姨妈说：

"您不能生病，您是城市的皇后。您安心养病吧，我们不会让报刊亭关门的。我带来了好消息：后备队员已经找到了。"

这人一离开，姨妈就兴奋地嚷了起来：

"小闪小闪，你听清了吗？他说有人来接替我管理报刊亭了！"

朱闪用力将姨妈按回枕头上，连连点着头说：

"他说的是真话，我来的时候看见报刊亭里有人在打理，那人长得像圣诞老人，漂亮极了！"

"啊……"姨妈说着就吻了朱闪一下。

"城市怎么能没有报刊亭？"她喃喃地又说，陷入了回忆。

"我同你姨妈就是在报刊亭相识的。那是一个多么美的傍晚啊。"

姨妈的男友说这话时突然变得英俊了，就像身体里被注入了活力一样。朱闪望着他，在心里惊讶着。

已近中午，姨妈的男友老言去下面一楼帮姨妈打饭去了。

姨妈对朱闪做了个鬼脸，说：

"小闪，你过来一下。"

朱闪凑近姨妈，看见她的手在枕头下摸索。她摸出一张很旧的照片递到朱闪手中。照片上的姨妈像盛开的牡丹，旁边那位青年男子朱闪看着很眼熟。

"姨妈真美……"朱闪说出这话时有点心酸。

"他就是你们的校长，那时他多年轻。"

"啊——"朱闪说不出话来了。

"朱闪也爱校长，我没猜错吧？"

"没猜错，姨妈。"

"你替我爱他吧，一直爱下去。"

"好。"朱闪的声音像蚊子叫。

"他值得我们爱。我记得那时周围的人都说：'他是一位堂堂的男子汉。'他们全是这样说的。"

"我也觉得他是堂堂的男子汉。"朱闪的声音大起来。

姨妈刚将相片藏好，老言就打了饭回来了。那是两份饭，老言也吃病号饭。姨妈给朱闪一些钱，让她去餐馆吃饭。

老言显得很轻松，很愉快。

"我终于逮着机会了，"他说，"以前总是你姨妈照顾我，现在我可以报答她了。姨妈是火种，燃起了我生活的希望。"

朱闪正准备离开，又有人来探望姨妈了。姨妈告诉朱闪说，那人是公交车司机。他送来很大一捧玫瑰花，比先前那个人送的还要多。姨妈苍白的脸被这些花儿衬映着，居然显出了一抹红色。

"三十年来，我每次经过报刊亭心里都升起一股暖流。祝您早日康复！"

"叔叔您等一下，我同您一块走。"朱闪说。

走在路上，公交车司机不好意思地对朱闪说：

"我也爱你的姨妈，你不介意吧？"

"当然。我也爱您，叔叔，因为您爱姨妈！"朱闪激动地说。

"怎么能不爱姨妈？她是城市的明星，尤其在晚上，令人想入非非。"

"啊——"朱闪说不出话来。

"我每次——唉，还是不说了吧。她是我的理想，愿她重返报刊亭。"

"叔叔，我想，不论姨妈在哪里，您都在她心里。"

"你这样认为吗？你看出来了吗？"他急切地问道。

"我正是这样认为的。"朱闪一个字一个字地说道。

"啊，谢谢你，小闪！我今天太幸福了，我会经常去看望她！"

同司机分手后，朱闪选择在姨妈的报刊亭附近的小面馆吃面。她一边吃一边看着那位像圣诞老人的男士打理生意。来买书报的人似乎比以往多，这些顾客都穿着黑衣服或黑裙子，神情庄严。有一位上了年纪的女士将一个花篮送到亭子里面，另一位中年女士则站在那里同亭子里的圣诞老人说话。

朱闪心里想：姨妈多么有力量！姨妈当初将她接到城里来，是希望她成为像校长一样的人啊。她朱闪真幸运，有这些了不起的前辈在她的生活中暗中指引她，她慢慢地就走到那条路上去了。生活多么美！她看出来，姨妈虽然生了重病，可她心里是自满自足的。那位公交车司机叔叔说得对，她的确是城市的明星。朱闪将来有一天也会成为这样一颗明星，因为她得到了姨妈和校长两人的爱,她正在朝着那个方向努力。朱闪爱校长,这种爱在她体内像火一样燃烧,这种爱还会使她即将到来的青春多姿多彩。

她从小面馆走出来时,正好那位像圣诞老人的伯伯也要回家吃饭了。

"朱闪同学,你的姨妈今天怎么样?"他笑眯眯地问道。

"她正在好转。咦,伯伯怎么会认识我?"

"因为你长得同姨妈年轻的时候一模一样嘛。那时我多么喜爱她,当然,并不完全是男女之爱,你的姨妈给人以力量。现在我们都老了,可我并不觉得她老,她是我们的女神。"

"我为我的姨妈高兴。"

"再见,朱闪同学!请将我的爱告诉你姨妈。"

"我一定会。"

朱闪回到学校的宿舍后心里老是挂念着姨妈。她觉得姨妈活不长了,即使不再去报刊亭也活不长。她一想起这件事就会哭一阵。后来她见到了校长,她问校长见到她姨妈没有,校长说见到了。朱闪和校长是在坟山里见面的,校长坐在一张石凳上,表情像在做梦一样。

"有很多人同时爱着姨妈,我是其中之一。我想,姨妈活在世上的最大使命就是激起别人的爱。我年轻时不懂这个,我是过了好久才明白的。朱闪同学,你大概也看出来了——姨妈有力量!她表面上看去柔弱,其实她比很多男子汉更坚韧,而且她还很幽默。一位美女,又如此出类拔萃,自然而然就成了爱情的象征。好多年里头,她使得那些游魂在这座城里定下心来了……"

朱闪想,校长是姨妈最爱的人,可是她不会将这件事告诉校长,因为姨妈也不会愿意让校长知道。不过校长可能已经自己猜出来了。听校长说话时,朱闪觉得他是知道的。他见过姨妈了,他和姨妈之间是一种生死恋,并不求天天在一块生活,只求永久的沟通。她朱闪也爱校长,她和校长将来也能达到永久的沟通吗?现在她在校长眼里还只是一个孩子,会不会有一天……

"校长，我为您唱一首歌吧。"朱闪鼓起勇气说。

"太好了，我一直想听朱闪同学唱歌。"

于是朱闪唱了那首情歌，那首歌对朱闪来说刻骨铭心，她一直想唱给校长听。她唱得那么投入。

当她停下来时，她看见校长泪流满面。

"你会成为了不起的歌唱家，孩子。你——"

他突然站起来，很快地往山下走，将朱闪甩在了后面。一瞬间，朱闪甚至感到了一种生理的冲动。但她很快镇定下来了。她决心将她的爱藏在心中，作为一个永久的秘密。这是一份珍贵的礼物，来自上天。

"朱闪！朱闪！"黄梅在叫她。

"我刚才看见校长了，他匆匆忙忙的，没有注意到我。"

"那是因为他的爱人生病了。"朱闪黯然地说。

"咦？是校长告诉你的吗？"黄梅吃了一惊。

"是我瞎猜的。"

"我爱校长。"黄梅说这句话时陷入了冥思。

朱闪沉默着，两人肩并肩地走了一段路。后来是黄梅开口了。

"你听，古平老师的爱人在弹钢琴。我仍然经常想到他，可是不再那么激动了。我现在有活干，我对数学产生了极大的兴趣，古平老师是我的恩师，当我遇到困难时，我就想起他，还有，当我入睡前，也会想起他。我是不会忘记他的。朱闪，你也有我这样的体验吗？"

"我也有。可是我的对象完全不知道。"

"你应该向他表白——"

"我永远也不会向他表白。"

那天晚上在宿舍里，朱闪和黄梅又唱了二重唱，她们唱的是欢乐的山歌。朱闪盼望自己的歌声传到校长的耳朵里。唱完欢乐的山歌，朱闪就轻轻地哭了一会儿。黄梅不敢问朱闪为什么哭，黄梅有点儿惆怅。后来她俩商定，一定要努力追求事业，决不浪费生命。她俩发完誓之后，夜已深了，校园里传来流水的声音,好像有一条河从操场那边穿过一样。

"我告诉过你吗,朱闪?我得知我们这里同海洋相通。"黄梅说。

"我一点也不感到奇怪。"朱闪回应道。

"啊,大海!"

"你听,她真的来了。"

"我们的歌声将她唤来了。"

两位姑娘裹在被子里,闭着眼睛说话,说着说着就睡着了。其中一位的眼角还挂着泪珠。朱闪的梦境非常明亮,有各种各样的闪闪发光的事物,尤其是那些树上的樱桃,将她苍白的脸映得红通通的。她还在倾听海涛,她想象那海涛是她的歌喉。

姨妈渐渐地好起来了,她又可以去报刊亭了。但朱闪知道她的病好不了了。朱闪晚间就去报刊亭帮忙。

"姨妈,我亲眼看见校长为您哭泣。"

"小闪啊,你别让他哭,你不应该——啊,我在说什么?"

"姨妈,这就是生死恋吗?"

"他已经不爱我了。他同情我。"姨妈垂下眼皮。

"可我看见了爱,它在那里,从来没有消失过。"

"他现在有伴侣。"

"姨妈,姨妈,别同自己作对了!"朱闪急切地说。

"好的,小闪,我听你的。这些日子,老言每天来照顾我,司机大朋,乞丐老魏,他们都抢着来帮忙。现在又加上一个校长,哈哈!姨妈从来没有这样幸福过。你说得对,小闪,这都是真爱。如果不是真爱,校长怎么会在朱闪同学面前哭泣?现在我也想哭,不过我不哭——一切都太美了!你说是吗,小闪?我的运气真好。"

"姨妈被心灵美丽的人们包围着,姨妈是所有人当中最美的。"

有人在门口说话,是乞丐老魏。

"我来看看小闪,啊,她戴着珍珠项链!小闪,你戴着它就等于是姨妈戴着它,我心里别提多高兴了!我谢谢你!"他说。

"谢谢伯伯!我戴着伯伯送的项链,就会老想着伯伯。"

"伯伯每分每秒都想着小闪,想着姨妈!"

老魏离开后,姨妈轻轻地说道:

"他患有心脏病,同我一样活不长了。可是我们相爱,这又是不幸中的万幸。小闪,将来有一天,你会得到很多爱……"

报刊亭关门时,姨妈和朱闪站在街边看天。西边的天空呈现出一片粉红,朱闪看着看着就陷入一种伤感情绪。姨妈看见她流泪,就很不高兴地对她说,这些日子是大喜的日子,她高兴还高兴不过来呢,有什么好悲伤的!

朱闪细细一想,就觉得姨妈说得对。她自己的确太幼稚,太不明白事理了。许多年前,姨妈跟随自己所爱的人来到这个大城市闯荡,后来她大概经历了千辛万苦才被城市所接纳,有了自己的工作,成了大众情人,过着不拘一格的勇敢者的生活。如今她的生命正在走向终点,而她的事业也在焕发出最为耀眼的光辉。这么多的男人(还有一些女人)从心里爱她,她已成为这座城市的美神的象征了。一个人,在临死前能达到这种境界,还有什么遗憾呢?姨妈这些天心里该有多么满足啊!朱闪疑惑地问自己:将来她会不会也像姨妈一样成为大众情人?姨妈将她带到城市来,是不是希望她朱闪有一天能取代她?谁能取代姨妈呢?无限的温暖,无限的深情,奇妙的沟通能力,永不消失的青春……看来她朱闪爱上校长几乎是命中注定的,因为她有这样一位女神般的姨妈啊。这样想过后,朱闪的心情就渐渐开朗了。她对姨妈说:

"姨妈,我们去魏伯伯家里看看吧。"

"小闪真懂事。可是魏伯伯没有房子,他住在那边的公共厕所里。我打算我死后将我的公寓房赠送给他。"

她们穿过马路,走进公共厕所,厕所打扫得很干净,几乎没有什么气味,姨妈说这都是魏伯伯的功劳,他每天义务打扫厕所。

老魏的小钢丝床就架在厕所前面的隔断间里,床下还放着他的锅碗瓢盆。

姨妈说他每天去一个亲戚家做简单的饭菜。她们在厕所里站了不到两分钟老魏就回来了。于是三人坐在钢丝床上说话。

"老魏，我很可能死在你的前面，你可不要急着来追我啊。"姨妈说。

"您太悲观了。人死了就什么也没有了，谈不上追啊赶啊的。朱闪同学，我希望姨妈和我都不死，你瞧，我们在一起多快乐啊！"

"魏伯伯说得对，有爱就有快乐。"朱闪说道。

"老常，"姨妈拉着他的手说，"你去看医生了吗？"

"我去了，那位医生说，我只要好好保养，再活五年不成问题！五年该有多么久啊。您一定要答应我，不死在我之前！"

"老常，我答应你。我要尽力活下去，因为我也舍不得离开你！"

回姨妈家的路上，朱闪问姨妈为什么叫魏伯伯"老常"，姨妈回答说：

"那是昵称。年轻时他为我发过疯。"

她们推开门，便听见老言在黑暗中呻吟。

"老言睡在医院照顾我时受了凉，又发风湿病了。"姨妈说。

她爬上床去为老言做按摩，朱闪也去帮忙，和姨妈轮换做。

"我真有福气啊，"老言说，"这是什么级别的待遇？"

"国王级别的！"姨妈大声说。

做了一个小时按摩后，老言说好多了。他收拾自己的东西回家了。

"言伯伯和魏伯伯，还有圣诞老人和公交司机伯伯，谁最爱您？"朱闪问。

"他们都最爱我。各种不同的爱。"

"那么校长呢？"

"校长是这些最爱中的最爱。他是第一位，我的恋爱能力就是他激发出来的。小闪，你觉得——"

"姨妈，您也激发了他，我感到他的恋爱的能力同您不相上下！"

"你真鬼，小闪，你喜欢他？真喜欢？"

"嗯，真喜欢。"

"喜欢下去吧，来日方长。但你同时也要爱别人，爱男人和女人，你明白我的话吗?"

"我明白,姨妈。如果我不爱别人了就是辜负了校长。"

"小闪太聪明了。我们洗澡睡觉吧。"

半夜里,朱闪又听到姨妈在房间里走。

"姨妈?"

"我还是舍不得将时间在睡觉中浪费。我在回忆美好的时光。啊,我真的不想死啊,我的这种愿望会不会延长我的生命呢,小闪?"

"当然会啊,事情总是这样的嘛。"朱闪肯定地说。

"你睡觉吧,睡吧,我也在一边走一边做梦。"

朱闪翻了个身又睡去了。她梦见了校长,校长是天上的火烧云,那么壮丽。姨妈在她耳边反复说:"爱他吧,爱他吧,小闪……"

第二天姨妈在家里休息,那位"圣诞老人"在帮她守报刊亭。

姨妈买了美食做给朱闪和老言,还有老魏吃。朱闪想唱那情歌给姨妈听,就是她唱给校长听过的那首。但是姨妈拒绝了。

"我怕我会哭起来,"她说,"今天是大喜日子,我要笑。"

于是朱闪唱了《童子军进行曲》。中途大家都加入了歌唱,真是无比振奋。

这时有人敲门,居然是校长来了!

校长被姨妈拉着入席吃饭,朱闪的座位紧挨校长。朱闪幸福得浑身发抖。她努力控制自己,不时地为校长夹菜。姨妈坐在校长的另一边,口里反复说:"你说来就来了,叫我怎么想得到?"姨妈和朱闪都不喝酒,于是三位男士干了一杯。校长后来站起来深深地向老言和老魏鞠躬,大声说:"拜托两位了。"

吃完饭校长急着要去开会,就先走了。

他一离开,老言和老魏就齐声说:"他真是一位堂堂的男子汉!"

姨妈是在下午去世的。像是有感应一样,校长匆匆地赶到了医院。

姨妈让校长抱着她,朱闪听见校长叫姨妈的小名"铃"。

"我喘不过气来……没关系,这种感觉太好了。"

校长的脸颊贴着姨妈的嘴唇。

姨妈又抓着朱闪的手说：

"小闪，替我爱他……"

朱闪连连点头，眼泪直流。

"不要哭……这是喜事……他们马上要来了，我爱他们……小闪，记得我对你说的话吗？"

"记得，姨妈放心吧，我也爱他们。"

朱闪注意到病房靠门那边已经站了五个人，四男一女，隔得有点远。

姨妈忽然就看见他们了。

"他们来了……"她喘着气说，"我，幸福……谢谢你。"她吻了一下校长，又说："永远感谢……"

她沉默了，闭上眼，胸口一起一伏。校长的脸始终轻轻地贴着姨妈的嘴唇。他没有哭，他的眼泪早干了。

姨妈的气息越来越微弱，后来就没有了。

朱闪握着姨妈冰冷的手，她的眼泪也早干了。她感到此时发生的事像一个冰冷的梦。她看见校长的脸还贴在姨妈嘴唇上，两张脸像粘在一起了似的。朱闪走到他面前，像说梦话似的唤着："许校长……校长……"

后来的事朱闪就没有记忆了。是言伯伯将她带到了姨妈家中，让她在那里休息。朱闪一醒来，言伯伯就让她喝了一大碗红糖姜汤。

"姨妈呢？校长呢？"她问。

"校长送姨妈去殡仪馆了。他俩要做最后的告别。多么了不起的爱情！至于我们，姨妈早就分别同我们说过再见了。我真舍不得她，我的胸口这里很疼。老魏要我同他一块住在这房子里，他说姨妈一去世，他就变得特别害怕孤独了。没有了姨妈的生活会是什么样的？我不知道……"

朱闪看见言伯伯一脸惶惑，在屋里走来走去。她忽然觉得自己生出了很大的气力。她对言伯伯说：

"姨妈没了，我们还在。言伯伯，我以后要常来看你和魏伯伯，你们不是说我长得像姨妈吗？"

"啊，小闪，我真是又惊又喜啊！你不仅长得美，还像姨妈一样有一颗温柔之心……你要是常来，就等于姨妈回来了一样。"

"我就是想代替姨妈经常回来。"

"我要把这个消息告诉老魏，还要告诉司机大朋，还要告诉其他朋友。刚才我本来悲痛得都不想活了，现在我又愿意活下去了。让我告诉她——姨妈，您的小闪现在和我们在一块了，您就放心走吧，我们又有人爱了，您在那边放心休息吧，您太累了，休息吧。"他呜呜地哭起来了。

"言伯伯，您别哭了，连我都不哭呢。"朱闪抚着他的背说。

外面下着小雨，他俩共打一把雨伞出门，去找老魏和大朋，商量明天去殡仪馆同姨妈告别的事。

第十七章　变故

　　张丹织忽然接到一个电话,说她父亲已经病故了。她撕心裂肺地哭着回家。当她奔回家中时,看见爹爹静静地躺在浅棕色的床单上,盖着一床米色的被子。妈妈肿着双眼同她拥抱:"是癌症,已经有段时间了,他说不要告诉丹丹。没想到这么快……"

　　张丹织将手探进被子,抓住爹爹冷硬的胳膊,用力地捏,好像要看看爹爹有没有反应似的。她无声地啜泣着,脑子里一片空白。怎么说没有就没有了呢?她从未想过爹爹也会死去,因为没想过,所以她回来得还是很少,只是有时打打电话。上次打电话到现在多久了?爹爹是多么能够隐忍的人啊。他那么爱她,可又生怕打扰她的生活。抚摸着爹爹的胸膛,张丹织突然明白了:爹爹要让丹丹真正独立,这是他寄托在她身上的希望。爹爹是多么信任她,将她看得多么高啊!她配得上这种信任吗?这种不辞而别,正是爹爹对她的考验啊。张丹织一下子清醒过来,注意到了身旁的妈妈。

　　妈妈的身体好像一下子就缩小了,干瘪了。她的表情仍然像往常一样镇定。但妈妈的镇定让张丹织产生了一种心碎的感觉。张丹织搂着妈妈的肩头在心里叹道:"妈妈啊妈妈……"

送走了爹爹，张丹织感到自己已经变成了另外一个人。她立刻从学校搬回了家，同妈妈住在一起了。

"丹丹，你其实不必，你有你的生活，我一个人也会生活得很好的。"

"可是两个人在一起不是更好吗？我总想同妈妈讨论文学书，妈妈读过那么多的文学书，是第一流的读者，但却很少同我讨论。"

"我当然想同丹丹讨论。我也经常同你爹爹讨论。你爹爹是个真正的艺术家。我常想，丹丹没有继承她爹爹的职业，但她从另一条路接近了艺术。"

"妈妈说得对。我最近两年读了不少文学书，简直入迷了。"

"这太好了，丹丹，这样你和爹爹就永远不会分开了。"

搬回家来之后，不知为什么，张丹织时常会感到惆怅。现在她碰见煤永老师的机会大大减少了，她反倒怀念从前见他就躲的那种情境了。失去父亲的张丹织的性情正在改变。

有一天她从学校回来得比较早，快到宿舍楼时，她听见有一位妇女在她所住的那一边的单元房里歇斯底里地号哭。那会是谁？听声音怎么也辨别不出。她忐忑不安地上楼，那声音始终在楼里回响着。当她站在自家所在的楼道时，她一下子明白过来了：是妈妈！！她眼冒金星，全身冰冷。

当她鼓起勇气推开房门时，看见母亲正在面壁练气功。妈妈的整个脸都哭肿了。张丹织到厨房里去做饭，她的手一直在发抖。

她将菜洗好时，妈妈进来了。

"妈妈，爹爹再也回不来了。"张丹织轻声说。

"嗯，是这样。对不起，丹丹。"

"可是还有我呢，妈妈。"她的声音更轻了。

"对，还有丹丹。今天在学校顺利吗？"

"顺利。就是想妈妈，中午休息时更想。"

"好孩子，不要担心我。我的命很好。有一个这么好的女儿。"

那天夜里，母女俩谈论了阅读《晚霞》那本书的感想，一直谈到夜深。

张丹织抱着妈妈瘦小的肩头撒娇：

"妈妈，今夜我要和您睡在一起，像小时候那样。"

"好，好，丹丹。丹丹对自己结婚的事如何看？"

"现在我改变看法了。我要尽量早点结婚。"张丹织大声说。

在黑暗中，母女俩又聊了好久，才昏昏地睡去。

第二天是星期天，张丹织刚一睁眼就想起自己对妈妈说的要早点结婚的事。她现在是想结婚了，可还是只能同煤永老师结。但煤永老师又已经用行动向她表示了他不愿和她有超出朋友的关系。怎么办呢？

每当张丹织深入地想象爹爹在最后的日子里的那种绝望和隐忍，她的内心就纠成了一团，身体因痛苦而发抖。而几乎在同时，她马上就会想起煤永老师。渐渐地，这两个男人的身影就叠成了一个。黄昏里，站在爹爹提到过的那棵罗汉松下面，张丹织体内的欲望再一次高涨起来。现在她对煤永老师的情感起了变化，不再是以前那种怨恨情感了。爹爹的死拓宽了她的感受能力。

张丹织将自己对煤永老师的爱告诉了妈妈。妈妈鼓励丹丹去争取自己的幸福。"这就是《晚霞》那本书里面写到的情景嘛。"妈妈高兴地说，"你的思路总是向同一个地方延展，对吗？"

张丹织比妈妈更高兴，她搂着妈妈说：

"妈妈什么都懂，妈妈是我的百科辞典！"

"我从丹丹的叙述来判断，认为煤永老师不是那种老古板。你们之所以还没能结合，是因为丹丹心里害怕。"

"我？害怕？"张丹织瞪大了双眼。

"对，就是害怕嘛。"母亲笑眯眯地说。

"让我想一想——嗯，妈妈说得有道理。我要战胜我的胆怯，像小说中的主人公一样行动。"

"他一定会爱丹丹的。"

张丹织打定了主意要去追煤永老师。

她向小蔓打听她爹爹的情况。

"别提了。"小蔓愁眉苦脸地说,"爹爹为了写书向校长请了半年的假,他到山上的庙里去隐居了,连我也不知道他在哪里。"

"那么谁知道?"张丹织的心一沉。

"没有人知道。爹爹越来越走极端了。他已经离开了两个星期,我们没有别的办法,只能等他回来。唉,我担心啊。"

"他干吗要去山里?在家里也可以写书啊。"张丹织茫然地说,"他那么怕被外界干扰!不过我能理解他,因为他觉得现在是最后的机会了。"

"丹织,刚才我突然生出一个想法,我担心说出来你会生气。"

"你什么时候看见我对你生气?不可能。快说!"

"丹织,你刚才说你能理解我爹爹,可是连我都常常不能理解他。我就想——丹织能不能同爹爹恋爱?"

"哈哈哈哈!!哈哈……"

张丹织爆发出大笑,甚至笑出了眼泪。

"丹织丹织,请你原谅小蔓,我在胡说八道……"小蔓哀求道。

"为什么要原谅你?我罚你同我一块吃中饭。"

她俩一块去了小饭馆,一路上搂搂抱抱的。

"你少年老成,远比我成熟,所以我才会突发奇想。"小蔓解释说。

"小蔓不必解释了。谢谢你对我的信任。我爹爹刚去世那会儿,我有种万念俱灰的情绪。后来我感到,我应该改变自己。为我自己也为我爱的人,我要敞开自己,做一个坦率的人。"

"原来你心里已经有了对象啊。"小蔓失望地说。

"还没有明确呢。你干吗失望?说不定那个人就是你爹爹呢!可是他现在躲起来了,我们要将他找回来才可以爱他。"张丹织开玩笑地说。

"丹织啊丹织,要是你能爱爹爹,我就会快乐得神魂颠倒!世界上真有这种好事落到我小蔓头上?嗨,我不敢往下想了。"

"别神魂颠倒了,来吃这家制的腊肉,这是这一家的拿手菜。"

她俩吃着菜,喝着米酒,连连碰杯。丹织充满了温情,心如明镜;小蔓却满心迷惑,不敢相信那件事会真的发生。她打量她的好友,越看越觉得她和爹爹应该走到一起来。可她那位老爹,偏偏在这个节骨眼上失踪了!小蔓暗暗着急。她问过校长,也问过爹爹的一些朋友,包括古平老师和谢密密的父亲,他们都说不知道。爹爹留下纸条,让小蔓别找他,他说要等他的工作完毕才回来。唉,这位老爹!

张丹织在回家的路上边走边紧张地思考。她想,古平老师一定没对小蔓说实话。她是凭直觉这样判断。

到了周末,同古平老师通过电话之后,她来到了他的竹林里的小屋。

"这事对我来说义不容辞,我要想方设法去发现他的踪迹。"古平老师说。

"为什么义不容辞啊,您说得太严重了,我不过是找他研究课题。"张丹织说。

"当然是研究课题。你来学校的那一年我就看出你和他会在一块研究课题。"

"您别开我的玩笑了,古平老师!您到底知不知道他在哪里啊?"

"我当然不知道,你是个聪明女孩,你迟早会找到他的。"

古平老师请张丹织喝他自制的酸奶,还拿出他同煤永老师年轻时照的照片给她看。于是张丹织在相册里看到了意气风发的煤永,也看到了五里渠学校的建校史。她激动得热血冲上了脑门。一会儿工夫古平老师的妻子蓉也回来了。

蓉很喜欢张丹织,她搂着丹织说,希望她以后多来他们家。

张丹织感到坐在他们家非常舒服,后悔自己没有早些来这里。如果她早些来,形势不就大不一样了吗?她感到自己从前的生活态度很有问题。

"丹织要找煤永商讨课题方面的问题。"古平老师告诉蓉。

"那太好了。他们两位现在都是专家了啊。不凑巧的是煤永老师现在躲起来了。我也纳闷：他为什么要躲起来？他可是最有克制力的人，现在为了写一本书就要躲起来才能静下心来？他是不是遇到了什么变故？"

蓉的这番分析让张丹织的脑海里突然一亮，她意识到了一件事，与此同时，她的眼眶红了。幸亏房里灯不亮，夫妻俩都没有注意到张丹织的表情。

"蓉老师，古平老师，谢谢你们的款待，我以后会常来你们家的。"

"常来吧，常来吧，我们永远支持丹织。"两夫妻异口同声地说。

走在那条路上，张丹织的心中便掀起了狂涛。煤永老师很可能是在躲她张丹织啊！现在大家都知道她的爹爹去世了，他又从连小火那里得知了她对他的爱，所以他才躲起来啊！这个可怜的人，他心里该有多么苦……煤永老师啊，为什么你就不能对自己多一点自信呢？丹织已准备好了要爱你，她也需要你的爱啊。这样看来，古平老师和蓉也都猜到了煤永老师为什么要躲起来。蓉说起"变故"，变故的原因就是她自己！张丹织很沮丧，可这一次，她没有像以往那样自暴自弃，她冷静下来分析了形势，最后觉得她的事成功的希望还是有的。她要努力去找煤永老师，如果找不到，她就等他自己回来——他总得回家吧？他应该知道他亲爱的女儿有多么着急。

"丹丹，他不露面了吗？没关系，你快要成功了。"妈妈微笑着说，"这不就像书里头写的一样吗——种种征兆都是一模一样。"

"妈妈这样看？谢谢妈妈！"张丹织激动地说。

"如果丹丹结婚，可不要带着妈妈去，妈妈愿意一个人生活。"

"妈妈，我已经想好了，可以将两套单元房换到一个楼里，这样就能天天在一起了——可是这不是说梦话吗？煤永老师还没找到呢。即使找到了，如果他硬是不肯爱丹丹，丹丹也没有办法啊。"

"瞎说，瞎说，你只要多一点点耐心，主动一点，就会成功。"

"妈妈真好，和爹爹一样好。"

母女俩一块从那本小说里找那个类似的情节。她们找到了，而且不止一处情节，有很多处……两人越读越兴奋。

"他就是云村村头的那株松树嘛。"丹织说，"我刚才触到树干上头的鳞片了呢。小蔓和云医已经搬进她爹爹的家里了,她觉得她爹爹一定会打电话回来。"

"我也觉得他会打电话给小蔓,女儿是他的心肝宝贝。"

母女俩读一会儿书,又做一会儿预测,直到很晚才上床睡觉。

第二天放学后张丹织又去找了校长。

她在那张门外叫了几声之后,校长便走了出来,眯缝着眼看天上的云,看了又看。

"是找他吗?这家伙运气真好。"

"校长知道他在哪里吗?"张丹织紧张地问。

"我不知道。可我知道他那股疯劲坚持不了多久的。丹织,要有信心,他很快就会出来的。他能躲到哪里去?他难道不做人了?"

"谢谢校长。我爱您。"

"去去去!我这刻事情多着呢。"

他进了屋,将密室的门用力一关。

张丹织的内心渐渐舒展开来了。既然煤永老师最亲密的两个朋友都做出了类似的判断,事情的发展应该不会偏离太远。那么,她就不必四处打听了,还不如守株待兔呢。他那么爱小蔓,多半过了两个多月就要打电话回来的。现在她应该保持内心的镇定,该干什么就干什么。与此同时,还要保持同小蔓的密切联系,这样就能在第一时间见到他。

真奇怪,回家的路上她遇到了久违的前男友清汇。清汇对她父亲的去世表达了他的哀思。他用他那双美目深深地看了她几眼,说:

"丹织真是今非昔比了啊!如果我告诉你我后悔同你分手,你该不会生气吧?我没有别的意思,只不过是告诉你一下。"

"谢谢你,清汇,我听了很高兴!这说明我从前缺少魅力,对不对?"

"不是。可能是我成长了,其实你还是你。哈哈。"

"再见,清汇。如果我现在没有目标,我就要同你重续前缘。"

她怀着明朗的心情走进家门。

"妈妈，我今天晚上要发奋钻研课题，会睡得很晚。"

那天晚上外面刮起了狂风，下起了暴雨。张丹织在紧张的工作中思想仍然会开小差，不过她喜欢这种短暂的分心。在这样的夜里，那位隐居在山间的人会是什么样的心情？他肯定感到了丹织对他的思念，他是那种特别敏感的男人。她就这样想一会儿心思，又工作一小时；想一会儿心思，又工作一小时。一直到了深夜一点多，她还一点睡意都没有。雨不知道是什么时候停的，月亮出来了，在冷清清的天庭里显得有点孤单，但它的那种皎洁令张丹织落泪——她发现自己越来越容易感动了。她想起了罗汉松，就下楼去。

"罗汉，罗汉，爹爹今夜会不会来入梦？"她轻轻地说。

她将脸挨着那湿漉漉的叶子。她觉得它已经回答了她，它正在向她靠拢，好像要赞许她的什么行动一样。

"啊，你……"这回她是对煤永老师说了。

她激情高涨，但并不焦虑。再过不久，她遇见煤永老师就三年整了。她觉得直到现在，她才真正打定了主意。她感到她对他的爱深不可测……当然是深不可测，要不怎么需要三年的时间来思考感受？

"罗汉，罗汉，你觉得这事能成吗？"

罗汉松用枝叶罩着她的头，像她的爹爹一样贴近她。

张丹织对自己很满意，她想，今后她就要像这样生活了，她要去掉她身上的那些矫饰，做一个朴素的人。就像，就像茵依那样朴素。

怕惊动了妈妈，她摸黑溜进了房间，轻轻地躺下了。

小蔓和云医请丹织吃饭。

张丹织早早地来到了煤永老师的家。上楼梯时，千头万绪涌上心头。

同满脸笑容的云医打过招呼之后，她就到厨房去帮忙了。

"削土豆吧，要做土豆烧牛肉。"小蔓说，"爹爹在这里时，我的工作是削土豆，现在他不在，削土豆剥毛豆就成了你的工作。不过我做的菜不如爹爹做的好吃，我头脑简单——"

"胡说，头脑复杂的人做菜就好吃吗？"张丹织瞪她一眼。

"你别信我的话，我喜欢乱说，因为我崇拜爹爹。"

两人嘻嘻哈哈地干活。张丹织暗中直后悔——为什么她没有早一点到这个家里来？这灶头，这些锅子和碗筷，饭瓢和汤勺，看上去清清爽爽，洋溢着浓浓的煤永老师的气息。唉唉，她真是个傻瓜啊！

"说不定今天就打电话回来了呢。"小蔓说。

"那该有多好啊。"丹织由衷地说。

"我小的时候，爹爹从不离开我。"

"……"

"农姨的事打垮了他。可那事已经过去了啊！"

"我觉得他不会被什么事打垮。他是打不垮的那种人。"丹织说。

"啊，丹织，我们谈些快乐的话题吧。你的爱情事业有进展吗？"

"还没有呢。不过我相信会有进展的。"

"他一定非常英俊吧？"

"嗯，我这样看。"丹织做出遐想的表情。

"为你高兴。可惜爹爹没机会了。为什么我总担心他？"

"这是很自然的——你小的时候，他时时刻刻担心你，到了现在，你总担心他。不过这一回我也有点担心他了，他回来后你会第一时间告诉我吗？"

"当然会。要是爹爹是你的梦中情人就好了，唉唉。"

"不要愁眉不展嘛。"丹织微笑着说。

那一天张丹织离开后，小蔓同云医讨论了好久，还是不能确定丹织所爱的人究竟是不是爹爹。小蔓后悔自己没有早一点联想到这件事上头去。她搜索着记忆中的蛛丝马迹，一会儿觉得有这个可能，一会儿又觉得没有这个可能。她要云医判断这事，云医说，他认为可能性大于不可能。

"我又不是神，怎么判断？不要急嘛，我们马上就会知道了。"

"你这样认为？"

"当然。只要爹爹一回家，我们立刻就会知道。"云医肯定地说。

"唉，煤永老爹，煤永老爹，急坏我了！"

"你这是还债啊，你欠爹爹的太多了。"

"一辈子也还不清啊。"小蔓说着眼泪又出来了。

"干吗哭？好事快来了，还哭！"

小蔓又笑起来，祈祷着："好事快来吧，快来吧，爹爹太苦了。"

张丹织从小蔓家、也就是煤永老师家回来后的那天晚上忍不住给连小火打了一个电话。

"还没有消息吗？丹织？"

"一点消息都没有，好像从这大地上消失了一样。"她诉苦道。

"我看这是好事，你的事很快要解决了。瑾秀也是这样判断的。"

"小火哥，谢谢你们两个人，你们是我的精神支柱。"

"他躲不了多久的，丹织，胜利在望了。"

"以前是我躲，所以现在他才会躲。可是我再也不会躲他了。"

"我要为丹织的坦率叫好！"

张丹织打完电话就开始工作。她必须努力工作，只有这样将来才能和煤永老师并驾齐驱。她现在已经没有伤感的时间了。她想，如果过一段时间煤永老师回来了，见面时问她："丹织，你最近在忙些什么？"难道她能回答说自己沉浸在伤感情绪中什么也没干？那会令她多么羞愧！她有这么多学生，他们都将她看作真正的理想，她怎么能停滞不前？

"妈妈，现在没有别的事可干，只有工作能激起我的兴趣。"

"好，那就工作吧，丹丹。海浪的形成是有规律的。我们要静候。"

张丹织听妈妈谈起一本新近出版的小说，她说小说中描述了情感运动——一种以生长的方式来进行的运动，这种独具一格的描述非常动人，因为一切都出人意料又在意料之中。当然，读这种小说的读者必须是情感方面曾经沧海的老练读者，也许丹丹比妈妈更适合读它呢。

张丹织为极大好奇心所驱动，从百忙中抢出时间来读这本小说。

这本书名为《邂逅》的小说讲的是有一位工程师，他的女朋友失踪了，好像是消失在异国他乡了。这位工程师每次度假时都根据自己收集到的关于恋人的信息去寻找她。其实他每次都找到了她,但重逢之后女友又无缘无故地失踪了,工程师则重新开始紧张的调查与推理。

终于有一天,女友对工程师这样说:

"我是不会在一个地方的。你明白了吗?"

"我明白了。因为我的主意也是慢慢打定的啊。"

工程师心里对女友充满了感激。

工程师的旅途中总有一些花岗岩雕成的石头狮子,它们在暗夜里发散出温暖的气息。每发现一头石狮子,工程师就抚摸着它,说:

"又同你邂逅了,真感到欣慰啊。"

这样说过之后他就感到力量倍增,因为女友总在石狮子的附近,要么深夜,要么第二天早晨,他们就会重逢。

张丹织进入到工程师的境界里,用自己的脸颊贴着那些石狮子,感受着花岗岩的温暖,心里想:"他无处不在。"

"丹丹对自己越来越有信心了。"妈妈说。

"嗯。我也觉得自己改变很大。是不是沉稳了很多?"

"当然是。爹爹在暗中培养你。"

"我要挺起腰杆做人。"

母女俩在窗前倾听,她们希望听到罗汉松在狂风中发出的声音。

张丹织听见自己心里在说,爹爹是一棵大树,这样的大树不论活着还是死去,都影响着自然界里的事物。瞧,她不就自然而然地进入了爹爹的领域吗?校长、古平老师,还有煤永老师,不都是爹爹那个生命圈里头的人吗?她似乎是无意中闯进去的,其实一切全是事先有铺垫的啊。爹爹的世界是神奇的世界,他的艺术本能对她具有不可抵挡的魅力,可她从前对于这些事是盲目的。并且他是多么的平民化啊,来找他学习乐器的人里头还有码头工人和饭馆老板呢,张丹织见过他们。是爹爹的才华和性情吸引着他们,爹爹太美了,就像——就像煤永老师一样美。一瞬间,张丹织的心田里搭起了彩虹。

"老师,您可千百万别调走啊。您要是走了,我只好退学了。"晓新同学说。

"你退了学到哪里去?"张丹织好奇地问。

"退了学去您所在的学校啊。昨天听到您要走的谣言,我一夜没睡好,梦里尽是恶龙,需要搏斗。"

"我决不会离开,我要在这里扎根。晓新,答应我,以后别再想这些没意义的事,好吗?"

"可是这事对我来说意义大着呢,生死攸关。"

"那你就想吧。我已经回答你了,你放心了吗?"

"暂时放心了。"

晓新同学往树林那边跑去,张丹织发现还有几个男孩躲在林子里。

张丹织又一次想起了彩虹,她和煤永老师的共同的彩虹。

第十八章　小勤姑娘的初恋

小勤姑娘有了一位男朋友，他并不是她以前崇拜过的作家征，而是孤儿团的头头齐三坡。这事的开端有点蹊跷。

不知为什么，这位身材英武的齐三坡没有和同伴们一起去学习做一名猎人，却独自来到飞县，加入了飞县最大的房屋装修公司，成了一名装修工人。

工作之余，齐三坡便骑着摩托车风驰电掣般地奔向鸦的读书会。由于他对于文学的独特体验和他的钻研精神，很快他就获得了青年书友们的崇敬。他成了读书会的核心人物。有人送给他一个外号，叫"自由之鹰"。十七岁的齐三坡声称，文学将是他要追求一辈子的事业。由于读书会里有真正的作家和读者，还有活跃的讨论，齐三坡就迷上了读书会。"我要和鸦姐的读书会一块成长。"他说。

有一天，齐三坡来读书会来得比较早。他绕到书店后面的花园里，站在那里观察夕阳。他想，连这里的太阳都显得比别处的年轻，这就是鸦姐和作家晚仪大姐的王国的特点啊。花园里的那两只老猫看见他来了，似乎有点不高兴，一边离开一边回头看，慢慢地缩进屋里去了。忽然，齐三坡感到有人朝他的背上扔了一块小石子，回头一看，是一位清瘦的小姑娘，和自己年龄相仿。

"齐三坡先生,您是来读书会演讲的吗?"她说,还不屑地撇了撇嘴。

"可以算是吧,我喜欢说话。请问小姐贵姓?"齐三坡心里有点高兴。

"叫我小勤吧,大家都这么叫。我是书店的店员,鸦姐的助手。鸦姐要我关注读书会里的一些特殊成员。"小勤的声音像唱歌一样好听。

"那么我算特殊吗??我一点也不特殊啊。"

"您喜欢演讲,这就是特殊,我注意您好久了。只有那些野心勃勃的人才总在演讲。哼。"

"我野心勃勃?何以见得?我不过喜爱文学罢了。"齐三坡茫然了。

"为什么您要否认?有野心并不是坏事啊。"小勤板着脸说,"问题是什么样的野心——您是想出人头地,还是想为文学献身?"

"难道只有这两种选择吗?可是我既不想仅仅出人头地,也不想为文学献身。我在读书会演讲是因为我想同人交流文学感受。我认为自己有文学素质,想在这方面努力追求,如果能出人头地也不错,对我来说最重要的却是要做自己喜欢的事。这是我从多年的独立生活中得出的认识。说到献身,我钻研文学又没有牺牲什么东西,谈不上献身,其实我反而因此得益。哈,我又开始演讲了,本性难移——我是个文学迷。"

"嗯,您还算有救的人。"小勤缓缓地点头,"不过您别认为自己就很高明了,您同鸦姐和晚仪老师相比还只是个学生。"

"我怎么敢同她们比,在她们面前我只是小学生。但我说自己要发奋努力,争取进入她们的文学王国,这总是可以的吧?小勤,请让我说句题外的话,我觉得你很美。"齐三坡的脸红了。

"瞎说一气!我们谈的问题同美不美有什么关系?再说我知道自己不美,您白奉承我了,哼。"

"请您原谅,我没别的意思,只是说出我的感觉。"

"您可以对别的女孩去说这种感觉,而不是对我。"小勤翻了翻白眼。

"我保证以后不再说了。"

这时小勤听见鸦在叫她，就跑掉了。

齐三坡在心里暗想，这个姑娘是多么有个性啊，大概是文学滋养了她的个性吧。这里是真正的文学之乡。他一直想得到鸦姐和作家晚仪的指点，可是还没有找到机会呢。刚才他听到小勤说他是读书会的特殊成员时，内心一阵兴奋，可他还是克制着自己。看来有办法了，他已经引起了小勤的注意，他希望她今后继续关注自己。哈，这个读书会真妙！他知道那位晚仪老师是年轻人的楷模，她的文章妙不可言。

小勤其实已经被齐三坡的演讲迷住了。她从未见过如此年轻的男孩有这么大的决断力和感染力，超出了他们的同辈，有点天外来客的气势。小勤也听到过关于城里那个孤儿团的传说，那些流言将孤儿团说得很恐怖，可是她眼中的齐三坡却是一位很有魅力的大男孩，不但人长得美，而且充满了文学性的热情。小勤想，是他的苦难的出身和他的惊人的毅力使得他成了今天这个样子。他是她眼中的英雄。

小勤开始失眠了。爱情第一次降临到她的心田。"齐三坡，齐三坡……"她开始在黑夜里叨念这个神奇的名字。可是她不愿意将自己心中的情感首先向对方表达出来，她感到那样做的话，成功的可能性就很小。她是一位有心计的女孩，飞县的不可捉摸的原始氛围培养了她的心计，经过文学的启蒙，大地母亲就成了她终生的导师。她决心克制自己的情感，巧妙地，却又锲而不舍地去接近齐三坡。当然，文学会是他们之间的媒介，她也相信他的魅力是来自文学对于他的性情的陶冶。她小勤原先是个丑丫头，不就是因为文学才变得有点好看了吗？刚才他说她很美，那当然是夸张和讨好，不过也不完全是，因为小勤也常觉得自己有那么一点与众不同，而这点不同又往往来自于她近年获得的文学修养。此外，她之所以喜欢听齐三坡的演讲，是因为他所涉及的那些问题也是她自己常常想过的问题，比如要不要荣誉？要不要出人头地？一个人在世俗中打拼，是应该怀着婴儿一般的纯洁理想更好呢，还是卷入种种社会关系，在与他人的纠缠搏斗中将自己的思维弄得混乱更好？

小勤正在一边读书一边寻找这类答案。她觉得齐三坡在思想上和体验方面都高她一筹,这应该是由于他的复杂经历对他的影响。小勤是多么想了解他的过去,成为他在文学上的知音啊!对,就是文学的知音,因为他俩还这么年轻,还用不着考虑别的嘛。

"妈妈,我是不是有点好看?"小勤问母亲。

"小勤正在发育,也正在变得好看。"母亲高兴地回答,"我故意说让你嫁到外省去,是考验你的意志呢。"

"我现在已经理解妈妈的苦心了。您也认为飞县是一块宝地吗?"

"是啊。你瞧,最优秀的人才都在往这里聚集。"

"妈妈真敏锐,我的运气全是因为妈妈!"

小勤最近读的这本书有一个俗气的书名:《嫁一个好儿郎》。书中的女主角的爱人总不现身,对这位爱人的大量的描述都出自女郎单方面。不过他也并非一个影,从主角明这位女孩的描述来看,他是实有其人的,因为她的描述极其肉感,如见其人,如闻其声。明似乎是对这位男子怀着狂热的爱,但明在爱欲的高涨的关头又往往憎恨起他来,于是义无反顾地掉头而去。于是明和爱人的关系就这样周而复始地一拉一扯,据明说他们俩的爱就是这样成长的。书后面的附录中有对于明的一段采访。

记者:您同他的爱情已经持续了两年,我还是没有闹明白:他究竟是否真的存在?

明:您不是同他握过手了吗?

记者:对,是握了手,我记得那种感觉。不过——

明:我知道您想说他不能给您所想要的实在感。他也不会谈论他的爱——永远不会。可这就是我和他之间的爱的方式。这也是文学的方式,即:一方描述,一方沉默,沉默的那方在描述的那方的感知中存在。作为描述人的我,又因我的沉默的爱人让我描述,便获得了爱情。

记者:太复杂了,像打哑谜一样。

明:这是种古老的恋爱方式,我因它而获得了幸福。

看到这里，小勤便暗笑起来，肚子都笑痛了。多么畅快的小说啊，竟能如此地引起她的共鸣。笑完后，小勤便做出了决定：下次见面时，她一定要拉拉齐三坡的手，他的那双大手一定很有力量，她已经仔细地观察过了。既然她同齐三坡之间有感应，她小勤就得继续加强这种感应。"齐三哥，齐三哥，小勤想你想得多苦啊！这种思念又是多么甜蜜啊！"

心眼实在的小勤爱上了实实在在的装修工人齐三坡，但她爱得超越，而且保持了自己的独立性，这大概是飞县的风土人情对她的性格的渗透吧，还有那些文学书籍的影响。在这之前她的爱（或者更正确地说，是迷恋）都是很虚浮的，不过是一般的对于异性的渴望罢了。而这一次完全不同！在小勤的想象中，她和齐三坡的恋情是很有前途的：他们俩都爱文学，都想在这个领域里努力发展自己，而且他俩在同龄人中的文学修养和素质方面都是最好的。这也就是说，他俩可以在这条道路上携手奋进。啊，那该多么美妙啊！小勤还特别喜欢齐三坡匀称的身体，她想，那是在苦难的生活中打造出来的美丽的事物。她很想抱一抱他，也想被他所抱，可是她得克制自己，让双方有更多的了解和适应，在现阶段，做文学上的朋友应该是最好的选择。

恋爱中的少女难以平静。小勤工作起来更有干劲了，灵感层出不穷，点子一个接一个，为读书会设计了不少适合年轻人的发展方案。

"小勤是读书会的台柱。"鸦笑眯眯地说，"我可舍不得把你嫁出去，将来我们要招一位女婿进来。"

"我与读书会共存亡。谁看上了我，他就得加入读书会。"小勤说。

"小鬼真的长大了啊。有目标了吗？"

"我正忙着物色呢。"

"好！早一点确定目标啊。"

小勤的心在咚咚地跳，她生怕鸦看出自己的欲望。

那是一个有点诡秘的夜晚，外面忽然下起了暴雨，年轻的书友们倾听着雨打在台阶上的响声，在闪烁的烛光中讨论《嫁一个好儿郎》这本书。小勤记得她同坐在对面的齐三坡一唱一和，把握着讨论会的大方向。她甚至感到，齐三坡那些模棱两可的话语在抚摸着自己的肉体。虽然当时她并没有给他以同样热烈的回应，只是像在做冷静的文本分析，但在黑夜里，当所有的人都睡着了时，她还一遍又一遍地在脑海中回放那些话语，那些说话的表情，某个意味深长的手势，以及自己当时的表现。她觉得他应该是对她有很大的好感的，他看她时的目光一点都不躲躲闪闪，那是知音之间的一种交流，一点就通，心领神会。如果再进一步的话，可不可以说是爱？她想起齐三坡说过，工作之余来读书会这件事，是他生活中的意义，因为这里有他追求的事业，也有最亲密的朋友。齐三坡在夜间的讨论中也表示出很欣赏主人公明的恋爱的方式，当他说出他的感受时，小勤就觉得自己在同他拥抱——他的感受那么深情！虽然也许不是冲她小勤而来的。唉，要是她也能写出这么美的小说，齐三坡的爱也许就是冲她而来了。但小勤并不认为她自己能写小说，她愿意当最好的读者，她一贯对自己的写作能力评价不高。她觉得齐三坡应该去写小说，这样她小勤就可以永远做他的读者。

读书会的书友们都已经回去了，小勤和齐三坡关于《嫁一个好儿郎》这本书的讨论还没有结束。月光下，两个年轻人站在花坛边上，你一言我一语，仍然沉浸在阅读的激情之中。两人一致认为这是一本极好的书，对如今年轻人的情感世界的探讨很有指导作用。

"我觉得明的爱人并不是被动角色，也许竟是他在掌握着整个过程的节奏呢。我愿意这样想。您怎么看？"小勤激动地说。

"我？我在等一个形容词的到来。读这本书时，每当我快要形成自己的意见了，又有一团阴云飘来，把我看见的形象弄模糊了。明是了不起的女性，她能承受任何打击。在书中，种种预兆对于她来说都是那么不利，她是那种处变不惊的类型。在生活中我也遇到过这一类人，她们能扭转乾坤。"齐三坡说。

小勤在捕捉齐三坡的目光，可不知为什么，那目光今夜显得扑朔迷离，也许是月光的作用？

"难道您就不想有一个结论吗?"她的语气有点焦急。

"我当然想。可是有一些更深的东西在背景中,那会是什么?我常常在阅读中等待我自己,您也是这样吗?"

"我正是这样!不过我不应该太焦虑。我做不到像您那样沉着。我想,这是过去的生活给您的馈赠,我真羡慕您啊。"

"小勤,我对您有一种相见恨晚的感觉呢。飞县真是人杰地灵啊。您是在这里土生土长的吗?"他热切地问。

"是啊。"

"所以我对您有点崇拜呢。"

"我太普通了,从来没人崇拜过我。谢谢您的夸奖。"

"可我并不是要夸奖您。飞县这个文学之乡和它的人们具有一种特殊的风味,我来到这里就像中了魔似的。我沉下去,沉下去……正像我读这本小说的感觉。小勤,您也是我的引路人。我一直读小说,读诗歌,可直到现在,我才有点上路的感觉了。那里面有样东西等着我们,您说是吗?"

"我们等我们自己,那里面也有东西在等我们。我问您一句:齐三哥,您从来没有颓废过吗?"

"没有。明不也正是这样吗?就像不可能颓废似的。"

"您说得对,所以我们才都喜欢这样的小说啊。"

小勤将他送到那条小路上,他的摩托车一会儿就不见踪影了。小勤想,他对自己的爱人是有非常高的要求的。那么,她是不是配得上他?不对,她不应该往那个方向想得太多,配得上配不上这一类问题真无聊,又不是做买卖!

"小勤,你还没回家啊。我刚从晚仪老师那里出来。"鸦说。

"晚仪老师的那位对象很久没有来了啊。"

"你也知道?人生就是这样。也许永远见不了面了,但这不妨碍……"

"当然不妨碍。我们都知道他是晚仪老师的最爱。"

"小鬼,你成长得真快!快确定目标吧。"

"鸦姐，你觉得我是属于什么类型的？"

"你？你是心气很高的女孩。你想找最好的——外表要英俊，还要才学高，性格深沉又热烈，还要喜欢文学。我说得对不对？"

"可一位男孩具备了这些条件，早就被别的女孩抓走了。"

"那倒也不见得。我总觉得小勤的运气不会差。"

"我得回去了，鸦姐。我今晚心神不定。"

"那就是好运要找上门了。晚安！"

小勤很久都没有睡着。不知为什么，她竟然设想起晚仪老师的处境来了。她想，如果她小勤处在晚仪老师的处境，她会怎么样？她应该也不会颓废，就像小说中的明一样。齐三哥的感受力真厉害，他说："就像不可能颓废似的。"嗯，有一种东西在支配她周围这些人的情感。男女之爱是最好的，但并不是唯一的。不过说到底，晚仪老师也得到了爱，因为爱是各式各样的。齐三哥说飞县人杰地灵，她是飞县人，所以她在他眼中才显得可爱。她可别让自己变得不像飞县人了啊。比如刚才她考虑配得上配不上的问题，就不是飞县人的胸怀了。小勤更愿意将她对齐三坡的感情称之为"文学性的爱"。一定不要考虑太多！只要她和他还在这个文学圈子里，只要她还爱文学，她就可以爱齐三哥！现在她觉得自己特别能理解那些小说了，她有了从前没有过的新体验，可见只要真正爱上一个人，而且是文学性的爱，人就会变得聪明起来。文学，文学，那是人的乐园啊。是因为这个，齐三哥才要把文学作为他的终生的事业嘛，什么献身啦，出人头地啦等说法怎么比得上文学给人带来的极乐？齐三哥真深沉，她小勤就爱这种类型的人。她小的时候爱过猎人阿迅，后来又爱过作家征，可是那两次都没有像现在这么专注，激情也没有这么强烈。这是因为那些日子里，她还没有像现在这样具有"文学性"，那时她还是小女孩，不懂得人的情感这种妙不可言的东西。现在她也想像齐三哥一样将阅读文学当作一项事业来追求。想想看吧，这世上还有多少书她还未读过啊，这将是一个多么漫长又多么激动人心的历程！而且还有齐三哥和她小勤一块"在路上"！

小勤盼着星期五快快到来,因为星期五的晚上他们就要讨论《嫁一个好儿郎》这本书的结尾了。小勤觉得自己还不能完全读懂这个结尾,她急于要听听齐三坡的意见。书的结尾是这对恋人的决裂,那种决裂很冷静,并不伤感,因为双方都在憧憬着什么更好的东西。恋人们用力拥抱之后就分手了。

　　齐三坡到得很早。小勤则吃完晚饭就立刻跑到玫瑰花园里来了,玫瑰花园就在会议室的前面。齐三坡笑容满面地迎向小勤。

　　"我估计您会在这里。我们都觉得这个结尾出乎意料,对吗?"

　　"啊,我正是这样想的,您太了解我了,多奇怪!为什么分手?完全没有道理。这两位,明和陶,分明是和谐的一对嘛。"小勤说。

　　"是啊,有点遗憾。我也在想,会不会完全和谐了爱就减弱了呢?"

　　"您的思想真可怕,不过我也是这样想来着。我们的未来会是什么样的?我有点胆小……啊,真深奥啊。"小勤说着就怕冷似的搓了搓手。

　　"哈,小勤,那可不是您的本性!"

　　齐三坡说这句话时就热情地搂住了小勤的肩膀。

　　小勤微微发抖,但很快控制住了自己。

　　"齐三哥,您同我谈话是不是有点迁就我?我水平不高。"

　　"完全不是。和您谈话总给我带来灵感。要不我怎么会一下班就往这边跑?我只对文学这一件事有巨大的兴趣,我希望自己在这个领域里突飞猛进。其实啊,我已经写了一些很短的小东西,非常短,有的只有几个句子。这件事我还没告诉过任何人,除了您。"

　　"我希望尽早读到您写的作品,那会是我最大的快乐。"

　　"小勤,您的心真好!因为您是飞县人——"

　　他的话被打断了,一大群人往他们这边走来。都是年轻的书友。

　　"你们两位是不是在约会?"他们问道。

　　"是啊,我们早就开始文学的约会了。"齐三坡说。

　　"恭喜恭喜!"

　　他们一齐涌进了会议室。

当讨论变得热烈起来时，小勤发现齐三坡的表情有点走神，而他那张年轻的脸容光焕发。小勤暗想，会不会是因为刚才的事呢？她不能确定。她虽小小年纪，但已懂得了这种事不能一厢情愿。她听见阿丽在对面说：

"诸位请注意，我认为爱情并不总是很美的，分手也并不总是很可怕的。有些爱经过冷静的衡量之后，会感到与其维持还不如……"

下面的话她就听不清了，因为她吃惊地看见齐三坡皱了皱眉，这在他可是很少见的表情。接下去他的表现更是出乎小勤的意料。他站了起来，两手撑在桌面上，开始滔滔不绝地、很快地讲话。他的大意是，爱情这种事，衡量是可能的，但冷静是绝对不可能的，除非那已经不再是爱。如果是他，他也会有衡量，但这个衡量是以热情为前提，不是以冷静的估算为前提。这篇小说中的明也从未对双方的情况作过超然的估算。他赞成明的选择，还因为这是双方做出的选择，他们双方的这种默契已经具有了很高的文明程度……小勤看见齐三坡在流泪。她大大地被震撼了。原来他另有隐情！小勤恨自己的麻木。

讨论会散了之后，齐三坡磨蹭着没有离开，小勤也没有离开。他俩锁好了门，又走到玫瑰花园里去谈话。

"齐三哥，您能和我讲讲您从前在纱厂时的事吗？"小勤试探地问。

"那个时候我是一条凶残的狼，还没变成人。我到处寻衅滋事，因为不甘心，也因为好奇心。那些好人家的孩子见了我就躲。如果您在那时遇见我，肯定会对我嗤之以鼻。后来，是在集体流浪时，我突然感到了自己的责任，因为我比他们年纪都大。我记得有一个冬夜，我们又冷又饿，缩在贫民窟里，你挨着我，我挨着你。白天偷来的东西全吃光了，大家都被饥饿弄得要发狂了似的。我突然忧虑起来，不是担心被饿死，那是不可能的，而是担心我们会集体发狂。我清了清嗓子，带领大家唱起了'童子军歌'。开始是小声唱，后来声音越来越大，每个人都唱得十分投入。您当然知道这是怎么回事——我们度过了危机。就是从那天夜里开始，我才慢慢从狼变成人。孤儿团留给我的是小狼的回忆：妈妈不见了，我们挤成一堆……"

齐三坡接下来讲了一个非常黑暗的故事。故事里头好像有一个人在不断地发誓，虽然小勤不知道他是为了什么事在发誓。小勤对故事中的人站在大街上发誓这件事感到忧虑。"这种决绝会不会是出自爱？"她问齐三坡。"有可能。不过也有可能是出自恨。"齐三坡心神不定地回答，"多年前，我和您都恨过各种各样的人和事件，那种恨造就了人的个性。说起来，恨和爱是一个东西——我们的母亲受到了不公正的对待。"

小勤感到，那个像小狼的人是有能力爱的。毕竟在久远的过去，当大地在结霜时，天上那一轮明月将清辉洒到过他的皮肤上。小勤的心在呼唤："齐三哥，齐三哥……"齐三哥遇到了挫折。他需要她的鼓励，所以才会站在这里同她沟通情感。

"仇恨又造就了一种无限的宽容，对吗？"小勤看着他的眼睛问。

"我也不知道。自从唱歌的那个冬夜之后，我对人就变得有耐心了，我好像有一种感觉，这就是自己再也不会失去信念了。世界真美。"

"我也是这样想的，世界真美。您没有失去信念，真为您感到高兴。"

后来他俩又说了些相互鼓励的话。这时发生了一件事：在大路的对面传来小动物被咬住的惨叫，那叫声无比绝望，令他俩毛骨悚然。

"她？"齐三坡问道。

"她。"小勤像回音一样说。

"读书让人变得高尚。"小勤又补充了一句。

当他的摩托车发动时，小勤一下就感到了小动物的绝望。但她并没有毛骨悚然，一股英雄气概从她的胸中升起，她在无声地唱童子军军歌。摩托车远去了，歌声却似乎在渐渐变得高昂。有好些年了，小勤想要捕捉的，正是这种境界。这就像翻过陡峭的山崖，一场力的测试。

"一种激情的冷静。"小勤在心里说。她现在有点明白书中明的情感了。同时她也在某种程度上懂得了齐三坡。她打了个冷噤，她觉得她的目光的穷尽之处是一个深渊，在那深渊之中，不可名状之物正在缓缓地上升。小勤有点恍惚，有点害怕，但更多的是极度的渴望。"读书吧，读书吧……"她说出了声。

她看见一个黑影正在向她移近。

"是沸腾的夜晚。"妈妈的声音响了起来。

"飞县的姑娘的爱是什么样的?"小勤问。

"是那种有节制、有判断的,不顾一切的热情。"

"妈妈真深奥。"

"这是因为妈妈在家和你们读同一本书的缘故。"

母女俩在星光下的剪影渗出某种古老的气息。小勤感到自己年轻的身体正在变得柔韧有力。

齐三坡已经有两个星期没有出现在读书会了,小勤一天比一天焦虑。读书会上,关于《嫁一个好儿郎》这本书的讨论仍在继续。因为不知不觉地,每个人都在续写这本书。这本书激起了大家的创作热情。书友们不仅设想自己在那种情境中的可能的行动,而且还设想他们的领头人齐三坡——他的可能的判断;他怎样找到出路;他将如何对待他的爱人等等。书友们之所以这样做,也许是因为齐三坡身上具有他们每个人的气质——小勤这样想。

"她的消失令齐三坡绝望,可他仍在费力地寻找那条小路。在雾中,人眼像猫眼一样发光,可什么都看不见。"书友油麻这样说道。

"她不可能完全消失,因为齐三坡自己就是她。就像我们也是齐三坡。每当我遇到困难,我就在心中呼唤:齐三哥,齐三哥……"小翼说道。

"那会是什么样的一位爱人?大家能否设想一下?"小勤提高了嗓门。

"是位摄人心魄的女性——极为不幸,却自强不息。"

最后说话的是鸦。鸦在讨论中一直站在暗处。

"那么,鸦姐认识她吗?"油麻焦急地问。

"我?我是从齐三坡身上看出她的倩影的。她从不出现,正如这本书里面的主角的爱人。当然,齐三坡并不是在演戏,可这本书给了他生活的力量,让我们耐心地等待他的回归吧。"鸦说完这些就出去了。

傍晚时分，飞县的空气变得潮润起来，有一种像剪刀剪铁丝的声音在周围响起。小勤竖耳倾听。

"小……勤……小……"好像是书友在喊她。

小勤从家里跑出去。

她看见了那熟悉的剪影。

"您？"小勤问。

"我回来了，亲爱的小勤。请原谅我的不辞而别，因为有紧急的事需要处理，此外路途遥远，没法传达信息。"

"没关系。亲爱的齐三哥，需要我帮忙吗？"

"现在一切都在好转。您，还有书友们，你们一直在帮我。"

"小勤永远是您最好的朋友。"

他俩没有像往常那样讨论作品，却是面带微笑在沉默中交流。

好久好久后，他开口了。

"她离开我了，她为什么离开我？"

"大概是为了让您变得更坚强吧？"

"嗯，有道理。"

他俩看见书友们来了。书友们发出欢呼。

他们大家在会议室围成一圈，每个人都很激动。

"这次远行让我交出了阅读的试卷。爱的激情即是渴望镜子的狂热。然而现在，我的镜子不再适合我了，镜像模糊，它正在不断地远离我。我想，它正在转变为另外一面镜子。我心中对爱人充满了感激。"

齐三坡说了这番话之后，四周响起嗡嗡的低语。那也许是焦虑的渴望；也许是锲而不舍的寻求；也许是热烈的倾诉……大家都想交出阅读的试卷。

小勤坐在齐三坡的身旁，感应着他的脉搏的跳动。她在心里对自己说："我是飞县的姑娘，这就是我的阴错阳差的初恋。飞县的姑娘从不自卑和抑郁，她们是文明程度很高的女性。"

齐三坡仿佛听到了小勤的心声,他坐下来,紧紧地握住了小勤的手,他沉浸在他俩之间产生的"文学性"的爱恋之中。这种深深的慰藉令他多日来的痛苦一扫而光。

"书中的明,她的爱人是谁?"有人突然发问。

"他就是我们大家渴望的那种人。"几个人齐声回答。

小勤感到释然。她在齐三坡的耳边说:"读书会是我们永久的家。您不会忘记这一点吧?您的到来让我欣喜若狂。"齐三坡低声回答她说:"我永远不会忘记这里。这里是我的家,也是故乡,花坛里的玫瑰夜夜在我的梦中开放。即使我的恋情失败了,我胸中的激情又转移到了这里。文学是我的不变的情人。"

后来他俩像梦游一样游到了外面的玫瑰花坛旁边。

"对于我们,爱,永远不会带来颓废。"齐三坡说。

"我感到您快要开始写作了。"小勤高兴地回应。

"您就像美丽的文学使者。"

"齐三哥,我永远会是您的忠实的读者。"

"啊,我究竟做了什么善事,让这种福气降临到我头上?"

"您给读书会带来幸运。"

"小勤小勤,我心中……我,我要尽力!"

"玫瑰,玫瑰……"小勤听到自己说梦话一般的声音。

后来,他们两人都吃了一惊。

小勤像以前一样将齐三坡送到大路的那一边,目送他飞驰而去。

到了深夜小勤才记起她曾与齐三哥约定,两人要做终生的文友。激情的浪潮在她年轻的胸膛里起伏,天快亮了她才昏昏睡去。

第二天,太阳明媚,南风轻拂树叶。小勤在早晨听见山里飞来的那只陌生的鸟儿在反复地说:"姑娘,姑娘……"

第十九章　幸福

　　文老师坐在黑黑的房间里思考着宇宙的结构。后来她站起身，走过去打开窗户，于是有各式各样的黑影从窗口游了进来，房间里变得半明半暗。噗、噗、噗……那些影子发出响声。文老师感到自己的身体在下沉，天花板和四面墙向外散开去。文老师并没有悬空，她的脚立在大地之上，周围种种的事物在向她聚拢——它们不但不令她窒息，反而让她产生游刃有余的欢欣感。

　　"您的位置在西南方向的第二层，这是窗台上有一只苹果的那间房，不大不小，房里有简单的家具和一部打字机。"声音是从一个录音机里传出来的。

　　"您指出了我的位置，那么您是谁？"文老师困惑地问道。

　　"我是您的一位朋友，您用不着称呼我，因为我们之间的关系就在这栋房子里，同外界无关。"

　　文老师想，这些话都是事先用录音机录好的。多么奇妙啊！现在，她要做深呼吸了。当她做深呼吸时，一些影子飞快地从她的鼻腔进入她的肺部。她的身体继续缓缓下沉。在这种运动的过程中，文老师总想知道自己的定位——她究竟是在这栋"宇宙之屋"的哪个房间里？朝南的房间还是朝北的房间？抑或朝西？但录音机里的那个声音并不会时常响起，文老师就总是处在困惑之中。她并不讨厌这种困惑，但是她渴望定位。定位或迟或早会发生，但并不如她所预料的那样发生，不如说定位总是出其不意的。出其不意的定位常常令文老师情绪狂热。她热爱"宇宙之屋"的活动。她想，墙不是已经散开了吗？她是身处屋内还是屋外？按录音机里那个声音的揭示，她应该是在屋内——"第二层""西南方向""不大不小"等规定，不可能是屋外的规定。可是下沉的运动使得她不可能停留在一间房里，这就增加了定位的困难，可这种无法定位的状况是多么微妙又多么令她满足啊！也许她同时在南又在北，在东又在西，但那个声音的揭示总是清晰的，给她一种可依赖的实在感。

很多年以前，文老师就盼望着进行这种操练，也就是说，她盼望在一所结构不明的大房子里摸索着进入陌生的房间。但这件事直到她的晚年才发生。到现在这种操练已经进行过无数次了。越操练，房子就越生长，陌生的房间与楼层也越多。可以说，要想真正弄清房间与走廊的朝向、楼层的高低、大门的位置等问题几乎是不可能的。有一次，她摸索着走到了一条走廊的尽头，正在担心着别一脚踏空，那走廊却又拐了个弯，于是她身不由己地进入了一间没有窗户的小房间。那房间奇小，只有一米见方，门被人关上后里头闷热不堪。她想出去，越挣扎房里的空间越小，四壁夹紧了她的身体，她在恐惧中进入昏睡，就这样站在那里睡。直到天亮，才听到录音机里的那个声音说："这间房在第七层的西南拐角上，是一间堆房。"话音一落，文老师就发现自己已经站在了走廊里，靠右手边是下楼的楼梯。

这座房子是没有电梯的，不过在深夜里爬楼总能给文老师带来快感。有一次，她记得自己爬一爬，歇一歇，一共爬了二十五层。第二十五层好像是顶层，走廊四通八达，像那种巨大的塔楼，微弱的灯光在头顶闪亮着，好像要熄灭一样。当她鼓起勇气打开通往屋顶平台的那张门，要去外面看看时，却又发现那不是什么屋顶平台，却是继续上升的楼梯。她有点害怕了，于是关上那张门，转过身准备下楼。然而找不到下楼的楼梯口了。不论她往哪个方向走，走到尽头都是上升的楼梯口，仿佛在逼她继续往上爬似的。文老师决定坐在走廊里的那把长木椅上睡一会儿。她睡了没多久就被吵醒了。有一个人正缓慢而沉重地从上面下楼来。是一位老头,戴着格子呢的鸭舌帽。老头走到她的面前,看着她的眼睛说:"在异国他乡遇见故人总是一件振奋人心的事。"她记得自己回应了他几句话,但后来忘记说的是什么了。他俩从走廊尽头一拐弯就出了大门。文老师回头一看,身后只是那种普通大小的板楼,一共六层,屋顶是斜顶,上面盖着装饰瓦。老头钻进一辆出租车走了。文老师想回楼里去看看,但有人关上了大门,正在里面将大门反锁。

那栋房子就在她家所在的那条街上,是一个老年人的活动室,但不知为什么,并没有多少老年人去那里头搞文娱活动。文老师退休后曾向邻居打听过,邻居告诉她:"那里面很憋闷,并不适合老年人。"可文老师去过一次之后就对这座房子着迷了,尤其是棋牌室,空旷的房间里天花板特别高,一般只有两三个人在里头下棋,到下午就一个人都没有了。文老师于是就常常于晚间去那里待着。房子的变形是于几个月之后发生的。当时一面墙和天花板消失了,文老师一抬头就看见了星空,星空里有那个图案。她听到一位过世的堂兄在她耳边笑着说:"这种游戏属于你一个人了啊。"这句话令她全身起鸡皮疙瘩,可也增加了她的好奇心。从那以后,她便隔三岔五地往老年活动室跑了。到后来,事情就变得越来越怪,最为蹊跷的一次是这栋六层楼房化为了一座平房,并且呈现出章鱼的形状——中央是宽阔无比的大厅,大厅四周的墙面上辟出好多条走道,那是些无尽头的走道,走道的两旁有看上去像办公室的房间。文老师尝试过,似乎每一条走道都诱惑着她无限制地走下去,但走了一段时间之后,文老师就会害怕起来,于是返回到中央大厅。她想,变形的房子是多么危险,又是多么的有诱惑力啊!最有意思的是,当她在水泥走道上行走时,可以听到什么地方正在上演皮影戏,那戏场的氛围和她小时候经历过的一模一样——敲锣,打鼓,演唱,十分热烈。尽管如此,文老师还是不愿一直走下去不回头。不光是害怕,也因为对某种利益的估算。

从前的同事在街上遇见了晚归的文老师,便同她说话。

"文老师,您在独享探险的乐趣啊。"她说。

"嗯。那么,您如何评估这种建筑物?"文老师感到背上在流冷汗。

"我不会去评估它的，那太冒险了。我觉得您有先驱的风范，令人肃然起敬。莫不这老年活动室是为您建造的？"同事的语调阴阳怪气。

"可是白天里，也有别的人在里头活动。"文老师申辩道。

"别的人？那两三个人算不了什么。他们在里头闲聊一会儿就散去了。"

分手后，文老师吃惊地想，这位同事真了解内幕啊，也许她和她一样，一直在关注同样的事？如果这样的话，可不可以说这老年活动室也是为同事建造的呢？这栋普普通通的，六层楼的灰色建筑，在这条街上一点都不起眼。有一名清扫工每天早晨打开大门，将里面的所有房间和走廊楼梯清扫一遍。因为这栋楼只有一个单元，也就是十二套房间，清扫工作到中午就结束了。大门敞开着，穿老鼠色工作服的女清洁工总是到了深夜才来锁门，第二天早晨又来开门。文老师也想过，为什么她要每天深夜从什么地方赶到这里来锁门呢？自从同事指出这栋屋有可能是为她文老师建造的之后，文老师便进一步产生了怀疑——莫非清扫工也是在为她留门？这种事想一想都会令她惊骇。

近年来，文老师倒是越来越镇定了，这要感谢那种下沉运动。因为只要身体一下沉，思维就会上升，达到天马行空的境界。那种时候，对那位清扫工的顾忌也消失了。尽管之前她在深夜遇见过她一次，并受到她的盘问。下沉运动越做就越得心应手，几乎是达到了想下就下，想上就上的熟练程度。一开始她是独自做运动，运动也是限于她所在的那个房间——通常是棋牌室。到后来，当所有的墙和天花板都散开之后，当她回旋自如地在空间里来来往往时，她就感到有一个透明的建筑成了她的身体的延伸部分，她带着这个似有若无的房子到处走，这房子竟依赖于她而存在。因为当她不思考时，房子就消失了，当她屏气凝神时，结构琢磨不透的透明建筑又出现了。这种游戏很好玩。有一次，她甚至在走廊上遇见了她的儿子蜂。儿子穿着登山服，似乎要远行。"蜂，你是来找我的吗？""是啊，他们说您在攀登，我也想领略上面的风光，就来了。可是它究竟有多高？我看不透。""谁能一下看透呢，只能在攀登中去体会。我们往右拐吧，前面应该有个平台，喏，这边是左，这边是右。""在这种地方妈妈还能保持判断力,真了不起。"文老师记得她不知不觉地就同儿子走出了房子的大门。过后儿子告诉她说,他被这座变形的房子的高度吓坏了,心里立刻打了退堂鼓。是他挽着文老师的手臂退下来的。后来蜂再也没提起过那次攀登,也许他觉得那种事还是不去谈它为好吧。

老年活动室是文老师心中的秘密,可她又觉得好像每个人都知道这个秘密。不光她的两个儿子,就是那些退休教师也会装作不经意的样子问起这事。文老师想,某种结构是同每个人的生活息息相关的,但那结构总要体现在一些不同事物——比如房屋——上面,不然就没法看到和设想。是她文老师首先看出了老年活动室的结构呢,还是那结构一直在向她发信息,渴望将她包容进去?也许这种事一旦发生,她就会在人群中变得显眼吧。所以现在文老师感到她被周围人的激情包围着,人人都对她有所期望似的。甚至菜市场的菜贩们也在议论她。"她将一座普通的房子变成了类似命运的东西。""据说建筑物如果无限制地变形的话,就同人的体力有关。"文老师仅仅偶然听到这两句。那两位故意高声地说话,分明是要让她听见。菜贩们的反应令文老师振奋,她心里不断涌出新的希望:如果那个结构在宇宙间的一切事物上都显现出来,她不就随时可以同别人谈论了吗?她一定要坚持将这事做下去,因为同幸福有关啊。从上个月以来,她的头上出现了屋顶,那是当她踏进星空的那一瞬间发生的。于是她有了一种完美的感觉。她要将幸福的奥秘传达给别人,那就是,每一个人都可以钻进不同的事物,变成事物本身。当然这里头有些技巧,她也可以将技巧传达给别人。比如根据首先触摸到的事物(墙,门把手,楼梯口等等)来判断方向,比如根据楼层的高度和走廊的长度来调节自己的活动范围等,这都是她的一些经验。

去老年活动室进行冥想成了文老师的专利,这个专利是她退休之后获得的,产生于一次不经意的逗留。那一天,她吃完晚饭,收拾好厨房,一看天还早,便去街上溜达。她记得她还在路边遇见了已退休的校长,校长说她"气色不错"。后来她经过老年活动室,看见大门敞开,几间房里还有灯光。她感到好奇,便走了进去。起先她站在乒乓球室,那两张球桌静静地立在灯光下,给她的感觉并不像有人会进来打球。于是她退出来，走进了棋牌室，棋牌室的桌子上摆着一张人的头部的素描，那素描很模糊，也许画的不是人，而是花岗岩上面的纹路。文老师坐下来观看，心里想，这是哪一位老人的作品？看着看着精神就有些恍惚，恍惚中又有种隐隐的激动。她听到天花板那里有细小的骚动，那骚动一阵一阵的，有时激烈，有时又平息下来。到底是什么动物在弄出响声？文老师爬上桌子，想要弄清。她刚一在桌子上站好，棋牌室掩着的门就被打开了。电力所的退休工人钟志东站在门口。文老师尴尬地从桌子上下来。

"因为这里亮着灯，我就顺便来看看。"钟志东说。

"看来不止我一个人关心老年活动室啊。"文老师说。

"当然。这个活动室总在我们心里。"钟志东的声音很坚定。

钟志东很快就离开了。文老师却又在桌旁坐了下来。天花板那里的骚响已经停止了。文老师再次观看那幅素描，又发现画的是一座房子。不过那种画法很别致，从不同的角度去观看，房子的结构和楼层的数量大不相同。起先她以为是画的老年活动室，后来又以为是画的她那个学校的教学大楼，末了她居然看出纸上描绘的建筑有三十三层，很像一座市中心的写字楼。文老师的兴趣被激起，她不想马上回家了。她的体内产生了一股类似青春时代的活力，她要在这所房子里搞活动。当然，那时她并不知道她会搞些什么活动。那一回，她上了楼，又下了楼，然后又上去，又下来。当她在楼梯上行走时，她就感到整座房子贴着她的心，变得无比的私密。就仿佛有个人在她耳边亲切地询问："往左还是往右？想去第八层南边那间房吗……"她的确听见了询问者的声音，她由着性子应答着，感到整个身心无比的舒畅。接下来便是变形。她已经经历过了多少激动人心的场面？文老师将心中的这个问题说出了声。

文老师在深夜怀着空前的满足感走出老年活动室，在这样的夜晚，星空与城市的变形都依仗于她的意志和激情。她在书报亭旁停下来，凝视着一个渐渐移近的黑影，清晰地说道："又一次。"

一个能够同透明的房屋粘成一体的人，自然而然就会同哲学亲近起来。几十年里头，文老师都在不知不觉地训练出一种特殊的素质，她的不同凡响并非刻意而为。她专注于日常生活，她感到生活中的某些事令她迷醉。她的思索与冥想也总是与生活紧紧地连在一起的。然而直到她于老年加入了这座城市的读书会之后，她体内积累的智慧才开始爆出耀眼的火花。是文学，这种神奇的酶让她经历了身心的革命，也使她脱胎换骨了。"这是老树开花了。"她自嘲地对沙门说。

　　一开始，她并不明白自己这种与文学的深度交往会有什么后果，她只是一味地沉醉于其间，惊叹于文学给她带来的极乐。后来她才知道，文学是一种只能进不能退的事业。人越追求它，对自身的要求就越高，需要解答的疑问也越多。当然，解谜带来的快乐也越大。而快乐越大，人对快乐的浓度的要求也更高。于是，这样一桩不可能放弃的事业便使得老年的文老师的生活充满了令人难解的活力。如今有一点她是坚信不疑了，这就是自己是大自然选中的那个人。她知道她要做些什么，也知道她要完成的这桩工作的价值。这种信念又激发了潜藏在体内的更深处的热情，这热情和大自然的脉搏一起跳动。"我可不能有什么闪失啊。"她每天提醒自己道。当她这样说时，她倒并非一味地想到使命感之类，而是更多地想到事业给她带来的极乐，因为她不愿意死，她渴望将这浓缩的极乐过程尽量地延续。她认为她真正的幸福生活是从七十岁开始的，这一点同别人太不一样了，但大自然就是这样安排的。她不仅同文学深交，又由文学进入了哲学，在这过程中她的周围又及时地出现了真正的良师益友。如果不是大自然的垂青，有几个人能像她这样把好处都占全了呢？当然，这种垂青便意味着她肩上的重担，这重担是专为她而设的，也只有她能挑得起，她也最渴望去挑。

　　文老师属于读书会，她自己觉得这是一件奥妙无穷的事。将整个事情的前因后果在大脑中思来想去之后，她的脑子里出现了一幅画面，那画面中有山有水，一个硕大的、肉感的东西从平原上突起。她想，这是器官，这器官就是读书会。起先她同这个器官一块生长，并没有明确地知道自己的人生的意义。但由她和她的朋友们构成的这个器官是温床，于是她的体内的某些成分迅速地生长起来，令她自己、也令所有的人吃惊。意义就是在这种迅速的新陈代谢中渐渐呈现出来的。她如今看明白了，文学绝不仅仅是孤独的事业，文学属于交流，也只能属于交流。哲学亦如此。大地有一种热切的欲望，这就是要生出各式各样的器官来，她在读书会的活动中每一次都强烈地感到了这种倾向。文老师还看见自己成了这个器官中的核心，她的老迈的身体突然就具有了强大的活力，山水丛林与她共舞起来。

她的冥想被沙门打断了。沙门约文老师去街心花园散散步。

城市的夜景很美。走了一小会儿，两人就都感觉到了氛围中有种逼近而来的不安。"文老师，那会是什么呢……"沙门挽着文老师，边走边喃喃地说。"啊。"文老师仅仅说了一个字。她感到千头万绪不知从何说起。她在心里想，多么古老又多么年轻啊！她和沙门的脚步都踩在那种鼓点上，旁边的小树林里弥漫的松针的气味将她们带进有点儿忧伤的甜蜜的回忆。

"您是最棒的，很快就要为外界证实了。"沙门说。

"是我们，我们是最棒的。整个事件都是云伯和你策划的。我们已经起飞了，对吗？人在空中，不可能像在大地那么安静。"

"我们在飞……"沙门噙着泪轻声说。

有个人从林子里走出来，看不清他的面貌。

"我是读书会的老莫，"他自我介绍道，"我刚才在林子里看见你们俩走过来，我什么都明白了。好久以来我就在等待这一天……我要回去了，再见！"

那人离开后，文老师的思维飞快地运转。她沉默着。

她俩在从前文老师同云伯一块坐过的那张长椅上坐下来。

"世界要大变了。"她对沙门说。

"这就是不安的原因。老莫也在渴望。人心在等待中战栗。"沙门说。

"小水潭里有个东西，你看到了吗？"文老师指着林中的一个光斑说道。

轮到沙门沉默了。她早就看见了那个游来游去的东西，她胸中的激情在高涨。

两人停住了脚步，不再往水潭那边走。她们要享受自己的激情。

现在，她们站在树林里轻声地交谈，她们的谈话在旁人听来含糊不清，是一些零零散散的名词，没有连贯性，似乎也没有明确的所指，像是各说各的，又像是相互替对方解释。后来两人忽然同时住了口，一块轻轻地笑了起来。

"沙门啊，我们这几个人在同一个地方成长起来，这件事既离奇，又普通。"

"文老师啊，我们得天独厚，就像山里的那些松蘑。"

她俩一直交谈到深夜，才由沙门送文老师回家了。这期间有一位书友（不是老莫）一直在树林外面好奇地观看。她说她看到的不是文老师和沙门女士的身影，而是两团光，那两团光时而合成一个，时而又拉开距离，她在旁边看着觉得很感动。

沙门回到书店的楼上时市政厅的那面大钟正好敲响了两点。她意外地接到了张丹织打来的电话。

"沙门，你有他的消息吗？"

"你是指他？嗯，好像有过，但我不能确定……他快要回心转意了，这是我的判断。丹织，我们总是幸运的，对吧？"

"你说得对，沙门。"

沙门坐下来，在笔记本上写道：

伟大的转折

文老师白天读书，到了夜里，她就一遍又一遍地构想那个结构。她已经操练出了一些方法，所以有的时候居然能做到驾轻就熟。当她的构思遇到了困难时，她就停下来，沉入到一些模糊的地带，在那种地方暗中等待。她假装已经忘记了她的困难，但其实，她在不由自主地偷偷发力。她发力的方向从来不会偏离那个结构，即使是她自己觉得自己处在心不在焉的状态也如此。于是对于她来说，"恍然大悟""不期而遇"这类情景连续地发生，就好像意外就是正常。她都已经习惯于夜间的这些思索所产生的意境了，她将其称之为"创新"。就仿佛她的全部生活的意义都在于刷新那个结构。并且她还感到，她个人的日常生活正是那种结构，不是别的。她的柔情、友谊和爱全部围绕神奇的老年活动室的建筑结构而生长着……

她还发觉，从事哲学研究以来，她更加喜爱她与家人和朋友们一块度过的日常生活了。这种生活是如此的朴素，又是如此地令她着迷，因为她的身体得到了享受。她想，沉溺于奢华的生活的人们是多么的傻，又是多么的偏执啊！他们撇开了人间最大的乐趣！春季正在到来。各种蔬菜上市了。文老师对蔬菜的食用很有讲究。食材一定要新鲜，制作方法要符合植物的秉性，既要简单，又要细致、清爽，这样才不会暴殄天物。时常，她会为吃了一盘新出的小白菜而感慨万千，感慨之后便觉得自己的身体内生出了更大的创造的原动力。夏天的"玫瑰香"小葡萄则令她无比迷醉，将她的思绪带到那些骄阳下的葡萄园里，长久地流连忘返。食品让她生出一种年轻的幻觉。她想，这并不完全是幻觉，而是对生命感的不断刷新。近来她又爱上了小豌豆，乐此不疲、花样翻新地吃了半个月。她对自己享受生活的能力感到惊讶。

"文老师，我们去餐馆吃一顿吧？"读书会的老莫邀请她。

"就在我家里吃吧。我已经买好了食材，只要花上一点点时间，就能吃到家常美味。我会用心去做的。"

"真没想到文老师这么多才多艺。"

"谈不上多才多艺，只是为了自己享受吧。能给朋友带来享受就更快乐了。"

在夜间，做完繁重的、同样给她带来享受的工作之后，她往往生出一种渴望，这就是希望自己一直享受下去，直到生命的最后一刻。比如说，某一天在阅读和写作之际死神降临。又比如说，本来死神早该降临，因为她对哲学和文学的执着居然放过了她，又多给了她两年更大的享受。她在假设中微笑着，感受着那种年轻的欲望。

当然还有爱情，她对云伯的不变的爱。正是她目前所做的工作在加强着这份感情的浓度。因为哲学和文学本身，就是浓度最高的爱。文老师想到这里，便感觉到了云伯的拥抱和他的身体的熟悉的气味。此外还有沙门，她也爱她，一点都不排斥她，反倒觉得他们三人是三位一体，只有这种形式才是完美的爱。她没有女儿，沙门就是她的女儿加情人，她一贯这样看。她也知道沙门是如何为她的精神的力量所折服，将她文老师这个平凡的女人赋予了某种神奇的光辉的。沙门的感受力超群，她深深地为沙门的年轻的感受力所吸引。这是不是大自然的奇迹？他们仨就像她在早春的山里见过的连体松蘑一样，自然的精华刺激着他们的生长。是她将松蘑的比喻告诉沙门的。他们长在一起，是因为这种形式很美，大自然就做出了这样的安排。文老师想到这里就幽默地笑出了声。这时她听见有什么东西在屏风那里弄出响声。

"谁？"

当然没有谁，可能是风，也可能是幻觉。这种幻觉总是很愉快的。

好多年里头，她都在想象中策划同云伯一块去爬云雾山，她还希望自己在爬山时迷路。这种策划是难以实施的，她也从未向云伯讲出来过，当她听沙门说她和云伯曾在湖中荡桨时，她感到十分羡慕——沙门毕竟年轻！可是难道因为自己老了就不能追求爱情了吗？当然可以追求，但人的精力有限，她现在剩下的精力只能做一件事了。这件事是她最想做的，她一定要将它做好，所以她就放弃云雾山的活动了。她坐在家中通过写作同云伯交流。世界上大概不会有比她更为富裕的女性了，而且她的身体还这么健康。屏风后面又有响声，这回是真的有人进来了。来人是久违了的云伯侄儿丘一。

"文老师，刚才我看见一些鸟儿从窗口飞进来了。我老觉得，您在哪里，哪里就有异象。可这确实是好事，您说对吗？"丘一站在暗处说。

"当然是好事。丘一，你觉得云伯的状态如何？"文老师问。

"他啊，好得不能再好了。我判断他至少会活到一百岁。"

"你为什么做出这样的判断呢？"

"因为我观察到他比从前更谨慎了，他小心翼翼……为了什么？不就为了这桩事业吗？文老师，我是来告诉您的，您不要担心，我、沙门，还有很多人都会来加入您的工作，我们要让您的成果传承下去。"

"谢谢你，丘一。可是这已经不是我一个人的工作了，你们都在出力，这已经是我们的工作。我今天多么幸福啊。丘一，你感到幸福了吗？"

"我每天都感到幸福，我要在这桩事业中出力。"

送走丘一后，文老师的体内便响起了一个声音，那个声音在她的周围唤起了巨大的回声，几乎震耳欲聋。文老师镇定地坐在屋当中等待尘埃落定。

"谁在楼上？"她问儿子蜂。

"是那些鸟儿吧。您不在家时，这种情形发生过一次了。"蜂说。

"啊，终于来了。这就是我说的那种结构。"

母子俩欢欣鼓舞地走上楼去。

第二十章　创造中的玄机

很久以来，晚仪在创作上得天独厚，还没有遇到过灵感枯竭的危机。可是人生的道路上风云莫测，何况是对于晚仪这样一位随时都在求新求异的女性来说。实际情况是，近期她的创作陷入了危机。她感到惶惑和害怕，并且她的身体素质也在下降，失眠时有发生。她想，她才四十七岁，离老年还远着呢，并且她认为自己即使进入了老年也还会不断地写下去的啊。目前的这种状况到底意味着什么呢？她的生活的安排一直是规律化的，她不仅每天在园子里种菜种花劳其筋骨，她还每天学习外语锻炼大脑。她可不想让身体拖累了她的创作。这种劳逸结合的生活给她带来创作上的自信。可是瓶颈出现了。她的情绪变得灰暗，她偶尔还会有窒息感。整整五个月了，她仅仅写了一篇很短的作品，她的手在颤抖。于绝望之中晚仪想到了戴姨，那就像黑暗的脑海里出现了一道光。真的，她这些日子里怎么把戴姨给忘了呢？

吃过晚饭，稍微打扮了一下，晚仪就坐班车去县城里找戴姨。她听说戴姨在飞县办了一个矿工学习班，专门指导那些生活在地底的人们进行高超的阅读。戴姨认为矿工中最有可能出现文学上的天才。

晚仪首先在"知己"旅馆入住。这家旅馆在县图书馆的旁边，白胡子的旅馆老板也是个书迷，同晚仪很谈得来。当她登记入住之际，老板就眯缝着眼，摇着头说：

"晚仪啊，你在这个时段去找戴姨是很不恰当的。谁知道她在哪里？她哪里都不在！我听说她夜里在进行一种神游，是过去朝代里才有的活动。唉唉。"

"曾老板，您为什么叹气？您认为她的活动不好吗？"

"我刚才说了什么？！"曾老板吃了一惊，"当然是好事！我向你保证！戴姨所从事的活动全是最高尚的。我刚才之所以叹气，是因为我达不到她的境界！"

晚仪在房间里休息了片刻，喝了一杯茶，又吃了泡面。这时她发现窗外已变得漆黑一片。她想起来外面是个广场。广场上怎么连一盏灯都没有？也许她真的不该在这个时候去找戴姨？戴姨此时处在一种什么样的文学境界之中？晚仪认为曾老板的文学修养是很不错的，可就连他都认为自己达不到戴姨的境界！

当她走到旅馆的前台时，曾老板又一次发话挽留她。

"晚仪，还是明天上午去见她最好，那时她准在她的休息室。"

"我还是去找她吧。我想理解她。当然主要是为了我自己。"

她有点犹豫地踏进了黑暗之中。

她是按曾老板的指点找到那个矿工学习班的。如同他预见的那样，那里没有人。戴姨的休息室就在教室的后面，房间的门敞开着，那间空房里散发出女性居住者常有的香味。晚仪站了两三分钟，就听到有人从走廊那边走过来了。

"是晚仪女士吧？"矿工老傅的嗓音响起。

"您怎么知道是我？"

"因为戴姨要我在这里等您嘛。"老傅哈哈大笑。

"原来她什么全预料到了啊。"

347

"戴姨说，晚仪女士夜间来访，是怀着登高望远的理想而来的。"

"傅叔，您有什么建议？"

"我想带您去蜥蜴洞的洞口，那洞很长，但很窄小。进到里面，您会同泥土擦身而过。穿过蜥蜴洞，您就会听见戴姨的声音，她总在那边高谈阔论。"

"听起来很有意思。"

晚仪跟着老男人在这栋建筑里头迂回向前走。她感到她已经走到了外面，但到处都是漆黑一团，她无法分辨。后来傅叔将她一推，说蜥蜴洞到了。

她脚下踩着土路，两手可以摸到身旁和头顶的洞壁，这就意味着这洞的确小，刚刚可以容下她。她边走边想着塌方的恐怖，可心里又觉得那事不可能发生。这时她心里有个声音在说：为什么不任意转弯呢？任意转弯吧……于是她用力往左边一撞，那洞壁哗哗地响着，向着她身体的左边移过去。她听见了傅叔的声音从上面传来："这是老金家，欢迎来到老金家！"晚仪心里一阵欢乐。她又用力往右边一撞，那洞壁又哗哗地响着，往她身体的右侧移过去了。傅叔的声音又响起："这是我的家啊。我家处在危险的地势上，不过您什么事也不会有。您将脚步抬高上台阶吧。什么？您要去上面秦妈家里？您请便吧……"她听见傅叔的声音变得遥远起来。她感到自己坐在一家人家的竹椅上了，似乎有清凉的泉水在她身后汩汩地流过。有老女人在旁边关照她，说些家常话："把家安在这种地方有些奇怪，对不对？开始时也是需要勇气的。安下了就好了。这里四通八达，您大概已经知道了吧。我这里有很多书，都是关于人怎么安家的。我对那些人安家的方法有极大的兴趣，所以我整天读这种书。"后来老女人消失了，晚仪站起来要走，她一伸手又摸到了洞壁——左，右，上方。

这一次，洞的前方好像堵死了。晚仪伸腿一踢，哗啦哗啦的，通道又形成了。"戴姨刚刚来访过呢。"有个女人在前方说话，"您是来我家打听消息的吗？您怎么不早来？我这里文学方面的信息很多。"那人用干硬的手抓着晚仪的手，将她往旁边一拖，晚仪便感到自己坐在沙发上了。

"您是谁？"晚仪问道。

"您的一位文学上的朋友。您对我关注不够，我可是您的同道。您好像对您的同道都关注得不够。通道漫长，您一定口渴了，您吃柚子吧。"

晚仪感激地吃着一瓣柚子，心中热浪翻滚。

"您觉得我这个家如何？"她的口气中透出自豪。

"不错啊，我好像听到了驼铃的响声。"晚仪由衷地说。

"起初他们都说不可能在这里安家呢。关键是和同道的交流，因为这不是一个人的事业嘛。我一天到晚研究一些规律。"

"什么样的规律？"

"就是安家的规律啊。难道您不感兴趣？"

"我……当然，我有兴趣。但是我可能缺乏远见，我有弱点。"

"人人都有弱点。您来了就好，我知道这是戴姨的希望。瞧您多么紧张，请再吃点柚子吧。"

晚仪诚惶诚恐地吃着柚子，那香甜的汁水使她的思路变得清晰了。

女人将很多书放在她面前的茶几上。晚仪擦干净双手，翻着那些书页，她感到书页中的文字都像盲文一样凸现着，摸起来特别亲切。

"这都是我的同道写的书啊。"女人叹道，"我常会产生幻觉，就像是我自己写的一样。他们都支持着我，不然我怎么会有这么大的胆量……"

"女士，请问您的姓名？"

"还是别问吧。您就称我为'同道'吧。这是戴姨的希望，对吗？"

"我明白了，亲爱的同道。我这一趟出门收获可不小。"

"祝您好运。"

晚仪刚刚走出女人的家，就被另外一只手抓了过去。

"这里是真正的岩洞，也是我的家。"响起了苍老的男声。

晚仪坐在一张石凳上了，那凳子上有草垫。

"岩壁上有数不清的洞，像筛子一样。"他告诉晚仪说，"信息就是从那里面透进来的。我虽然住在洞里，同别的写作者却是心连心。我这里可以吸收到全世界的写作信息。我把那些最好的作家都看作是一个家族的，这是最古老的家族。我天天在墙上凿洞，从不停息。"

"洞太多了会不会变得脆弱？"晚仪好奇地问。

"哈哈，很多人都这样问过我。其实真相是这样的，这种墙坚不可摧，因为它自身能调节。您还没有仔细地思考过这种问题吧？近来我感到我有可能永生，您想听听这里头的秘密吗？"

"永生？我确实没想过。您说说看。"

"我不说了，戴姨会告诉您的。您现在就去戴姨那里吧，您可以穿墙而过，对，就是这面墙，好，您已经出去了。您看见那座塔楼了吗？戴姨在十八层楼上等您。"

晚仪站在大街上，街的对面果然有座塔楼。

"哈哈，您从蜥蜴洞里出来了啊！"老傅在她身后大声笑着说，"那下面是一个文学世界！您的运气真好，这么快就出来了！我们一起去见戴姨吧。"

天仍然是黑的，街灯稀稀落落。晚仪跟在老傅后面走，她觉得他时而出现时而隐身。那塔楼看着很近，却走了好久才走到。

他们乘电梯到了十八楼，听见戴姨站在门口说话。

"她来了吗？她遇到了困难，不过没关系。"

他们三人一块进了房间。房里没开灯，客厅也许很大，因为晚仪听见有很多人坐在里面说话。晚仪悄悄地坐下了。她听出来她周围的这些人彼此之间都十分亲密，似乎每个人都在将自己的私房话掏出来讲，就好像对方是自己家里的人一样。但晚仪听了好一会儿，还是没听懂他们到底说些什么，要传达给对方的又是什么意图。她想道："我是多么迟钝啊。"她觉得周围流动着文学的潮流，而她自己落伍了。不过既然戴姨说了"没关系"，那么她就不是不可救药的。这时戴姨过来了，从她身后轻轻地推她，亲切地说："去呀，去同这个人说话，她向你发出了信息。"

那人握住了晚仪的手，晚仪结结巴巴地说：

"我——我想探讨破除创作瓶颈的问题……"

"加入到我们当中来吧，这样就好了。"那人语速很快。

晚仪感觉到她是一位瘦小的、能量很大的女子。

"那么，要怎样才能加入到你们当中呢？"晚仪困惑地问道。

"就是开始讲话嘛。您说'啊——'"

"啊，多么热啊！"晚仪边说边擦汗，"为什么会这么热？什么东西发动起来了？瞧这位男士，他在做体操呢！"

"您说得多么好啊。我俩来跳一曲吧。"瘦小的女子说。

于是在黑暗中，根据两人想象的舞曲，她们翩翩起舞了。

晚仪在沉醉于舞蹈的同时，心里一个劲地出现疑惑：此刻两人竟然想象着同一支舞曲，这种事是如何发生的呢？那女子凑拢来，贴着她的下巴说：

"真好啊……"

当舞曲终止时，两人便同时停下来了。

晚仪看见房里亮起了一盏灯，戴姨在房间另一头向她招手。再一看，舞伴不见了，房里人头攒动。

她费了好长时间才挪到戴姨身边。

"感觉如何？"戴姨问她。

"好极了。可她是谁？"

"她是一位伟大的诗人。这里的年轻人对她趋之若鹜。"

"真可惜，我没能与她更多地交谈。"

"你同她的交流很成功，我全看到了。"

"我明白了，您指的是肢体交流。我太迟钝了，唉。"

"我为你高兴，晚仪。"

晚仪的情绪一下子变得非常明朗。现在，她周围这些人的谈话她全听得懂了。她激动地向戴姨告别，只想快快回到家中，开始她新一轮的文学旅程。

她走出大楼来到街上，便听到老傅从后面追上来了。

"晚仪晚仪，我还没带您去登高望远呢！"他说。

他要带晚仪去炮楼上。他们进了一栋楼，可那并不是炮楼，只不过是九层的平顶楼。上到顶上时，两人都出汗了。晚仪发现天已经大亮了。

顶楼上看到的风景确实非同一般，同晚仪熟悉的那个县城一点都对不上号。她视野中的建筑物全是由一些方形和长条形的盒子搭成的，虽然看上去有点古怪，却无不给人一种稳重、自足的感觉。

"这就是我们的家啊！"老傅说道。

"我们的家？"

"对，从外面观看，我们的家就是这个样子。我们这些从事文学的人经常串门子，对彼此的家很熟悉。就是这种串门子的活动，使得每个人别出心裁地建立起来的家，成了这种整体建筑的一部分。"

"傅叔，我觉得您真了不起啊！"晚仪由衷地说。

"不要夸我，这都是底下那些英雄们的功劳。我嘛，觉悟得很晚。您瞧，您的保护人来了。"

晚仪回头一看，看见旅馆的曾老板正在推开平台的门。

"我看见你们俩进了炮楼，我放心不下晚仪，就跟着你们进来了。晚仪，你对从这上面看到的景物有种什么印象？"曾老板热切地看着她说。

"这些建筑向我指出了一种理想。我突然感到我有这么多的文学的朋友，我们之间又有这么牢固的联系，而我以前从不关注这些事，太不应该了。从现在起我要改变方法，我不光要写作，我还要做研究。我要研究每一位英雄的家，这个整体建筑将会成为我的终生的事业。"

下楼时曾老板一个劲地对晚仪说道：

"这下我就放心了，这下我就放心了……我生怕您会陷入消沉！"

那天晚上，晚仪在旅店里睡得很好。但她也做了很好的梦，她在梦中不断地同戴姨交谈，她们重述友谊，并且谈论文学的前景。这些谈话使得晚仪摩拳擦掌，恨不得马上投入新的文学活动。

第二天上午她去图书馆借了好几本文学书，既有古代的也有当代的人写的。他们都是她所崇敬的文学英雄，她一直想研究这些伟大的、重塑大自然的模式，可是却没有开始做这个工作，看来她还是太浮躁了。不过现在还来得及，她得不顾一切地加入英雄们的行列。

她一下汽车就看见鸦等在那里。

"晚仪晚仪,我们以为你失踪了呢。"鸦说,"我刚刚接到曾老板的电话,说你回来了。"

"这一趟出门收获真大。要不是戴姨和朋友们的帮助,我差点要落伍了。现在好了,我觉得自己恢复了活力。"

"晚仪你猜猜看,我为什么急着找你?"

"是他吗?"

"对,就是他要找你。他说要带你去看最古老的皮影戏,演出团就在这附近搭戏台。他下午到你家来。他还说这对你来说是生死攸关的大事。"

"谢谢你,鸦。这么多人关心我,我要哭了。"

晚仪掏出纸巾来擦眼泪,擦了又擦。鸦陪她到了她家里。

"晚仪,看来你已经知道那是什么样的皮影戏了。"

"是啊。那一定是关于文学的起源的戏。我到现在才明白文学不是我一个人的事,是一场运动。我爱你们,鸦,所以我才哭。我太懒惰了,我在没弄清文学的本质的情况下,就以为自己无事可干了——我真差劲。"

她俩交流了一会儿,鸦就离开晚仪忙工作去了。

晚仪一边收拾打扮,一边等老黄。就好像云开雾散了一样,她的心田里落满了阳光。她甚至觉得自己马上要开始新的创作了。

恋人老黄五点钟的时候如期而来。晚仪看见他在她家菜园的丝瓜棚那边东张西望,就微笑着迎上去。拥抱接吻之后,老黄郑重地告诉她说,这个演出不是对外演出,纯粹是演员们自娱自乐。他得到信息后费了很大的周折才弄到两张"票"——不是什么票,就是准许入场的保证。至于地点,就在邻村的一个废弃的磨坊里。

"全套班子都来了。这个已经失传的戏种将在那里复活。"他兴奋地说。

"我的天!你一定还没吃饭,我给你去拿点吃的东西。"

晚仪拉着他的手回到家中,拿了一包食品和饮料,两人匆匆赶往邻村。

"老黄,我怎么觉得我和你一直就在一起,从未分开过呢?"

"我也有这样的感觉。要不我怎么会知道你的需要呢?"

"我把这归结于文学的魔力。就比如今天下午的这场戏,我猜想它会是爱情的高潮。你也这样看吗?"

"当然。晚仪已经进入角色了嘛。这种失传的戏,只要重新上演一次,就成了新戏。你看见那个鬼头鬼脑的青年了吗?他就是演员。"

那男孩从磨坊后面窜出来,身上的黑色大氅像蝙蝠的翅膀一样张开,接着他就进行了短距离的飞行。

"啊——啊……"晚仪发出惊叹。

他俩手牵手进了磨坊。里面空空的,一个人都没有,也没有石磨。

"为什么把这里叫作磨坊呢?"晚仪问。

"大概是要赋予它一种古老的含义吧。"老黄说话时显得有点紧张,"你听,他们……"

晚仪也听见了隐隐约约的锣鼓声和歌声,可是表演的现场似乎离他们所待的房子很远。她看见老黄已经在那把木椅上坐下来了,他闭着双眼,似乎在欣赏远处的皮影戏。过了一会儿,老黄幽幽地说:"红党已经战胜了绿党,可是关键性的博弈才开始。"晚仪侧耳倾听,她虽然一点都听不清楚,可是却没来由地激动起来了。她紧紧地握着老黄的手,她感到老黄在给她带来力量。第一场终于结束了,在短暂的休息中,晚仪突然明白了这皮影戏演的是什么内容。

"古人复活,他们在表演生活的紧迫性……"她喃喃地说。

老黄点着头,说:

"只要是人做过的事,都不会被忘记,因为古时候的人就是我们自己。这种传来传去的方式是多么伟大……我和你,不就是因为这种方式而相识的吗?"

他紧紧地搂着晚仪,晚仪感到自己幸福得要晕过去了。然而第二场开始了。第二场是隐藏在地底的惊雷。那雷声时断时续,总不爆发,因而更预示着它的可怕的威力。

在第二场的演出期间,他俩听到有很多人在空房间的墙缝里对他们说话。他俩分别在想象中与那些人交谈,谈的都是关于正在上演的戏。与此同时,两人也在想象中彼此沟通,产生共鸣。这种沟通真是妙极了,晚仪听见自己在欢乐中发出尖叫,忍也忍不住。

两幕戏结束后,晚仪对老黄说:

"人类真是潜力无穷啊,怎么会想得出这么好的方式来追求快乐和理想!老黄,我要发疯了!什么,你马上要走?啊,你走吧,感谢你,走吧走吧,不然我会疯掉。我今天幸福得忘乎所以了。我为什么得到这种恩惠?就因为我做了一点点好事?走吧,老黄!"

老黄骑摩托车的身影远去了,晚仪泪眼模糊。

"晚仪老师!晚仪老师……"声音从高处传来。

那只黑蝙蝠从空中降落,落在离晚仪几步远的地方。

"您就要走了吗?我们会想念您的。"

"谢谢你们大家!你们是怎么知道我的?"

"是黄老师告诉我们的。黄老师说,您想加入到我们里面来。"

"没错。我正是想加入,我刚才已经加入了!"晚仪响亮地说。

"我们还会为您演出的。我的师傅告诉我,皮影戏就是为您这样的人存在的。能够同您见面,我感到非常快乐!剧团要离开了,我得走了。再见!"

"再见!你们的演出令我永生难忘!"

她跑上小山坡,看见远方有一小队人马正朝着荒原移动,队伍的前方有一面黑色的三角旗在迎风招展。

晚仪回到家里之后,就开始了紧张的阅读生活。

很长一段时间里,她沉浸在她所心仪的那些作家的世界里。她不是读某本书,而是读一个一个的作家,努力地去研究这些文学世界中的英雄。在阅读中,晚仪的思绪变得越来越活跃了。有一天,她无意中看见了新世纪的宫殿。

当时她正在菜园里一边给蔬菜施肥一边思考，忽然听到有人在近处的什么地方叫她的名字。她的目光将四周扫了一圈，却没有看到那个人。然而宫殿在树林的上方出现了，就像是突然从地里长出来的一样。在苍茫的暮色中，宫殿宏伟的气势让晚仪一下子看呆了。与此同时，一个巨大的海底的"海星"被她记了起来。在她的儿童时代，她同海星有过频繁的对话，但她从未看清过它的面貌。那海星占据着她的思维，好久好久，她才含糊地说出一个字："土……"她不知道她要表达什么。宫殿和海星一会儿就消失了，晚仪感到幸运已降临到她头上。

几天之后，她的创作势如破竹，她为自己体内的潜力一次又一次地感到惊叹。并且她越写得多，对其他同行的好奇心就越大，因为她越来越确信这是一种整体的运动。不然的话怎么会有宫殿出现？

她在电话里对老黄说："我的视野从未像现在这么开阔，我写下的字和句子像有神力一样，无论我怎么写总是正确的……我觉得——我觉得我正在走进新世纪里面去。"

第二十一章　我们的飞县

　　处在大城市旁边的这个飞县被它的居民们看作一块福地。然而从前，在很长一段时间里，它被人冷落和嫌弃，人们纷纷逃离它，去外地甚至外省谋生和定居。要问飞县有什么显著的特点，此地的居民一般答不出。他们会说，你来了，住下，就知道了。总之，他们认为它是一个罕见的灵秀之乡。比如书店老板鸦，对这一点就深有体会。她说是飞县拯救了她的生命。当年病入膏肓的她投奔此地后，竟得以完全康复，这不是人间奇迹吗？她清晰地记得那些个夜晚，在大地宽厚的怀抱里，她是如何与她体内的偏执的小鬼达成抗衡的。不久她就意识到了，这是个宜居之地，人身上的每一种禀性在这里都会变得舒展和自然，并会以意想不到的方式变得活跃、融会贯通，以最为健康的形式生长。鸦的父母刚来时，这里人口稀少。据这位母亲说，坚守在此地的这些乡民身上都透出一股英雄气质，所以她和她的爱人一见之下就喜欢上了这个地方。后来的发展也印证了她的直觉是完全正确的。而女儿鸦则说是飞县使得她战胜了生长中的疾病，使她得以成人。那么，究竟是地域性的因素使得此地的居民出类拔萃，还是居民们赋予了此地不同凡响的魅力？人们认为这二者不可分割，是相辅相成的。鸦一来到飞县，就被飞县的山林之子猎人阿迅盯上了，这难道是一件纯粹偶然的事？鸦本人为阿迅杰出的品质所吸引，也是她体内求生自救的本能所致吧。

　　但这飞县，虽有些灵异的现象出现，基本上是平凡朴素的，它敞开怀抱迎接每一个到来的人，它于无言之中或多或少地满足这些人的愿望，并将他们引向更高的希望之所在。鸦将自己的书店比喻成飞县的一双眼睛。她想，是飞县的大地自己要长出这样一双眼睛，后来她来了，她意识到了大地的这种渴望，在她和朋友们的努力之下，眼睛就长出来了。当然她不是第一个意识到这一点的，那第一个意识到的人是阿迅，阿迅是猎人，当然最懂得大地的渴望。每当鸦回想起事情的整个过程，就会欢欣鼓舞地激动起来。想一想看，她和亲人们，还有同仁们，现在已经成了飞县的眼睛！这是什么样的景象！从前飞县没有眼睛，它那些朦胧的欲望欲说还休，它只能在压抑中等待。现在一切都改变了，它将远方的人们吸引到这里。在寂静的深夜，鸦听到过它发出沉醉的呻吟。自从有了书店和读书会，信息就扩散开来，一批又一批的人们来到这里，有的是来客居，有的是来探亲访友，还有一小批人来这里不为别的，就为读书和训练自身的素质。当然所有的人到这里来都同书店和读书会有关。现在鸦的生活中不断地有令她心花怒放的瞬间出现，她的父母也常常笑得合不拢嘴，这可是他们一家刚搬来时没料到的。"这个地方懂得鸦，鸦一来到这里，一切就都变得顺顺当当的了。这大概就是'地气'在起作用吧。"这位母亲说。

　　鸦现在浑身洋溢着成熟少妇的魅力，美得令人炫目，美得连她自己都深深地感觉到了。每当她和阿迅到集市上去，总有不少人来围观他们夫妇俩。这些人主要不是由于他们外表的出色而来围观，他们是想从这两人身上寻找那种传说中的气质。"这就是鸦？瞧她弯下身去的样子！你家的老照片里不是常出现这个姿势吗？从前的人们该有多么美！""还有眼神，她的眼神里有很多层次，你感觉到了吗？""你瞧阿迅的表情，那种样子不是有先前那些猎人的风范吗？我觉得他一定是勇士的后代，古代此地到处是勇士。"这一类的议论有时被他们俩听到了，他们就觉得很窘，但同时也很快乐。有时候，鸦会请阿迅去他父母家寻找那些老照片,她想看看很久以前飞县的人们是如何生活的。但是阿迅找不到那种照片,他带到鸦这里来的东西是一些古朴的武器,有匕首啦,弯刀啦,弓箭啦,猎枪啦,甚至还有一面盾。这些武器都被烟熏得黑黑的。鸦在心里想,为什么有盾?从前这里发生过战斗吗?阿迅看出了她的思想,就微笑着说:"据记载,飞县是和平之地,从未发生过大的冲突。"那么这面盾是怎么回事呢?这是一个十分深奥的问题,他俩相视一笑,为这问题的深奥所震惊。过了好一会鸦才说:"也许戴姨能回答这种问题。"他俩虽想不出这个问题的答案,但这种思考令他们很兴奋,这是一种拓展视野的思考。某个月黑风高的夜晚,这对幸福的夫妇会彻夜不眠地待在山林中的窝棚里倾听。他们总是听到了他们想要听的声音,因为那些声音就是为他们而发出来的。

晚仪是因为文学而在飞县定居的。自从她留在这里之后,她明显地觉得她的文学之根在顺利地生长,变得又深又长了。"这里的土地是沃土。"她兴致勃勃地告诉鸦,"它也是心想事成之地。当我面对着这样的天空和大地,除了写作,我不会再想干别的。没有别的地方比这里更像一个家了。这里就是我的家,文学之家。我不光在地面上有我的家,我还在地下有另外一个家呢。你听说了这件事吗?"鸦听说了,鸦说:"只要找到适当的观察台,地下的那些家就都会冒出地面,展示出整体阵容。我说得对吗?""正是这样。看来这已不是秘密了。"

晚仪感到有一件事非常蹊跷,这就是她认为自己来到飞县定居似乎是一件偶然的事,可她的男友老黄却不这么认为。老黄认为这事很久以前就已经决定了。于是晚仪就问老黄:"你认为是飞县成全了我的创作吗?"老黄马上回答说:"没错,正是这样。不过嘛,你的创作也成全了飞县。好多年以后——比如说一千年,你的作品会像你看过的皮影戏一样,仍旧在世界上流传。这是你和飞县共有的魅力。那时如果我还在,我愿意做一个挑道具的挑夫。""你说这事很久以前就决定了,那么是谁决定的呢?""是你自己和这块土地共同决定的。你们不是相互试探过了吗？""相互试探？我怎么全忘了？你快告诉我。""我不说，你自己仔细回忆吧。"

于是晚仪在菜园里忙碌时记起了当年她同土地的第一次交流。当然，是她自己在那时打定主意要在此地定居的，不过她的冲动的根源又好像是在大地深处。晚仪想到这里时就微笑起来了。生活变得多么深邃了啊。可是同老黄比起来，她觉得自己很迟钝——老黄是多么高明的读者啊，他甚至先于她看出了她同飞县这种一体化的关系！当然，老黄同飞县的一体化在先，读者造就作者嘛。那么她同老黄，又是谁选中了谁呢？唉唉，晚仪沉浸在幸福中，不愿再分析下去了。答案不是明摆着的吗？原来这世界上的所有的事物全是这样一种类似的关系！半夜里，晚仪的眼睛闪闪发亮，她睡不着，她要去外面走。她打开食品柜，喝了一杯红酒就出了门。

"晚仪老师，您在找那个人吗？"一位面熟的农妇问她。

虽然面熟，晚仪还是吃了一惊。先前她从农妇身边经过时，以为她是一块石头呢。在这个有雾气的夜里，她突然就显出了人形。

"也许我找的就是您呢。您感觉如何？"晚仪反问她。

"我的感觉？好得不能再好了。因为您在找我，我当然就是那个人了。这也是我对美的看法啊。我多么想来向您请教！"

"应该是我来向您请教嘛。"

女人告诉晚仪说，只要晚仪半夜从家里出来，走这条路，她就会碰见像她这样的石头。这种事太容易发生了。

"石头？我爱石头。您属于飞县，我在集市上见过您。"

"所以嘛，您不用找我，您就是我。"女人笑起来。

她俩手挽手地往前走，雾越来越浓了。晚仪觉得这种散步令她无比惬意，她和她一直在小声对话，以那种有点吃惊，但又心领神会的方式。晚仪暗想，她一直睡得太死，她错过了很多享受美的机会。

"我的家在这里。"农妇说了这句话后就不见了。

晚仪是过了一会儿之后才看见石头的。石头被雾裹着，显得优雅而亲切。

现在戴姨也总住在飞县了，听说同地下的矿工有关，这当然也不是偶然的。有地下通道将飞县同邻县的好几个煤矿连接起来，飞县是这些矿井的中心。多少年以前，飞县和周边的几个县是一大片原始森林，也是密不透风的危险之地，后来才被慢慢地开发了。在夜游途中，晚仪想到这些历史事件，幸运感便会油然而生。她为什么要定居飞县？大概是因为要标新立异，也因为爱吧。飞县的面貌同她的恋人老黄太相似了，她时常为自己的这个发现而暗自得意。晚仪在惬意的情绪中走了又走，终于来到了那片树林。树林里有矿工老未的窝棚。

"啊，晚仪！稀客，稀客啊！"老未站在门口说。

"您照顾着地下的弟兄们，能不能也捎带着照顾一下我？"晚仪说。

"请坐，请坐，您需要什么尽管说。"

"我需要历史的复活。"

"哈，这正是我的专业！"

老未在书柜里找了一会儿，找出一堆书摆在她面前。

"这些全是关于从前发生的那桩事的，有各种各样的描述角度和不同的方法。您要不要选择一下？"

"我全要。您瞧，我带了这个背包来装书。我问您，老未，这个窝棚建在寂静的树林深处，可为什么老听到有猛兽在远方咆哮？"

"这问题问得好，晚仪。我认为您应当将这种声音同飞县联系起来想。"

"好呀。老未，谢谢您，我走了，一路上我会仔细想这个问题。"

背着一背包书往回走，晚仪感到自己的思路渐渐清晰了。这里从前是勇士之乡，人们不需要退路。猛兽也好，灾害也好，人们都能坦然面对。想着这种英雄的历史，晚仪的脚步越来越坚定有力了。

"老师，天快亮了，您还不休息啊。"一位书友在路边同她打招呼。

"我在锻炼身体呢。那么您在散步吗？"晚仪呵呵地笑着说。

"我在训练听力。读书会的朋友告诉我，听力可以通过训练得到加强。"

"太好了！你们大家都奔到我的前面去了！"

"再见，老师。以飞县的名义！"

晚仪听了书友的话吃了一惊。

苇嫂是个普通的家庭妇女，土生土长的飞县人。以前，她从不认为自己是那种强悍的妇女，她甚至觉得自己有点软弱，有点依赖性。她的变化是丈夫去世以后开始的。也许她天性中的另一面一直隐藏着。那是什么样的一种天性？苇嫂时常自问。后来她结识了现在的爱人老玉，她问过老玉这个问题。

"玉，你觉得我是什么样的人？"

"你当然是独立性很强的那类妇女。"老玉不假思索地回答。

"你的眼光真厉害！从一开始，我们去你的阁楼上那次，你就看出来了吗？"

"比那还早得多，我一直都是这样看的。"

苇嫂的心被暖流冲击着，她喜欢老玉这样看她。她想，老玉这样判断她的依据是来自对于这块土地的透彻的体悟。他一辈子待在这里，他研究文学和哲学，这个文学之乡的血脉已同他体内的血脉贯通起来了。也许他认为，此地的每一位居民都有这种禀赋。她自己就是直到六十岁才真正意识到自身的力量。在这以前她有点随波逐流，有点努力得不够，没有使自己变成一个对别人更加有用的人。现在，她六十多岁了，可她还能明显地感到自己在不断地生长，一天天地变得比从前更有定力。她还想同老玉讨论。

"玉，你认为飞县的品质是什么？"

"一言难尽啊。不过最显著的品质应该是生长力吧。"

"生长力？说得多么贴切！"

"我们去看看老群吧。"老玉说的是苇嫂的前夫。

"好啊。"苇嫂感激地说。

他俩手牵手往墓地走，一路上知了叫个不停。

"老群在地下如果知道我现在的情况，他一定会感激你。他就是那种人。"

"可是我没告诉你,我心里一直对老群充满了感激!"老玉说。

虽然那片墓地里没有人,但两人都听到了很多人在交谈。

苇嫂在老群的旁边蹲下来,由衷地对老玉说:

"你一点都没说错啊,老玉。这里给我一种欣欣向荣的印象。"

"墓地就该是这样嘛。嘿,老群,老伙计,咱俩去喝一杯吧!"

苇嫂现在一点都不想哭了,她还忍不住想笑呢。这里有这么多的人在讨论各式各样的问题,他们的思想比社会中的人还要活跃,老群待在他们当中怎么会寂寞?看来她的担心是多余的,老玉就从来不担心老群会寂寞,他之所以要同她来墓地,是为了同老群去喝一杯,表表他的心意。为什么她以前来墓地时,墓地并不像现在这样热闹?那是因为她缺少灵敏的耳朵啊。她反应迟钝,成熟很晚。不过这没关系,因为她还在生长嘛。

于是她对着那墓碑说:

"老头子啊,你太让我放心了!你要是没什么别的事要托付我,我就走了。因为我还得回去做饭。我们总得让老玉吃好晚饭,你说呢?"

老玉哈哈大笑,连连拍着那墓碑说:

"老群老群,你可不要听小苇胡说!吃饭有什么要紧的啊?不过你的确让人放心,我要好好向你学习,免得以后来了这里让你操心。"

他俩同故人告别之后,都觉得内心特别充实,脚步也特别轻快。

他们还未走出墓地,就有一个人追上来了,口中不住地喊着一句话:

"请别忘记了你们的义务……请别忘记……"

到了面前,苇嫂才认出他是墓地管理员瞿桑。

"你们的义务就是将你们来扫墓时的见闻记录下来,以后交给我。"他说。

"这很重要吗?"苇嫂问道。

"非常重要,因为涉及沟通的问题。这边同那边,一定要保持交流渠道的畅通,决不能让故人受委屈,对吗?"

"深深地感谢你,小瞿。你比我的儿子还亲。"

他俩一路上沉默着。快到家了,苇嫂才听见老玉在说:

"生活在飞县，其实就是永生啊。"

他俩一块做咖喱饭，在咖喱的香气中陶醉着。老玉看着苇嫂轻声说："小苇，我爱你。"

"老玉，我比任何时候都更爱你！"苇嫂忍不住哭了。

"为什么哭？为什么哭……今天是团圆的大喜日子啊！"

"你说得对，我应该笑。这边和那边，都是飞县。"苇嫂擦干净眼泪。

"这就对了。再说那边还有让人放心的管理员呢。我们这里是永生之地，没有一处不是生机勃勃。"

"我原来以为是永别，可是文学却将我们大家连在一起了。老玉我问你，你从前看见的我和现在看见的我有什么不同吗？"

"从前看见的是姊妹，今天看见的是爱人，都是亲人。"

　　阿迅的父亲、老猎人亿叔常常将自己看作飞县山上的一块石头，也常对自己说这句话："我就是等待。"近年来，随着他儿子事业上的奋进，他感到自己越活越年轻了。他在两年前定下了一个庞大的读书计划，并决心写一本飞县的县志。在他的规则中，这本县志要涉及地理，地质，动物植物，本地人的生活方式，与外界的交往，文化的传播等方面。他暗中认定自己是最适合写这本县志的老人。有谁像他那样日复一日，从不厌倦地倾听过飞县大地深处的声音？实际上，他不是被动地倾听，他也是在同大地交谈，他并且认为这种深层次的交谈只有他才做得到——打猎练就了他与自然沟通的能力。阿迅也有这种能力，但阿迅还年轻，还不像他这样老谋深算。有的人对他的想法不以为然，认为"交谈"的提法言过其实，是幻想的成分居多。但亿叔认为沟通是切切实实地发生过的，他并且可以用大家看得到的事物来证实。他的证据有时是一棵幼小的树苗，有时是一块风化的巨石，有时是被山洪冲毁的兽穴，有时是庄稼遇到的蝗灾，有时是某处土质的破坏等等等等。虽然他说出了这些证据，可那些人并不相信，认为将这些现象同某种观念扯在一起很牵强。但亿叔并不气馁，他想，他是飞县的老岩石，他的义务就是等待。再说，与土地沟通也是他这个老猎人的最大乐趣，好像他生来就适合干这个。

"亿叔，您看明天有雨没有？"

"明天早晨是晴天，下午到傍晚可能有阵雨。"

"啧啧啧，比气象台准确多了。"

"气象台不也是人在操纵吗？"

遇到这类对话，亿叔又会感到非常自豪。尽管年纪已经大了，他却认为自己肩负着飞县的重大的责任。他一定要将县志写出来，为这里的人民，也为这块土地。他想，他还会要活很久，他要好好利用自己老年这段黄金般宝贵的时光来做这桩事业。这也是他加入鸦的读书会的原因——为了练文笔，也为了加强沟通的能力嘛。他不光要同土地天空、动物植物沟通，也要同现在的年轻人沟通，因为这一切都属于一个整体。当他仔细倾听年轻人的对话时，他往往会想起自己同土地的那些对话，所以他也很看重鸦的读书会。

然而最近亿叔的生活中出现了一个大的烦恼。城里的孤儿团的几位青年在周游了全国之后于上个月来到了飞县。他们声称飞县的那一大片原始森林是他们的理想的居住地，于是就请人在那河边盖了一座大木屋，五个人搬了进去。亿叔曾与他们交谈过。他们告诉亿叔说，他们已经厌倦了社会的生活，所以要脱离社会，回归山林居住。可是这些青年既没有学习过狩猎，也无一技之长，他们能做的，就是去附近打些短工，然后买些食物回到住地。由于比较懒，自律性也不强，没过多久，那河边的木屋周边就变得一片狼藉，散发着腐败食品的臭气。周围的人见了他们就摇头，但这几位青年很固执，也很高傲，照旧我行我素。

一个休息日，亿叔在青年们的木屋里坐了下来。那五个人都在家。

"我听说诸位大侠爱好辩论？"亿叔笑眯眯地说。

"是啊，辩论是我们生活中最大的乐趣。"其中一位回答。

"那我们今天晚上来一场怎么样？题目我已经想好了，就是'如何同自然相处?'我一个人对你们五个人,好吗?"

"好!!"五个人异口同声地吼道。

他们眉开眼笑,跃跃欲试,称赞亿叔"够朋友"。

那一场辩论从傍晚开始,一直到第二天早上还没有结束。据附近的村民说,那五位大侠一开始慷慨激昂,目光炯炯有神,有一位还将一条腿蹬上了桌子。而亿叔,不动声色地坐在一张木椅上,有条不紊地讲述。他们一来一往地辩论,那几位村民感到有点枯燥,就走掉了。

第二天早上村民们记起这事,连忙跑去看。

木屋内的局势大大改变了:亿叔仍坐在那张木椅上,声音洪亮,手势有力;五位大侠东倒西歪,脸色铁青,结结巴巴的几乎说不出话来了。村民们捂嘴笑着赶紧离开了。

那木屋过了几天才拆除,但在那之前,五位青年已经加入了读书会。他们觉得自己的知识太贫乏,也太浅薄了,要好好地向亿叔这类老师学。

"我们一直认为大自然是供我们享受的,我们将她弄得适合于我们享受就是发挥了她的功能。是亿叔让我们明白了自己有多么自私。"

他们中的一位说出了大家的意见。现在轮到亿叔眉开眼笑了。

但是亿叔的县志并不打算记录这种事,他有更为要紧的事要记录。亿叔频繁地跑图书馆,他想查到七百年前那次地陷的记录。地陷是在地震期间发生的,根据一些史料记载,七八个村庄因此消失了,一点痕迹都没有留下。而关于地陷的地理位置与涉及的面积,各种说法不一。

"那是七百多年前的地质灾害,现在何必再去追究它呢?"有人不解地说。

但是亿叔并不认为七百年是很长的一段时间,而且按他的意见,哪怕是两千年以前发生的大事,对于一部县志来说都是很重要的。他之所以看重这个事件,还因为他的老猎人的耳朵听到过某些地下的异动,和某种来自地心的窃窃私语。他对儿子阿迅说:"在飞县,任何远古的、被埋葬的人和事都会重现。这不是迷信,而是一种历史的常识。""爹爹的县志会拓宽我们每个人的眼界。"阿迅说。

谁也不知道亿叔是如何进行这项无头绪无边际的工作的,大家认为亿叔有特异功能,所以他取得了进展。大家为这进展而自豪,因为飞县即将拥有地下世界的历史,这块土地与这处天空的共同意志将得到伸张。"他们就是我们",亿叔说,"我们在七百多年前做出的某些手势,打理的那些农活,进行的那些开发,还有土地、河流、森林与天空对我们的回应等,直接关系到了飞县人今天的素质的形成。倾听地下的声音就是倾听我们的心跳。"飞县人相信亿叔的话,他们说,老猎人的判断是不会错的。再说一想到被埋在地底的那些人们,大家心底就会有一种热望油然而生,这就是与他们沟通的愿望。谁能进行这种高难度的沟通呢?"亿叔做得到。"村民们说。

亿叔的县志还没开始撰写,但是他感到各项准备工作已经彻底改变了他的生活。他的神经终日里处在一种亢奋的状态中,对于土地的动静,人们的言论,天空的某个表情,他时常会产生一种激烈的反应。这类反应令他震惊,也令他欢欣,他感到自己越来越接近某种近似于真理的事物了。这件事是自然而然地发生的,他一点都不觉得有什么值得骄傲自负的。他是飞县的老猎人,不过以前他没有意识到自己作为一名真正的猎人的义务,现在他才意识到了。古老的飞县的县志当然只能由他这样的猎人来写,因为像他这种能够与土地交谈,又具有丰富的人情世故方面的经验的人毕竟是很少的。多年来在他眼中,大自然有点寂寞,因为能够与她交谈的人并不多。而到了近两年,地母的表情有所改变,变得有点焦急了。亿叔明白了这种表情的含义,他自己也变得有点焦急起来。所以近两年即使在梦中,他也在倾听土地下面的那些声音,频繁地与土地对话。他不光用耳朵听,还用鼻子闻。他闻到的某些陌生气味令他警觉,他推测那些气味是从下面的一股黄烟中散发出来的——地母在催促他。

"亿叔,您趴在草地上干什么?那草里渗出水来,会得关节炎啊。"

"水从这里渗出来是一连串另外的活动的结果。大地有沉疴,我们要找出她的病根,进行救治。"

亿叔的下一步计划是像戴姨一样下矿井，不过他不是去从事文学活动，他想让那些沉睡千年的煤开口说话。煤并不总是沉默，对于那些矿工来说，煤有时还喋喋不休。但亿叔不是矿工，他打算混在矿工当中去倾听煤的话语，然后与它们交谈。这个计划令亿叔兴奋不已。

第二十二章　心想事成

周末的晚上,张丹织写教学方案写到很晚。教案写完后,她还不想睡,因为夜色太美了,令她心潮起伏。剧团宿舍里有人在拉小提琴,是舒伯特的"小夜曲"。张丹织在音乐声中记起,她认识煤永老师已经三年了。"我有点老了。"她对自己说。她听见母亲在隔壁房里踱步,小声地朗读着手中的那本小说。那是一本书名叫《挚爱》的小说,说的是一位动物学家同蟒蛇之间的故事。母亲朗读的声音停止了。

"丹丹,我们今天还没去看罗汉松呢。我们这就去吧。"

张丹织搂着瘦小的母亲往花坛那边走,她很想将她身上的热量传给妈妈。

老罗汉松被维护得很好,即使在月光里也看得出那长势郁郁葱葱。

"他一点都不寂寞,因为有这么多人托梦给他了。"张丹织指着罗汉松说。

"爹爹和我一直对丹丹很放心。"

"我总是将你们的态度看作一种期望,所以我要努力做到让你们真正放心。"

"我昨天还在对自己说:'丹丹是不会丧失信心的。'"

"当然啦。他既然给了我爱他的信心,这个信心就不会轻易丢失。"

"丹丹考虑问题越来越深入了。"

"嗯。这是读文学书给我带来的好影响吧。"

母女俩在那棵罗汉松下面一直在谈论煤永老师。连张丹织也觉得有点奇怪：妈妈说起他来就像说自己家里的人一样。有种微微的悔恨咬啮着她的心，因为她又回想起了自己从前的某个举动。

"妈妈，我以前是不是特别幼稚？"

"那没关系，丹丹，你刚才还说他给了你爱他的信心嘛。"

"您瞧，我又忘了。我应该将他设想成有可能完全理解我的人，对吗？"

"对，应当设想成可能性，而不是设想成实现了的现实。"

"我要努力。"

"丹丹从小就不用我们操心。"

她们经过大槐树的阴影时，张丹织看见前方有一点绿莹莹的小光在闪烁。某种征兆令她心里涌出一股热望。

"他刚才来过了吧？"母亲在阴影里微笑着说。

"妈妈！"

张丹织刚一回到自己房里，电话铃就响了。是沙门，她一整天都在渴望的人，可是她却没有意识到自己的愿望。

"丹织，我总是惦记着你的事。"

"我估计你现在忙得连休息的时间都没有了，却还在惦记我。"

"不，我没有消息要告诉你。不过我觉得快了，这是我的判断。这个决定对他来说很不易，越拖得久，就越……"

"没关系，沙门。我虽然还没有和他好，但我变得越来越像他了。有些事是永远不能改变的，我们就是在这一点上很相像……刚才我还对妈妈说了，说我是觉悟得很晚的那种。沙门，我感到你们正在取得突破。"

"啊，丹织，不要说我们的事，说你的事吧。古平老师夫妇让我转告你，要你千万别泄气。古平老师认识他三十几年了……"

"他们是最好的朋友。我爱古平老师和蓉。你可以告诉古平老师说，我不能不爱他。一般这种事只能对当事人说，可是现在，我觉得他和蓉就是我的亲人。我也感到这事快要决定了，可我有时又有点害怕……即使没有成功，我也体验到了生活的美好，因为有这么多人爱我。晚安，沙门。"

放下电话后，张丹织的脸在发烧，身体也有点发抖。她想，她永远也不会阴沉，一定是这样。她躺在床上，设想着煤永老师重新出现时的模样，她还尽力回忆她同他在茶园里相遇的那些细节……要是那一次她抓紧了机会，现在她的生活不就是另一番情景了吗？说到底，还是因为他和她性情相差太远。说是远，可是他俩的性情也有非常接近的一面啊。既远又近，这样才能相互吸引……表面看，他不如校长幽默，但实际上……他的那种处变不惊是更深的幽默。同他生活在一块一定非常有趣，他真正懂得人心，正如她爹爹……怎么忘了小火哥？小火哥现在该有多么焦急啊。就是因为成熟得晚，她才把事情弄糟了。

"您回来了啊，我们去您家里吧。"她在梦里对他说。

"好啊，丹织，我们这就走吧。"他点头答应。

因为煤永老师要她保密，说他还要仔细考虑，沙门就没有将同他见面的事告诉丹织。但是沙门的心在欢乐中跳跃——情侣们的苦日子快要到头了。

沙门看见煤永老师坐在她的咖啡厅里时，一瞬间竟激动得有点不能自已。啊，他真是气度不凡！他同丹织太相配了，是一对冤家。当时是下午，他俩一直坐在角落里小声说话，沙门还不住地用扇子遮住脸。

煤永老师谈话时，一点都不躲躲闪闪，相反他十分直率。

"我爱丹织，一直就爱，但我直到最近才完全意识到了。我以前将这份感情称为喜欢，我习惯性地以为一旦超出喜欢的范围我就会伤害她。说老实话，我对自己在爱情的悟性方面定位不高。我有点迟钝和麻木——啊，不说这些了。我刚才听了你说的这些，更加确定了她是我在这世上的最爱。或许正因为这一点，我还要考虑几天，因为两个人生活在一起不是一件简单的事。"

作为丹织的闺蜜，沙门说了一些什么？她觉得自己什么都说到了，又好像什么都没说。她觉得除了连小火，不会有人比她沙门更能体验到丹织的苦涩和寂寞了。有多少次，密友丹织这场阴错阳差的爱情曾将她搅得昏天黑地！有时候，那就像是她自己在恋爱一样，她和丹织共同体会过那种无出路的绝望感。现在他终于来了，这个冤家，就坐在这里，而丹织，还在另外的地方痛苦——她已经痛苦了那么久！

"何必想得那么清楚？有些事是永远想不清的。"沙门嘲弄地说。

"啊，你是对的。要做，而不是幻想。可我太爱她了，我要一点时间来慢慢地建立信心。我有点差劲。"

"丹织爱上的人怎么会差劲？"

"她没有看到我的缺陷。"

"可我相信她早就看到了，都已经这长时间了啊！煤永老师，您很可爱，连我都差点要爱上您了。不要将自己的缺点说得那么吓人。"

"亲爱的沙门，你给了我能量。让我按自己的习惯再想想吧。"

"唉唉，你们这些人，为什么？考虑吧，考虑吧，再见！"

送走煤永老师后，沙门始终在一种缅怀的伤感中微笑着。她看到了结局，事情不会再节外生枝了。她希望那结局快快到来，以解除她的密友的痛苦。

"小火哥，茶场的业务怎么样？"

"好得很，我们又通过销售扩大了同城市的联系。丹织，说你的事吧。"

"你认为我等得到吗？"

"当然等得到啊。让我们假设一下，如果他一辈子都不打算再同女人共同生活，也就是你没有等到那一天，那么，他是你想要同他共同生活的那种人吗？那种情况之下对你来说也是好事，对吧？现在我，还有你嫂子，都认为你一定会等到，因为他正是你想要的那种人。我们还认为你不会等得太久了，因为他不是那种拖泥带水的人。啊，那一天到来时我一定要畅饮一大杯！"

"我也正是你们这样想的，所以我并不焦虑。到那时你可别喝醉啊。你要是生病了，我就不快乐了。"

"那我就只饮一小杯。"

"谢谢你的电话,我都要感动得掉泪了。"

张丹织看着窗外的蓝天,她的心情同那天空一样明朗,她感到自己正在成熟。而以前,她很少有这种感觉。一切都是这样阴错阳差,但是她没什么可抱怨的,她得到了她该得到的机会。好多年以前,在幼儿园等待爹爹来接她的那个小女孩,不也怀着同现在这一样的明朗的心境吗?她现在比以前生活得更用心了,这不是很好的兆头吗?她总觉得沙门那个电话话中有话……唉,还是不去猜测吧。该属于自己的总会来到。

她坐下来画了一幅煤永老师骑马的速写,不知怎么,他的身体没有在马背上,而是腾空了,显得很滑稽。她看着自己画的画笑了起来。她又回忆起已经回忆过无数次的那一天——她去参加面试的那一天。那时他穿的什么衣服?他好像总是穿得整整齐齐,不过一点也不显眼。那一天,她到底给他留下了什么样的恶劣印象?也可能那印象并不那么坏,不然的话,后来她同他之间怎么会有那些明丽的瞬间?当张丹织回忆那些细节时,她并不觉得自己和煤永老师之间的那种情调完全是父女情调,她甚至觉得自己有点心疼他的意味,因为他应该得到幸福。那么,她丹织懂得心疼别人了,这是成熟的迹象吗?

"啊,黄梅同学!好久不见了啊。"张丹织高兴地说。

"现在您不常来学校宿舍了。刚才我看见您往这边走,我就连忙奔了过来。"

"最近你怎样?过得快乐吗?"

"嗯,还不错吧。我将《云》这本书看了好几遍了。我总想来同您交流,但您又不在。我想告诉您的是,最近我终于战胜我自己了,我同古平老师成了名副其实的亲密的师生朋友!我们有好几次在一块讨论数学问题……我都没料到我们在一块会这样自然。我现在完全弄懂这本书的意思了,因为有了类似的体验啊。每一朵云都有可能发光,只要有光照到它上面。"

"真为你高兴,黄梅。你找到了最好的沟通的渠道。"

"借助这篇小说,我对照分析了自己的性格。我属于那种喜欢冥思,喜欢让自己的物质生活淡泊一点的女孩,所以我推论出我同古平老师的友谊会一直延续下去。"

"这是毫无疑问的。黄梅的推论越来越高明了。"

"另外,我还对老师的爱情的前景做出了预测。"

"说说看。"

"我觉得老师的爱人快要出现了。这个人同您有许多共同点。你们都善解人意,在生活中决不马虎,对自己有很高的要求。你们俩在一起生活就像如虎添翼。嘿,您认为我在瞎说,可我确信这一点。"

"谢谢你,黄梅。你才是我的老师,因为你洞悉人心,你的话总是让我感动不已。再有,我觉得你具备成为一名优秀的数学家的素质。"

"古平老师在洞悉人心方面才是大师级的呢。不过他说他在科学方面愿意做园丁,他自认为缺少冲锋的勇气。老师,您做好准备了吗?"

"什么准备?"张丹织吃了一惊。

"迎接您的爱人啊。万一他今天就出现呢?"

"哈,不会那么快的,我还不知道他是谁呢,我怎么准备?"

"那也得准备一下啊,要让家里有节日气氛。"

"黄梅小鬼,你究竟听到了一些什么传言啊?"

"其实我什么都没听说,是我自己推测的。唉,真遗憾,您没听到我同古平老师的谈话,那真是妙不可言。"

"我可以想象得出,两颗数学型的大脑,洞悉人心……"

"我们的校园是最美的。"黄梅耳语般地说。

"谁在操场上吹哨子?"

"谁?没有谁,是老师您自己。"黄梅笑盈盈地做了个鬼脸。

"这种幻听往往是真的。"

黄梅邀张丹织一块再登云雾山。她说她想念山上茶室的老爷爷了。

她俩到达枫爷爷的茶室时,看见枫爷爷的身影一闪就转到屋后去了。她俩在门口等了好一会儿才看见他抱着一捆柴过来了。

"啊，两位仙女，欢迎光临，我一直在等你们。"

"您知道我们会来吗？"张丹织问。

"你们当然会来。有人在等你们嘛。"

"谁会等我们？"

"哈哈，没有谁，就是我自己。我现在明白我为什么要等你们了。你们坐吧，我先去烧茶。我记得你们喜欢西湖龙井。"

她俩坐了下来。黄梅在同小白鼠们打招呼，张丹织则打量室内的陈设。

小木屋内装修了一下，靠墙的陈列柜里摆着好几套雅致的茶具，张丹织觉得那些茶具是罕见的手工艺精品。另外一面墙上的那些相片镜框比上次增加了，张丹织起身凑近去看。增加的那些照片都是枫爷爷同他的顾客或朋友在山上照的。相片上的每个人都笑得十分灿烂，更显出云雾山的美丽。忽然，一张脸的出现让张丹织愣住了，她赶紧离开那些相框。可是已经晚了，黄梅凑拢来了。

相片上的煤永老师和古平都双臂交叉，靠在一棵大树的树干上。

"哈哈！原来他在这里！！"黄梅大声说。

枫爷爷将她们的茶放在方桌上了。

"枫爷爷快告诉我们，煤老师在哪里？"黄梅问道。

"你们找他啊，连我都有大半年没见到他了。唉，我想念两位老师啊。还好，他们很快就会来我这里了。"

"真的吗？您是怎么知道的？"黄梅急煎煎地问。

"是真的。我这里总是传来信息，各种各样的信息。煤永老师快来了。"

喝着茶，黄梅忍不住又说：

"老师，我感到枫爷爷的预感不会错。古平老师也含糊地说到这事。老师，您瞧，这两位多英俊——"她用目光指着相片。

张丹织笑起来了，拍着黄梅的肩说：

"你真是个不一般的女孩！古平老师有你这样的年轻朋友，生活中会增添很多快乐。"

"是——啊——"黄梅拖长了声音说,"煤老师必须马上出现!我们需要他。昨天我还发信息给他了。"

"你?发信息?如何发?"张丹织笑着问。

"就是枫爷爷说的那种信息嘛。夜半时分,到处都是那种信息。"

她俩快到山脚下时,听到有人在用含糊的声音叫张丹织的名字。她们停住脚步仔细倾听。

"是他,是他啊。"黄梅兴奋地说,"枫爷爷站在茶室门口叫您,老师!这意味着什么?"

"黄梅,你怎么知道他在茶室门口叫我?茶室离得那么远,我们不可能听到他的声音。"

"可这就是他,他的声音从茶室那个方向传来。老师,老师,枫爷爷在向您传达信息!您瞧那团云,游过来了……啊,一切都要水落石出了,枫爷爷就是在说这件事。"

"可是,黄梅——"

"不要什么可是,老师!我们的车来了,今天是多么令人兴奋的一天啊。"

两人上了公交车,坐在靠窗的位子上。

"黄梅,你差不多同古平老师一样敏锐了,我真羡慕你。"

"干吗羡慕我?马上要走运的那个人是您嘛。"

"我是想说,我多么喜欢你这个小妹妹!"

"我感到就像我自己要走运了一样——太称心了!丹织姐,你会永远不忘记我吗?"

"我发誓——永远不忘记黄梅。"

告别了黄梅回到剧团的家中,张丹织久久地沉浸在回忆之中。黄梅姑娘成长得多么快啊,她觉得,在对人心的洞悉方面,这位小姑娘几乎可以同古平老师平起平坐了。这就是五里渠学校的魅力啊。这所学校是一个温床,培育旺盛的生命力和高尚的情操。她张丹织怎么舍得离开这所学校呢?即使没有煤永老师的爱,她也要待在这里啊。

"丹丹今天累了吧？"妈妈在问。

"妈妈，我今天过得特别幸福！我的一个学生、一位女孩，她用奇妙的方式同我实现了沟通。我从未想到人的感情可以这么美……"

张丹织和小蔓都为煤永老师即将回家的消息而激动不安。不知为什么，周围的朋友和熟人们都一致认为他要回家了。虽然张丹织有信心用工作来战胜烦恼，可这一次的考验太不一般了，她时常有种眩晕的感觉。"就像要上刑场了一样。"她幽默地对自己说。她和小蔓约好了明天去远郊动物园。

一早她俩就坐上长途汽车动身了。

"小蔓，你小时候常去动物园吗？"

"爹爹常带我去。他总是尽量满足我的愿望。回想起来真伤感。那时多好，我和他之间没有任何隔膜。"

"现在也没有隔膜啊。他是怕你担心，他有难言之隐。"

"也许吧。可是不打招呼就走了——他以前从不对我这样。"

"因为现在你已经成熟了，他对你有信心才这样做。"

"我愿意这样想。我的意思是，爹爹确实是你这样想的……不，我的意思是，丹织的心肠真好啊。"

小蔓给张丹织讲述小时候去参观动物时的情景。那时动物园里的游客总是很多，爹爹为了让小蔓看清楚，就叫她骑在自己肩膀上，他们称之为"骑高马"。小蔓骑在爹爹的肩上看了猴子、老虎、狮子、棕熊、梅花鹿、斑马等，那情形令她永生难忘。"可是我从前并不懂得珍惜。"她沮丧地说。

"我们都这样。"张丹织也陷入了沉思，"可这并不是最重要的。最重要的是我们都在成长，因此也就一点一点地加深了对亲人的感知，你说是吗？"

"你说得真好，丹织。煤永老爹快回来吧，我们不能没有您啊！！"

因为小蔓的声音很大，周围的人都看着她俩，张丹织脸红了。

"丹织，我又胡说八道了。可我确实不能没有爹爹……啊，对不起！"

"没关系。有个爹爹真好啊。"张丹织神往地说。

377

小蔓歉疚地紧搂着张丹织。她看到了丹织脸红，她为之暗暗兴奋，有一件最好的事将要在她的生活中发生了。啊，爹爹……

她俩在动物园站下了车。可是她们找不到那个动物园了。

一栋建筑里面有个农民模样的人走出来，她们连忙向他问路。

"动物园两年前就迁走了，这里现在是污水处理厂。"他说。

"啊！"小蔓跺了跺脚，"可是，可是公交车站的站名为什么没改？"

"嗯，的确没改。"那人一边取下帽子查看一边回答，"我想，之所以没有改，大概是为了教训那些喜欢怀旧的人？哈，让他们碰个软钉子！"

"可我们并不是来怀旧的，我们是想寻找一种正确的生活态度！"

小蔓说话间朝那人翻了翻白眼。

"这就对了。"那人用两个指头弹着帽子上的灰继续说，"你们是有抱负的青年。我在污水处理厂的传达室干了两年，七百多个夜晚里，每夜都听见动物们在大呼小叫。可见有些事是永远不会改变的。"

小蔓的表情变得柔和起来，她好奇地打量着那人。

"那么，老伯，您认为变的是什么，不变的是什么呢？"

"这个问题问得好。月缺月圆，花开花落，这是变。不变的是人的爱美之心。"

"谢谢您，老伯，我们没白跑。现在我们要回去了，再见！"

"再见，两位美女！"

她俩很快等来了回去的公交车。

"我觉得刚才那老伯在祝福我们。"小蔓说。

"是啊，他很不一般。大概是位民间哲学家。"张丹织若有所思地微笑。

"丹织，你看见美的事物了吗？"

"几乎每天看见，哪怕在痛苦中那些事物也出现。"

"今天我一直在心里祝福你。"

"我知道。我也在祝福你，小蔓。"

同小蔓分手后，张丹织在人行道上慢慢地走。她决定今天给自己放假。

她感到城市里涌动着热情，每个路人都像要对另外的人说些什么。在远方，发亮的白云堆积着。张丹织看着那些云，心里生出一种陌生的满足感。她对自己说："瞧我多么年轻，多么奋发！"

"小张姐，您终于来了。"说话的是保安小韶。

原来她来到了从前的公寓门口。

"小韶，你还在这里工作吗？"张丹织问。

"不，我现在为校长工作，在你们城里的分校做保安。我来这里见朋友。小张姐，我看见您，心里的一个疑团就解开了。哈，校长会多么高兴！"

"你这个小鬼头，你看出什么了？"

"我什么都看见了！您在等待幸福的降临，要不您怎么会回到这里来？您将满意写在您的脸上。校长该会多么高兴，您比他的女儿还亲，对吧？"

"你这倒没说错，我爱他。"张丹织点了点头，"你既然在我们学校做保安，那我们今后见面的机会会很多。你是个有能量的小男子汉，我一直说，我们的伟大的校长怎么会看错人呢？就像你对我做出的预言一样，我也看见了你的光明的前途。小韶，再见！"

她用力握了握小韶的手，转身向剧团的方向走去。

"早日请我吃糖啊！"小韶在背后喊道。

"今天虽然没有去成动物园，但我的感觉好极了。"张丹织对妈妈说。

"小蔓也很快乐吧？"

"啊，那种感觉……被人爱，也爱别人。说不出的好！"

"小蔓应该是在考验你，她也在猜测。"母亲说。

"妈妈什么都知道。难怪爹爹这么爱您。"

母女俩高高兴兴地准备吃饭。

"庆祝一下。"母亲一边拿出葡萄酒一边说。

"庆祝什么？"

"庆祝我们的好心情。今天许校长来过了。他是来叙旧的，同我谈你爹爹的一些事。临走时我问他你的事会如何发展,他说他丝毫不为你担心。嗨,他说起这事来同你爹爹一模一样的口气!真是个老好人!"

"老好人?他是老狐狸!妈妈您被他骗了。"

"我甘心被他骗,他的判断不会错。他就是个老好人。"

"妈妈没说错,这的确是事实。"丹织笑起来。

母女俩正在对饮时,舒伯特的小夜曲又响起来了,是那位邻居在演奏。

张丹织忽然泪流满面了。

"丹丹,丹丹……"母亲小声说。

"妈妈,这是怎么啦?以前我是完全不懂音乐的啊。"

"怎么可能不懂?你原来就懂,只是成熟得晚一些吧。丹丹是爹爹的女儿啊。要是爹爹看到该多么高兴!"

煤永老师住在外省的一个小县城的旅馆里。这是他的朋友帮他安排的。朋友在县城里教书。县城很美,到处盛开着樱花,居民的房子全是独栋的平房和两层楼房,房前屋后都栽着大树。煤永老师住的旅馆名叫"好运",是三层的白色小楼,一共有六套客房,他住在三楼。从窗户向外看去,正好看到花园里的樱花。旅馆还给房客提供饮食,所以煤永老师一日三餐都在楼下餐厅里吃。

住下的第二天,他就开始了紧张的工作。他打算在这几个月里头将手头的这本书稿完成。每天,除了下楼吃饭和到河边散步两次,其余的时间他都待在房间里。他时而奋笔疾书,时而查资料,忙得不可开交。两个多月就在这种忙碌中过去了,他感到自己成了一台机器,但心里有满足感。这是他第一次全力以赴地来写一本很大的书,并且他的写作进展顺利。

尽管将自己弄得没有一点时间来胡思乱想,尽管做着自己心爱的工作,煤永老师的内心深处还是隐隐地涌动着某种惆怅的暗流。在中午的花园里,在蜜蜂的嗡嗡声中,在河水的汩汩的流动声中,他的双眼会忽然变得潮湿。既然他不可能从这世界上消失,那么总有一天他要面对她。他能改变自己吗?

不能。他不改变自己的话,可以同她好好地相处吗?不能。这种问题他问过自己无数次了,每次得出的答案都是否定的。

两个多月之后的一天,他的朋友大彬来看他。大彬说:

"煤永啊,你都已经来了两个多月了,今天你无论如何都得上我家,不然你就太对不起我了。我是你几十年的挚友,又帮你联系了这个旅馆住下,可你一住下就把我忘了,这是怎么回事?莫非你在生活中遇到了什么惨痛的挫折,性情完全改变了?即使这样,你也得上我们家去好好地同我谈一谈。"

于是煤永老师只好跟他走。

大彬家住在那条明丽的小河边,两层的木板房,清秀的垂柳和白色花卉,有种单纯之美。大彬和煤永老师坐在玻璃阳光房内喝茶,打量那条小河。大彬的妻子也是教师,此刻正在厨房里忙碌。

"看来你的小日子过得很充实。我同你没法比,差远了。"煤永老师说。

"这只是表面的,其实我同小徐经常忙得一塌糊涂。我们都是工作狂,所以少不了吵嘴。我有时还赌气住到旅馆里去呢。这就是生活。"

"我羡慕你们,你们过着高尚而踏实的生活。"

"我脾气不好,只有她还勉强容得了我。我倒是好奇,你为什么不再成家?我觉得女人都会喜欢你的性格。"

"你大错特错了。我这个人,时间长了谁都不会喜欢。"

"未必,未必。还没有对象?我们学校里有不少漂亮的老师。"

"啊,不要不要,我已经得罪了一位,不想再得罪人了。"

"你说农?她可真是一位美人。她同你不合适,未见得别人就都不合适。我听许校长说有女孩追求你。"大彬朝煤永老师挤了挤眼。

"其实并不是追求我,而是一些阴错阳差的情况导致了她的错觉。我不能将错就错,为自己捞好处。"

"错觉?"大彬做了个鬼脸,"如今的女孩子可厉害呢,不那么容易犯错误。说不定产生错觉的是你。"

"你怎么知道?"煤永老师说这话时竟有点茫然。

"我是从你说话的神态看出来的嘛。小徐在叫我们进屋吃饭了。"

那是很丰盛的晚餐：一大碗黄鳝炒蒜苗，一只清蒸母鸡，还有各色小吃。红葡萄酒已经摆上来了。徐老师是精干利落的女性，煤永老师很久没见到她了。

喝了两杯酒，煤永老师在友谊和美食的氛围里变得晕乎乎的。他觉得有点奇怪，因为平时他很难喝醉。他想，也许是近来他的意志变得薄弱了吧。他不肯再喝了。他看见坐在旁边的大彬一仰头将一杯五十八度的白酒倒入口中，徐老师去抢他的杯子都没来得及。煤永老师看见徐老师的脸在空中摇晃着。

"他总是这样！"徐老师诉说道，"他一高兴就失去了克制力，他简直像个小孩子！煤永你看到了吧，我一点都没有夸大。唉，他也是太辛苦了，难得放松一次。你瞧，完了，他倒下去了。"

徐老师恨恨地拍自己的脑袋。煤永老师立刻清醒了。

"小徐，我们把他抬到沙发上去吧。"他说。

安顿好大彬之后，徐老师愁眉苦脸地说：

"他的肝有问题，可他谁的话都不听。煤永，我们来吃饭，来，喝碗鸡汤。我听许校长说你会结婚了，是真的吗？"

"我估计校长是开玩笑说的。小徐，你们这里真像世外桃源啊！"

"是啊，我可舍不得离开这里。有朋友劝我俩去大城市，可是我不愿意。你想想，要是去了大城市，他的朋友不会少。朋友一来他多半会喝酒，他一喝，我俩都得完蛋。"徐老师说着笑起来，笑出了眼泪。

"小徐，我替大彬谢谢你！"煤永老师说。

"他才不要谢我呢。有一回我劝他别喝了，他用力推我，我差点摔成了脑震荡！这个死鬼，喝了两杯就不知轻重了。不过他倒不常喝，因为生活在小地方，朋友不太多。你觉得这小县城怎么样？哦，你刚才已经说了。"

"简直是人间天堂！大彬的运气怎么这么好……啊，他醒了！大彬，你难受吗？我是煤永啊！"

"煤永，快结婚吧……小徐天天念叨这事。"

大彬头一歪，又睡着了。徐老师拿来一床厚被子给他盖上。

徐老师送煤永老师回旅馆时，外面已经黑了，晚风吹来花香，天空中的星星也上来了。

"小徐，我还记得当年你刚结婚时的样子。说实话，你们远比我有能耐，我比谁都更羡慕你和大彬。"

"你也可以这样生活嘛。赶快结婚吧。"

"也许我真应该认真考虑一下了。"

"不要考虑，结了再说，像我们当年一样。"

"我缺少你们的气魄。"

但煤永老师回到旅馆后却并没有考虑那件事。他暂时将那件事压到了黑暗的深渊里。他感到他现在可以做的就是将手头这本书稿完成，看看自己究竟有多大的能耐，也看看自己多年来的夙愿究竟有几分真实性。接下来的日子里，他的成功令他自己惊讶不已。他越发挥，奇思异想就越多，创造力也越大，简直就像毫不费力似的，又像下笔如神。他觉得这种写作完全改变了他的性情，有种力量在推着他往前跑。并且他的写作所依据的，全是最为朴素简单的经验，也许很多人都经历过，但是很少有人去总结它们。他是确确实实上路了，他一点都不必苦思苦想，那些带有激情的句子就涌出来了，而且他平时在工作中和生活中训练有素的逻辑能力和条理性又帮了他的大忙，使得他的这本书既能提供实践的方法，又具有独特的理论价值。

他又竭尽全力地连续工作了三个多月，忽然发现已经写得太多，可以暂时告一段落了。他开始修改这本书。这六个月过得多么快啊！他都没来得及体会自己是如何度过每一天的。他的一生中还从来没有如此长时间地专注于一件事过，他就像换了一个人似的。那么，埋头于写作的煤永还是原来那个煤永吗？他问自己。好像是，又好像不再是了。如果不再是了，他又是在朝着什么方向狂奔?

"煤老师，他们说您整天在房间里写一本书。那种感觉像不像我在这河边撒网捞鱼？"男孩季好奇地问煤永老师。

"应该是很像吧。差不多每一网撒下去都有收获,对吗?"煤永老师和蔼地说。

他特别喜欢观看季在河边捞鱼。那种朴素的喜悦时常充满了他的胸膛,他觉得这是大自然中最美丽的瞬间。然而近几天,当他的写作已临近收尾,当满足感从心底升起来时,他又变得有点惆怅了,并且这惆怅又在渐渐地转化为忧郁。当季将最后一网拉上来,将那些鱼收进鱼篓时,煤永老师不由得想道:这种单纯的美是多么令人惬意啊!可是有虫子在咬啮他的心。

他同男孩季告别的那个晚上特别忧伤,他在心里确定,自己是没法再回到单纯的状态中去了。创造性的写作正在令他变得更为复杂。就是在那天夜间,他拨通了沙门女士的电话——他知道她是丹织的密友。

"哈哈,你终于来联系了!"沙门爽朗地笑着,但听起来很激动,"你啊,哪天来我店里聊一聊吧。我们就这样说定了——星期三下午,如何?"

"好吧。"他说。

他觉得那声音已不像自己的声音了。他真是魔鬼附体了。

这是他来这里后第一次失眠,幸亏书稿的修订已经基本上完成了。

从沙门女士那里回来后的第四天,大彬来找他了。他俩沿着小河走过来走过去,就像从前在大学里读书时一样。

"我得把你这家伙赶走了。煤永啊,这里不是你的久留之地。"

"你的话有道理,因为家里那边有人需要我。可是我能不能满足她的需要?"

"我问你一句:你到底爱不爱她?"

"爱。最近以来,当我认真想这件事的时候,我明白了,这种爱是很深的爱。很可能我同她有某种共同之处,所以我们才等了这么久。是我害得她等了这么久……"

"煤永,你不要想这些乱七八糟的枝节问题了,明天一早就搭火车回去吧。这可是小徐交给我的任务。有爱,这就行了!你们不是三岁小孩,你怕这怕那的干吗?人家爱你,你也爱人家,可你躲着人家,这就是伤害人家,你说是不是？你这个人啊，把我和小徐急坏了！"

"你和小徐就像我的亲人一样。还有校长，古平，沙门女士……唉，看来是我自己有问题。大彬，你言传身教，给了我勇气。"

"我什么时候对你言传身教了啊？"

"你和小徐就是我煤永的榜样啊！"

大彬哈哈大笑，笑得弯下了腰。

"煤永，你这书呆子！你可别学我喝醉酒啊，人家女孩子可不吃这一套！小徐和我是懒得离婚的那种类型，所以我们才老凑在一块。"

"可我在你们这里学到了好多东西。"

"那你明天走不走？"

"走！一早就走！不用你们送，我一早就奔火车站。"

"煤永你听，起风了，这河水流得多欢。这下我心里轻松了，可以一五一十地向小徐汇报了。你在找谁，煤永？"

"我找男孩季。"煤永老师说。

"今天他奶奶从乡下来了，所以他没来捞鱼。这位小伙子是我们这里的一道风景，从前我儿子常同他一块工作。后来我儿子去了大城市。季就像我儿子，但比我儿子美。小徐也非常疼爱他。"

"他的确美。要是我有这样一位儿子……"

煤永老师回到"好运"旅馆时，厨师老奉正站在花坛边上抽烟。煤永老师同他很投缘。

"老奉，我明天就要离开了，家里那边有点事，我一早就去火车站。"

"是不是您的爱人在那边等您啊？那您可得赶紧回去。我真舍不得您，您走了我就少了一位谈话的朋友。不过如果爱人在那边等，就得不顾一切地赶回去了。"老奉真诚地说。

"您真会猜，确实是这样。我在这里过得很愉快，您的饭菜做得真好，因为您对工作总是精益求精。"

"您的话让我特别高兴，因为做饭是我最大的乐趣！您吃得痛快，比我自己吃得痛快更让我高兴！您说这是不是虚荣心？"

"我想，这不是虚荣心，而是您的朴素的爱心。您通过做饭发挥您的爱心。"

"爱心？哈，您真会表达，您是教师嘛！我爱听您这么说。您瞧，今夜的月亮特别大，这可是好兆头，您和您的爱人马上要团圆了，祝贺您！"

"谢谢您，老奉！我回去后会常常想起您，您做的这些美食，还有您说的这些对我有教益的话……"

煤永老师突然感到喉头一阵哽咽，他赶紧同老奉道别上楼去了。他开始收拾行李，他的心在胸膛里狂跳。行李很简单，没多久就收拾好了。他洗了个澡，仍然是心潮激荡。

站在窗前，他看见花儿的阴影中有一位女人一动不动地立在那里。他又观察了好一会，她还是一动不动。他看到的是一个侧影，甚至能模糊地分辨出脸上的表情。那是不是真人？真人怎么会一动不动？这时电话铃响了。

"怎么样？已经决定了吧？"沙门女士在电话里问。

"是啊。我明天一早动身，下午可以到。"

"太棒了！你告诉她了吗？"

"没有，我要麻烦你。"

"麻烦吧，麻烦吧。"

"下午三点钟，请她来大众茶馆。"

"我吻了你一下，你听到了吗？"

"听到了。我也回吻你一下。你是我的恩人。"

煤永老师放下电话后再去窗前张望时，发现那女人已不见了。啊，一切终于就绪了，他煤永是怎么走到今天这一步的？现在他感到全身放松，情绪明朗。一会儿他就昏昏欲睡了。

天还没亮他就醒了。因为已经与老板告过别，他就悄悄地下了楼，将钥匙交给值班的男孩，自己提着行李去附近的公交车站。

"您就是那位老师啊，我是一楼的房客，我只在'好运'住了两天，您没注意我。我也是去火车站，我姓余。"

路灯下的这张脸看上去很宽，给人信赖感。煤永老师暗想，他同自己是坐同一班车，为什么这么早就动身？

"我姓煤。我醒来得早，干脆早点去车站。"

"我呀，一夜都没睡！"他挥了挥手，显得有点害羞。

"啊，那可够难受的吧？"煤永老师同情地说。

"一点都不难受！我是同我妻子吵了架出来旅游的，但是我昨天后悔了，赶紧打电话回去。她呀，一接到我的电话又哭又笑，催我马上回家。昨夜整整一夜我都在想着她的好处。煤老师，我是个粗人，做体力活的，不会处理家庭关系，这一路上我想向您讨教讨教。"

"向我讨教？您处理家庭关系处理得很好嘛！您比我强多了，我还要好好向您讨教呢！瞧，车来了。"

虽然是早上头班车，但人特别多。放好旅行箱之后，煤永老师和老余只能站在车上，被挤得一动也不能动。他俩你望着我，我望着你，显然心情都很愉快。

直到上了火车，找到座位，这两人才松了一口气。

"这地方坐火车的人真多！"煤永老师说。

"可不。"

他们喝了茶，又吃了车站买的茶叶鸡蛋和玉米棒子，然后舒舒服服地观看着窗外的景色。

"煤老师，我猜您的那一位是个美人儿。"老余笑嘻嘻地说。

"的确。"煤永老师点点头，"她主要是有种内在美。"

"我的那一位啊，她比我小，长得也不错，我是真心喜欢她。可我这人有个毛病——小气。我不愿意她同别的男人来往。她一同别的男人打交道，我就变得阴阳怪气，那种时候，我的想象力要多下作就有多下作，鬼缠了一样。现在我回忆起我的那些个丑事来，恨不得砍自己两刀。她比我好，总是原谅我。但这样长久下去总不行吧？昨夜我想了一夜，我想学好，我想从看文学书开始，让自己变得开阔一些。其实我读高中时挺喜欢文学的，后来我就什么书都不读了,随波逐流。煤老师,您给我指条路吧。"

"老余啊,您已经找到正确的路了。您用不着别人为您指路了。您相信我吧。您非常聪明,比我聪明多了,因为您重感情,这是您同我最大的不同。凡是重感情的人都会得到好报。"

"您真这样认为?您对我评价这么好?我有这么好吗?"

"当然有这么好。您只要坚持学习文学,您的缺点就会慢慢得到纠正。"

"啊,谢谢您!我真感动,我们握手吧。"

两双大手紧紧地握在一起,老余眼中闪烁着泪花。

"我一回家就去图书馆!"

"您可以加入沙门女士的读书会,我可以写一个介绍给您带去。"

煤永老师到达大众茶馆时是下午两点钟。他还要等待一个小时张丹织才会到来。他将行李寄放在茶馆,就到外面去溜达。

久违了的大城市还是这么活力沸腾!瞧这些路人,好像每个人心里都藏着一个幸福而又令他们焦虑的秘密。为什么他煤永以前没有发现这一点呢?他拐进了附近的一个小公园,这闹中取静的地方提供新鲜橙汁饮料。他在木结构的小亭子里坐下来,喝了一杯饮料,立刻感到精神无比振奋。看看表,还差半个小时。他坐不住了,立刻往大众茶馆走去。

茶馆里像往常一样闹哄哄的,两个常客还向煤永老师打了招呼。煤永老师在他的老位子上坐下来,服务生给他泡好一大杯园茶。

"煤老师好久没来了啊。"服务生说。

"是啊,我去外地出差了。还是家乡好啊。"

"老师不停地看表,有客人要来吗?"

"有贵客,是我的未婚妻。"

"祝贺煤老师!今天您一进门我就猜出您有喜事。"

煤永老师的双眼紧盯着门口,两耳倾听着。在这个喧闹的地方,他听到了各式各样的信息流。这些声音时高时低,冲击着他,但他并不完全明白它们的意思。虽然不完全明白，但他又通体有种亲切感。好像有很多人在对他说："煤老师，久违了啊！"他喝了一口园茶，那香味使得一些往日的记忆复活了。有一个粗犷的声音似乎一直在向他说话，现在他终于听清了一句："……您回来了，您终于回来了啊……"这个人是谁？他想起来了，他是这条街的环卫工。他的目光从门口收回来，在大厅里扫了一圈，却没见到这个人。就在这个时候，张丹织出现了，她比约定的时间早了二十分钟。

他俩手拉着手站在那里，好像旁边的人都不存在了一样。

"煤永老师，您辛苦了！"张丹织矜持地说。

"来，丹织，我们喝茶！"

煤永老师一转身就看见服务生已将茶和点心都放在桌上了，旁边还放了一大束玫瑰花。

"我爱这个茶馆，我经常来。我是指从那次以后。"张丹织说。

"实际上，从那次在这里遇见连小火之后，我的生活就在暗中发生改变，但我不知道。丹织，我感到时间又回到了三年前。"

煤永老师的眼睛一刻也没有离开过丹织的脸，这张熟悉又陌生的脸，对他来说具有无穷的魔力。

"丹织，你在想什么？"

"我在想，我们以后要经常来这里。"

"当然。这是一个梦一般的起点。你和你的朋友们一直在努力将我拉进一种美的境界里去。我觉悟得太晚了。"

"我也是。但这不是很好吗？"

"没有比这更好的了。你今天就到我家里去吗？"

"我今天就到你家里去。我和小蔓已经把家里打扫好了。小蔓哭了又哭，我都劝不住她。"

"我知道小蔓爱你。没有比这更好的了。"

2016 年 12 月 22 日上午于湖南宾馆

图书在版编目（CIP）数据

黑暗地母的礼物.下/残雪著.—长沙：湖南文艺出版社，2017.2
ISBN 978-7-5404-7441-6

Ⅰ.①黑… Ⅱ.①残… Ⅲ.①长篇小说－中国－当代
Ⅳ.①I247.5

中国版本图书馆CIP数据核字（2015）第314519号

黑暗地母的礼物.下
HEI'AN DIMU DE LIWU.XIA

残雪 著

出 版 人：曾赛丰
责任编辑：陈小真
责任校对：黄 晓
装帧设计：弘毅麦田
湖南文艺出版社出版、发行
（湖南省长沙市东二环一段508号　　邮编：410014）
网址：www.hnwy.net
湖南省新华书店经销
长沙超峰印刷有限公司印刷

2017年2月第1版第1次　　2019年10月第2次印刷
开本：970 mm×680 mm　　1/16
印张：25
字数：359 千字
印数：1-16，000
书号：ISBN 978-7-5404-7441-6
定价：45.00元

本社邮购电话：0731-85983015
若有印装质量问题，请直接与本社出版科联系调换